驮着魂灵的马

娜仁高娃 著

天津出版传媒集团
百花文艺出版社

图书在版编目（CIP）数据

驮着魂灵的马 / 娜仁高娃著. -- 天津：百花文艺
出版社，2023.12
ISBN 978-7-5306-8702-4

Ⅰ. ①驮… Ⅱ. ①娜… Ⅲ. ①中篇小说–小说集–中
国–当代②短篇小说–小说集–中国–当代 Ⅳ.
①I247.7

中国国家版本馆 CIP 数据核字(2023)第 233199 号

驮着魂灵的马
TUO ZHE HUNLING DE MA

娜仁高娃　著

出 版 人：薛印胜
选题策划：汪惠仁　　　　编辑统筹：徐福伟
责任编辑：邱钦雨　　　　装帧设计：任　彦
出版发行：百花文艺出版社
地址：天津市和平区西康路 35 号　邮编：300051
电话传真：+86-22-23332651（发行部）
　　　　　+86-22-23332656（总编室）
　　　　　+86-22-23332478（邮购部）
网址：http://www.baihuawenyi.com
印刷：山东临沂新华印刷物流集团有限责任公司
开本：880 毫米×1230 毫米　1/32
字数：243 千字
印张：11
版次：2023 年 12 月第 1 版
印次：2023 年 12 月第 1 次印刷
定价：65.00元

如有印装质量问题，请与山东临沂新华印刷物流集团有限
责任公司联系调换
地址：山东省临沂市高新技术产业开发区新华路 1 号
电话：(0539)2925886　邮编：276017

目 录

驮着魂灵的马

　　它不该就这么死去，死得太随意了，前一秒还张着嘴嘘嘘地喘气，咩咩地叫，后一秒却吐出舌头，面条似的软了下去。看，它的眼睛还盯着我。我想，它是死了，眼睛仍活着。那活着的眼睛一定是在等我用小匕首剥去它的皮。是的，我正想用匕首剥去它的皮，然后做一件皮袄。它这身黑白花色毛正合我的意。在寒冷中，我将它披在身上，寒冷便被我抵御了。这么说，面对突然的死亡，我是留有一手的。饥饿来了，我用食物来抵御。疾病来了，我用药物来抵御。除了老去，我可以抵御一切。而它呢？一场痢疾便要了它的命。炉火正旺，我浑身舒服，而它在哆嗦中死掉。我该将它丢到屋外。可它的眼睛仍在盯着我，嘴角还不断吐出泡沫。我想，此刻它一定恨我，恨我这个愚蠢的主人，恨我在它最痛苦的时刻，一遍遍给它灌毫无疗效的药水，一遍遍唤起它对生命的渴望，又一遍遍地让它幻灭。它一定厌倦了这种徒劳无功的折腾。碗底还有一口酱液似的药。我把那药喝掉了，苦苦的。它可真是一只可怜的羔羊。它的母亲，那只脾气暴躁的乳羊早已嫌弃了它，不但不给它喂奶吃，见了它还装作不认识。如果要剥皮，是该剥它母亲的皮，而不是它的。然而，那只乳羊明年还会给我下羔。到那时，我恐怕早已忘了这件事。

我坐到木凳上，心里想着抽屉里的匕首，剥它的皮其实不会耽搁我多少时间。晚茶已经吃过。炉膛内的火苗烤得炉壁透出橘色光晕。屋外大雪正在飘。四野寂静，八荒亦然。我只需脱去外套、皮裤，便能酣睡。我很疲乏。雪下了三天，几乎要吞掉我的屋子、羊圈、柴垛。午后我花去很长时间一直在刨雪，我可不能让一场雪结束了我的生活。

屋内越来越暗，我没有开灯，灯光一亮，它或许还会眨巴眼，就让死亡在这昏暗里静悄悄地隐退。终于，等我给它嘴里塞一口酥油时，发现它的身子已经发僵了，眼皮也垂下来了。

我想，我才活了四十七八年，却制造了三四个四十七八年的死亡。远的不讲，只提四个月前在小镇赛马场的一次因我制造的离奇而悲伤的死亡。那天，我坐在观众席上，顶着酷日，混在人群中，兴高采烈地等着一场马术表演。哦，那可真是一场精彩的表演。年轻的骑手们腰缠条红绸缎，在马的疾驰中做各种惊险的动作。我和周围的人不断地发出惊呼。我还大声笑，好似在我四十多年的生活中，从未见过如此赏心悦目的瞬间。我还夸张地嗷嗷叫，因为我想让周围的人发现我内心的秘密——那匹浑身黑缎子似的马其实是我出售给马术表演队的。它在三四岁时被我调教过，一匹脾气温顺并总将头颅高高挺起的骏马。我很少到小镇上去。那一次去其实就是想去看看它。它在我身边时，我给它取的名字叫"哈日·巴特尔"。毋庸置疑，它是一匹难得的良马。我曾多次躺在它脊背上，像是躺在一座山坡上，眺望星空。这点我可没有撒谎。为了不让我滑下它的脊背，它走路时几乎不晃动腰背，虽然它深知扭动腰背会让它舒服。也许你会问，既然它这么好，为何当初还将它出售队呢？哦，实话告诉你，我需要钱。还有，沙窝地不需要马了。我有了一辆破旧的皮卡车，还有一辆破旧的摩托车。而沙窝地纵横交错的围栏，早已不适合它疾驰。它在那里只是一匹没用的牲畜。而且，它需要我精心照料。然而，我没那么多时间可以耗费在它身上。我需要在最短时间内到达小镇，然后又在最短时间内回到沙窝地，我的日子很匆忙。而马的日子需要缓慢而放松的节奏。冬季得耗去我很多夜晚给它吊膘；春季得给它修理马厩、备饲料；夏季得给它饮冰凉的井水；秋夜得牵着它到很远的草地——好让它坐油膘。总之，只要它在我身边，等于我在伺候一个不会说话的王子。

就这样，我的王子，在我各种自认为毫无反驳的理由下被出售给了马术表演队。如果有人问我想不想它？我不会讲真话。其实，我很想念它，每时每刻都在想念。但我是一个中年男人，我不会轻易表露我的伤感。所以，那天，当它一出现在我眼前时，我大呼着、狂笑着，以此来表示我很坚强。它还是那样的美丽，一身油亮的毛发，四蹄健硕，脖颈颀长，鬃毛修剪得整齐。它的骑手是一个很年轻的男孩，即便不看他的脸庞，也能看出他眼眸里的勇猛。他们才是天生的一对，是很好的安达（搭档）——就从他俩表演时的默契来判断，他们彼此很信任。

然而，就在我喊得嗓子冒烟，兴奋得近乎喝醉了似的感到一阵阵晕眩时，意外发生了。它从西侧一座人造山头那边冲出来，对面的人造山那边也冲出来一匹马，它们的速度是那样快，而它们的骑手又紧紧伏在它们的脊背上，像极了战场上决一死战的战士。战士挥动着臂膀，风驰电掣般地冲向彼此。它们本该在相遇那一瞬，风一样避开对方，然后折过来，绕着圈追逐彼此。可是，那两个年轻的战士(他们是愚蠢的、傲慢的。很多责怪的言语埋藏在我心底。)错误地判断了速度与方向,就在它俩相遇的那一秒,将马绳微微向同一个方向一扯,它俩便撞到一起。

"哇,精彩!"坐在我旁边的一个陌生男人大声喊道,并站起来鼓掌。而就在这一刻,我看见了它——我的哈日·巴特尔。它已躺倒,四蹄乱蹬,战栗着。它的骑手也扑在地上,一会儿站起来,抖抖身子,走过去踢了它一脚,那一脚落在它脑袋上。我知道发生了什么。我冲下台阶跳过栅栏——应该是跳过,我也回想不起来,总之我很快到了它身边。我先是冲着骑手那张很年轻的脸给了一拳。他被我这么突如其来的一拳打得仰躺到地上。我扑在它身上。它身上还很热,脖颈上湿漉漉的,张大嘴,睁着眼。它早已死了,只是眼睛还活着,蒙着一层泪水,正毫无怨恨地盯着我,或者盯着所有围拢过来的人。另一匹也死了,鼻孔、眼角不断淌出鲜血。

毫无疑问,它们的死亡是我制造的。

我走到屋外。雪还在继续,飘飘摇摇地落到眉梢、腮帮子上,落下的瞬间变成一滴水,透着冰凉。我拎着它——那只可怜的羔羊。我得将它丢到柴垛上,任鸟或者狐狸、野狗来吃它。至于它的皮,还是算了吧。不要披到我身上了,我是一个刽子手。它的魂灵会嘲笑我的。

柴垛已成雪包,鼓鼓囊囊的,看着比往常矮了许多,像是要缩入地表。午后我刨出的一角也没了痕迹。将它丢过去,它也沉沉地陷在雪里。它可死得透彻。我站了片刻,心里什么都不想,只是看了看它。然后,我向林子那边走去。

说是林子,其实占地只有四百余亩。有沙枣树、旱柳、槐树,都是我种的。种树不是为了别的，只为夏夜睡在林子里。我想我这不算是一种癖好，只是一种避开夏夜炎热的方式。然而，很多人是不看好我这样做的。我那女人也是，熬不过我这习惯，在给我生了三个孩子后，年纪轻轻地走了。她一走，我那两个闺女一个儿子，也离巢的鸟似的离去了。他们一走，单留下一小片林子、一大片野地，还有一个别人眼中的"酒民"。哦，酒，我终于将自己从雪地中的行走扯到"酒"身上。对，在这样寂静的雪夜里，就该喝酒。我张大嘴，任寒气溜进腹腔内，搅得五脏六腑发颤。四野早已隐去原来的模样。沙包、土坡扯出弧线，远远近近地悬在半空。草木的腿脚也没到雪下，唯留半截身子在雪中苦撑。除了脚底踩出的嘎吱声，偶尔传来树枝嘎嘣断裂的脆响。

回头望去，白茫茫间，我那小屋早已隐匿在飘雪中，不见影。我的这片小林子，有七十五株沙枣树、八十一株旱柳。我那女人的坟包就在那株挂着胛骨的旱柳下面。那是我给她选的。我那夏夜里睡的土台在那株歪脖子沙枣树下。整个林子里它是最老的一株。有人以为我睡林子是因为我在思念我那女人，其实不是那一回事。我只是习惯，在林子里熟睡后，突然醒来时，在万般混沌中，一片郁郁葱葱的"天"俯瞰着我。而我也就在那一刻，觉得昨天和前天早已不存在。每一次的醒来都是陌生的。有人要我到小镇里当个歌手，要我撇开这一切活出个模样来。啥叫活出个模样来？我那安达前几年离开沙窝地，在小镇当歌手，把日子过舒坦了。说是歌手，其实就是在各种饭店里给宴饮的人们唱民歌。好几次我见他身袭缎面蒙古袍，脚踩牛皮长靴，一手端银碗一手端酒壶，给人家唱歌，人家欢喜，他更是喜笑颜开。

不，我过不了那种日子。我正在老去。与年轻时不一样，我不再为一些看着欢愉的事情发出大声的笑。相反，我发现我制造了很多悲欢离合，而且从未停止。我深感这是一种自我剥离，就像我用匕首剥去羔羊的皮毛，使它粉红的躯体在我手里变得一览无余。那是一种令人窒息的瞬间。

不见风，雪却不断地从树枝上落下来，大概是树枝撑不住雪的重量了。如果不是彻骨的寒冷，此刻，我还真想在雪地上睡个囫囵觉。土台虽被埋在雪里，但我能找到它的位置。就在那株歪脖子沙枣树下。那个模模糊糊的雪丘就是土台。我在那里已经过了三十多载夏夜。土台高两尺、宽三尺、长六尺，俨然是我在野地间的一盘土炕，而且是单属于我的。我那女人活着的时候，偶尔蹙起眉头咒一句，到你那墓地里睡去吧。我想，世间所有的土炕都是酿造一切悲欢离合故事的源头。而我这个野地的炕头，却是蕴藏我所有欢喜的角落。到了夏夜，一手端酒壶，一手端酒杯，在蚊虫的侵扰中，大大地喝下几口酒，然后仰面躺着，我便毫无察觉地进入一种空旷与寂静中。在那种寂静与空旷中，我会听到只有在山头才会听到的风声；我也会听到不知从何而来的一种器乐声。有时候，我也会唱起歌来。当我唱歌的时候，整片林子顿然变得静悄悄的。我满足那种歌声将我带走并剥离开我的感觉。也许我的歌声过于绵长，或者近乎一种哀呼，起初我那女人会过来看看我。不过到了后来，见我除了唱歌就是胡言乱语，我那女人便也不管了。有时候清晨醒来，发现露水退尽，身上潮乎乎的，我又怀疑自己是不是在夜里疯跑了好久。

当然，我的哈日·巴特尔也曾陪着我过了很多夏夜。有时候，在一种醉酒后的蒙眬视线里，它的模样会变成一个黑脸男人，用一种安静而透彻的眼神与我交流。如果，它没有那样一双蒙着一层泪液似的眼睛，我想，无论它的嘶鸣多么悠长、多么清脆，它都不会令我怀念。它大概也懂我这点，不然，它死去时，不会用那样的眼神盯着我。

哦，我制造了太多死亡。一个牧羊人，以杀掉牲畜过活，是为了生存。这是苍天赐予我的"使命"，我很多次这样想着。有人说，那些可怜的羊群、牛群，眼看着匕首插进自己的胸膛，也不得挣脱，那是因为它们的命数里就该那样——它们是通过被杀戮换来轮回的。也有人说，一个有罪恶的人，会在轮回中变成牲畜。看来，我杀戮的不是它们，而是我们自己。那么，我的哈日·巴特尔的死亡，也是因为它需要尽快脱胎，结束它罪孽的一生？要循着轮回，迎接它命里的下一个驿站？

过了林子，我继续向东走去。我得去七斤家。我俩有十天没见面了。这是我俩这么多年交情中从未发生的事。如果不是路口被防控疫情的人守着，他准是早早骑着摩托车来找我了。他的脚后跟做过手术，走路走不远，所以每次来都骑着摩托车。我是很少到他家的。他那女人脾气倒是像只绵羊，但哭起来没完没了，见了我更是。有时候还会讥笑一句，你俩难道忘了老了？求你们了，别再喝酒了。女人容易犯傻，尤其是在"喝酒"这个问题上。她们以为哀求男人别喝酒，男人就会戒酒。其实，女人早该明白，男人和女人从来都是活在两个相互封闭的宇宙里。求男人不要喝酒，好比求女人不要哭泣一样。

雪还在飘，丝毫没有停歇的迹象。我开始感到些许的冷。没有围巾，雪水便从耳后根沿着下巴不停地往胸口滑。衣服褶皱上也落满了雪。腮帮子也有些隐隐作痛。不用回头看，林子早已被我抛下很远了。我大概走了十里地。再有五六里地，便能到七斤家。如果不是封路了，我可以到小镇买酒。疫情延续了四十多天，春节期间三个孩子也没回来看我。对于酒，我可以独自一人喝，也可以邀来七斤，还有秃头子、三哥一起喝。很久以前，我们三个便在林子里连续三四天地喝酒，白天也不回去。我那女人便让孩子们给我们送饭来。三个孩子送来饭时，见了我们像是见了野人似的一言不发，甚至走路都不出声，悄悄地将饭放到土台一侧，转身逃走。

有人说，疫情只在城市泛滥。其实近几年沙窝地也遭受着威胁。春季，有人送来老鼠药，并嘱咐我将那药填进老鼠洞。我有些不情愿，那人说鼠疫正悄然地降临，还说，杀掉一百只老鼠，便有五百元的奖励。于是，我和秃头子便整个春夏季地掏坑逮耗子。不过，我俩最终也没能够逮足一百只。我俩只是以逮耗子的名义，喝了很多酒。我俩也探讨过，万一得了鼠疫该如何？秃头子没娶过妻，所以也没有儿女，他不担心死掉，也不担心死去后没有人给他供冥钱。用他的话来讲，活着时不稀罕钱，死了更不需要钱，在那个地方，吸口气就能逍遥自在。他还嘲讽我，说为了几个钱将哈日·巴特尔给出售了。我听了不以为然，驳他不懂钱对一个中年男人意味着什么。

意味着什么？意味着活着。眼下，我觉得这句话是个正确的答案。

突然，我脚底下一趔趄，像是被谁猛力一推似的扑倒在雪坑里。我那羔羊皮做的帽子不由自主地滚落在一旁，靴肚子里也滑进了雪，只觉刺骨的冰凉从脚脖子处开始扩散。

我匆匆站起身。我得当心。腊月的极寒，加上雪，一定会将我变成一具尸体。爬出雪坑，我向四周望去。按理，循着地形我能辨别判断出我的位置。然而，四周阒然，什么都看不清。雪很厚。天空也降了一大截。就在我头顶不远处，卧着足足有百米高的云雪，那云雪没有形状，徒然的一大片灰白。雪花密密麻麻的，像个永不停歇的沙漏，遮去了一切。我只能瞅见几十米远的地方。

天谴哟，我迷路了。我已经走了很久，跨过好几道围栏，却还没走到七斤家。他家的围栏木桩我可都认识。我恐怕已经走出我的故土。站了许久，我试着判断风向，然后朝着一个方向直直地走。我相信，只要不丢失方向感，我便能走到某一个牧人家。毕竟，我就在我的家乡，在自己的家乡迷路，听起来都是一个笑话。

没有风，没有任何的声响，只有雪花悄无声息地落下来。靴子里的雪已变成一层水。很快脚底生疼，我知道我的脚要冻僵了。过了一会儿痛感消失，那说明脚已经麻木，血管里的血液放慢流动速度，最后凝固。我真的会变成一具尸体。死神在大雪纷飞的夜里，正将它的网，慢慢地在我上空铺开。我深感恐惧。我想没有一个人会不怕死神的降临。

我大吼几声。我希望，我的吼声能传到很远。传到七斤的耳朵里，然后他给我一个回音，让我寻着传声，逃离雪地。然而，我驻足在那里等了许久，也没等来任何的回音。我很沮丧，早该知道，不该在这样的夜里出来寻一场酒。我嘲笑我自己竟然熬不过这十多天寂寞的日子。我也恨自己没早早地备一些酒在家里，好让我在这种寂寞的夜里独饮。我更怨恨疫情来得太突然，封了许多路，使我没法前往小镇购酒。如果，我真的死了，那造成疫情泛滥的病毒就是消灭我的刽子手。虽然，它已经在千里之外的某个城市制造了许多人的死亡。但是，我还没有感受到它的威力。我想，小羔羊死去的瞬间也感到过如此的恐慌。不然，它不会拼尽所有的力气冲着我咩叫一声。

"喂——有人吗——喂——我迷路了——"

我爬上一道坡,向着白茫茫的黑夜呼喊。就在我张嘴大声呼喊时,雪花逗我似的溜进口腔。我不由一阵寒战。我的额头、腮帮子早已麻木,感觉肌肤被一层厚厚的树皮封紧,当我呼喊时,需要用力撕开一道口。

我不由得想起了我的王子——我的哈日·巴特尔。是的,如果它在,只要听到我的呼声,即便是在马厩里无法挣脱缰绳,它也会发出很响亮的嘶鸣。如果,它在野地里,它一定会一路疾驰到我跟前,然后驮着我回家。没有一匹马找不到家。

也许是走了太多的路,我深感疲乏。一阵阵困意不断侵袭着我。只要将眼皮放下来停顿三五秒,我便会倒在雪地里昏然入睡。然而,我知道只要我睡过去,我便再也醒不过来。我就会在冻僵与昏睡中离开这世界,厚厚的雪将我掩埋。待到很多天过去了,雪花慢慢融化,大地变得斑斑驳驳时,才会有人发现我。然后,他们会将我埋在我躺倒的地方。哦,我想明白了,我不是怕死,我是怕死后随便躺在某个地方。我要回到故土,回到我那片林子里,躺在那棵歪脖子树下,躺在我那女人的身边。也许,我的三个孩子会将我埋在那里。可是,谁知道这场疫情会不会在春季来临时结束。

无论如何,我得回到那片林子里,然后躺在土台上,像一个视死如归的英雄,安详地离去。我不能像一个胆小鬼,在野地里用四肢胡乱地抓雪,张着嘴,发出最后的呼声。

匆匆下了坡地,我想我得寻着我的足印走回去,可是,雪已经淹没了足印。那么深的足印,消失得无影无踪。

天怎么还不亮?也许天早已亮了,只是雪还没有停止。

"喂——古瑞古瑞——哈日·巴特尔——"

我叫唤着，并且唱起那首古如歌来。我想，它一定会听到我的歌。在沙窝地有一则传说，说是只要唱起那首《驮着魂灵的马》，便会出现一匹黑驹。我的哈日·巴特尔，应该就是我需要的那匹黑驹。

阿拉泰山峰是你的故乡，我的神驹。
安吉拉神泉是你的摇篮，我的神驹。

我不确定歌声是否真的能唤来一匹黑驹。我也不确定我是否真的将这首歌唱起来了。我几乎走不动了。我的靴子早已成了一坨雪球。每迈一步我都很吃力。我也听不见脚底踩雪时发出的嘎吱声。所以，我不确定我是否真的在踱步。我的眼前一片模糊。我想那是雪花落在睫毛上，然后结成一个个小小的冰坨，它们合力要将眼皮压下来，压实，要我立刻昏睡。我也早已看不清口腔里喷出的热气。我甚至都感觉不出空气的存在。唯有虚虚实实的雪花在飘落。一切都是灰白、苍茫的。突然，在无尽的灰白间，一堵很高的黑墙屹立在眼前，并不断靠近我，几乎要撞到我了。我摇晃着向一侧躲避，就要跌倒时，那黑黑的墙却将我托住。这下我看清了。是它，我的哈日·巴特尔，它喘着粗气，睁着它那双满是液体的透明的眼睛，盯着我。我笑了，我确定我笑了。我将脸凑过去，埋在它脖子下。那里有一股温热，使我些许地缓过神来。于是，我拍了拍它的脖子，要它弯下脊背，和过去每次我醉酒后都要它弯身将我驮到脊背上一样。它温顺地弯下身。哦，它的毛发依然光滑而洁净。

在我七八岁时的一个春天，家里来了十多个人。他们要给我家马群打印。我们将马群圈进马厩，然后那十多个人分成两组守在马厩门口两侧。我骑着父亲的马负责从马厩里赶马，等马从马厩口冲出去,守在外面的大人就扔去套绳。其实大人们完全可以进马厩,然后在很小的范围内套马,之所以一定要把马从马厩一匹一匹地赶出来,完全是他们的一种游戏,纯属男人们的游戏。寒风里,他们每个人的额头都噙着汗粒。每套上一匹,他们便会嗷嗷叫,大声笑。就在大人们得意地笑着的时候,突然有五六匹马一同冲出马厩。有人抛去套马绳,只套上一匹,剩余的几匹撒欢地向野地逃去。我什么都没想,自作主张地去追。那天的天气很冷。我也没来得及将棉帽的扣子扣实,刚追出一点距离,帽子便飞走了。我的马也明白我的意图,一路毫不松懈地追着那几匹刚满三四岁的、浑身是劲的马。虽然是春天了,地里的雪还没有化尽,加上春阳晒烤过后雪已经成了冰碴,而它们的四蹄刚好将那冰碴抛到我脸上。如果谁在马背上疾驰过,一定能想象我当时的情景。我仿佛在一片斑驳的、灰色的海面上冲刺。我什么都听不见,除了呼呼响的风声。我的眼角大概有泪水在溢出,一阵阵冰凉。那个时候沙窝地没有围栏,马群顺着一个方向,只要不遇见河崖、树林,它们便一直会向前。

此刻,哈日·巴特尔就在那种很久违的疾驰中,带着我划开雪花,向更稠密的雪花间冲刺。

古瑞古瑞,我的哈日·巴特尔,那天,你在我们千万人的笑声中,奋不顾身地向前冲。你只是想给我们看你的风采,想给我们看一匹马的疾驰有多美丽。然而,我们只是把你的疾驰当作一种娱乐、一种观赏,而没有看清你黑缎子似的皮囊下一匹马的生命。我们早已忘记,你是有生命的,而不仅仅是一匹马、一匹供我们娱乐的牲口。

前方那一片红红的、刺眼的是什么?

哦,它向我撞过来了。

门

我攥着毛纸,耐心地等舅舅说,好了。舅舅却痴痴地望着云,好久都不吭声。风嗖地扫来,我摊开手掌,扑突突——风舌卷走毛纸。舅舅扭头看了看旋飞着远去的毛纸,说:"哎,看,云浪,高了,好看。"我扑哧笑了,说:"云有什么好看的。"舅舅说:"有人在天上抽烟。"我含糊地嗯嗯几声,将脑袋压低,从胯裆处看云。云在很远的硬梁上空,云头白灿灿的,云脚却是乌黑一团。

一块鹅卵石,枣红色的,紧挨我的额头,像头贪睡的牛犊。我刚要伸手,身子重心偏移,抄手扑倒。耳朵磕到"牛犊"上,很是生疼。我龇着牙忍着痛,舅舅却呵呵笑。我索性趴下,歪过脑袋要看,舅舅的大巴掌伸过来,盖住我的眼。

我大笑。

舅舅的手掌粗糙糙的,好比磨刀石,或者公羊角。他的手掌没有手指,一根都没有。没有手指的手,从袖口探出来,活像煮熟的牛舌,又大又硬。凹凸的关节,仿佛是好多个乳羊的角挤到一起。

我跑去,捡回散落的毛纸。我得给舅舅擦屁股。

那年的夏天很美。云浪一天赛一天诡谲。云多了，雨也会多。雨多了，草会更多。草多了，夏天的绿会更浓稠。绿更浓稠了，沙窝地人的笑才能与它抗衡。那是一九九三年，我七岁。那年，沙窝地到处是野水洼。有那么一次，我和舅舅赶着一小群羊向当地人称为"乌鸦滩"的沼泽地走去。没等过去，一场暴雨突然而至。我记得很清楚，那天的云，先是白晃晃地涌来，继而乌云吞吐着翻滚、低垂，我俩匆匆躲进大鼻子央登老人遗弃的土屋内。很快雷声轰隆，雨珠铺天盖地。屋顶吭吭地震响，破旧的门扇被风无情地掀开、关闭。屋前没有轮子的马车筛糠似的摇晃，驼粪蛋大小的雨蛋砸到车板上，又弹飞。

"哦，哦，奥吉你快看，马群——"

"哪儿啊？"

"那不是吗？甩着鬃的水——马。"

舅舅用脊背顶住门扇，叫我看滩地上由无数个浅灰色水柱组成的雨墙，那半透明的水墙在风里摇摆。

"是暴雨。"我大声地说。

"不，是马鬃雨。"舅舅说着，伸过手臂，那瞬间，他嘴角浮出令我至今都无法忘掉的笑容。那笑，浅浅的，无声，像是要从什么人手里接几块冰糖。

雨霁，我俩离开小屋，循着山洪的轰响走到满是小沙丘的野地。沙窝地很少发洪水，因而对于我来讲，那可谓是从未有过的壮观。混浊的洪水，竟然当腰横切沙包，划出大口子。舅舅大概也没见过那等奇观，呜啊咿呀地叫着——他高兴了会那样叫——要跨越那口子。他向后撤出几大步，弓背，缩身。我嗷地哭起来。

那时，我已经知道舅舅是个智障者，不过，不是先天的。用母亲的话来讲，舅舅是在逃亡途中受了惊骇而变"傻"的。起初，关于舅舅逃离都城佛院一事的真实缘由，整个沙窝地人，家族亲戚包括我父母，只停留在"年龄太小，熬不住粗茶淡饭、起早贪黑的求经之苦""脾性泼皮，禁不住红墙黄瓦内的寂寞"等合乎逻辑的猜测，因为谁都不晓得舅舅为何逃离都城佛院，一路向北，徒步千里，用去一年零三个月的时间回到沙窝地。后来，父亲托人四处打听，才得知舅舅是因为太想家而贸然离开了那里。同时，在逃亡途中，他被困野山，不但冻坏了手，还差点丧了命。发现舅舅的是位看护铁路的老头。这位老头捎来口信说，他是在腊月初三大清早巡查铁轨时撞见近乎冻僵的舅舅。随后舅舅在老头家待了八九日。前几日，舅舅从早到晚守在壁炉前一言不发，老头见状以为他是个哑巴，不再搭话。等到第五六日，老头偶然发现舅舅挎包里塞满了鞋子，而且多数是女式的。老头这才觉察出来者神志异常，心下萌生恻隐，不再去打搅。到了最后一日，老头听到舅舅竟嗡嗡地、口齿含糊不清地念起了经，惊讶得半天缓不过神。不过，老头是个无神论者，很巧妙地驱走了舅舅。

舅舅是在他十九岁时逃回来的。对于他第一次出现在我眼前的记忆我很模糊。印象中，应该是在某个燃着蜡烛的夜里，屋门突然大开，风幽幽地飘进来，灯苗左右摇摆，屋内忽明忽暗，母亲去闭门，走到跟前，木桩似的站住——黑黑的门框那边，竖着一道毛茸茸的黑影。烛光晃过，黑影脸上闪着一对亮亮的眼睛。

黑影直直地看我。

那夜，黑影一直痴痴地盯着我。当母亲一边簌簌地抹泪，一边忙里忙外地烧水熬茶，往桌上摆风干牛肉条、羊油馓子、砂糖果条、酸奶炒米、红枣月饼等时，黑影的眼神也没从我脸上挪开。就连坐到桌前，咂巴咂巴地嚼食，嚼得双腮凸起，瘪下去，喉结一滚一滚时，黑影都没停止对我的注视。相比关心黑影的目光，我更留意的是他那双没有手指的巴掌。我发现黑影取食时，将两个巴掌同时伸过去，严严实实地合到一起，缩回去，凑到嘴巴跟前，掌心里竟然有了牛肉条或者果条。

黑影吃了又吃。

那夜，我应该是在一种梦幻般的玄妙氛围中浑然入睡的。因为，等我再次看见黑影时，他已经坐在木凳上，脖颈裹着花布，任由我父亲剃去他一头乱糟糟的发丝。

"嘿，奥吉，快喊舅舅好。他是你舅舅。"父亲说。

我不理会，溜空从父亲腋下钻过去，又绕回来，我在找那双不长手指的巴掌。终于，我明白过来了，他将手掌藏入了袖筒。我蹲身，近乎趴地，从低角度窥探。黑黑的袖筒内，一个羊胎盘似的东西慢慢地缩回去。他大概羞于我的窥视，睁圆的眼睛不停地眨巴着，看我。

"嘿，跟你讲话呢。喊舅舅。"父亲的嗓音干干的。

我起身冲出屋。

对我来讲，舅舅的出现是件令我开心的事。这或许是因为舅舅身上有种天然的温和感，或者说我发现他的眼神里没有丝毫的"凶气"。这点与生气后的父亲截然不同。同时，我也从父母口中得知，舅舅原本就是我家的成员。舅舅在他三岁时跟着我母亲来到我父亲家，他是我母亲和父亲一手拉扯养大的。我们四口之家，我还有个姐姐，年长我十岁。只是姐姐总在求学路上，很少在家。舅舅的到来，意味着我有了一个与姐姐差不多大的"哥哥"。不过，我俩最初的接触很不顺畅，他少言寡语，除了莫名其妙地嘿嘿笑，多数时候他都是安静地待着，不理任何人。为了接近他，我把我的弹弓、滚环、红柳木马等玩具给他看。他却无动于衷，甚至有些不屑一顾。这使我很恼火。有次，母亲叫我带着舅舅到野地看马。"看马"是指解手。母亲塞给我一沓毛纸，低声跟我讲，记得帮舅舅擦屁股。

我忘了我是否对母亲表达了我的厌烦。我只记得，等两人到了野地，我丢开舅舅，拉弹弓打野鸟去了。没一会儿听见他喊我，我举起弹弓，喊，你自己来。他不作声。我一小步一小步地蹭过去，只见他蹲在一簇簇芨芨草后，安静地看着我。

我大声地喊——的的确确，我近乎扯伤了嗓门——"站起来。"

舅舅并没有站起来，而是嘟囔着说："夕阳是个血泡。"我回头看夕阳，夕阳果真灌满血浆似的变得通红。黑灵灵的，飞过几只羊角百灵。我猫腰，慢慢地靠过去。"呜啊啊——"舅舅站直身，高声喊着，向夕阳挥手。他的喊声自然惊走了我的猎物。我拉满弹弓，只听"啪"的一声，舅舅的呼声立刻沉寂。他站在那里，一条胳膊还举在半空中。钝钝的巴掌，似一杆桨板。

我扭身，逃去。

远远地听见摩托车声响，我迎过去。沿着嵌入地面的土路，一辆摩托车突突响着靠近。是父亲，背着夕阳，看不清面孔，只见整个人影镶着一圈金色晚霞。

"哦，我的奥吉在陪舅舅啊。"父亲亲切地说着，可下一秒语调变成干硬的，呵斥道："你个兔崽子。"因为，父亲看到舅舅正光着腚，一拧一拧地走过来。父亲迎过去，不一会儿两人一同回来。

舅舅额头上鼓囊囊地起了一颗肉包。

我的肩头也被父亲的大巴掌刮出几道掌印。

到了夜里,灯下,我俩瞅着彼此的伤痕扑哧大笑。扯平了。

接下来的很多天里,我和舅舅赶着牛群出坡。说是群,实则只有七八头牛,其中有一头毛发黑亮、双目滚圆的公牛,我们称它为"牛王"。牛王脾气怪异,见了我总是怒目而视。我嫉恨它的怒目,常常趁它嚼草、反刍,拉满弹弓,对准它那对打弯的角,啪地射出石弹。很多时候,它只是瞪圆牛眼,鼻孔咻咻,哞叫几下。有一次,石弹直直地击中它的胯裆。它嗷地猛叫,又瞬间弓脊,提臀,束尾,脖颈压低,下巴贴着地面,箭一样冲来。我嗖地转身,逃遁,偏巧鞋子卡进耗子洞,只觉地面旋转、云朵战栗。我闭紧双眼。待我睁眼,发现我在飞,牛王在我下面,还有一个黑影。黑影是舅舅,他的一条胳膊插进我的衬衫,将我像个风扇似的在他脑颅上空转。牛王也在转圈,它的尾巴扫过我的面颊,粗糙糙的。哐啷,水桶打滚,牛王的一条腿插进水桶。嚯嚯的、粗粗的喘气声,我发现我已经跨到舅舅肩头了。他在疾跑。忽地,整个人摇摆,我后仰着近乎摔跌。一条硬邦邦的胳膊当腰箍紧我。风掀掉他的衬衫,他的肚皮好白。我的脸贴着那肚皮。牛王就在我俩后面。一对牛眼红彤彤的,翻着白,潮乎乎的牛嘴吐着唾沫。我喊:"快点跑啊。"刚喊完,我被甩出,飞起来,落下去,落到草垛上。舅舅紧贴地面,躺倒在草垛下。牛王绕着草垛,哞哞叫,甩尾巴,腹部圆鼓鼓的,黑黑的身子泛着奇异的光芒,后蹄刨土,刨得脊背一抽一抽的。

从那之后,舅舅常常一个人随牛群出坡。偶尔带我,我也得爬到树上,等到牛群走远了方能下去。记忆里,过了好几年,牛王才不再找我的麻烦。

夏天很慢,秋天亦是。父亲母亲忙着秋收,一忙好多天。舅舅也会帮着他们套牛,装车,拉草。这种时候,我非要舅舅将我扶到草垛上。牛车慢腾腾地前行，我在草垛上左右开弓，打鸟。啪地，落下一两片羽毛。我伸手欲接，才发现羽毛是阳光。我冲着舅舅喊："喂，看过来。"舅舅回头，"哦呀"，嘴张开。啪——石弹直直地射进他的口腔。他再次"哦"了一声，手掌盖住半张脸，闭眼，愁苦苦地蹙眉。我喊："挪开巴掌。"挪开了，嘴唇紧闭。我又喊："张嘴。"嘴张开，黑黑的一个小窟窿。

我大笑起来，笑得摔倒在草垛上。

傍晚，一家人围着小方桌，噗噗地吹着热气吃面。舅舅不停地吹热气，不吃一口。父亲说："快吃嘛。"舅舅说："太烫了。"他把"太"字音发成"忒"，还喷出一嘴的口水。父亲发现了小窟窿。父亲丢开碗，进屋，从水瓮一侧抽出"黄马"，那是一截细软的柳条。我刚要逃，父亲的胳膊无端地变长，拽牢我的衣领。我发现父亲的胡子在乱颤，还有面颊也在抽搐。

我号哭，四肢七零八落地踢腾，欲挣脱。

"哦，呃，不碍事，还能吹口哨。"舅舅过来，身板抵住父亲，嘘嘘地吹着口哨说。

父亲将胳膊一甩，我凌空飞出，落入舅舅怀里。舅舅笑了，两片厚嘴唇呈椭圆，当中一眼小小的、黑黑的窟窿，窟窿那边是紫红的舌尖。

这是一幅定格于我心中的画面。

冬季，雪地上，一溜歪斜的足印。那是舅舅的，我在他肩头。他的耳朵红红的，像只没长毛的雏鸟在光溜的窝里瑟瑟发抖。冬天看马，我们不用毛纸，用雪。他嗷嗷叫，我咮咮笑。有时候也用冰坨子，他也是嗷嗷叫。他的皮袄松垮，敞着怀，风来了，呼啦啦地飞，整个人瞅着神似牛王。他让父亲给他剃发,却不叫给他剃须。卷曲的毛楂楂从下巴垂至胸前,任风舌一撩一撩地,掀起,又收拢。

有一回,风撩起舅舅的皮袄衣襟,红红的一个什么很扎眼。我嚷嚷着要看,他不肯。趁他不注意,我麻溜钻进去,热烘烘的汗液味,呛鼻。我屏住呼吸,胡乱抓,抓到硬硬的一根指头,抓着不放。一双大巴掌隔着皮袄戳、拧、挤,我张嘴吐气,喉咙里闷闷的,喊不出来。大巴掌松开,我晕晕乎乎地跌至雪上,手里却仍抓着"指头",睁眼看,原来是只女人的高跟鞋。鞋跟似手指。舅舅夺去鞋子,跑出几步,揣进怀里。我气恼地喊:"你干吗揣着女人的鞋?"舅舅摆出一脸迟疑,说:"哪有啊? 哪有?"我扑上去。舅舅大大方方地敞开怀。鞋子果真不见了。我不依不饶。舅舅忙说:"飞走了,飞走了。"我左看右望,白晃晃的雪地,延伸至很远,没有一抹红。

鞋子的神秘失踪叫我困扰好久。

那时我和舅舅睡耳房。到了晚上,屋内燃根白蜡,他坐在灯下,翻着皮袄,说:"你没见过虱子,我给你找一只。"找了好久,白蜡都矮了一截,还没找见。他悻悻然地叹口气,说:"人吃了果子就不会有虱子。"我说:"哪有果子?"他说:"糖就是果子。"我说:"糖是糖,果子是果子。"他说:"那边的果子大,比羊头还大。"他说的"那边"是指他曾待了四年的都城佛院。我说:"胡说。"他摇摇头,说:"你得麻溜长大,大了得去那里。"我说:"远不远?"他说:"很远,从夜里走到夜里。"我说:"那是多远?"他说:"月亮的肚子鼓起来,瘪下去,鼓起来,瘪下去,好多回就到了。"我说:"月亮哪有肚子?"他笑笑,不作声了。

"月亮的肚子是透明的。"

这句话也是他讲的。

耳房很小，靠墙有盘土炕，土炕一侧有土灶，嵌着大铁锅，锅里烧着水，不断冒气，屋里潮乎乎、雾气蒙蒙的。烧灶是为了暖炕。我俩赤着上身，他要我给他抓背。我抓几下，用毛刷子刺刺地刷，刷着刷着把刷子插进他腋窝下。他夹紧腋窝，呵呵地笑。

那时，很多个冬夜就在他呵呵的笑声中隐入漆黑。

天暖了后，沙尘灌满旷野。舅舅跟着牛群走。我追过去，追着追着，在风里打着弧线朝着另一个方向跑。转过身，黄尘里已经不见舅舅的影子。等到暮色沉沉，黄尘散尽，地平线上一个黑点，又一个，再一个。牛和舅舅回来了。有次，他的挎包鼓鼓的，去翻，翻出一堆的鞋子。有敞口的，有窄口的，有沾泥的，有破洞的，有"指头"的，有驴蹄似圆头的，我把那些一个一个地扔到地上。舅舅看见了慌慌张张地皮袄都不脱，咕噜趴在一堆鞋子上。我说："你要穿吗？"他说："什么？"我说："鞋子。"他说："哪有鞋子？"我说："就在你下面。"他说："我下面什么都没有。"我说："我要告诉父亲。"

他的胳膊硬撅撅地戳过来，戳得我胸脯嘶嘶地痛。

那是他头一回打我。

我夸张地扯开嗓门干号。

"有糖。"舅舅慌乱地说。我说："在哪儿？"他说："在——"我说："你胡说。"他说："在那里。"我说："那么远。"他说："你快长大吧。"

后来，鞋子越来越多，已经在屋角堆成小山了。好多次，我趁机拎起一两只丢入灶膛。舅舅见了，哎哟叫着，将胳膊伸进灶口，胡乱扒拉一小会儿，缩回来，又伸进去，又缩回来。我笑，没有手指的手掌真没用。我用火钩钩回一只，火苗在鞋口蹿，扑哧哧地跳跃着火星。他抬脚，狠狠地踩、跺，火苗灭了，一缕缕青烟散发着奇臭的气味,徐徐摇摆。

父亲进来,咳咳地干咳。父亲发现了小山似的鞋堆。我嚷嚷着说:"都是舅舅捡回来的。"

舅舅只是哎哟哟地跺脚。

父亲却什么话都没讲。

天慢慢暖和了,舅舅脱了皮袄,换成缀着十只纽扣的长褂。我的一二三四五就是数那些纽扣数会的。

有那么几天,父亲、母亲和舅舅总往草甸子那边走。父亲牵着牛车,车上装着铁丝、木桩、镢头、铁锹、镐子等。到了草甸子那边,他们三个忙着掘土、挖坑、埋桩、拉网,很快,一道长长的围栏出现在草甸子上。眼看着通往乌鸦滩的小径被围栏堵住,我问父亲:"把小径堵了,人和牛群怎么到乌鸦滩?"父亲说:"人和牛都不去了,永远都不去了。"我问:"为什么?"父亲说:"那里已经不属于我们了。"现在想来,当初也许是见我还年幼,父亲懒得给我讲明白牧民承包草场的来龙去脉,也懒得跟我讲,用围栏圈起分得的草场意味着沙窝地牧人的生活正迎来前所未有的变化。

我吵吵着求父亲不要拦截小径,父亲不吱声。我又说:"我要到乌鸦滩那边玩,可是围栏这么高,我怎么过去?"不等父亲回答,舅舅从一旁说:"飞过去。"我说:"那你飞,飞一个给我看。"舅舅呵呵笑着,不吱声。舅舅有双亮亮的、清澈的眼睛,但是那天,当我冲他吼着说话时,他的眼睛里竟然蒙着一层混浊的泪。

没几日,父亲卸下仓屋的门走向草甸子。回来时,父亲的肩头空空的。望过去,小径尽头立着一扇门。我跑过去,推开,门板嘎吱一响,里面尽是一望无际的野地。关了,回头,亦是一望无际的野地。

又几日,父亲用湖蓝色油漆漆了那扇门。远远望去,绿茵茵的草地上突兀地立着一扇蓝色的门,像是只要有人推门而入,便会进入另外一个空蒙而奇幻的世界。

夏雨一场接一场地降临。草越来越高,越来越繁茂。小径慢慢地隐入草丛间,忽隐忽现。我才发现,自从拉了围栏后,我们很少走那条小径,就连舅舅也不会赶着牛群抄着小径走向乌鸦滩。

有一日我去看,门上了闩,怎么推都无法开。门就那样孤零零地"僵死"在野地间。

在一个蚊虫、蛙鸣四起的傍晚,我和舅舅从草甸子回来。我俩走得极慢,因为在野地不停地掐沙葱、扎门花,我早已累得腿脚都不想挪动。而且舅舅一手托着一捆柴火,一手托着装有野菜的布袋,根本无法顾及我。忽地,空气里一阵隐隐的烧焦味。紧接着,我俩同时看到母亲的身影以及就地而起的青灰色浓烟。舅舅先是一愣,接着款步疾走,继而丢开柴火、野菜,突突地跑去。我也急匆匆地尾随过去。

舅舅还是晚了一步。他那些从野地、路边、沟壑、沙湾子捡回来的鞋子早已被火焰吞噬,好多个鞋口张大嘴,像是集体在暗哑地惊呼。母亲说:"听话哟,以后不要再去捡了啊,都是别人扔掉的。"舅舅听了,脖子一梗,人便僵在那里,嘴张开,迟迟吐不出一个字来。母亲用木棍钩出一只红色高跟鞋,鞋子怪异地弯曲着,仿佛是一只长长的羊脚趾。母亲说:"呃,尤其是这种的,一定要烧掉,鬼上过脚的。"我说:"鬼?那红色的呢?"母亲说:"也一样。"我向舅舅瞟了一眼,只见他举起手臂,击打前胸,仿佛火烧到他胸口上。他那垂至半胸的"羊须"——我管他那一绺胡须叫羊须——岔开,又收拢。那一刻,我感觉舅舅一下子变成了一个老态龙钟的人。

好像是这件事发生后的某一天,父亲剃去了舅舅的"羊须"。舅舅好像也没反对。他把长褂也脱去了,换成露肩膀的背心,那背心松松垮垮的,像是从他前胸扯下的皮囊。

仲夏夜,我和舅舅不点灯,敞着门,待在屋里。月亮不断爬升,爬到屋檐上。舅舅说:"月亮在屋檐上孵蛋。"我说:"月亮在天上,你骗我。"舅舅说:"你瞅瞅嘛,好好瞅。"我向后挪了挪身,月亮刚好挂在门楣上。我说:"果真是伏在门楣上孵蛋。"

舅舅吁地叹口气。

现在想来,那一刻舅舅神志一定特别清醒。

应该就是在那一夜后的早晨,我醒来后发现舅舅不见了的。现在猜想,那个夜里,舅舅应该是整夜未眠,一直醒着,空睁着他那双清澈的眼。而且,他一定是趁我熟睡,趁我父母也熟睡,等到月亮下山后离开的。

起初,我们都以为舅舅独自一人到草甸子砍柴去了。等到晌午还不见人影,父亲才出去找。父亲是骑着摩托车去的。到了后晌,父亲独自回来,绷着脸,母亲问了好几句,他都不理会。

须臾,父亲说了一句:"门大开着呢。"

母亲问:"哪个门?"

门果真大开着,门闩被抽走,丢在草丛里。

母亲弯腰弓背,拨开草丛找舅舅的脚踪。我也在一旁。

根本没有什么脚印、鞋印。

"啧啧啧,哦……"母亲蹲在一小片花丛中抽泣。她发现了一地被踩踏的花瓣。我挨过去,依着母亲坐下。门就在我俩对面。门框高高的，门洞窄窄的，门扇向那边推开，从门楣下能望见湛蓝的天空。那里没有云。

舅舅一走便是好多年。在这好多年里，我从六岁长到了二十六岁，长到比门高出一小截。好多年里，门一直在。隔个几年，父亲总会用新的油漆刷一遍。到了夏季，草木长高，隐去其半截身，门显得不是很扎眼。但是，到了冬季，草木枯败，门便凸出地面。尤其是在下过雪后，夜里，野地白灿灿的，远远地望去，一抹黑影孤零零地杵在那里，门好像突然被拉开，嘎吱，同时传来楚楚的脚步声。

有那么几次，母亲提醒父亲要不把门卸了。父亲不言，直摇头。

舅舅失踪后的日子里，每到夏季，父亲便驾着他那辆突突奇响的摩托车出去找舅舅。近的，方圆百里，父亲没有落下一户人家；远的，他去过塔尔寺、五当召、拉卜楞寺，他甚至还去过西藏布达拉宫。去布达拉宫的那次，他走了整整三个月。那时我已经十七八岁，暑假回沙窝地，父亲不在。等暑假结束时，父亲回来了，晒得黑黑的，身上裸露的肌肤铁片似的光溜，只是头发变了色，变成烟灰色。再后来，父亲使不动摩托车了，但他仍旧没有放弃心里的念头。后来听母亲讲，父亲之所以那么执着，一是他不相信舅舅不在了，二是那些年父亲向好多打卦看相的问过舅舅的下落，那些人的答复都是舅舅还活着。

再后来，父亲养了一匹马，一匹铁锈色的驽马。也许，父亲养马不是用来骑的，而是只想有个走路的伴。父亲很少骑它，总是牵着走。父亲在前面走，它在后面。父亲走路看着地面。它也是，偶尔抬起头，抖抖鬃毛，继续低头。父亲在他六十八岁时失聪。我想象不出那是一个怎样静谧的世界。也许是主人很少讲话，那匹马也很少嘶鸣。父亲没有给它取名。

父亲离世的那天午后,我回到沙窝地。冬季寒风很硬、很干,但毫无声响。当母亲进了仓房,找个什么出来时,那匹马突然发出一声清脆的嘶鸣。

那是一种什么样的嘶鸣呢?

我想,是一声对着冬日惨白的夕阳发出的凄然尖叫。

出殡那天,我和邻居家男人将父亲的遗体驮到马背上。这是父亲的遗愿,他要骑着他的马回到野地。那天天空晴朗,万里无云。我们一行人沿着野地走了好久,走到望不见我家房屋,却能望见那扇门的向阳坡。

"千万要让我永远望见那扇门——"这句也是父亲的遗言。

按照沙窝地风俗,父亲的马将要被放生。我取下马绳,绞取几绺鬃毛。母亲递来哈达,要我编到马鬃上。编好哈达后,我拍了拍马脖子,它晃了晃脑袋,发出低沉的鼻响。我又拍了拍它的脖子,我想说句话,可不知道说什么。它静静地站了片刻,甩尾走去。

"当初是您和父亲一同送他到都城佛院的吗?"

"什么?"母亲的眼睛瞪圆,直直地看着我,转瞬灰白的眼球上蒙上了透明的泪液。

母亲摇摇头,泪液已经沾湿她的腮帮。她站在那里啜泣着,我扶着她向屋子走去。

"我们谁都没有走进他的世界。"我说。

"孩子,当初我不该把那些鞋子烧毁,真的不该啊。"母亲站住,整个人颤抖着低声呜咽。

"您别自责。我听父亲讲,他捡鞋子只不过是一种抵御心中恐惧的行为。呃,当初他不是徒步走了那么远的路吗?您也知道徒步容易穿坏鞋子的。他那只是个习惯,没有别的。"

"那他回来还担心什么？这里可是他的家。"母亲再次泪眼婆娑地盯着我。

"哦，或许他一直以为自己还没有回来。"

父亲走后的九九八十一日，我再次回到沙窝地。母亲告诉我，马不见有四十多天了。母亲说，它应该是回到儿时的故乡了。熟悉草原马的人都知道，马的记性特别好，一般情况下都能回到出生地。我听了，心里很不是滋味，但也没想着去找它。

门，还在，只是已经很破旧，漆面斑驳，门框歪斜，扇板也脱落了一块。看得出，父亲早已放弃了对它的维护。门闩锈迹斑斑，轻轻地拉，"咔"的一声，螺丝钉与卡扣解体。轻轻地推，门框变形，又一块扇板脱落。

我走远一些，回头看，门整体歪斜着，像是只要被风轻轻掀一下，它准会散架，坍塌。在门的那边，我所熟悉的乌鸦滩光秃秃的。我这边也是，松软的沙地上还没有一根青草破土而出。

门内门外，一场空。

我向天空望去，云浪慢慢地堆上来，浪头白灿灿，浪尾呈银灰色，铺天盖地，蜷曲，喷涌，压过天际的硬梁。

眨巴眼，云浪瞬间消散。

沙窝地的初夏，满目的灰色、贫瘠，仿佛春天从未降临过。我的两个孩子在沙包上玩。叽叽喳喳的笑声，或多或少打破了四野的死寂。

"噢，噢，看啊，爸爸。"

突然，两个孩子高呼着，向门那边指去。

我看过去。

门居然大开，一匹鬃毛拖地的马正从门框下钻进来。

马鬃嗞嗞啦啦地被掀飞，毛茸茸的。

哦，那分明是舅舅。

野地歌

整夜，萨热泰都没嚼一口草。它盯着那只虫子，立在马槽前，盯得脖颈发酸。一只倒霉的金龟子，它本该在拂晓前钻进土里或者草垛下。可是，黄昏里它来到马厩后糊里糊涂地落在萨热泰的尾巴上，偏巧萨热泰将尾巴一甩——它便四仰八叉地躺在马槽底。马槽底是水泥磨平的，槽身很深，它完全爬不出来。它的翅膀被摔坏了，细腿脱落了好几条。现在，等待它的只有死亡。

萨热泰从它越来越困乏的状态里嗅出了死亡的味道，它难过地垂下头，金龟子令它想起了老主人。就在刚才，它进入了一种虚幻中，它看见了老主人——蜃气溟濛的野地间一个黑影慢慢地变大，最后变成老主人的身影，萨热泰不由发出清脆的嘶叫，并四蹄用力一蹬——它被自己过猛的踢蹬踢回到眼前，它看见那只虫子居然爬动起来，向一侧腾挪着，突然滚了一下，半身卡在槽底缝里，空蹬几条细长的腿，跋前疐后的无助样。萨热泰真想用嘴唇咬它一口，将它翻过身来，可是黝黯晨色使它眼睛发昏，虫子忽而清晰地出现在眼下，忽而变成一窝黑黑的影子。萨热泰想，果真是老了，这么近的距离都看不清了。

一阵急促的脚步声响起,萨热泰猜是小主人。果真,小主人出现在马厩里,给它套上笼头。

小主人是个八九岁的男孩,个头还没有它脖子高,却早已是一个很好的骑手了。萨热泰想,或许,将来的某一天,小主人就是整个沙窝地最年轻的驯马师了。想到驯马师,萨热泰不由联想到它的老主人,一想起老主人,它感到悲伤与沮丧。小主人好似懂它心思,抱了抱它的脖子,又亲了亲它的额头——这使萨热泰又立刻从悲伤与沮丧间振作精神,仰起头,直直地看着小主人的脸。小主人的眼睛里闪着奇异的光芒,不像是来自一个小男孩的眼睛,而是一个降服过很多烈马的驯马师。小主人牵着它走出马厩,到了栅栏旁,还没等萨热泰站稳,小主人已经在它背上了。

晨风习习,七月的原野地,早已从春季的灰蒙中挣脱出来了。萨热泰大致猜出小主人要到哪里去。昨天下午,家里来一个小男孩,小主人和那小男孩说了好多话,两人还走到马桩旁,给萨热泰刷了毛,还将它的鬃毛扎成很多小辫子。现在,看前进的方向,萨热泰确定小主人要带它去看那达慕。以往,老主人在时,每到这个季节,他便带着萨热泰到那达慕参加比赛——对于它来讲,那段岁月是它生命中最辉煌的经历。可是,眼下它已经很老了——它发出低沉的鼻响,想以此来提醒小主人,它不是几年前的它,它早已不属于那达慕了。现在,它几乎和那只笨拙而可怜的金龟子一样,然而,小主人却欢快地吹着口哨,要它一路向依拉拜河那边疾驰。

沙窝地松软,每踩一步蹄掌都要陷下去,萨热泰感到喘不上气来,脖颈也发沉。所幸,依拉拜河灰暗惨白的"身段"出现在前方,萨热泰想,到了河滩地它可以喘口气。

下河岸时,萨热泰放慢脚步,将脖子后仰,它可不能让小主人从它脖子上滚下来。

河滩地满是碎石,萨热泰得小心地寻找落脚点,如果老主人在,一定会任它选择。可是小主人呢,这个身子轻轻的小男孩,只顾胡乱地牵拉着缰绳,拉得它嘴角有些发痛。河当中横躺着枯树干,它们是被洪水冲下来的,乌鸦群在那里参起又落下,好似正在为一件不寻常的事狂欢。萨热泰不理会它们,与它的年龄相比,它们太年轻了,除了在天空里飞来飞去,它们可真没有别的事情可做。它们或许会为同类的离世而悲伤,却不会为某个人的离世而悲伤。它们与它可是不一样的,虽然它们与它都在这片原野地生活。

过去的很多天里,萨热泰为老主人的离去而悲伤。它思念老主人身上的烟草味,思念老主人温和的笑容,思念老主人的口哨声——对于萨热泰来讲,老主人的口哨声是整个宇宙间最美妙的音符。然而,如今它却再也见不到老主人了。它明白老主人离去后,在这片原野地,不会有第二个人能看懂它的眼神。

突然,小主人吹起口哨来。萨热泰脚底一踉跄,险些踩到灰鼠洞。与老主人的口哨相比,小主人的口哨简直就是小虫乱叫。短促、尖细,远没有老主人的悠长、苍凉、孤寂。然而,萨热泰也从小主人的口哨声中听出了小主人内心的欢畅与激荡,他多么像当年的老主人。萨热泰感到一阵鼓舞,仿佛这一声声口哨声,唤醒了它体内沉睡多日的勇猛,使它的血液瞬间沸腾,它仰起脖子,目光直直盯着前方,它要飞奔,要像过去一样,逆风疾驰。

没多久,前方出现鼓囊囊的大沙包,沙包那边更高的坡地是毛罗尔敖包,那上面——哦,不想了——萨热泰吐口热气,将视线移开。先前的一路疾走,使它开始喘粗气,胸口烫焦了似的生疼。它再次想到自己的年老,换作以往,这点路程,它连眼皮都不会眨一下。

离开河滩地,小主人没有让萨热泰沿着毛罗尔敖包脚下的土路前行。这叫萨热泰有些迟疑,在它记忆里,去往那达慕是要沿着土路走,而不是往敖包顶上走。有几次,萨热泰执意向土路走去,然而小主人牵住缰绳,叫它顺从他的意思。萨热泰只好顺应了小主人。朝阳刚升起几丈高,早晨的凉意便散去了。一阵阵热浪从地面扑到脸上,萨热泰感到喉咙发涩,口舌干燥,胸腔里嚯嚯响——再继续下去,它也许会摔倒。然而,小主人却并没有叫它停下的样子,见它放慢速度,有些焦躁地拍拍它的脖子。忽然小主人冲着敖包顶喊了几声,只见一匹马从敖包顶扑突突地冲下来,到了跟前,萨热泰认出是昨天的小男孩。小男孩骑着萨热泰的朋友,那匹名叫朝弩其的马。到了跟前,朝弩其凑到萨热泰跟前,用鼻子嗅了嗅它的脸,还高高地提起尾巴,用一种怪异的眼神告诉萨热泰,它再也不是那个小小的马驹了。萨热泰大大地吸了口气,将脸别过去,它不想叫朝弩其发现它眼角的疲倦。

下了坡,沿着土路快速前行了一段距离后,萨热泰再次放慢了速度。它很吃力,每喘一口气,胸腔发疼,四蹄发僵,脑袋发沉,眼睛里也蒙上水波。真的是大不如前了,过去,老主人在时,它负着老主人,迎风而去,风从草梢头吹过,草梢头一浪浪地摇摆,它仿佛悬在半空——对于一匹马来讲,疾驰原本就是一种生命的姿态。然而此刻,萨热泰就要被剥夺这一切了。它看了看前面的朝弩其,朝弩其一直用很稳的速度在前行,阳光照在它身上,使它浑身泛着金黄色的光。它高高地翘起尾巴,后仰脖颈,额头上还扎着小辫,那是它主人专为它参加比赛而做的装扮——它是如此矫健,它的四蹄轻快地落下而又轻快地收起,它的呼吸声也是那样的低沉,几乎听不到。萨热泰突然从一种嫉妒中亢奋起来，它狠狠地甩尾，蹄下猛地用力，箭一样从朝弩其身旁闪过。

两个男孩发出尖叫声，萨热泰感到一种久违的喜悦。朝弩其被它突如其来的冲刺慌了神，嘶叫着从后面追过来。萨热泰屏住呼吸，微微挺进脖颈——它想，只要小主人不乱了套，朝弩其是不会超过它的。

除了飕飕的风声以及急促的马蹄声，什么都听不到了，两个小主人也守住了尖叫，四野寂静。没一会儿，萨热泰感觉前方窄长的土路慢慢地向上攀起，仿佛一条泥沙河正迎着它冲下来。小主人俯下身紧贴着它的脊背，好似正暗暗地为它鼓劲儿。朝弩其的蹄声越来越远了，萨热泰稍微放松下来，然而等顺着土路拐弯时，萨热泰惊奇地发现朝弩其其实就在它后面，只差着几步距离。萨热泰再次挺进脖颈，它想，它要证明，证明一匹马即便是老了，也不会丧失斗志。拐过土路后，顺着缓坡斜下去，路面满是石头子儿，这让萨热泰有些担忧，它放慢了脚步，这种路上总有雨水冲击后留下的小坑，它知道怎么避过去，可是朝弩其只顾着追它，加上它的蹄下扬起的尘土会让朝弩其看不清路面——朝弩其会不小心踩到坑里的。萨热泰放慢了速度，一阵有力的嘚嘚声，朝弩其从它身旁超过去了。萨热泰继续放慢速度，这时小主人坐直了身，向着前面的小男孩喊了几句，只见朝弩其也放慢了速度。萨热泰没急着跟过去，朝弩其回头冲着它看，那眼神好似在说，你果真是老了。萨热泰避开朝弩其的眼神，它向不远的沼泽地那边望去。它记得，过了沼泽地走一段路才能抵达举办那达慕的地方。沼泽地上空灰蒙蒙的一片，大片玄青色云正从那上方不断地膨胀，衬得沼泽地空前的白亮。要下雨了，半空里浮着刺眼的白光。

四野岑寂,沙窝地人将这种人烟稀少、长满驼沙蒿、野麻黄、梭梭柴的野地叫巴拉尔地。这里有成群的黄牛、细毛羊,还有见了人便会围拢过来喳喳不休的、脾性暴躁的黑头燕。萨热泰知道黑头燕喳喳叫是在乱发脾气,它也曾被黑头燕围拢过,但它从不去理会。然而此刻,空旷的原野地一只黑头燕都不见,凝固了一样寂静,就连低吟的风声都没有。天气越发的燠热。两个男孩不停地说着什么,萨热泰听到几个熟悉的字眼:尚霍尔、洪格尔呼……看来他俩在谈论着它的同类。尚霍尔是老主人的另一匹马,萨热泰刚到老主人身边时,尚霍尔还在。尚霍尔通体银白,即便是在深夜里它身上也蒙着一层朦胧的白光。它喜欢和尚霍尔撕咬着追逐,那是纯属它俩的娱乐。后来,尚霍尔突然不见了。尚霍尔不见的那天也很燥热,原野地上空的云很特别,看着黑黑的、绒绒的,像是整个青空都长了胡须。那天早晨,萨热泰见老主人进来马厩,萨热泰以为老主人要将它牵到木桩上,然而老主人并没有那么做,而是牵它出了马厩后,驮上一个编织袋,直直地向毛罗尔敖包前行。后来,萨热泰看见老主人从编织袋里提出尚霍尔的头颅——还是不想了吧,此刻萨热泰真不想回忆起那些令它悲伤的事。

　　很快,沼泽地上空的乌云变成横卧的黑屏障,看来要下场暴雨了。朝驽其回头冲着它打鼻响,要它快些过来。萨热泰却没有回应,它突然觉得脑袋仿佛变成一颗巨大的秤砣,很难抬起来,嘴唇也发僵发麻。朝驽其翘起的尾巴仿佛变成长长的黑线正要打着圈圈勒紧它的喉咙。同时,胸口好像被插进了很多茅针草似的发痒,每次呼吸,胸腔里嚯嚯响。这真叫萨热泰懊恼,它用力地打了一次鼻响,试着将胸口的一团热气散去。可是,它的鼻响居然是那样的不起眼,喉咙好像被什么卡住了。它觉得它就要跌跤了,它的后蹄趔趄着使它整个身子摇晃。也许是感觉到了萨热泰的异样,小主人拍了拍它的脖子,吹起口哨,这令萨热泰再次不由想起了老主人的口哨声——曾有多少次,在朦胧夜幕下遥遥地传来老主人的口哨声后,萨热泰像一股子风冲向老主人。它记得,那瞬间,皓空里星辰旋转,大地上野草摇摆,灰鼠、野兔遇见猎鹰似的逃遁,就连那天边的山头也会滚动起来,像个巨大的猛兽在那里匍匐——那一刻,它还会发出长长的嘶鸣。

萨热泰感觉浑身燥热,它再次仰起头向前冲去。

刚到沼泽地,雨便来了。大大的雨滴落到萨热泰身上,叫它身上发痒。萨热泰将脖颈挺直,淡淡的水腥味、泥土香使它胸口活泛,先前的憋闷消散了。一阵凉凉的风过后,帘子似的雨水已经出现在沼泽地上,雨过的地方,地面上白茫茫地浮起水雾,风将那水雾卷起,水雾便打着旋,摇摇摆摆地拉开了横扫四野的架势。萨热泰轻轻地叫几声,朝弩其也回应了一声。两个小男孩已经下了马,蹲在各自的马脖子下。他俩显得很兴奋,不停地大声说着什么。

很快,四野隐入雨水间,变得虚虚实实,偶尔风过的地方露出酱色地面,而那地面上很快亮出一片水来。空气里弥漫着水腥味、泥土味和浓郁的碱土味。萨热泰一动不动地立着,胸口处感到来自小主人身上的温热,它觉得小主人像只躲在巢穴里的雏鸟,正啾啾乱叫着等母鸟归来。朝弩其则不停地晃动着脑袋,很显然密匝的雨滴令它很焦虑,它还时不时腾挪一下身子,好似正有一群嗡嗡作响的飞虫在围攻着它。萨热泰却一动不动,它不想让小主人被雨淋着。小主人拍了拍它的脖子,好似在说,不要怕,一会儿就好了。这叫萨热泰有些难为情,它可是一匹活了二十四年的老马,虽然没有像哈柳岱那样在人类战争中洒过血,但它也经历过很多不同寻常的事情。比如,冬季吊膘训练。

记得每年冬季数九天刚开始,老主人便开始萨热泰的吊膘训练。他的训练方式与别人不一样,他往结冰的河地埋根木桩,然后将萨热泰拴到木桩上过夜。很多时候,他自己也不睡觉,整夜燃火守在河边。刚开始萨热泰对冬夜彻骨的寒冷有种恐惧感——如果不是老主人眼里的那种只有它能读懂的盼望——它一定无法抵抗那寒冷。老主人的眼神,安静、刚毅而温和,充满了对它的信任与疼爱。吊膘训练顺利了,夏季里萨热泰便会参加各种那达慕比赛——在人类的呼喊中冲向终点——那一刻,萨热泰的心会被空前的喜悦感充填,尤其是当老主人急匆匆地跑过来往它嘴里塞一块儿冰糖时,它的内心会变得柔软,它将脸贴在老主人胸前。老主人的心脏扑突突地欢跳着——那是对它最大的奖赏。萨热泰熟悉人类的心跳声,这也是它的秘密。有的人靠近它时心跳加快,那是在怕它;有的人靠近它时心跳没变化,甚至会慢下来,那是信任它——老主人的心跳因为它的夺冠而猛烈地跳跃着。那一刻,萨热泰感觉浑身都是劲儿,感觉继续疾驰百里地都不会眨一下眼。

与老主人一同经历的事太多了,下雪后到西草地开雪——雪地冻成冰一样的硬地后,需要马蹄来开雪,好让牛羊群吃草——还有它见过老主人安葬尚霍尔时的哭泣。还是那个尚霍尔突然不见了的早晨,老主人和它到了毛罗尔敖包后,它才发现编织袋里装的是尚霍尔的头颅——老主人把头颅放在一块石头上,石头那边还有几具变成白骨的马首骨。那一刻萨热泰才明白那些是尚霍尔曾经跟它讲过的哈柳岱将军、洪格尔呼、尚霍尔的颅骨——老主人立在那里,痴痴地盯着尚霍尔,许久后,萨热泰看到老主人腮帮上的泪水。

轰隆隆,殷殷起雷,萨热泰从沉思中缓过来,发现四周居然亮着一大片水,它和朝驽其好似立在湖泊间。朝驽其越发烦躁了,它不停地甩着尾巴,不停地摇晃着脖颈,还咬去了小男孩的帽子。它这是在告诉小男孩,它要离开。小男孩倒也很平静,靠着朝驽其的前腿蹲坐着,虽然身上早已湿漉漉的了,脸上仍荡漾着天真的笑容。朝驽其往前蹭了蹭,挨近了萨热泰,用嘴唇触了触它的腮帮。它这是要做什么?是要萨热泰与它一同挣脱缰绳逃走?萨热泰扭头看了看小主人,小主人蹲在它前胸下,眼睛睁得大大的,正巴巴地望着前方。

　　不能丢下主人的。即便是在暴雨中,没有一匹马会丢下主人擅自离去。萨热泰轻咬几下朝驽其的耳朵,叫它安静地等着。

　　水雾越发浓密了,又是一阵绵长的雷声,震得萨热泰有些心慌,它晃晃脑袋,冰凉的雨水也使它身上打战。它再次扭头看了看小主人,小主人早已缩成一小团了。见小主人这副模样,萨热泰眼底立刻热乎乎的,它觉得自己要掉眼泪了。它想,小主人真是太年幼了,如果再年长几岁,它和他此刻应该在雨中疾驰了,就算它会感到吃力,会浑身战栗,甚至胸口炸裂——它也会拼尽最后一口热气——一匹马即便再老,也不会被一场暴雨降服。

　　有时候,一匹马遇见一个男人后,才会变成一匹良马。比如将军——它的尾巴和一枚虎牙还藏在老主人遗留的木匣里。将军是老主人的第二匹马,很多年之前,它被人推下瞽井摔死了。那会儿老主人还很年轻,与一伙人在野地打草。他的队长看上了将军,要他把将军送给自己。老主人当然不答应,队长便要将军拉草,还用鞭子抽将军的脑袋——侍弄过马的人都知道,抽打马脑袋是犯戒——那次老主人把大队长的左耳打聋了，将军也被队长推下智井。也是那次，老主人被关进黑屋子——沙窝地人习惯把监狱说成黑屋子——十年后，老主人回到了沙窝地，回来后整整找了一秋天才找见将军的头骨，然后放到依拉拜河北岸的土坡顶——沙窝地人从那之后称其为毛罗尔敖包。沙窝地人称珍贵的马为毛罗尔额尔德尼，所以这个称呼饱含着沙窝地人对良骏的怜爱，也期盼它们的灵魂亿万斯年地守着原野地。老主人木匣里的虎牙是老主人从山洞里找来的，萨热泰见过那枚虎牙，老主人还在虎牙上凿了小眼，穿了绳子，挂到它额头上。萨热泰知道，除了它，尚霍尔、洪格尔呼都戴过虎牙，只有哈柳岱没有。

　　哈柳岱是老主人的第一匹马，老主人十六岁时遇见它的。那时，老主人在喇嘛庙当小喇嘛。有天，趁着老喇嘛不在，偷喝了几口白酒便醉了，醉了后与老喇嘛吵了嘴，老喇嘛拿鞭子抽他，于是他便离开了喇嘛庙。那天，刚好有一个年老的台吉来找老喇嘛看病，老主人见马桩上拴着的台吉的马便跨了上去。他一路向北，天黑时在黄河边遇见了几个骑马的人，那几人见他一身僧袍，还见马鞍鞍头镶着景泰蓝，以为他是个富裕的喇嘛，要他把鞍子给了他们，把马也留下。他告诉那几人，马和鞍子都不是他的，那几人于是又问他，想不想当兵。他这才明白过来那几人不是土匪，而是山里的军人。随后老主人跟着那几人进了山，在山沟军营里当了四年马夫。他给台吉的马取了新的名字——哈柳岱。它前额很宽、嘴唇蘑菇似的鼓着，颈项像一张弓——是人们传说中的青雅一样的良马。

　　萨热泰觉得，如果哈柳岱没有被手榴弹炸死，老主人是不会离开兵营。离开兵营后的十多年间，老主人一直在山北千里戈壁、草地、沙漠当一名"绿野好汉"。事实上，他那会儿白天的身份是乌亚沁,也就是驯马师,夜里则是盗马贼。那会儿后山人不将盗马贼叫盗马贼,而尊称为"绿野好汉"。萨热泰想,也许就是在那十年,老主人把自己活成风一样自由的男人。

老主人真是像一颗流星一样闪过原野地的男人——萨热泰想起了早晨的梦境。梦里,蜃气将老主人的身子分成好几段,摇摇晃晃,虚虚实实。他还吹着口哨,口哨声远远地传来——对于萨热泰来讲,老主人的口哨声是整个宇宙间最美妙的音符。

雷声更近了,隆隆地,就在头顶发出沉闷的巨响。水雾淡去了,风也停止了,雨水幽咽,在地面上像树枝一样岔开。朝弩其终于不安地来回动起来,小男孩也匆匆上了马,冲着小主人喊了几句,见小主人并没有回应,小男孩便离去了。望着朝弩其消失在雨幕间的背影,萨热泰突然感到从未有过的孤寂感。那年老主人离去后,它也有过这样的感觉。它扭头看了看小主人,小主人仍窝在它胸口下,身上、脸上尽是雨水,甚至他眼里也是水汪汪的——哦,小主人在哭泣。萨热泰难过起来,同时感觉身上发软,雨水早已浸入它体内,贮满了腹腔,一轮水球正慢慢地鼓起,它的脊背正艰难地撑着水球。它最害怕脊背受凉,彻骨的凉意使它浑身发抖,它想,它就要变成一块冰了。它暗自咬咬牙,告诉自己一定要挺过去,现在,整个沙窝地只有它和小主人了。如果,洪格尔呼——那匹一身金毛的家伙在的话——它可不用担心小主人会遭受暴雨的侵袭。洪格尔呼的脊背很长,听尚霍尔讲,老主人经常躺在它脊背上睡觉。为了不使沉睡中的老主人摔下背,洪格尔呼会一动不动立在那里,有时候整整一夜它都不会动弹一下。

萨热泰告诉自己,它也要像洪格尔呼那样保护小主人。洪格尔呼是老主人从西草地那里买来的,来的时候还是小驹子。那时老主人经常赶着一群马到西草地,一走便是一个夏天。初秋回来时,往往是在凌晨。到了沙窝地,老主人不急着回家,而是吹起口哨。沙窝地男人出门归来时,总是先将声音传回家里。那会儿小主人的父亲也只有七八岁。与老主人不同的是,他的儿子不喜欢当一名骑手,也不喜欢一天到晚侍弄马群。尚霍尔曾跟萨热泰讲,在沙窝地,除了老主人,再没有第二个人喜欢马群了。萨热泰也发现,如今的沙窝地人热衷那些能发出轰鸣声响的、有着轮子的机器——沙窝地任何一种变化都逃不过萨热泰的眼睛。

但是,萨热泰明白,小主人与那些人不一样,它曾多次注意到小主人的眼睛里放射出一种奇异的光芒,那光与老主人眼里的光一样,这光能穿透漆黑夜色——虽然此刻,这个可怜的孩子在不停地瑟瑟发抖。但是在不久的将来,他会成为一个英俊的男人,一个不会被暴雨吓破胆的男人。萨热泰从小主人的眼神里看到了老主人的影子——曾经老主人伏在它身上,疾驰于大地,那一刻他的心被大地的空蒙与寥廓陶醉,他的魂灵在野风里大口呼吸。一个男人,只有感受到自己魂灵的存在,才会成长为真正的男人——萨热泰多想将这一切告诉小主人,它也想告诉小主人,一切恐惧来自你体内,而不是来自凶猛的暴雨。

四蹄发僵,脊背莫名地剧疼,好似有把利器正泛着青光插进脊背,插到它腹内,使它口腔里滋生血腥味。萨热泰有好几次想来回走动着缓解剧痛,可是,小主人仍在低声抽噎。它只好忍着,它觉得,什么那达慕,什么风中疾驰,什么昂首挺进都在这一刻变得不重要的,重要的是,陪伴小主人、保护小主人。

更持久的雷声响起,低垂的云几乎贴到地面了,四周变得阴沉而昏暗。云层里，闪电火树般绽开。先前泛着青白光的雨，此刻变成酱紫色。一阵突然而降的噼啪声，萨热泰觉得什么都听不见了，整个头颅仿佛瞬间变成巨大的空壳，正一点点地崩裂。同时，很奇妙的是，它的身子似乎变得轻飘飘的，像片叶子飘起来。紧接着，它发现自己看小主人的角度变了，它浮到半空俯瞰着小主人，而小主人闭着眼，像只小马驹窝在它身下。萨热泰也看到自己的鬃毛长长地垂下来，底部浮在水上，一滚一滚地飘舞着——萨热泰立刻明白，自己就是从那里浮升到半空里的。它还看见自己一动不动立在那里，脖子低垂，嘴唇伸进水里，像是在饮水。雨水从它身侧泛着亮光闪过，它变得好似比水珠更小更透明了，密匝的雨滴竟然击不到它。萨热泰想回到小主人的身边，可是，白蒙蒙的雾气挡去了它的视线。

渐渐地雷声停止了，云层也从紫黑色变成青灰色，四野地挣脱出先前的混沌。雨丝轻柔柔地飘舞着，轻抚着萨热泰。它还是那样纹丝不动地立着，仿佛是一块巨石。萨热泰看见小主人哆哆嗦嗦地站直了身，吃惊地盯着自己。一会儿，小主人慢慢地向前蹭了几步，用手触了触它的脖子、它的鬃鬃，又慌忙地缩回手，轻轻地唤起它的名字。

"萨热泰——"小主人的声音沙哑而无助。

看到小主人这模样，萨热泰难过起来，它到了小主人对面，盯着他的眼睛，它想告诉小主人关于死亡的瞬间。

没一会儿，阳光穿过云缝射下瀑布一样的光芒。

沼泽地恢复了先前的模样，到处汪着雨水。萨热泰还是一动不动地立在原地，它微闭着眼，看上去像是在沉睡。它的四蹄直直地插进沼泽地里，渐渐地往下沉，变软的泥地仿佛再也承受不住一匹马的重量了。

很快,阳光大片地落到沼泽地上,萨热泰的鬃毛活过来似的随风舞荡起来。萨热泰走到小主人跟前将嘴唇凑过去,可是小主人好似看不到它,他呆呆地、满眼悲伤地盯着雨水里的萨热泰。

到傍晚时,萨热泰的四蹄已经沉到泥沙里了,但是它的身躯依然是保持着站立样。夕阳在很远的天空空吊着,通体血红,好似灌满了红色浆液,沼泽地浸在一片橘色光中。

很多天之后,萨热泰看到小主人从沼泽地掘出了它的颅骨。又过去很多天之后,萨热泰看见小主人像风一样从它身边闪过。

小主人终于有了另一匹很年轻的马。

醉驼

一

沙窝地需要一峰醉驼,一峰口吐白沫、眼神发痴、胸腔囔囔响的醉驼。然而天气太暖了,虽然节令相催,催至二九天,可气温一直游荡在零下六摄氏度上下,这样的气温是无法勾起、唤醒公驼依热毕思情欲的。在沙窝地,人们称发情的公驼为醉驼。

驼夫达楞泰站在新月形的沙包上,望着驼群,准确地讲,是在望着驼群里的公驼依热毕思。沙包东侧有水泡盐碱地,在令人慵懒的冬阳照射下,那里白亮亮的,驼群就在那附近。早晨达楞泰将驼群赶到这里。挨着盐碱地有一大片枯死的狼毒草,凭借多年牧驼经验,达楞泰晓得茎叶含毒的狼毒草能催快公驼发情。然而,达楞泰观察了半日,也没见公驼依热毕思嚼一口狼毒草。

一个到了数九天还不发情的种公驼,与一丘死沙包有什么区别?达楞泰嘟哝着走下沙包,他决定让依热毕思离群。这片南北延伸的盐碱地约有四五里,东西两岸沙山对峙,风从北口吹来,吹去表土,裸露出风蚀后的沙碛地,而被吹走的浮土又在南端鼓出连绵沙包。现在是冬季,盐碱地结了一层薄薄的冰,走在上面,随着踩步嘎嘣嘎嘣地开裂。天空湛蓝,瞅着干冷,达楞泰却走出一身细汗。

"乌热乌热——"突然身后传来一声声叫喊。达楞泰驻足,仰起脸逆着光看,在他下来的沙包上,一轮精瘦的影子,被什么揪扯似的摇晃。达楞泰认出影子是女婿英嘎。见他站住了,英嘎高呼着冲下沙包,很近了,脚底踩空,跌滚到薄冰上,等站起来时,额头上紫红一片。达楞泰不吭声,跫身匆匆走出一些距离后,才放慢速度。英嘎骂骂咧咧地跟过来,他脚上的毡靴陷在烂泥里,每走一步都呼哧呼哧地带出泥沙。那毡靴是达楞泰的,十多年前便挂到仓屋壁上不穿了,任尘土裹挟得面目全非。如果不是女儿萨格萨找出来,他到老都不会想起自己还有过这么一双鞋子。他盯着女婿的脚底,长长地嘘口气,说:"谁让你来的? 赶紧回去。"英嘎不接话,猛地跺脚,没跺去靴上的泥,却把两条赤红的脚跺出来,毡靴嵌在烂泥里,敞着两个鼠洞似的口。

三年前,英嘎醉酒骑摩托车摔下路基,在医院昏迷四十九天后才醒过来。大家本以为逃过大劫的他经调养、治疗后会彻底恢复,谁知到最后身体是痊愈了,人却变得憨痴。

见脚下光了,英嘎咯咯笑着,歪身抽出毡靴,啪啪地相互抡着去泥。达楞泰见女婿这模样,心下不由一阵拧痛。他从兜里掏出一撮驼毛、一个火具,点着驼毛覆到英嘎额上的伤口处。一股难闻的烧焦味呛得英嘎皱起眼睑,说:"臭,臭,好臭。"

"别动。"

"臭嘛。"

英嘎躲闪着,丢开毡靴踩进去了,又用力拽腰处箍紧的毛绳,嚷嚷道："好窝火。"那绳子指头粗,用驼毛搓拧而成,两端打了死结。皮袄原先缀有塑料纽扣,英嘎嫌扣扣子太烦琐,由着性子绞去了。他妻子萨格萨只好拿这给他当腰带。

"大冬天的,谁叫你疯跑的?"

"你看,这是什么?"英嘎说着往怀里一摸,摸出一只活兔来。

达楞泰夺过灰兔扔去几步之外,训道:"抓这做什么?"

见兔子嗖地逃去了,英嘎嗷嗷叫着追出一段距离停住,回过头喊:"乌热乌热——"

那喊声刺耳而悠长,好似要把对达楞泰的愤懑通过呼声传遍野地。达楞泰撇嘴一笑,丢下英嘎向驼群走去。

几个月前,达楞泰的父亲九斤老人叫萨格萨带着英嘎回娘家。老人一直坚信用"安抚魂灵"的方法能治愈英嘎。老人的方法说白了其实就是音乐治疗法,每天晚上入睡前,老人拉着四胡给英嘎吟诵《江格尔》。"乌热乌热"是《江格尔》中的魔王比尔曼变成一团火后,他的随从发出的咒语。在咒语的魔力下,江格尔梦魇了一样,动弹不得。

"乌热乌热——"英嘎高呼着,摊开双臂,学着鹰飞向驼群。驼群见他叫嚷着靠近了四散而去。母驼毛鲁嘎尔骇然地发出叫声。

"叫什么叫?你看你儿子,除了往皮囊添草还晓得什么?"

达楞泰心下嘟哝着,径直走到依热毕思跟前,套了驼绳。依热毕思周身仍不见发情迹象,它的眼睛亮亮的,像一对铜镜,不见一抹血丝,唇上也干净,不见一星丝拉的唾沫,身上除了灰尘与毛腥味,什么气味都没有——没有醉驼该有的气味。这种气味的缺失,使达楞泰觉着整个原野地少了几分寥廓与雄厚。他熟悉那气味,只有那气味弥漫于干冷的空气里,这片人迹罕至的原野地才会有一口活气。

见主人单单要自己离群，依热毕思烦躁地晃着脑袋，冲着驼群扑腾。达楞泰扯紧驼绳，摘去驼脖弯处几茎草屑，有些无奈地说："得了，小伙子，忘了自己是公驼了？"驼群聚拢着离开盐碱地，隐进东侧沙梁后面。英嘎追着驼群爬上沙梁，又从沙梁上疾跑回来，喘着粗气勾住驼脖子说："我要骑。"他额上的伤口浸着血水，一侧脸沾满沙碴，瞅着像是在沙包上熟睡过一阵。他仰起脸，摆出一副三十岁男人不该有的撒娇样。

"胡咧咧什么，小心它咬破你的脑壳。"

英嘎听了，扑哧一笑，直直地盯着达楞泰，拿手猛地抓下一撮驼毛，说："咬我？哼，我会杀了它。"

不等英嘎反应过来，达楞泰手里的驼绳左右甩着落到英嘎肩头。达楞泰铁青着脸，呵斥道："去，走开。"英嘎哎哟叫着弓身闪到依热毕思那边，说："吃狗屎的吝啬老头，谁稀罕你的东西？"说完两脚相互勾着脱去毡靴，赤脚逃去，逃出十余步距离了，又抓把沙子扬撒过来。达楞泰不理会，拎起毡靴扔到枯草上点起火。

火舌呲呲地吞噬着毡靴，这让达楞泰突然间想起母驼毛鲁嘎尔诞下依热毕思的午后。那是一个大雪纷飞的日子，达楞泰在野地寻见母驼和刚出生的幼驼后，燃了一堆火。也许是猜出如果不是主人及时出现，它的孩子必定熬不住寒冷，母驼毛鲁嘎尔一边舔舐着幼驼，一边淌泪。

"嚯咦，哭什么？毛鲁嘎尔，瞅瞅你儿子的鄂布格（意为颅顶毛发），多棒。给它起个名字，叫依热毕思，怎么样？它将来准是个好公驼——"站在干冷的冬季午后，达楞泰仿佛听到自己曾说过的话。如今，依热毕思长大了，也成了一峰种公驼，可是它好似从未感觉到自己是一峰种公驼。

英嘎悄无声息地折回来,站到一旁,轮换着腿烤火。

"去,赶紧回去。"达楞泰阴着脸说道。

英嘎却没听出岳父语调间的不悦,说:"你把我的靴子烧没了,我怎么走路?我得骑着它回去。"

达楞泰憋住胸口处猛然涌上来的火气,弯腰抄起蹿着火舌的毡靴,丢给英嘎。英嘎这才发觉岳父的脸已变成绛紫色了,噤声急匆匆离去。

天黑后,达楞泰才牵着依热毕思回到家。下午他去了趟驼夫芒莱家,芒莱家的老公驼发醉是发醉了,只是远没有往年的气势。见达楞泰满脸愁苦,芒莱劝他,不要着急,要耐心等待,依热毕思才四岁,头一回发醉,"醉劲儿"上来得慢。芒莱还说,他当了半辈子驼夫也没遇到过这样暖乎乎的冬天。

是啊,太暖了,暖得超乎寻常,仿佛秋季刚收尾,初春便往前跨一大步,焊接过去。

挨过几日,芒莱所言的"醉劲儿"在依热毕思身上依旧毫无征兆。达楞泰将它整天拴在驼桩上,它倒也不惊不乍,一天到晚安静地卧着,像块巨石。

二

"乌热乌热——"英嘎的叫嚷声,吵醒了达楞泰。达楞泰摸黑披袄走出屋,锅底似的高空,幽深,星星也是出奇的透亮。东屋那边传来呜呀呀的四胡声、九斤老人的吟唱声以及英嘎的击掌声和他发出的"乌热乌热——"

在达楞泰记忆里，《江格尔》有六七十段，九斤老人能吟唱十六段。老人给英嘎唱过好几段，英嘎却偏爱听江格尔降服魔王比尔曼的那一段。每当老人试着唱别的，英嘎都会烦躁地拿手捂紧耳朵，并将牙咬得咯咯响。

达楞泰不相信传说，但此刻他希望传说中的咒语能使西伯利亚的寒风快快降临沙窝地，好让依热毕思发醉。再过些天，等立春后，若依热毕思还不发醉，未来两年内驼群里便不会有驼羔，就算开春后有五峰母驼下小驼，可还有十多峰母驼空着怀。察嘎莱浑身雪白，它很可能会诞下小白驼。图来土也是一身金白色，它也可能会诞下小白驼。目前，驼群里有四峰白驼，再有五峰——达楞泰渴望驼群里有九峰白驼。"九"在他心目中象征着吉祥。

"乌热乌热——"英嘎念着走出老人屋，走了几步，发现黑里有一个影，惊得撤去几步，转而认出是达楞泰，脱口一句："鬼东西。"达楞泰没吱声，转身向驼桩走去。

"哎呀，今晚你睡爷爷屋。"

西屋的门嘎吱地拉开又被关掉。

"嘿嘿，是我老婆。"

"你老婆又能怎样？还是我亲姐呢。"

一阵砰砰的敲门声过后，幽暗里传来男人粗重的低吼声，达楞泰看见英嘎离开西屋。须臾，东屋的灯灭了。

依热毕思见主人过来，大概以为主人会牵它回驼圈，喷着热气站直身。达楞泰拿手电筒照照驼眼，那里没有他期待的红血丝，而且还夹杂着不易察觉的胆怯，这种胆怯源自它对与人类共处的谜一样的日子的茫然。一峰公驼，无论如何都不该有这种胆怯的。达楞泰有些失望地拍拍驼脖子，折身回屋，囫囵躺到炕头，没有盖棉被，身子却发沉，像是罩着一层硬壳。"得想办法，不管用什么办法，一定得叫公驼发酵——只有新生命的降临才能让野地活过来——"达楞泰暗自念叨着，好似不这么念叨，屋外幽静的冬夜，会在死一样的沉寂中永远凝固不化。

西屋那边时不时传来萨格萨与妹妹米都格的说笑声。相比萨格萨，达楞泰偏疼米都格，这倒不是因为她是小闺女，而是她的脾性与她母亲相似。达楞泰的妻子过世已有六年，六年来达楞泰没有一刻不曾想起妻子。尤其是心情糟糕时，想得更真切。偶尔他也会在心下发牢骚，怨她早早离去，撇下一屋人。一个没有女主人的家，再怎么拾掇，也缺少几分柔软。他也曾想过再娶个女人搭伙过日子，可当真有女人凑到跟前，他又迈不开腿了。芒莱曾给他介绍过一个年近五十岁的女人，模样好，干活精细，他却感觉那女人硬邦邦的。有次那女人跟他讲，有一年冬天早晨，她从邻居家扛回混群走失的小羊，等她到家后发现小羊居然在她肩头冻死了。她说着，笑着，怪自己太马虎。这件事在达楞泰心头自行发酵，砌出一堵墙，夯夯实实地拦截住她。

也不知哪来的一只蛾子，围着灯飘浮。起先达楞泰以为是灶口的纸灰，等蛾子落到桌角时他才看清。他发蒙似的盯了半晌，"噗"地吹口气，蛾子翻滚着扑腾，一会儿飞起来，飞得很慢很慢，像是睡意昏沉。

好宁静的夜，达楞泰记得小时候很多夜晚也是在父亲吟唱《江格尔》的声音中度过的——"很久很久以前，众神崛起的时代，阿尔泰山的南坡，有一个富饶的宝木巴……"九斤端坐木凳，持一把四胡，挑一盏油灯，双眼微闭，诵起《江格尔》。在达楞泰眼里，父亲垂胸的银须像是从父亲脸上淌下的一股子水。

"听懂了吗？"

每吟诵完一段，九斤老人都会这样问达楞泰。达楞泰听得睡眼惺忪，他不是没听懂，而是觉得神话与他很遥远。

"等你长大了，自然就听懂了。"

过了很久后，达楞泰才明白当初九斤老人为何如此讲。他们祖上是卫拉特人，大约在十九世纪末，九斤老人的曾祖父举家从西戈壁迁至沙窝地。据说那时吟诵《江格尔》时用掏卜秀尔（乐器），后来才改为四胡的。达楞泰不会拉四胡，对那仿佛从未开窍。

胡乱寻思着，达楞泰突然觉得自己与依热毕思很相似，都丧失了一种呼应来自生活的召唤的能力，一种热忱，一种旁人都有、唯独他没有的勇气。生活不该是这样的，可既然不是这样的，那又是哪样的？

翌日一早，达楞泰推开门的瞬间，便看到驼桩旁的依热毕思仍是安静地窝着，像是真的变成了一块巨石。

英嘎见达楞泰走出屋来，气冲冲地过来，说："她笑我是个傻子。"他说着回头指指，米都格站在西屋门口梳头，见英嘎告状，她只是笑笑，不做辩解，扭身把脚一抬，抬到窗台上压。她身袭一件灰色单衫，脚踩单面舞蹈鞋，一副完全不把冬季早晨当回事的样子。

英嘎身上穿着前一日穿的皮袄，脚上的鞋倒是他自己的，只是鞋头磨得泛白。达楞泰叹口气，说："天这么暖你还穿皮袄？"

"你以为我稀罕？萨格萨非要我穿上，就怕我冻死。"

"大清早的说什么胡话？"

英嘎眼见自己讨了个没趣，转身走到米都格跟前，压低嗓门重重地说："哪天我要抽你。"米都格听了，懒懒地放下腿，把另一条腿抬到窗台上，刚要反驳什么，达楞泰冲她大声道："米都格，你干吗老戏耍他？"

"谁戏耍他了？谁敢戏耍凹眼鬼？"

米都格拖泥带水地说着把腿放下，进屋时还故意撞开英嘎。英嘎愣怔片刻，抬腿空踢一脚，嘴里愤愤地说："你等着。"这时萨格萨从厨房一手端着油烙饼，一手拎着铜壶奶茶，说："爸、英嘎，吃早茶吧。"米都格从西屋走出来，见英嘎在原地挡道，索性别过脸，将手里的一摞碗放到头顶上，踩起舞台上才有的碎步滑过他身边。

五年前，米都格从小城舞蹈学校毕业。这些年来，她一心想着在城里落脚，可一直没逮着机会。最近她编了一支顶碗舞，准备参加八省区舞蹈大赛。在她眼里，这片沙窝地除了年复一年地遭受干旱、冰雹、霜冻、沙暴、虫害，没什么特别的。用她的话讲，除了科学家、考古学家，没人会对这里产生兴趣。即便那些可爱的驼羔、牛犊还有黄狐狸惹人稀罕，但比起都市，这里太悄寂了。满眼尽是风蚀的沙包、沙梁、盐碱地，还有开不出大花骨朵的灌木丛，就连几条季节河也是长年干涸——是彻头彻尾的贫瘠之地。她可不想把一生的大好时光耗在这里。

等一家人围坐到餐桌前吃早茶时，达楞泰对着父亲九斤老人说："您怎么给他也逮了个活兔？"

"我屋灶肚里有两条活蛇，一会儿你放到柴堆下。"九斤老人不接儿子的话，而是岔开话题说道。

"蛇？哪儿来的蛇？蛇不都冬眠了吗？"米都格诧异地瞪大眼问。

"早上我准备烧灶时看见的，草龙，不咬人的，我看今年准是个暖冬。"

"你还有怕的啊？蛇又不会吃了你。"英嘎呵呵地笑着说。

米都格白了一眼英嘎，说："你给我闭嘴。"

"你俩斗什么嘴?是草龙,你们那么直接,小心被听到。"萨格萨在一旁插言道。

"天啊,姐,这都什么年代了,你还信这个?蛇又听不懂人话。"米都格说完停顿片刻,"今后我可不烧炉子。"

达楞泰抬眼扫了一眼米都格,那眼神在米都格眼里很严厉,她觉得受了委屈,把碗推开,坐到一旁的椅子上。

"您说,要不灌酒看看?我记得您曾说过灌酒顶用。"达楞泰向九斤老人问道。

"酒?给谁灌?不会是我吧?"英嘎刚问完,米都格不由笑得前俯后仰。萨格萨也忍不住笑了,只是她没笑出声,低着头,尽量不让英嘎瞅见。

英嘎举起碗说:"你再笑。"碗里的茶泼到桌上。

米都格收住笑,用带着愚弄的语气说:"有能耐你就给我扣过来啊。"

萨格萨匆忙夺去英嘎的碗,说:"你俩眼里还有没有长辈了?"

屋里立刻变得静悄悄的,好似几个人都凭空隐去了。许久后,九斤老人说:"我那儿有三瓶一九六八年的金骆驼,六十二度的,或许管用,我也是听老人们讲的。"说着他下地走出去,一会儿进来,手里拎着两瓶白酒。

三

"你难道真不觉得委屈了自己?"米都格眼睛瞅着驼桩那边,嘴上仔细地问。她和萨格萨并肩站在屋前。驼桩旁,达楞泰和英嘎正在给依热毕思灌酒,空气里隐隐地漫开酒香。萨格萨听了不吭声,把眉头一皱，好似阳光晕得她睁不开眼。米都格将脸侧过来，说："问你话呢？"

萨格萨摇摇头，有些漫不经心地说："哪儿来那么多委屈与不委屈。"

"哎呀，我的亲姐姐啊，你怎么就养出一肚子绵羊脾气了？换作别人，早脱身了。"

"脱得了身，脱不了命。"

萨格萨的这句话噎得米都格半晌对不上话来，心下也涌起悲伤感。见达楞泰和英嘎已将酒灌进驼肚里了，米都格假装心不在焉地把话题岔开，说："灌酒有什么用？就算灌醉了，明早酒劲儿一散，还不是照旧？"

九斤老人的话不假，下过两瓶酒没一会儿，依热毕思便有了醉态。它先是叉开四蹄迎风嗅空气，接着不断唾唾沫，焦躁不安地绕着驼桩兜圈。达楞泰见状，取走缰绳，任由它向野地扑去。

到了午后，萨格萨烧热一锅油炸过年馓子。她叫英嘎帮她烧灶，原本她想让米都格打下手，转而一想，估摸她又要叨叨地劝一些话，便打消了这念头。谁知，英嘎得了机会似的跟她叨叨个没完。

"大雪天，可汗江格尔带着麾下十二个英雄到山上狩猎。一只受伤的兔鹘落到他肩膀，对他耳语说——"英嘎坐在灶口前，抬起头盯着萨格萨问道，"你知道兔鹘说了什么？"

萨格萨从油锅捞起馓子，没听见似的不应声。英嘎掐一下萨格萨胳膊，说："你不知道吧？"

萨格萨用袖口撸撸脸，说："你慢点，火太大了。"

"江格尔的神驹阿仁赞懂人话，它撕咬魔王比尔曼的护魂黑马。黑马喷出火，阿仁赞冲着它胸口一踢。这时江格尔挺起长戟，嚯嚯地一顿乱砍。"

"哎哟,好熏眼。"米都格进来,一边开窗户放烟,一边说。

英嘎不理会米都格,将脸凑近灶口,盯着灶肚里的火,说:"比尔曼怒火冲天,他的身体变成了一团火,可汗江格尔施展扎德法术,唤来大雨冰雹,灭了大火。"

"比尔曼斗不过江格尔啊?他不是魔王吗?"米都格用逗乐的腔调问道。

"比尔曼魔王死了,魔兵们见主子死了,齐声吼魔王的招魂咒,"英嘎说着站起身,大声地,"乌热乌热——"

"得,得,你到外面乌热乌热吧,这里又没有魔王。"米都格说着冲屋外努努嘴,"到沙包上去,说不定真的能唤来魔王。"

"你就别逗他了,逗急了夜里会哭。"等英嘎出去了,萨格萨说。

"哭什么哭?七尺爷们儿还哭?"

"唉,这日子什么时候是个头啊!"萨格萨一边捞起炸熟的馓子,一边叹气道。米都格坐到灶口,往灶口扔进一把柴,说:"姐,你干吗不跟他离婚?难道你要一辈子伺候这个傻子?"

"哪能呢?说到底我俩还好过那么一阵呢。"

"那又怎么样?你才二十九岁,这日子还长着哩。我看爷爷准是治不了他的。我早说过,正儿八经的医院都治不了的病,爷爷拉个四胡就能治好?鬼才信呢。"

萨格萨不搭腔,僵住似的站着,锅里热气浸得她脸上亮亮的,还有眼圈里也泛着光,米都格猜出姐姐在强忍着泪。她沉默片刻说:"姐,我叫爸爸把他送回他老家,交给他父母,毕竟是生他养他的父母,没个推托的理由。"

"乌热乌热——"屋外传来英嘎的叫声。

"也许这就是我的命。"

"什么命不命的,这人活一回,哪个不是为自己?"

屋外突然响起一阵叮咚声,萨格萨丢开手头的活儿走出屋,米都格呆坐片刻,也跟了过去。

屋前的空地上,英嘎东一脚西一腿地踢腾,嘴上高一声低一声地叫着,好似在耍武。一对挑水桶东倒西歪,八成是被他踢翻的。米都格见九斤老人坐在椅子上晒太阳,走到跟前,说:"爷爷,您就不能给他讲讲别的?老讲这个,听得我腻烦。"

"他记不住别的。"

这时英嘎脱去皮袄,光起膀子,弯身抄起一截毛糙赶羊棍来。

"完了,完了,他这是要抽人吗?"

"去,把四胡拿来。"见米都格不挪脚,九斤老人又说,"去啊。"米都格这才进屋取来四胡。

一会儿在咿咿呀呀的四胡伴奏下,九斤老人诵起《江格尔》来。

阳光暖暖的,不远处一排旱柳上灰雀孛起,旋飞一阵后落下。也不知是从哪里传来老鸹的啼叫声,那叫声干硬而短促,好似正在打盹时被什么惊吓住。

英嘎左右胡乱地抡着木棍,好似持一柄利剑,正与什么在武斗。米都格向一侧移过去,避开英嘎脚底扬起的灰尘。一会儿,英嘎的脸涨得通红,胸口一起一落,眼睛睁得圆圆的,米都格觉得他的每一根头发都竖起来了。四胡呀呀地响着,米都格惊奇地发现九斤老人夸张地将四胡的拉杆拉出最大限度。嘎嘣一声,琴弦断了,英嘎像是有了感应,琴声一沉寂,扑倒在地上,仰面躺着,眼睛直直地望着高空。米都格走到九斤老人跟前,低声问:"爷爷,您没事吧?"九斤老人摇摇头,盯着英嘎,眼眶里生出一波混浊的泪来。

达楞泰刚好从野地回来,他看到了这一切。但他一言不发地走来,到跟前犹豫了片刻,对着九斤老人说:"这酒灌对了,依热毕思反应还不小。"九斤老人却不答话,颤巍巍地站起,拎着琴进屋掩住门。

　　米都格见英嘎迟迟不肯起身,走过去踢他的鞋子,说:"喂,起来啊。"

　　英嘎斜过眼盯着米都格,说:"我杀了魔王的护魂黑马。"

　　米都格鼻腔里哼一声,拿手扇着尘土,说:"给你十条命你也成不了什么英雄。"

　　英嘎提高嗓门,说:"你不信? 我劈断了比尔曼的长矛。"

　　一直在一旁安静地看着英嘎发疯的萨格萨走过来拎起皮袄,说:"快穿上。"

　　英嘎歪过脸,神秘兮兮地说:"我知道魔王的公主藏在什么地方了。"

　　"快起来。"

　　英嘎扑突突地唾着唾沫,把脸凑近妻子脸旁,低声说:"我没撒谎。"

　　瞅着姐姐给英嘎又是穿衣服,又是穿鞋,米都格突然觉得眼前的这个女人再也不是她熟悉的姐姐了。她记得她俩一同在小城读中学时,每个周末都会从小城回沙窝地。在回家的途中,萨格萨总会跟她说很多话,说毕业后要到更大的城市去读书,说读不了大学就学一门手艺,在小城开一家小店,甚至会说因为家里没男孩,她俩可不能光想着自己,远嫁他乡,丢下父母和九斤老人不管。面对滔滔不绝的萨格萨,米都格觉得姐姐虽然才十五六岁,却俨然是一个懂事的小大人。见她读书读不出窍门,劝她早些做准备,溜空学学小三门,好应对将来的高考。那时,姐姐讲得头头是道,米都格却听得云里雾里。后来,就在萨格萨参加高考那年,母亲患病,萨格萨放弃考学回到沙窝地。而这一回,意味着萨格萨从一个满脑子幻想的少女回到了生活的真实里。尤其是母亲过世后,萨格萨自行当起了一家的女主人,里里外外照应着,早把少女时期的所有念头抛到九霄云外。本以为她嫁了人后,会过上称心生活,谁知,又遇到这么个糟心事。这么想着,米都格心底更是愤恨起英嘎来。

就在米都格暗自生英嘎的气时,英嘎在西屋缠住妻子,要她怀上他的孩子。

"你又不是公主,你就是沙窝地的黄头蜂。"英嘎傻笑着,好似他很乐意看到妻子被他逗得生气的样子。

五年前,萨格萨在野地割草时碰见了英嘎。当时英嘎在小镇倒卖草料,那次是到沙窝地收草。那天装草时,英嘎掀翻了黄头蜂窝,惹得一窝黄头蜂围拢他。夜里,萨格萨带他回家,用驼奶消去了他身上的肿。

"黄头蜂"——结婚后英嘎偶尔会这么称呼她,语气里满是怜爱与诙谐。患疾后却很少提起,现在突然听到熟悉的称呼,萨格萨盼他能再说一遍,她直勾勾地盯着英嘎,说:"你再说一遍。"

"她应该跟着江格尔到美丽富饶的宝木巴,那里是江格尔的故乡。她应该在那里生活,你说是不是?"

"谁呀?"

"比尔曼的公主啊。"

"不稀罕,一个传说里的公主有什么好说的。你脑子里一天到晚尽是传说,烦不烦?"萨格萨懒懒地说着,推开英嘎。

"你是不是也觉得我变傻了?"英嘎赤身坐起,有些气恼地说。

他额上的伤口消了肿,覆着一层死皮。而这层不起眼的死皮,在萨格萨眼里不断延伸,最终掩去他整个躯体。"吭气儿啊。"

"好了,睡吧。"萨格萨披衣下地坐到炉旁,她在等英嘎入睡。

英嘎安静地坐了一会儿,忽地伸手掐住萨格萨的肩头,将她拽过去斜在炕沿,说:"总有一天,你会给我生小孩的。"

萨格萨将眼闭紧,她觉得自己正从一股清灵的水流变成一潭死水,将两人慢慢地沉到水底。

四

早晨,天色刚亮,达楞泰便望见野地那边滚滚的尘土,他猜出依热毕思在那里打滚。它终于发醉了,它打滚是为了将身上的气味留到草木上。那气味能在方圆五公里范围内弥漫,母驼嗅到这气味后会发情。

达楞泰揣着尺长红绸缎向野地走去,他得给依热毕思挂上记号,在沙窝地人们撞见挂着红绸缎的醉驼后会避开。发醉后的公驼虽然很少袭击人,但也不排除这种可能性。

老远能望见驼群在阳坡地聚拢、散开,芒莱正在那里分驼群。前天达楞泰与他已商量好,将毛鲁嘎尔等七八峰母驼分到芒莱家的驼群里,芒莱也将驼群里的十来峰母驼赶来混群。距驼群半里路的地方,依热毕思不停来回奔跑着,好似整个野地是它的喜悦之殿。它将下巴贴着地面,像是要吞掉什么。等达楞泰靠近了,它叉开四蹄站住,脖颈仰得高高的,用一双发怒、发痴的眼神盯着主人。达楞泰持软鞭抽它膝盖,等它卧下后,达楞泰匆匆缀上红绸缎。

"怎么样?这么快便生出吉嘎尔(驼耳后下侧沁出的黑色液体,

也叫宝克)了？"见达楞泰触着驼脖颈处,芒莱大声地问道。

达楞泰瞅着指尖的液体,说:"是啊,这下魔鬼也要发情了。"

"扎哒(蒙古语,语气词),得给它套上道木格(类似笼头,以防醉驼张嘴打哈欠时下巴脱白)。"芒莱下了驼背,牵着骆驼边走边说道。

达楞泰拍拍驼脖子,说:"去吧,孩子。"

依热毕思听懂了似的站起,嘎吱嘎吱磨牙,胸膛里发出嚯嚯声响。达楞泰心情舒畅,他坐在沙包上,用一种很欣慰的眼神望着驼群。他已经想象到驼群数量过千后的景象了——在苍茫野地间,驼群像一大片火烧云似的移动,那瞬间,所有坚硬的石头都会酥软——犹如九斤老人所言,在野地没有一块石头是死的。

芒莱坐过来,递根纸烟笑着说:"你说魔鬼也发情?你怎么就不学学魔鬼?"

达楞泰听出芒莱的话外音,这是在指责达楞泰没把那女人娶回家。芒莱年轻时想与那女人相好,只是那女人没看上他。后来也不知怎的,那女人过了五十岁还单着。

"急什么? 等我的驼群过了千再说。"达楞泰望着驼群,吧吧地吸烟。

"过千? 咱两家的加起来也不过三百。"见达楞泰不接话,芒莱继续,"话跟你讲明了啊,当初我对人家只是嘴头上功夫,手都没摸过。"

"你不是还给人家唱过歌?"

"我是唱了,可人家又没理我。"

"那她怎么就单了一辈子?"

很多年前,芒莱给那女人唱的歌一度在沙窝地流行,达楞泰也会唱——"走过野滩地,袖口都是你的泪,走过沙窝地,额头都是你的泪。"其实达楞泰也知道芒莱和那女人什么也没发生,那会儿大家虽然都年轻,可白天忙着挖水渠,夜里学习红本本,所有精力都被抽去了,哪有闲情去交相好?那会儿沙窝地人将谈恋爱说成交相好,多少年过去了人们依然这么讲。

"你说,假如往后年年这么暖,咱还放不放骆驼了?"

"当然要放的,你没听说那个叫——叫非洲的地方?那里还有单峰骆驼呢。那地方可没有冬天,那骆驼也没绝种啊。"

"我听我家二闺女说,假如地球气温再升两三摄氏度,好多动物都会灭绝的。"

"嘻,你操什么闲心?就算真有那么一天,也轮不到咱。算了,不说没用的,你家女婿好点没?"

达楞泰扔去烟蒂,抓过小石头往地上胡乱画着,许久后说:"真是苦了我家大闺女。"

"我跟你讲啊,这夫妻啊,情归情,恩归恩,可命是各自的,再挺个一两年看看。若不成,你把闺女接回来。咱孩子还小着呢,总不能这么干耗下去吧?"

芒莱的一席话,烫得达楞泰心里软软的。

"孩子母亲若还在,兴许我俩还能商量出个一二来,可是,唉,我家一屋老少几人,好像都被各自的事困住了。小闺女也是,天天嚷嚷着要留在城里,可折腾了五六年终究没个着落。老父亲更是,眼瞅着治不了孩子的病,心里苦着,话也不怎么讲了。"

"嘻,九斤老人这儿你就甭分心,我听说,遇上真正会吟诵《江格尔》的人,醉驼也会跪倒呢。咱再等等看看,说不定老人真能治好他呢。"

腊月二十一这天午后,萨格萨到野地赶牛群,到了半路又急匆匆折回来,她告诉达楞泰,说:"在盐碱地南口依热毕思与芒莱家的老公驼在打架。"达楞泰抄起皮鞭便往盐碱地赶,到了盐碱地北口,老远望见灰蒙的地平线上,一滚滚灰尘腾起、散开。到了跟前,发现老公驼脸上尽是血水,依热毕思脸上也被血水浸得红红的。达楞泰对着依热毕思的脸抽鞭,依热毕思躲闪着后撤。本以为老公驼会借着这空当离去,谁知老公驼从一旁猛地一冲,没能撞倒依热毕思,自己却翻了跟头。不等老公驼站稳,依热毕思咬住老公驼的脸,用身子扛倒老公驼。

　　夜里,老公驼死掉了。它的眼睛被咬坏了,鼻梁和下巴也都被咬碎了。

　　正月月秒,本应散了醉劲儿的依热毕思仍在发醉,尤其是在夜间,它不停地来回奔走,像是在寻觅对手,又像是在逃离什么。有天早晨达楞泰惊奇地看到,依热毕思身上裹着一层冰霜,它变成一个银白的、喷着寒气的怪物。又过几日,眼瞅着就要到鄂尔多斯历五月十三了,依热毕思的醉劲儿还没退去。达楞泰心底发慌,依热毕思的双峰早已塌下来了,脖颈处的毛也掉去不少,再这么不吃不喝下去,它是熬不过春季糟糕的天气的。这几天又是连日的沙尘,五月六日早晨还降了霜,放眼望去整个沙窝地泛着干硬的青光。

　　达楞泰将依热毕思拴到驼桩上,依热毕思却发疯似的扑腾。达楞泰担心依热毕思伤着脖子,只好作罢。

　　初七这天上午,米都格和萨格萨到野地里拾柴。两人忙着干活,谁也没注意到依热毕思早已发现了她俩,正冲着她俩过来。

　　"姐,你看,你快看啊。"米都格站到土墩上惊慌地喊道。

　　"哦,老天,快。"两人一路疾跑着爬上一人高的土墩。

"快趴下。"

"万一它撞倒土墩怎么办?看那嘴,好大!咱爸怎么就不给它套上道木格?"

土墩高是高,可很窄,等两人并肩趴下了,几乎没了空余的地方。米都格吓得脸色煞白,她紧贴着萨格萨,压低嗓门说:"姐,它会不会撞倒土墩?"

"嘘,不会的。"

一阵呼哧呼哧的声响以及很清晰的磨牙声。萨格萨用余光看到依热毕思挨住土墩,仰起脖子,有些惊讶又有些惘然地盯着她俩。它前胸的毛发上满是草屑,嘴里喷吐着白沫。

"它会不会咬我啊?"米都格带着哭腔问道。

"嘘,不要盯着它的眼睛看。"

也许是认出主人了,或者觉得很无趣,依热毕思绕着土墩走了几圈,离去了。等依热毕思的身影消失在不远的沙包后,米都格坐起身,沉默片刻,突然哇地哭出声。

"嘘,小声点。"

"什么故乡是最美的,尽是哄人。"

见米都格越哭越伤心的样子,萨格萨说:"你这是哭我呢,还是哭自己?"

"我就是哭你,真该叫它咬他一口。"

萨格萨取下围巾擦去米都格的泪,用一种非常冷静的语调说:"你今后嫁人可一定要看脾性,不要嫁任性的人。你姐夫也是,由着性子惯了,叫他不要醉酒胡来,不听话,惹出事了,自己又担不起。"

"你说,你是不是想跟他生孩子?"米都格仰起脸,虽然眼睛里还闪着泪花,可眼神却没有丝毫柔和的光。萨格萨一愣,扭身下了土墩。

"我告诉你,他现在可不是什么爷们儿。"萨格萨听到后却头也不回地疾走过去,一会儿捆好柴,也不等米都格便径自离去。

"你不能丢下我。"米都格尖叫道,然而萨格萨没听见似的越走越快。

五

"您说,给它灌什么好?煮锅甘草水试试?"达楞泰站在床后,透过窗户玻璃望着向着野地逃去的依热毕思问道。

"由它吧。"九斤老人说道。英嘎坐在老人一侧,他前面的桌上放着几片野鹰的羽毛,他要老人将羽毛插到帽檐上。那羽毛是他从野地找来的。近些天来,老人已经不给英嘎吟诵《江格尔》了,这倒不是英嘎不想听了,而是他自己背会了老人讲的那段。

"这么下去会耽误祭祀的。"

达楞泰指的是五月十三的公驼祭。

"耽误不了,到了那天,该做什么做什么。"九斤老人说着,将插好羽毛的帽子戴到英嘎脑袋上。一顶旧的兔皮双耳帽,插上五片鹰毛后,仿佛成了一顶土皇冠。就在英嘎为自己的土皇冠心里美滋滋的时候,西屋里萨格萨与米都格发生了姐妹俩从未有过的争吵。

"明天你就跟我走。"

萨格萨摇摇头,来回踱着步,好似这么踱来踱去能把腹内的小生命踱去十万八千里之外,好让她身心解脱。

"你犯什么糊涂?等孩子生下来,你算是被他攥住了。"

米都格将"攥"字拖得很长,像是要拖出针脚扎到姐姐的心头,好让她明白,很多个拖泥带水的无望之日在候着她。萨格萨猛地站住,脸色沉下来,反问道:"那又怎样?天底下谁的日子是顺顺畅畅的?"

"姐,你非要我把话说得透你才能明白?万一呢?"

"什么?"

"万一孩子生下来也是个傻子呢?"

这下萨格萨的脸色变得暗黄,人也摇晃着,像是从墙头旧年画上撕下来的纸片。她坐到椅子上,用手掌遮住半张脸,忍不住号啕大哭。

"这事早晚得解决,城里有精神病院,应该把他送过去。还有你——"米都格转过身,非常冷静地说,"你的事不要告诉任何人。"

这些天来,米都格思来想去,暗自决定,一定要说服家人,给英嘎找个地方。事情不是明摆着的吗?何苦一家人各自吞着苦水把日子过得七零八落。然而米都格意想不到的是,萨格萨怀上了孩子。这让米都格感觉自己当头挨了一闷棍,她一边心疼萨格萨,一边又恨她将自己往死胡同里推。她劝萨格萨把孩子打掉,萨格萨却驳她一句,那可是生命,又不是一块石头。米都格从姐姐话语间听出,无论她怎么劝,萨格萨都是不会听的。于是,她变了法子,用"万一孩子也是傻子"来吓唬萨格萨。很显然,萨格萨从未想过这个,一听米都格这么讲,她心里也担忧起来。

"狮子怎么可能怕黄羊?放马过来吧,我——比尔曼,眼睛都不眨一下。"英嘎双手叉腰站在屋前,瞪圆了眼睛,大声地说道。

米都格透过玻璃瞅着英嘎,说:"你看,你那鼻涕满脸的英雄成魔王了。"

"不要说了。"

萨格萨的话语间满是哀求,她捂着脸,仿佛米都格的话正在她身上爬藤、开花,结出一颗苦果,要她啃下去。

"呜呜呜——"英嘎竟然吹着海螺。

"再闹下去,人们还以为咱家闹鬼了。"说完米都格愤愤地走出屋,冲着英嘎喊:"喂,你犯什么神经?这儿又不是喇嘛庙,吹什么海螺?"

达楞泰和九斤老人早已站在那里,骇然地说不出话来。看得出,英嘎发癫的样子已超乎他们的想象。海螺原先放在壁龛里,因为是祖上传下来的,除了九斤老人,家里谁都不会去碰。

英嘎见米都格要抢走海螺,闪身爬到仓屋屋顶,扯开嗓门:"美丽的花宫,哦,在我那美丽的花宫,我养了九头蛇,我要它们喷火,烧毁整个宇宙。"他将眼睛睁圆,直直地盯着眼前的几人,那眼神硬要将自己魁梧起来。

"扎哒,这可是请神没请来,请来了野鬼,怪不得沙窝地气候走了样,多半是他闹的。"米都格明明是讲给父亲和祖父听的,眼睛却不看他二人,而是直勾勾地盯着高处的英嘎。他干瘦的身子因气恼僵在那里,半晌挪不开步。

英嘎一会儿吹海螺,一会儿胡言乱语,完全将自己浸在旁人看不见的混沌中。也不知萨格萨什么时候出来的,只见她倚着窗台,哭得脸都发肿了。

达楞泰额头沁出汗粒,但他顾不得自己,大声喊:"嚯咦,英嘎,下来,快下来。"

"这孩子,性子越来越野了。"九斤老人低声说道。

米都格走到祖父跟前,说:"爷爷,不怪您没把他治好。他这纯属蹬鼻子上脸,我看他早就没事了,成心在咱家装疯卖傻。"米都格说着也不等九斤老人应声，从窗台抄起软鞭说："爸，抽他。"

达楞泰接过软鞭犹豫着。英嘎见状跳下仓屋冲着野地逃去，逃出一些距离，站住，又在那里吹海螺。海螺低沉的轰鸣声悠悠地滑过近处的驼圈、柴垛、旱柳，滑向远处的沙包、沙梁以及更远的泛着灰白光的天际。

米都格闭上眼，让阳光直射到脸上，她本以为自己会伤心地哭起来，可是脑海里却浮荡起各种天气景象来——坠灰片的黄风、龙卷风，令人烦躁的干热风，烧驼掌的火燎风，令人惊恐的黑霜、白霜，还有冬雪以及弥空蔽日的蝗蝻，热冰雹、冷冰雹——这些都是沙窝地曾经经历过的，并正在经历的磨难。

热乎乎的，不知是风隐去了刺骨的干冷，还是阳光洒下烟雾似的热浪，或者果真是英嘎嘴里的九条蛇从某个角落喷出了火舌，空气倏忽间变得很热。

许久后，米都格对着达楞泰说："爸，车钥匙呢？"

达楞泰有辆灰色的二手皮卡车，前几年从小镇买来的。除了收秋时拉草外几乎不用，英嘎来了后他将车锁进草棚，他担心英嘎缠着要开。

"做什么？"

"送他去精神病院。"

米都格的话音刚落，东屋门"砰"的一声响，达楞泰回头看，只见九斤老人进了东屋，把门掩紧。

"你们就知道由着他。"米都格带着哭腔说完，折身进西屋，也将门"砰"地闭了。

一会儿她又出来，捉住萨格萨的腕子，转身进屋去。达楞泰僵在那里，半天一动不动，仿佛从未遇到过如此棘手的事。

六

谁都猜不出,当英嘎突然发现依热毕思从高处俯瞰着自己时,他心里的反应。丢开岳父一家老少后,他到了野地,只管吹着海螺,他完全没有想到海螺声会招惹来依热毕思。依热毕思立在盐碱地东侧沙包上,安静地望着沙湾里的人影。按它发狂那劲儿,它本该直直地冲下沙包,扑向英嘎。然而,也许是海螺声使它感到不祥,或者胆怯,它立在高处,好似一只秃鹫正在目不转睛地注视着猎物。很快英嘎看到依热毕思了,他愣怔片刻,匆匆向四下扫视一圈,向后蹭了蹭,发现依热毕思见他挪脚,也顺着沙包下来。英嘎停住,吹了几下海螺,依热毕思站住了。英嘎向后撤出些距离,他眼里满是惊慌,好似一下子明白了在空旷的野地自己孑然一身。盐碱地覆着的一层薄冰不见了,地表上尽是青灰色碱末,看着硬邦邦的,踩下去却能陷个一拃深。

风飕飕地吹过,英嘎忽然觉得身后什么在摇晃,他猛地转身,没看见什么,这才缓过神来,原来是帽上的羽毛随风抖动。他揪下帽子扔过去,也许他这动作在依热毕思眼里充满了挑衅,它径直走过来。英嘎转身撒腿就逃,然而,鞋子被烂泥裹出一坨沙土,叫他无法快速逃走。他深一脚浅一脚地逃去,依热毕思发出低沉的嚯嚯声靠近来,压低脖颈,咬起帽子,乱晃一阵后甩出去。这时英嘎已经到了盐碱地北口,见英嘎的身影越走越远了,依热毕思先是茫然地盯着英嘎,忽地撒开四蹄继续猛追。然而,好多天没吃没喝的它,显然早已筋疲力尽,加上烂泥缠脚,它的速度很慢。逃出盐碱地,英嘎回头望见依热毕思在烂泥里扑腾着,他像是忘记了刚才一路疾跑是为了什么，竟然站在那里，挥着胳膊，大声地嗷嗷叫。这时依热毕思刚好扑倒在烂泥上，英嘎见了，狂笑起来，嘴上说："该死的畜生，追啊，你追啊。"

依热毕思摇晃着站直身，牙磨得咯咯响，再次向前扑去。英嘎扭身逃去，然而，就在他刚要绕过一丘小沙包时，依热毕思却神出鬼没般地挡住了他的路。其实这倒不是依热毕思多么厉害，而是英嘎在慌乱逃跑中晕了方向。

英嘎脚底生根似的站着，刚才还因为疾跑而变红的脸，此刻蜕变成绛土色，双手无力地垂下，用指头虱一下便倒下去的样子。依热毕思仰起脖子，猛力地晃动着，口腔里喷出的唾沫在半空里飘舞，它脖颈上的泥沙扑簌簌地落到英嘎身上、脸上。

"乌热乌热——"英嘎闭紧眼大声地吼出，接着忽然吟诵起《江格尔》来，"在那众神会聚的宝木巴之境遇，无冬无夏，四季如春，万年盛世，那里是王者江格尔的故土，可汗江格尔是塔黑勒朱拉汗的后裔，唐苏克本巴汗的嫡孙，乌仲阿拉德尔汗的孤儿，美丽宝木巴没有恐怖的死亡，只有永恒的生命……"

英嘎的吟诵声谈不上抑扬顿挫，但有种苍凉与悠长，仿佛不是一个年轻人在吟诵，而是一个年迈的老人，用沙哑的嗓音在某个山顶，或者在渺无人烟的野地上缓缓地吟唱。他不需要听众，他也不是在给某一个人吟唱，而是为眼前的山野、戈壁或者是辽阔无边的苍穹吟唱。

许久许久后，英嘎吟诵完他从九斤老人那里学会的所有唱词，慢慢地睁开眼。这时，他惊奇地看到，依热毕思弓身扑在他跟前，下巴着地，看着像是在给他磕头。它的脖子抻得长长的，仿佛在那里睡着了。

五月十三那天，达楞泰将依热毕思的首骨放到特姆尔敖包顶上。每当公驼死了，沙窝地的牧驼人都会将公驼首骨放到特姆尔敖包上，算是一种祭奠。

"爸，您说，假如来年还是个暖冬的话怎么办?"回来的路上，英嘎把着方向盘，向坐在一旁的岳父达楞泰问道。

"能怎么办?"

"我的意思是，假如还是个暖冬，咱就不要给公驼灌酒了。"

"噢。"达楞泰应了一声，将脸别过去望着野地。他痴痴地望着，好似头一回如此专注地望着这片人烟稀少的沙窝地。

几日前，他问父亲九斤老人英嘎的病怎么就突然好了时，老人却答非所问地说："你到野地走走，多走走，自然就明白了。"

眼下，野地荒芜，虽然已立春，放眼望去，一片荒凉。

"究竟发生了什么?"达楞泰暗自问道。

离天堂最近的蝴蝶

一

幻觉，可能持续了三秒。一个类似巨型马车的庞然大物从我身旁呼啸而过。它的轮子与柏油路摩擦着发出刺耳的声响。水珠从地面喷射而来，在一种近乎慌乱的情绪催促下撸去眼睑处的雨水定睛一望，它却早已消失得无影无踪。路上的积水笑了似的摊开层层水纹。无风。缀着无数个破洞的雨帘，从幽暗的高空垂下。死沉沉的水雾笼罩着整个青城。十字路口对面的信号灯露出猩红的面孔。晚秋的淫雨眼下终于接近尾声。空气里弥漫着水腥气。

我浑身湿透了，虽然胸口处有温热气流包裹着，可我仍感到无法抵御阴冷。每踏一步，我的鞋子便刺啦啦地吐水。又一声隐约的轰响。我猛地转身。幽深的柏油路呈退后的窄长灰色物体，隐入更远的楼宇间。一阵咔咔的敲击声，很轻微，可很清晰地在某个我应该看见的位置不停地回响。一定有一辆飞驰的马车穿过整个城市。它笨拙的躯体在我脑海里愈来愈清晰，一个双目阴沉的马夫，甩起鞭子,啪!好响。我一定目睹过这一切。或者,我在梦里见到过。这没什么奇怪的。

我们总能看到我们想看到的。

哦,她在笑。我看到了。

空荡的城市里,树上满是萎靡而单薄的叶片。它们在等待一场狂风。

我想,我得用最快的速度回到我那间只有三把椅子和一张床的小屋。床上有一本《阿尔吉布尔吉汗》,在它第四十九页夹着一封信。去年,在我年满四十八岁那天——其实,我怀疑它的准确性,因为我看上去已很老——它被夹在第四十八页和四十九页之间。来年自然是第五十页。不过,我并不确定。也许,我会把它撕掉。我是在十九岁那年的一个闷热的午后收到这封信的。信的封面印着三个大红戳子,是父亲寄给我的。对我来讲,这是件不寻常的事。父亲在我五岁时离开家——母亲跟我这么讲的,此后再没有出现。收信的那天,我找了个僻静处,撕开个口子。它有股陈年灰尘,抑或是老鼠药的气味。它很简陋,近乎寒碜,只有歪斜的几个字眼,像是一只受伤的虫子遗留在毛边纸上的血迹。纸质粗糙,而且大概是被父亲打开折回,折回打开无数次,布满了横七竖八的折痕。

"我的儿,如果我死在监狱,把我埋到咱家东草甸歪脖子树下。别忘了。好好——好好做人。"

毫不夸张地讲,父亲的这封信终结了我的孩童时期。记得,当我的眼神从那几行歪斜的字迹上挪开时,它们瞬间从信纸上自行挣脱、浮起、散开、逃遁,在我头顶某个位置悬浮。它们还制造了至今仍在我脑海里清晰出现的幻觉:一个头发蓬乱、目光犀利的男人用昏沉而沙哑的嗓音不断地低语:好好——好好做人。我本想把它揉碎、丢弃，但我没有，我将它塞进一本红皮日记本。

好多天之后，我以为它已彻底从我记忆里隐匿，不存在了。一个有着留有血污足迹的虫子，或者别的什么，早已化成灰烬。灰烬——好像只能如此形容。事实上，我低估了我的想象。当我回到课堂，听老师讲"野蛮与文明—驯养狼崽—矛盾与冲突"时，我听到的却是"野蛮与野蛮—囚禁—好好做人"，于是我离开座位，在无数个诡异的眼神注视下，大摇大摆地走出教室。门在我身后"砰"地关闭。哐啷——某块玻璃碎了。

老师的怒斥足够猛烈，阳光的照射足够刺眼。

我却咧嘴笑。

在操场，几个男生的拳头密集地落到我肩膀、后脑勺、腰胯处，我的拳头也准确无误地落到一个个惊惧的腮帮、下巴、脖颈处。于是，这一切引来女生的尖叫、体育老师的怒吼、一群灰雀的扑腾。

哦，灰雀，刚才它们从潮湿的树枝上惊飞。或许，那辆疾驰的马车惊扰了它们。

在一间堆满纸张与奖杯的小屋里，老师要我向他们道歉。

"是我错了。"我说。

"这就完了？"老师说。

"是。"

"你得道歉。"

"您扇我耳光吧。"

"你态度太恶劣了。"

"我的态度很好。"

"你先回吧。"

"嗯。"

"记得回来参加高考。"

大概是那年的四月一日午后——应该是，总之我不确定——我回到了沙窝地——我的出生地，一个没有父亲的家。那天沙窝地正刮着沙尘暴。整个荒野地变成驼色空壳，轰轰作响，那是沙尘本身的咆哮。

对于我惹下的祸，我那颧骨高凸、头发稀疏、脾气温顺的母亲躲在羊圈哭得眼睛红肿。我没有安慰她，也没有跟她讲她儿子的人生不会就这样被毁掉。我什么都没有讲，包括它。它在我的书包里，像个干瘪的肿瘤。

白天，我帮着母亲修理被沙丘埋掉的桩子、铁丝，用手锯砍去羊角柳。很快，我的肤色从蛋壳色变为茶垢色，这让腮上的粉刺看起来不那么惹眼。这令我感到无比惬意。到了夜里，我会在瞎鸢子的叫声中随处走走。母亲以为我在背课文，其实我是躲在蒿草丛里吸烟。在烟给我带来的一种舒坦中，我觉得夜晚的秘密与天上的星辰一样繁多。天牛盲头盲脑地撞过来，又逃去，窃喜它没有被撞死。牛虻趁机想咬我一口，但差点被我拍死。逃命的瞬间它会嗡嗡地带着牢骚溜掉。蚊子最愚蠢，尖叫着来，又找不到从哪里下嘴。夜风醉了似的从这边吹过，又从那边吹过。除了这些，还有隐隐传来的轰响。至今我都没有分辨出那虚虚实实的轰响源自哪里。

也许是从地壳深处传来的。

到了六月，沙尘天气彻底结束，风力发电机的翅膀停止转动，蓄电用的电瓶无法供给十五瓦的灯泡电量。母亲点了根蜡烛放到小桌上，要我安心读书。我遵照她的意愿，坐到桌前。等她走了，我把书合上。我用小匕首抠掉掌心上的茧子，或者一点点地，像是切菜一样切掉书的四角。有时候，我会在后半夜醒来，盯着插在橡木缝隙里的一把白蒿等待天亮。母亲说白蒿辟邪。

我不信母亲的话。不过,现在想来,我应该信母亲的话。

我的房间很小,除了桌椅、单人床,还有漆了枣色油漆的躺柜,那是母亲的嫁妆。里面好像除了母亲过冬的羊毛大氅外还有父亲的大氅。但是我不确定,我从不翻翻看看。有那么一次,我把手伸进枕下摸出一支烟。那是我藏的最后一支,再没有了。也不知为何,那支烟让我看到一个我从未看到过的情景:一堵灰色砖墙,墙头有三层绑紧的铁丝,通了电的,嗡嗡作响。墙角蹲着一个男人。他手里什么都没有,正一遍遍地、百无聊赖地搓手掌。他巴望着四周,贪婪地吸一口想象中的烟。他应该是我父亲。也许吧,但我不确定。从母亲屋里的那张照片上看,他并不像胸怀过多贪念的人:个子小小的,在消瘦的身板上配着一颗方方的脑袋,下巴处光光的,一根胡须都不见,喉结凸起,好似刚刚吞掉一只瞎鸢子。

哦,我的父亲,他刚好吞了一只瞎鸢子。我总觉得我看到了这情景。

沙窝地人将黑鸢称为“瞎鸢子”,而不是大家常用的“老鹰”。

在我七八岁时,到了春天,母亲总要我抄根铁棒坐到羊圈口,不停地敲铁盆和铁桶。母亲跟我讲,天空中的瞎鸢子正准备哗地冲下来,叼去小羔羊。我仰起头望向天空。天空中果真有一个黑点在缓缓地打旋,一圈、两圈、三圈……转得我晕眩,脖颈发酸,手里的铁棒早已丢在一旁。母亲发现了,急匆匆地走来,捡来铁棍,砰砰地敲着铁盆,几乎是吼着说:“儿子,瞎鸢子还喜欢男娃子哩,小心把你也叼去了!把你叼去了等你阿拜(父亲)回来了,我可怎么跟你阿拜讲。”

“我才不要阿拜回来呢。”我噘着嘴低声嘟囔。

母亲听了,眼睛瞪圆,转而眯成一条缝,死死盯着我,仿佛立刻要把我拎起丢给我那父亲。

我起身跑去。

我反感母亲提起父亲,从来都是。我宁愿猜想一只土獾子刨窝的样子,也不愿意猜想父亲的样子。可很多时候,父亲总是无端地插进我的脑海。

回到沙窝地不久的一天,一辆巨型马车载着我祖母来到沙窝地。祖母跟我讲——她很老了,讲起话来啰啰唆唆:"我才十五岁,就被塞进有着厚厚帘子的车棚。我们在沙尘中走了很多天。我一直在昏睡。车轮子一直在嘎吱作响。偶尔,我也会忍不住哭起来。是它把我从我熟悉的地方拉到陌生的地方,而我又在陌生的地方活了一辈子。"老人家一再强调,她讲的一切都是事实。我却总觉得是个神话。因为,老人家透露了一个奇怪的细节——等她被纱巾蒙着脸下了马车后,就再也没见到过那辆马车。我说:"祖母,您老了,您可能是乘着简陋的二饼车。"祖母说:"不,的的确确是一辆结实的马车。车棚前还挂着马鬃。"我说:"您一定是产生幻觉了,不然怎么可能等您下车了就看不见了呢。"祖母说:"不,它们比你还要真实。"

雨不断用它丝滑的触角向我衣领深处试探。

我向花园深处走去。我在用我的行走,试探花园的幽深。犹如我用我的鲁莽——这句话是她说的——向她试探。

她在呻吟,在潮湿的夏夜。

二

一支被我藏在枕下好多天的烟,终于被我点着了。

天微微发亮时，我慢腾腾地起身，下地，披衣，点着了烟，吞云吐雾。我走到外面，将自己融进晨色。一个十八岁男孩的心思，就在幽静的早晨如青雾一样升腾，我猜想那一刻的我一定有张傲慢的面孔。我很明白，假如我放弃高考，无数个劳碌的日子就在前方等着我，但我丝毫没有感到沮丧。

　　事实上，那些天里我满怀激情地投入枯燥的劳作，然后遇见了她。哦，她在那里笑，在那个午后的某一刻。

　　那天大清早，我站在门前，看着屋前土灶前烙白面饼的母亲。她并没有发现我。支在灶肩的铁桶冒着火星，更远是透明的晨色。空间的缥缈之感，造出一种虚幻的浪漫。晨星隐匿，空气凉凉的。我走到屋后。正北，十里地之外的马尔寨敖包浸在大片绛紫色的气雾间，看上去像是连绵的山冈。近处，裸露的沙丘泛着惨白的光芒，仿佛整夜都在为寻觅茂密的灌木丛而筋疲力尽。一对孪生旱柳高出沙丘，椭圆形的树头像是有人在那里堆起了巨大的柴垛。那里，原先住着一位老木匠。据母亲讲，当年她嫁到沙窝地时乘坐的马车便是老木匠造的。

　　"老人家造的马车可了不得，在整个沙窝地除了他没人会造那种有棚子的马车。那车可都是照着图造的。"有次母亲如是说。

　　"祖母的也是吧？"

　　"你祖母的不是。"

　　"她说她的也是镶着铆钉的马车。"

　　"她记错了。"

　　对于居住在沙窝地的杭林人来讲，用马车娶亲是延续了几个世纪的风俗。这点与方圆百里地的维古特、忽尼沁、阿格特沁姓氏的蒙古族婚俗有着明显的区别。如果什么人有兴趣翻翻丢在老木匠炕头的一本没有扉页的书，便会得知，杭林人的祖先早在九世纪时属突厥的一部，十三世纪初入驻花剌子模，到了十七世纪中叶，五百户杭林人东迁，跋涉万里进驻鄂尔多斯高原腹地的大漠深处。从中亚西部荒原到东亚中部的库布齐沙漠，他们——应该也是我的祖先——历经八个世纪。至于在这漫长的时间里，他们遭遇了什么，我没有向谁问起。同时，在那些动荡的岁月里，他们遗失了什么，我也没有仔细琢磨过。但是，有一点他们始终没有忘却：他们总会把一双美丽而清澈的灰绿色眼珠嵌在结实的面庞上。我的也是。

我坚信我的眼珠很清澈——她亲吻我眼睛的时候，总会温柔地、出神地看着我的眼睛。

"嚯勒嘿（蒙古语，语气词，类似可怜的），老人到底是没能用最好看的马车给自己娶回个媳妇。"

母亲的语调伤感，这是她的习惯，任何一句话语从她嘴里说出来，总会夹带一种深沉的感伤。我觉得，这一切与我父亲有关。

"这都什么年代了，没人会在乎那些。"

"不，儿子，我在乎。"

母亲安静地盯着我。我懂母亲指的是什么。我撇开话题，再不提此事。对我来讲，这一切并不真实。我倒是希望能有一辆巨型马车，带我离开这片寂静之地。

在那个遥远的初夏早晨，当一轮火红的朝阳弹出地平线时，我和母亲赶着骡车到了我家东边的草滩地。那里有着大片大片的醉马草。我们得连根拔除醉马草，以此来减轻醉马草带来的危害。沙尘虽然刚刚收了尾，可沙窝地的夏季还未迎来一场雨。牧场一片荒芜。

邻居家的芒海去了几个小时，已经用镰刀劈出几亩空地，堆出的醉马草草垛高过半腰。他穿了身宽松的迷彩服,戴着土灰色圆帽,见了我俩大声地说:"这天啊,大清早的凉透了。哎嗒,大地忘了回暖喽,看来老天爷的脾气又上来了。"

"哦嗒,过些天会有雨的,苍天只是在打盹儿。"母亲应道。

"也许吧,反正没人知道苍天是不是真的在打盹儿。嗬呀,我们的大学生也来了?难得啊,如今的年轻人可受不住这些苦活儿。"

我没吭声,抡起镰刀开始刈除醉马草。醉马草又叫羊痫草,喜好干旱,在无雨的天气里疯长,一夜间能从碗口那么大扩到脸盆大,等到吐籽时能扩到井口那么大,有的还能蔓到毡包座那么大。简直就是趁机在暴晒下恣意狂欢。这草,藏毒,畜群吃了,醉了似的四蹄发颤,身子摇晃,而且时间一长,不再啃食别的草,单单追着它啃食。等到冬天了,醉劲往往更浓,无法退尽。多数情况下,中毒深的小畜熬不到第二年开春。

"我家南甸子上也有了,遭天谴的,我可是见过牛醉后的样子。"芒海说着,将身子当腰折个九十度,一手拽草茎,一手摆开镰刀贴着地面推到草根处,猛地一勾,再用刀刃搂回草盘子。

我向一侧走了十余步,与母亲和芒海扯出距离,从听不到他俩的话音处开镰。在我左侧,有一眼活泉。泉口子很隐蔽,却四季如一日地溢出一泓水,溢出的水身细长细长的。天大暖前,母亲会用狼毒草掩去泉口。这泉里活着沙窝地人称为"老婆子指甲"的土螺。这土螺起初比米粒还小,透红透红的,羊饮水,它们就顺着水流进入羊体,在羊肝脏里寄生,仅用三五个月时间,能长出一米长的软身子。有一次,刚好是腊月二十三祭灶那天,我和母亲祭过灶神后,发现一只母羊不断用头撞着马桩,撞得鼻口喷血,疯了似的。母亲叫我把匕首磨出刃,又叫我把那母羊卧掉。等我把羊杀了,母亲却叫我先不要剥皮，单单从腹处划开口子，揪出肝脏来。我照做了。羊肝该有的桃红色不见了，变成沙灰色。从无血色的血管挑出一只放到地上，从头到尾扯成一条，足有四尺长，软软的，滑溜的身子，两端各有扁扁的肉包，切去肉包，管状身子还迟迟不肯死去，不停地蠕动——死亡前的挣扎，或者是死亡本身的挣扎。嘀，可恶，公园铺砖小径上处好多个黑色蚯蚓。我匆匆避开，绕道插进另一条小径，这里没有路灯，黑漆漆的，树枝在我头顶交叉着形成天然的屏障，感觉像是走进隧道。我放慢脚步，让这种感觉演变为错觉，不停地靠近，靠近她。

"牛醉了只好处理掉喽。"母亲说。

"那是，还能有啥法子。"芒海说着直起腰，双手叉腰，吹起口哨，等着风，眼睛一直在看我。而我始终没有回应。

那天，我还见到了邻家三兄弟。三兄弟的名字都带着"道尔吉"三个字。为了省事，沙窝地人将三兄弟分别称为牛脸道尔吉、马脸道尔吉、羊脸道尔吉。羊脸道尔吉比我大一岁，我俩是小学同学。他高个头，驼背，人很腼腆，见了谁都要先抿嘴笑一笑。老大牛脸道尔吉四十岁出头。早年他妻子患了乳腺癌，四处求医，好不容易治愈了，有天夜里却离家出走，横穿库布齐沙漠跳了黄河。自那之后牛脸道尔吉就变成一个沉默寡言的人。沙窝地人背地里说他妻子是被他祖母招去的。还说他妻子患病那几年，常常瞅见他那死了多年的祖母大白天行走在野地间。马脸道尔吉是老二，一头黄稀稀的卷发，跛脚，左腮上有羊粪蛋大小的枣色胎记。二十七八岁，有那么几年在大漠镇当过小厨。与弟弟和哥哥相比，他脾性开朗，偶尔还会把自己灌醉。三个人的眼珠都是灰绿色的，牛脸道尔吉的偏深点。

"嚯咦，我们的大学生也来跟我们一起来受苦了呢！"马脸道尔吉冲着我大声说。

见我不吭声,他继续说了句玩笑话,自顾自地咧嘴笑,脸上红红的,额头横起三道纹。我仍旧沉默着,口腔内干涩,胸腔里也是火烧火燎的,深呼吸,吐气,吐出白沫子。

"阿敏达,嚯咦,闺女——来喝碗茶,热气上来了,不喝茶人是干不动的。"那木罕老人在一旁说。

她搂来柴草,烧好了茶。我这才认出用花色围巾包着头的女人是老人的外孙女阿敏达。阿敏达边走边拆开头巾,又用头巾擦去脸上的细汗和草屑。

她脸上红扑扑的。后来,我也见过她腮帮上那种令我陷入无限痴迷的红晕。此刻,我也能感觉到某一空间里,她正用那种令我痴迷的神情望着我。这点不用怀疑。

"大学生,你这是放假了?"马脸道尔吉又问了这么一句。

"再过几天就得回学校了。"母亲在一旁插言道。

"回什么回,留下来吧,都二十岁了,过个几年娶个媳妇好好过日子。沙窝地需要年轻人。嘿嘿,不是吗?"

"好好过日子,好好——好好做人",听着芒海的话,我的脑海里闪过这么两句。芒海说着丢开镰刀坐到草垛上,抓下帽子迎风扇着。

"咦,书还是要读的,哪能一辈子窝在沙巴拉尔里。"马脸道尔吉瓮声瓮气地说。

"沙巴拉尔有什么不好,不是照样把咱养活了这么多年,没一个是缺腿少胳膊的?沙地人,结实得很哩,都是些命根子硬的人。是不是那木罕额吉(妈妈)?您在跟前我这么讲,您可不要责怪我。"

"嚯勒嘿,你讲你的,我听我的。"那木罕老人说。

我仍一声不应,从那木罕老人手中接过茶,站到一旁。阿敏达走过来向其余人弯腰问候,唯独没有与我打招呼。我扭过脸望着别处。

"要不咱现在就吃了早茶吧?"母亲说。

"还早着呢,才八点,吃过了我就懒得动了。这种活儿,就得一股劲儿干。"芒海说。

也许是出于某种不可告人的忧虑,见阿敏达挨着自己坐下了,马脸道尔吉竟然显得些许局促。他低着头,身子微微向前倾,手里端着碗,时不时抬起手用巴掌撸去额上、脖颈处不断冒出的汗。

空气里弥漫着土腥气与醉马草草香以及盐碱地呛鼻的浓味。天空是凝固了的湛蓝,盯着看,那蓝慢慢地变成淡紫色,像是要烧起来了。几只花鹊落到小溪边,叽叽喳喳,身子一颠一颠的。轻微的沙沙声响,听起来像是风从草梢头拂过,又像是什么在枯草上打滚。我始终没有讲一句话。喝过茶,我向活泉那边走去。脚底一阵脆响,干涸的草滩地虽然见了绿,可缺少水分的草梢头硬邦邦的,吃不住脚踩,接二连三地嘎嘣断裂。也不知为何,我明明看着远处,心下却觉得阿敏达的眼神一直尾随着我,小心翼翼的那种。若是我猛地一回头,准能与她的双眼相撞。

我想,假如真能与她那双略显忧悒的眼神相撞,那一定是个美妙而令人眩晕的瞬间。即便是现在,我仍能感到她的眼神穿过亘古以来永不变、永不败的野风凝视着我。我不知道这种感觉是源自对她的思念,还是源自对那段岁月的回忆,抑或是随着老去,我开始用回忆来拓宽生命的边界。

三

其实,我和阿敏达并不陌生,从来都不,甚至我俩可以说是青梅竹马。因为我俩打小玩在一起。那么我俩的疏远是从什么时候开始的？应该是从我离开沙窝地到小城读书的那年冬季的某天。

那天下过雪。大清早，母亲要我骑着摩托车去找丢失的小羊。我先是到了道尔吉三兄弟家，然后去了另几个牧人家，都没有发现小羊，最后到了那木罕老人家。小羊果真混入了老人家的羊群，折腾好久我都没能把小羊分出来。阿敏达前来帮忙。与往日不同，她自始至终一言不发。临走我说："怎么在学校看不到你了？"她不吭声。我又问了一遍，她才说："家里活儿太多。" 我带着讥诮的语气——的的确确，我是带着挖苦讽刺的语气，说："你是不是急着要当小媳妇？"她听了，顺手抄起细棍追过来。

自那以后，我俩就没再见过面。如果不是醉马草泛滥成灾，我想，那年夏天我俩也不会有机会见面的。

现在，从时间跨度上讲这些都已经过去三十多年。但是，在我回忆的空间里，它们又是那么清晰，比三秒钟前落到我额上的雨滴还清晰。不过，还是让我回到那个美丽的夏季吧，回到那个闷热的、酷阳当头的晌午。

日照愈来愈毒辣，脊背上烫得仿佛烘焙着白面饼。听到有人喊我，我抬起头看，原来那几人都到歪脖树下乘凉。马脸道尔吉扯开嗓门喊道："喂，嘎纳斯，收活儿喽。"喊了好几回，我只好丢开镰刀，脱去衬衫揪着衣领，撑出小小的遮阳伞坐在土墩上。

"嘎纳斯，快过来啊。"

我索性仰面躺下，用衬衫蒙住了头。

有人继续喊我过去。我硬是用沉默来表示我的不可侵扰。光从衬衫纤维缝隙泻入。这是个奇妙的小世界，灰白的、温热的，而又唾手可得的。风掀去衬衫，阳光晃一下，藏蓝的天空闪一下。我紧闭双眼,先前灰白的小世界不见了,换成橘红色的、闪着黑斑点的——这分明是个浩瀚的宇宙:浮动的薄云扯着尾巴的虫子、模糊的星河、缠绕的铁丝,还有血色方块。

"嚯咦,过来啊,不怕中暑?"

朦胧而迷人的宇宙不见了,换成羊脸道尔吉发紫的面庞。他的脖子变得很长,仿佛从衬衫口无限延伸,将一颗石头一样结实的脑袋吊在半空里。他扯着我的衬衫一角,俯瞰着我。

"我不饿。"

"哦,可是,你得吃东西。"

"我说过了,我不饿。"

"他说他不饿。"羊脸道尔吉回过头向那边喊。

"你把他拽起来嘛。"

"不要碰我。"

羊脸道尔吉有些尴尬地冲着我笑笑,走了。我起身走过去坐到骡车坂木下。从骡腹下能望见树下的情景。他们围坐一圈,在地上铺了一层花色塑料布,上面摆着大小不一的碗碟。阿敏达老人似的蹲坐着,把身子怪异地拧着洗去手上的草汁。她脸上笑盈盈的,不知在为谁的哪句话在笑,或者是想起什么事。总之那笑长长久久地挂在她嘴角。她拧开塑料罐,罐子里大概装有腌蔓菁,她正用手指捏了一根放进嘴里。那木罕老人坐在正中的位置,身上的毛坎肩配上她那张苍老的脸倒也不显得突兀。羊脸道尔吉坐在裸露的树根上,一手端着碗,一手抓着烙饼正蘸着酸乳吃。他几乎不抬头,瞅着像是被另几个人挤到树荫外的外乡人——虽然沙窝地人对外乡人向来很热情。母亲显然很不放心我,冲我大声说:"嚯咦,嘎纳斯,我的儿子,你是不是中暑了?怎么会不想吃东西?昨晚你就没怎么吃。"

"额吉,我不饿。"

见我终于吭声了,那几个人扭过脸来看我。

"啊嗒,到底是年轻人啊。"

芒海的这句话终结了人们对我的关心与万般催促。他大概吃饱喝足了,仰面躺着,曲肱而枕,灰色半袖下端露出锅底似的腹部。阳光穿过树枝在他身上投下斑驳的影子。

"咱这地方也怪了,隔个几年总要长出大片大片的醉子(醉马草)来。大集体那会儿队里还给咱分过任务,叫咱把醉子薅没了。我记得那会儿咱也差不多薅没了,可这醉子,薅不绝。"那木罕老人慢腾腾地说着,眼睛望向成垛的醉马草。

"毒草嘛,隔个几年总要发威的。"母亲说。

"那木罕额吉,那边有过什么庙来着?"马脸道尔吉一边哑巴哑巴地嚼着腌菜,一边提高嗓门问,仿佛很担心那木罕老人因耳朵背听不清他的话。

"希热图庙,我弟弟就是在希热图庙里长大的。当时这周围有四十多棵旱柳,后来说是要'破四旧',把那树都砍了,幸亏这树脖子歪了,没入他们的眼。"

"哦,原来有过那么多啊。姥姥,怎么从来没听您提起?"阿敏达问道。也许她少言寡语,抑或是她的问题很是奇特,其余的五六双眼一齐看她。我也一眼不眨地盯着她——从我这个位置上,没人会发现我一直在盯着她看。她脸上红彤彤的——哦,美妙的红晕,仿佛腮帮子上的血管爆裂后洇开了。然而,阿敏达并没有向我这边看。

"都过去那么多年了,老提它做什么,再说早忘了,今天见了这棵歪脖子树,才又想起来了。这树原本很直溜的,后来是嘎纳斯的阿拜和我家那几个毛娃子当马骑着玩,把树脖子给弄歪了。"

老人的这句话很快被芒海的另一句带过去了,可是,在我耳朵里却一遍遍地回响,同时我仿佛看到几个灰头土脸的男娃,跨骑着树,嗷嗷叫着,挥着手。我还看到,有人在树下掘出一个长方形的墓穴,穴口铁锈色的沙越堆越高。我别过脸,望着北面寥廓的野地。一里地之外,旋起的风柱正一摇一摇地挨近。

"嚯咦,小道尔吉,你跟咱的大学生摔个背哇?去呗,叫我们热闹热闹嘀。"又是芒海粗哑的嗓门。

我回过头去看,发现羊脸道尔吉也从碗口抬起头看了看芒海,又看了看我,然后无声地抿嘴一笑。那样子好像是在说,这只是个玩笑。

"嘎纳斯,来一个呗,我们的大学生。"

马脸道尔吉在一旁迎合。我假装没听见,将脸扭过去凝视对面的旋风。风柱子比先前粗了一截,身段也高了一些,正一拧一拧地向这边滑动。

"哎呀,我就奇怪了,如今的年轻人咋就这么乖巧?摔个背嘛,我们年轻那会儿,三五个月地饿着,有人把我们的口粮扣了,那个叫鬼剃了头的家伙,不是个好东西,那会儿饿着肚皮还照样干架。头破了,鼻子塌了也不怕,继续干架。"芒海嘴里嚼着什么,说话断断续续的,好久才把整句话讲完。

"现在没人稀罕摔背。"我站起身,叉着腰,眼睛看着越来越近的旋风,大声地拖着语调说。顿时,一阵沉默。树下的那几个人都不再说话,只是有些疑惑而惊讶地盯着我看。很显然,我的这句话是一盆凉水,浇得他们个个发愣。不过,很快他们把视线从我脸上挪走。芒海赌气似的仰面躺下,用脚钩鞋子,甩去。几只牛虻开始缠起他的赤脚，他不得不抓把沙子扬过去。风柱已经到了草垛那边，一会儿摇摆着身子吞去草垛，不过，陡然间遇到了什么不可阻挡的破坏力，柱脚先是从圆锥形走形，呈散开的旧棉花状，紧接着腰处无力地摇晃几下，高高的身子奇怪地倾斜，折腰，坍塌，最后消失得无影无踪。

热浪扑面，我却感觉凉凉的。四野阒寂，无人打搅。羊脸道尔吉枕着树根假寐。牛脸道尔吉弓着背靠着树身，脑勺后仰着，也在假寐。母亲与阿敏达悄无声息地收拾碗碟。那木罕老人慢慢地吃着酽茶。她的肤色与茶色相似，她的手也是，细瞧的话手背的颜色比面颊肤色还深，呈焦糖色。这都是沙窝地的太阳造就的。如果不是从她敞开的衣领处看到银质项链和耳垂上的绿松石耳饰，有人准会以为眼前的老人是个面颊消瘦的老头——假如，有一个雕塑家，他准会用他精湛的技艺、准确的观察力，以那木罕老人为模特雕出一张瞅着比石头还要坚硬、比几个世纪还要苍老的面孔。

一定会的。我毫不怀疑。

午阳暴晒，新翻出的土早已褪去铁锈色，变得与周围相融，泛着刺眼的白光。挨着滩地地表，羊雀成群地飞过，还有牛燕，叽叽喳喳地飞到空中，㹴㹴地，停顿片刻，活像青色天空脸上的麻子。

"这野地若是没了畜群可真怪异。"

"你们是明晚出圈还是后天晚上？"芒海听母亲这么说，找话题似的问道。

"明天晚上，最迟后天，可不能再等下去了。"

"我们家今晚就出圈呀，再不出圈，羔子都熬不住了。那木罕额吉，你们的呢？要出咱就得一起出。"

"我家的呀，早出了，都有三五天了。"

"那您还不早说，老人家您可真是，哦，厉害。"

"偷偷摸摸的事，挨过一天是一天。"那木罕老人笑着回答。他们这是提起了夜里放牧的事。自从五六年前禁牧政策下来后，每年的阳历四月一日至七月一日，沙窝地的牧羊人得把畜群圈起来养。但凡违抗者，得缴纳为数不少的罚款。

"其实吧，我觉得不用从四月份开始禁牧，有点早嘀，应该是从五月份开始，为期两个月六十天，刚刚好，四月份咱这儿还秃着哩。"芒海说。

"就是，六十天最合适，三个月就太长了。甭说畜群了，人也熬不住。那木罕额吉，您往里坐坐，当心中暑。"

"我觉得还是倒场好，那会儿我们每年都得倒场，可也没这么辛苦，现在可是没人走营地喽。"那木罕老人颤颤巍巍地半蹲起，一手托住膝盖，一手拽过去垫子，挪了挪地方。

"时代在变啊，没办法。哎嗒，太阳的土地哟。"芒海将语调拖得长长久久的，然后用沙哑的嗓门唱起《花斑月》来：

> 那白茫茫的一片是什么，太阳的土地哟。
> 旋转的轮子啊，咔嗒咔嗒，疾驰的马车。
> 勇猛的杭林人哟，驭车的人哦，火神陪着我们哦。
> 雄鹰要飞过雪山喽，马车消失在黛色地平线上喽。
> 花斑月褪尽花斑喽，勇敢的人要去寻觅心上人喽——
> 勇敢的人——哦，寻觅心上人了哟。

那天夜里，我偷偷跑出去，向着野地走去。我急匆匆地走着。阔野岑寂，仲夏夜的柔风拂面而来。灌木丛，繁茂，我穿过去了。香柏林，郁郁葱葱，我绕过去了。沙丘地，苍茫，被我丢在后面。空气里，尽是黄蒿散发的浓郁草香。最后，我到了一棵羊角柳下。这棵树龄超过四十年的旱柳，胳膊粗的枝丫多次被砍去，独留灶口粗的主干，主干上的细枝撑起呈圆形树冠。沙窝地人称这种圆头树为"鬼子窝"，说是夜里能听到怪异的声响。对此，我是从来不当回事的。我也不惧花斑鸮婴儿啼哭似的夜叫，我更不信人们传言的花斑鸮的叫声会招来厄运。我也从来不怀疑静谧的荒野里会有肉眼看不见的存在。虽然，我年幼时，无数遍从祖母口中听过羊尾骨变人、青毛羊附火神、黄狐狸念经的传说。

我被我的勇猛与鲁莽插上了翅膀。

四

繁星缀满湖色夜空，有几处星星簇拥到一起，呈灰白色。沙丘、草丛、土墩，被浓稠的深紫色覆蔽。白天藏在某处的虫子都出来了，吱吱地飞来飞去，有的撞到我脸上。好漫长，雾气似的幽谧包围着我。

时针在某个地方懒懒地咔咔咔。

不停地咔咔咔。

至今，它都未改变速度。它不紧不慢，在我们看不见却又能感觉到的空间，恣意地咔咔咔。

前方，一道银色的光帘倾泻，垂至小径上。我驻足，点根烟。

我在重温那个夜晚，那个轻柔的踩踏声。它像雨滴落到屋顶上发出的声响。

我屏住呼吸，弯腰，探出脑袋，贴着地面望去。黝黑里，羊群向井边围拢,无数个羊蹄踩出藏青色尘雾,像是湿草被点着后冒出的烟。一阵吭吭的碰撞声、水流声、尖尖的口哨声,阿敏达正用铁桶挑水。刺啦刺啦,羊在贪婪地吮水。咔咔,公羊在打架。嘀嘀,阿敏达在训斥羊。很快,羊群离去,扯出尘浪,涌进灌木丛。空蒙的夜色下传来此起彼伏的哗哗噜噜,那是牲畜在咬断植物。咔咔,牲畜的咀嚼声。与白天情景不一样的是,畜群在夜里觅草时几乎不出声,就连母羊唤羔子,也是用极其微弱的咩叫,近乎是喉咙里的颤抖。

呜噜噜,猫头鹰在啼叫。

我兜住掌心——现在回想,那一刻我是多么勇猛——呜噜噜地学着鸟叫。欻地,一只鸟从头顶飞去,飞到很远了,隐隐地传来呜噜噜、呜噜噜。

呜噜噜,呜噜噜。这是我发出的。

忽地,灌木丛那边响起呜呜噜噜、呜呜、噜噜。我抬脚阔步向那边走去。我甚至还吹起了口哨,顺手折断草茎嚼在嘴里。

"我还以为是中枪的猛禽。"阿敏达从十余步之遥压低嗓门说。

"差不多。"我说。

阿敏达身披冬季的大氅,头上还是白天戴的花头巾。

我永远感谢我的鲁莽,至今都是。我走过去,一把拉过阿敏达的胳膊,一手托住她的下巴——近乎掐住——亲吻她。

她没有挣扎。

我俩向圆头树那边走去。有那么几分钟我俩谁都没说话。我俩并肩坐在土墩上,四条腿并排垂下。她一手持着羊鞭,一手扇去扑向脸的蚊子。相比白天,她的面颊呈月白色。她安静地看看羊群那边,又看往别处。也不知为何,我莫名其妙地感到不安,我离开土墩来来回回地踱步,一会儿把手插进口袋,直挺挺地站到她对面,一会儿又向一侧挪出几步。

"你真的不会后悔吗？"

"后悔什么？"

"辍学。"

"没有。"

"你会后悔的。"

"不会。"

她每讲一句话，都要把腿抬起来，放回去。看她那样子，怕是整夜都要坐在土墩上不挪地。我始终与她保持着一竿子的距离。这距离刚刚好，我既看不清她的眼神，又不妨碍我捕捉她脸上的表情。

"我是说，你将来也不会到大漠镇，或者别的地方？"

"别的地方？干吗？"

"你不喜欢大漠镇？"

她没吭声。

大漠镇距沙窝地不足百里，有两三万常住居民。街道不拥挤，但屋舍很简陋。不过，与沙窝地相比，那里却是另外一个世界。那里的夜晚是被分割的，前半夜喧嚣，后半夜岑寂。这点与沙窝地迥然不同。沙窝地的夜晚裹卷鸟鸣、虫叫、风声，使它们浑然一体，发出沉闷的低吟。

"你还是不喜欢大漠镇。"

"我没说不喜欢。"

"猎人与屠夫你更喜欢哪个？"

"我没想过。"

"我的意思是当你坐在马车上时你会号啕大哭的。"

"你的吗？"

她仰起脸，直勾勾地盯着我。

我别过脸。

真够愚蠢的，现在想来，那一瞬间我从她心底抽走了我——那个前几分钟还热烈地亲吻她的我。

"你还不如问我喜欢秃鹫还是喜欢老鹰。"

"那你喜欢哪个？"

"我喜欢它们旋飞的样子。"

她的视线终于从我脸上挪开了。

"到了学校后我会给你写信的。"

"哦，那得等到秋天才能收到。你知道吗？萨和亚的一封信被耽搁了半年，是他女朋友寄过来的，里面还有照片，信封套子都被磨破了，要不就是有人故意弄破后拆开的，总之我们所有人都看了。"

"真够野蛮的。"

阿敏达轻叹了一声，并没有说话。她安静地坐着，一会儿向羊群那边看看，一会儿又仰起头看看天空。有那么几分钟我俩都沉默着。

忽地，在不远的距离，一道光柱不停地闪烁，同时隐隐地传来摩托车的轰鸣。紧接着出现另一柱光，两柱光交叉着在朦胧夜色下射出粗粗的银色光芒。

"逮兔子的又来了。"

"都是些什么人？老往咱这儿跑。"

"不知道。"

"真可恶。"

我的语气听起来一定是咬牙切齿的。

"据说一只活兔子能卖到两百元。"

"还不是逮去给什么猛犬当猎物。野蛮人。"

"你怎么老是气势汹汹的？"

我别过脸，凝视着忽明忽暗的灯光，说："人若没有脾气，与牛羊有什么区别？"

阿敏达扑哧笑了。也许是笑的那一刻意识到我并没有在开玩笑，她用袖口遮住半张脸，好让笑声闷在袖筒里。

"你是不是一直都想嫁给羊脸道尔吉，或者他二哥？"

"谁？"

"你听到了。"

"哦，我是听到了。嗯，是的，是呢，是啊，我正琢磨着呢，不过还没想好。再说，我又不着急。"阿敏达将脸从袖筒里抬起，守住笑，毫不含糊地说。

"那我就不给你写信了。"

"嗯。"

"我真的不写了。"

"我听到了。"

阿敏达说着，双腿一颠跳下土墩，向着灌木丛那边走去。

"我也不会再来看你了。"

"你从来就没来过。"

"嫁吧，嫁给那个脾气温顺、模样也温顺、屁股被踢烂也不吭声的羊脸道尔吉吧。哼，嫁吧，窝在嘎吱作响的马车里，哭哭啼啼地嫁过去吧。让沙窝地的每一个人都唱着《花斑月》嫁过去吧。关我屁事。"

"好的。"

五

我抄着一条羊肠小道走了三四里地,折入另一条通往前方缓坡的小路,身后突然响起摩托车声,于是我就地站住等候。

很快,从前方的坡顶射来灯光,一条黄毛土狗在光柱下像是烧成一颗圆球似的冲过来。我猛地踢过去,一张肮脏的狗嘴从我眼皮下划过。

"嗨,巴萨尔!"男人嗓音干硬地喊着。

土狗再次扑上来,我又踢了一脚。沉闷的撞击。土狗吐舌,身子痉挛着,喘气。

"浑球! 不要踢我的狗。"

一个黑影从光里走近了,我迎了过去。一条结实的胳膊截住我,我的指尖触到一张黏糊糊的胸脯。我感觉到额头撞在特别坚硬的石头一样的东西上,还有我的腮帮。土狗一直不停地狂吠。

男人递过来一根烟,我接住,男人掏出打火机,点着,推过来。火苗子莹莹地靠近。我贪婪地吸口烟,鼓着嘴看男人的脸。男人三十五六岁,宽肩,粗脖子,单褂外面套了件各处都是兜的坎肩。

"你有十六岁吗?"男人问。

"关你屁事。"

"嗬!"

"我有匕首。"

"如果早十年,今晚你就完蛋了,小伙子!"

"老东西,再给我一根。"

我俩吧吧地吸着烟。

"别哭了。"

"关你屁事。"

男人歪嘴一笑，拍拍我的肩膀，说："好了，兄弟，哥走了。要不要哥送你一程，你家远不远？"

"不用。"

"下次别让我碰到你。"

"追你的母兔子去吧。"

男人站起身，唤着土狗，骑着摩托车，发出震耳的轰鸣离去了。

没一会儿，四野恢复静谧。夜风越来越凉，可我由着性子，敞起衣襟，任凭风吹着，懒懒地挪脚。身前，一径灰白的羊肠小道延伸，道两侧黑乎乎的蒿草像是无数个圆鼓鼓的坟包。有那么几次，我打算折回去跟阿敏达说说话。可具体要说些什么我自己也不知道。面对她，我仿佛总是陷入一种我自己也想不清楚的困惑中——就像是在后来的几十年岁月里，我都不清楚那次我为何跟阿敏达讲了那些话。我带着一种沮丧的情绪回到家，时间已经是深夜两点一刻了。我在一种非常憋闷的心绪中囫囵躺下，心下发誓，今生今世再也不主动去见她。

翌日，阿敏达像是猜出了我发过毒誓，竟然没有前来帮忙。不过，这反而使我感到很轻松。接下来的几天，我跟着我家羊群度过了在我人生中极少数的、令我深感孤寂的夜晚。月末，我离开沙窝地，到了大漠镇。之后便在一种浑浑噩噩中参加高考，然后又在一种麻木不仁的状态下在青城读专科。半年里发生了很多事，我认识了很多同学，过起了六人一舍的大学生活。学业很忙，催得人每天绷着神经，不过，我很快就适应了。

除了特意选的声乐专业，其他课程我基本上是三天打鱼两天晒网。大学生活的确五彩斑斓。其实我想用"富有神秘性"，但"五彩斑斓"更准确些。因为，我竟然很少想起阿敏达。我甚至以为自己忘掉她了。我不但没有想起她，更没有给她写信。然而，当我在寒风料峭的午后乘上驶往大漠镇的中巴车时，她那张偶尔莞尔一笑、偶尔不以为然地仰起下巴的面孔，倏地撞进我的脑海。而这些又直接在我胸中旋起一股等待已久、扑朔迷离的激动情绪。等中巴车抵达小镇，我换乘一辆破旧的吉普车，在被一旁的孕妇挤得不敢大口喘气的时刻，我惊愕地发现自己竟然非常急切地盼望见到她。至于那个我咬牙切齿地立下的誓言早已被这急切驳斥得体无完肤。

当然，回到沙窝地后，我没能马上找到去见阿敏达的借口。不过，机会很快就来了。那年正月初六晌午，马脸道尔吉来拜年。与他同来的还有八九个人，每人都跨骑一辆摩托车。当这拨人的身影浩浩荡荡、尘土飞扬地出现在路口时，我感到一种从未有过的心潮澎湃。起初，我以为这拨人只是路过，我站在门口望着他们，像牧民老人驻足观望路人似的站着。

谢天谢地，这拨人离开土路，缓缓驶近。

"扎哒，阿穆尔，我们的大学生，羊年吉祥安顺！"牛脸道尔吉一边大声说着，一边掀帽问候。与夏天一样，他的肤色依旧是酷阳下晒出的茶水色，说话声依旧是粗哑洪亮。羊脸道尔吉也在，除了问候语，他没讲别的，用力地握着我的手，晃了晃，一笑，冻红的腮帮鼓成两颗苹果，这使他那双灰绿色眼睛显得比往常更加透彻。

三个小时后，我随他们一同前往阿敏达家。途中我和他们还给芒海拜了年，又从他家带上他的两个外甥。这么一来，拜年队伍从原先的十人左右一下子扩到十五六人。正月的白天很短，抵达阿敏达家时已是暮色沉沉了。遥遥地望见她家烟囱吞吐着青烟。在冬季灰色天幕下,一缕烟仿佛是从地底直直地涌向苍穹。

从那个夜晚至今,我经历过很多有歌声、欢呼声、尖叫声的夜晚。

但是,在我的回忆里没有一个夜晚的时光能抵过那次。直到现在,此时此刻,只要我稍不小心,它便将我拽进它那甜蜜、温暖、玄妙与怅然混合为一体的旋涡中,仿佛我的前半生都凝固于那短短的几个小时。

对于我们的到来,阿敏达并没有表现出丝毫的喜悦与惊讶,也没有露出该有的(我始终觉得她应该表露)夸张的热忱。这么讲吧,即便是见到了我,她的脸上也没有表露些许的异样。我们先是恭恭敬敬地向那木罕老人问安,因为我们都喝过酒,生怕冒犯老人家,然后我们都一声不响地进了屋——这点我不确定。也许我们并没有一声不响,也许只有我一个人不声不响。

屋子很小,只有里外两室,没有独立的客厅。这种居室在沙窝地很平常。大一点的外室有盘铺着毛毯的土炕。当地摆上圆桌,配有五六把椅子就算是客厅了。里间是那木罕老人的寝室,有盘暖炕。灶房在屋子东侧。我们当中还有三个女的,我已经想不起她们的名字了。她们二十三四岁,其中有一个在与马脸道尔吉谈恋爱,这让我多少有些开心。虽然我其实更希望谈恋爱的是羊脸道尔吉。

我们的酒席很快就开始了。为了能使欢聚不至于因醉酒而迅速结束,我们放慢了节奏,你一言我一语地说些笑话,借着大笑散酒。阿敏达和胖脸女孩一直忙碌着给我们备酒菜。我们的笑声(或多或少有些夸张)一阵一阵的,几乎要把屋顶掀翻了。大约过了两个小时,我们当中有几个已经沉醉,爬到炕头昏睡。等到临近午夜,只留下我、羊脸道尔吉,还有一个话语不多、酒量却很惊人的年轻人。当然还有阿敏达和那个胖脸女孩。这之前我们也跳过交谊舞，那个年代正时兴那种娱乐。不过因为地方太小了，每次只能有四个人跳舞。所以，整个晚上我都没怎么离开座位。我喝了好多酒。我也与阿敏达说了些话，都是些无关紧要的。比如，好久不见了，学业难不倒我，青城比大漠镇人多啦，等等。（一定就是这些，不然此刻我不可能想不起来。）也许是炉火的烘烤，抑或是睡意昏沉，渐渐地，屋子里安静了下来，我们几个的说话声也变得很低。炕头挤满了人，呼噜声此起彼伏。阿敏达进进出出，在铁炉旁堆起了火炭。空气沉闷，我脱去了外套。我喝酒上脸，从一旁的壁柜镜子里我照见了自己变得通红的脸颊，就连脖子也是。这让我或多或少有些沮丧。若不是阿敏达脸上没有露出丝毫的困倦，我想我也许早早地找个地方睡了，或是驾着摩托车回家去了。等到胖脸女孩也休息了，桌前只剩下我、阿敏达和羊脸道尔吉。

"小道尔吉，你听着，大学一毕业我就会娶她。"我冲着羊脸道尔吉说。他听了，脸上慢慢地堆起他那惯有的不出声的笑容。那样子好像又在说，这只是个玩笑。他的眼睛瞥了一眼阿敏达，又重新落到我身上。而我，始终没看阿敏达的脸。我斜过身，几乎把脸贴到羊脸道尔吉脸上。

"你不信？"

"哦。"

"你就是不信。"

羊脸道尔吉抬起手，用手沙沙地抓了抓头皮，仍旧不吐半句语。阿敏达在一旁说："是呢，他没有撒谎。"

没等我扭过头接住阿敏达的话，就听见她咯咯的笑声。

"阿敏达，你听着，我迟早会把你娶回家。我发誓，我没有喝醉，绝不是酒后胡言乱语。你是我的花斑蝶。"

我把身子一拧,这下我的脸几乎贴到阿敏达脸上了,直直地盯着她。她上身微微向后撤,似笑非笑地看着我——她永远是这样,用一双淳朴而宁静的眼睛盯着你,嘴角挂起浅笑,瞬间将你拖入无限的遐想。而她自己呢,又会隐入那缥缈的、雾霭沉沉的爱的神秘境遇。

"你记住了没有?"

"什么?"

"离天堂最近的蝴蝶。"

"哦。"

"有一种蝴蝶生活在高原雪上,它们的翅膀像丝绸一样柔软,身上还有朱红色的圆斑。你看着我。"

"我看着你呢。"

"你不要笑。"

"我没有笑。"

"你在笑,你的嘴唇在动。"

"那不是笑。"

"那就是笑。"

阿敏达挣脱出我的胳膊,站起,开始收拾桌子。桌上很糟糕,杯盘狼藉。我好像醉了,脑袋昏沉,只觉颅顶压着十个腌菜瓮。我将双手相叠,趴到桌子上。大概过了十几分钟,或许比那更长,我不确定。我醒来后,发现桌上只有我自己了。桌上已经被清理了,灯也被关掉。铁炉烧得直冒热气。地上尽是鞋子,炕头尽是脑袋和穿着棉裤、毛裤、绒裤的胳膊或腿。抬脚到外面,透凉的夜风狂欢似的席卷着我。泛着紫色光芒的夜色间,一道薄薄的光墙从灶房门缝间射出来，我走过去，推开那门。黏糊糊的水蒸气扑面而来，挨着屋顶能看到水蒸气云层似的飘浮，云层的一角被灯光染成橘色。在那橘色的云间以及搭在横木上的羊毛大氅下，露出半截女人的后背、女人的马尾辫、女人的两条胳膊、插在玻璃瓶的蜡烛、沾水的锅盖、冒着热气的碗碟、女人烫红的手……我站住了。

我只是停顿了片刻。我没有犹豫。

那一刻的我不是后来的我。后来的我是另一个我。这些年，我总是如此猜想。不然，我怎么可能从我布满冰雪的高原上跌落下来呢？

她弯腰的姿势，她向我展露的毫无提防的姿势——我没有立刻扑上去。锅底黑乎乎的水被她搅得打起小旋涡。脏兮兮的水快速地旋转，不停地旋转，旋出裸露的沙包、蓬松的驼毛、翻滚的沙蓬草、龟裂的手掌、摇摆的风柱。灯苗左右扑闪，我抬胳膊，猛地一扇，摞到一起的碗碟、女人湿漉漉的手、铜色腮帮、低垂的几绺头发便都不见了。

稠密而柔软的黑包裹着我。

夜的本质是柔软的。柔软中整个黑夜发出低音而甜腻的呢喃。那不是雨丝落在树叶上的声响，不是鞋底与湿漉漉的地砖摩擦的声响，也不是某只翅膀湿透的虫子爬行的声响。

那是我的呼吸，还有她的。

冬季漫长的朝霞终于驱走了幽暗的晨色。我没有留下与他们一同吃早茶。我匆匆离开那里。在门口与宿醉未醒的马脸道尔吉撞个正着，但我俩谁都没说话。不知为何，我从马脸道尔吉的眼神里捕捉到意味深长的、只属于男人与男人之间的心照不宣的鼓励。当然，当我跨上摩托车，踩实油门就要离开时，阿敏达走了过来，握了握我的手,用类似姐姐的口吻轻轻地说了句:"回去好好读书,你和我不一样。"

<h1 style="text-align:center">六</h1>

一九九八年七月大专毕业后,我放弃在大漠镇某中学当音乐教师的机会,执意留在青城。起初,我没有找到工作。到了秋末,我在青城一个名叫锣鼓巷的巷口摆起了地摊,零售从京城批发回来的秋衣秋裤、棉衣棉裤、围巾毛袜。对这份勉强糊口的营生,我其实没有一丁点的热忱。如果不是从一条秋裤或秋衣上获取十一二元的毛利,无论如何我都很难在凛冽的寒风、呛鼻的灰尘中坚持下去。同时,我还利用晚上时间到雪地苍狼酒吧唱歌,我把这个称为"卖嗓子"。

当我抱着吉他,在酒吧甜腻的空气与炫目灯光下,唱起一首首悲伤的情歌时,我常常把自己唱哭——如今的我早已原谅了那个多愁善感的我。我也毫不怀疑多愁善感源自那间逼仄黝黑的灶房、潮乎乎的水蒸气、柔软的羊皮大氅、烧焦了似的碎发,还有毒辣的大太阳、草垛、镰刀、歪脖子树、羊肠小径、沾着草汁的镰刀、羔羊的嘴唇。很多年以来,它们轮番地充塞着我的回忆。而在回忆的天幕下,在它银灰色的浓雾中,一张戴着头饰的女人脸不断地若隐若现。头饰两侧帘子缀满红玛瑙、绿松石,用小小的银豆串成的穗子——它们以无可比拟的雍容姿态向我宣告我初恋的结束。或者说,用它们源自古代游牧民族庄严的造型告诫我,生活并不是我想象的那么热气腾腾。

是的,阿敏达并没有嫁给我,甚至都没有等我毕业。

这倒不是因为我对她不够真诚，也不是我停止了对她的追求。在学校时，我常常给她寄去厚厚十多页的情书，偶尔里面还夹着树叶、照片、明信片什么的。但是，我从未收到过她的回信，一封都没有。至今我都不知道我的那些情书是被她烧掉了、撕毁了，还是被丢在某个木质邮箱底。关于那些信我也从未向她提起，但我不怀疑她是故意不回信，不然，当她蒙着的头巾被掀起，她的眼神穿过好多个肩膀不偏不倚地与我的视线相撞的瞬间，她的双眸间闪过旁人不易察觉的忧伤——应该是忧伤的神色。

此时此刻我都很坚定。不过，也许是我的幻觉。

那是个冬季极寒的凌晨——又是个天气糟糕的日子。

眼下亦是。

秋雨中的都市夜晚，阴郁、灰暗、潮湿，从高架桥走过几个缩着脖子的人。极寒的凌晨，哦，雨水好缠人。

还有凛冽的北风。

浩浩荡荡的送亲队绕着堂哥家的屋子转圈。有架着两匹马的双轮宽床马车，有轮子高过我的大型马车，有用苫布遮罩的带篷子的马车，还有用羊肝红色绒布笼得严严实实的小马车——棚内主人是阿敏达。这些马车都是老木匠手里遗留下来的。

她终于乘上仅属于她的、高大的、结实的马车。

我站在堂哥家屋前的空地上。那里铺着两张毛毡。一会儿阿敏达会踩到那上面。从我一侧临时搭建的帐包不断传出洪亮的歌声，民间器乐奏出的令人不由跟着哼起的曲调。而以帐包为核心的巨大漆黑里不断传来马蹄声、小孩的尖叫声、狗吠声、马嘶声。还有喷着火星子的烟囱、带着幼崽的虎斑猫、扑突突飘飞的风马旗、端着茶壶急走过的女人、横冲直撞的晨风，以各自的招数制造各自的聒噪,驱逐荒野清晨的宁静。当堂哥牵着阿敏达的手,并肩站到毛毡上时,她的头巾被风掀起,又被风遮掩。而就在那瞬间,我捕捉到了仅属于我和阿敏达的三秒。她瞥了我一眼。

很匆忙的一瞥。

天大亮时,我已经坐在家里的铁炉前,守着一只被我从羊圈抱回来的羔羊。羔羊的四蹄冻得硬邦邦的,如果我晚回一会儿,它就会被冻死。烤着暖乎乎的炉子,我开始揉搓我的耳朵。路上我大概是忘记放下棉帽的护耳了。我没有感到疲乏,也没有感到困倦。耳朵生疼、发痒,我无法停止揉搓。太阳升起后,我到羊圈看了看,又有两只母羊下了小羊,我把小羊抱回屋放到炉旁。屋里屋外都很寂静,除了木头毕毕剥剥的碎裂声,什么声响都没有。羔羊也没叫。

前方,几盏灯下,有一把长椅,长椅后面是锣鼓巷花园。早年的锣鼓巷已不在。我沿着花园橡胶跑道向花园深处走去,我的左侧有间锥形房顶的小屋,突出的门楣上用铁架固定着四个字:青城驿站。对于那个曾经在这附近摆摊的自己,我懒得回忆。我只记得,与相邻的几个摊主相比,我从不叫卖,也不会坐在有厚垫子的椅子上。多数情况下,我对冬季短暂的白天感到厌烦,每天出摊也很晚。如果当初不在酒吧谋生——其实对于当初的我来讲,那是一种追梦的日子——我可能老早就离开了青城。不过,我也不确定。因为阿敏达嫁给我堂哥后的很长一段时间里,我都没有回沙窝地。我还正儿八经地谈起了恋爱。

对方年长我三岁,不过看起来要比我小好几岁。她脾性很安静,爱笑。

除了突然的偏执,她几乎没什么令人接受不了的习惯或者想法。我们很少发生矛盾。她在一所大学读本科,学语言学。我们交往八个月后住在一起。偶尔,她会跟着我到雪地苍狼酒吧,但她从不喝酒。她的老家在北方草原深处。那里,到了隆冬时节,更北的狼群就会出现在她们家牧场上。

"我的祖父年轻时经常猎天狗。天狗,你知道的吧,是狼,呸呸,不能说这个字的。我的祖父是个厉害的老猎人。我祖父说,万一在荒野山地撞见天狗了,而天狗也刚好准备攻击你时,你就得这样撩头发,这样——"她说着把手伸过我的后脑勺,抓了抓我的头发,继续说:"把头发甩起来,甩出火星子,天狗就会怕你。"

"假如是女的呢?"

"唱歌喽。"

"还不如尖叫。"

"那会激怒天狗的。"

"嗬!荒唐。"

"真的,到了初春,兔子的眼睛会变成蓝的,视力变得很弱,只要你能不出声地靠近,就能空手逮住兔子。"

"那你的祖父不用铁夹子猎兔子吗?"

"用啊,天气贼冷贼冷的时候,祖父用马粪煮铁夹子,然后埋到某个动物的尸体或者天狗的穴口附近。被铁夹咬住腿的天狗想用牙齿咬断铁夹子,哪能咬断呢,根本不可能。舌头还会跟铁夹子粘在一块儿。你到底有没有听?"

"听啊。"

"你没有。"

"我有。"

"你在想什么?"

"蝴蝶。"

“什么？”

“雪地、狼穴、猎人，还有沙窝地、土墩、土螺。”

“你没有。”

“我有。我会用马车娶回你的。”

“你确定是马车？”

“是。”

“是什么样的马车？”

“跟古墓出土的那种差不多。”

“你不爱我。”

我没吭声。

“是不是？”

我们并排躺在一间宽敞的屋内。她又重复了一遍。然后见我闭上眼，她起身——她好像忙了一阵。等到屋内恢复宁静我睁开眼。她再没有来见我。

一间很宽敞的屋，阳光从窗户外洒进来，落在壁布上，暗绿色壁布。许久后，阳光从那上面移去。再没有别的。

七

过了五六年，我与三个校友及我的第六任女友组建了乐队，乐队的名字叫“歪脖子树”。我们在青城北二环租了间工作室。从我们工作室西侧的窗户能望见青城火葬场。每当土灰色烟囱吐出青烟时，车子(马头琴手)会说一句："哦，老天爷又少了一个孩子。"

"那你赶紧给老天爷造个儿子啊。"鼓手小肖往往会以类似的话反驳一句，然后我们就发出大笑。

我们乐队的主打歌歌词多数是关于"死亡""重生""来生"或者"诀别"的词句。我们有时候谈论歌词到午夜,有时候因为一个歌词的取舍争得面红耳赤。

"对于一个人来讲,爱情先于生命死亡,青春先于激情死亡。"车子说。

"爱情与生命同样永恒。"小肖说。

"这世上没有永恒的,除了世界本身。"车子的女友说。

"我们假设爱情是永恒的。"车子冲着他女友说。

"没有假设。"

"我的意思是永恒的主题,艺术永恒的主题。"小肖说。

"那都是一种幻影。"

车子的女友是个油画专业毕业的大学生。当我们在工作室排练时,她会在一旁画画。她的画我看不明白,没有具体的人像,也没有具体的物像,都是蝌蚪似的,或者音符一样的曲线与斑点,扭曲的山体、树木或飞驰的马桩。

"我倒觉得爱情总在回忆里。"车子突然说。

"是不是啊,嘎纳斯?"小肖问我。

"回忆本身是真实的,还是真实本身是真实的?"我说。

"回忆。"车子的女友说。

"是。"我说。

我们偶尔也会到草原拍 MV,到大学校园免费演出。有那么一次我们还参加了青城的春晚。等到我三十五岁了,我已经忘记交了几个女友,八九个,或者更多——假如把那些三五天的交往也包括进去的话。到了三十八岁那年,我莫名其妙地对谈恋爱产生了一种心理上的厌倦,对爱情仿佛产生了生疏感。有那么一两年,我身边没有任何女人。我们的乐队也解散了。没有特别具体的原因,或许是因为我们的歌老是在自我重复,用车子的话讲:"跟不上时代的节奏,掐不准时代的脉搏。"我们在雪地苍狼(后来改名叫蓝色妖姬)喝了顿散伙酒。那次车子的一个女同学也在。我给她唱了首《花斑月》,那是我们乐队当时最火的歌。也不知为何,她哭得稀里哗啦的。哭累了,她跟我说,她特别喜欢这首歌。不过,我趁着她上卫生间的时候溜掉了。那是我头一次主动地逃离"爱情"。这点毋庸置疑。

我很明白,如果继续下去我和这位身穿黑衣裙的女人必定会有故事。走出酒吧,我走在青城繁华的街道上(虽然我排斥类似的形容,但我也找不出别的词句)和此刻一样,我像是走在一座与沙窝地相差半个世纪的时代里。在青城生活的二十余年间,青城一年一个模样。用车子的话来讲:"我们在制造时代,时代却又不停地甩开我们。"其实,这些年,沙窝地的变化也不少。人们早已习惯了为期三个月的禁牧,遇个干旱年景人们依旧不厌其烦地清除醉马草。那么我所谓的"半个世纪"的差别又是什么?我想,是我本身,是我面对我自己时的陌生感。这些还得从我再次与阿敏达相遇之前讲起。

我三十岁之前,出于对我的担忧,母亲也会与我提起我的人生大事,而我总会以各种理由搪塞。后来,等到我过了三十三岁,母亲便不再直面提起,而是用一种怅然的语调跟我提起结婚后离开沙窝地的年轻人。她说:"嚯勒嘿,孩子们都离开沙窝地了。我们的羊脸道尔吉给一户牧驼人家当了赘婿喽。马脸道尔吉成了城市人喽,在大漠镇安了家喽。芒海的两个外甥也当了国家干部喽。"

"额吉,要不您跟我到青城吧?"

"哦,不,不,那里没有一个我认识的人。"

“要不您到大漠镇吧？”

“不，不，那里也没有几个我认识的人。”

“慢慢就都认识了，您可以经常到芒海叔叔的店里去坐坐，咱沙窝地人经常到他那儿。”

“不。”

“为什么呢？额吉，我是没法回来陪您的。”

“再有几年你的阿拜就会回来的。”

这是我从收到父亲的那封信之后，母亲头一次与我正儿八经地提父亲。而“你的阿拜”几个字，具有某种我不可抗拒的冲击力，瞬间将我推至那个一字一句读信的午后。这使我很烦躁。同时，我也为我的烦躁而烦躁。我立刻离开沙窝地，前往大漠镇，然后去找芒海，因为我想知道父亲当年究竟为何入狱。

我想知道更多细节。

芒海在小镇买了间向阳的车库，倒腾古董。店面很小，五六尺长的玻璃柜内摆起材质不一的一溜鼻烟壶、烟嘴、毛主席像章、成串的马钱、银碗，而靠墙的货柜内列着七成新的毡靴、绣云图的马海、景泰蓝马鞍、浸着煤油的马灯。

“嗯，我想想，对，是一九七八年秋季，那年沙窝地开始实行包产到户。到了秋天，你父亲跟往年一样，到打秋草的地方打草。等他打完了草，打算运回家里，但是，那片草场已经是别人家的了。人家弟兄俩来了，截住你父亲要你父亲掏钱。你父亲当然不愿意喽。三人就在野地发生了口角。那兄弟二人呢，把你父亲打下的草给烧掉了。你父亲呢，就用四股叉把那大的给捅了，把人家弄得瘫痪了，走不了路了，后来死了。简直就是灾难。”

“的确是灾难。”

"不过，我倒觉得那都是命，是谁都无法绕过去的劫数。你瞅瞅我，我把我自己给困住了。嗬，我不喜欢提起过去。"

芒海患了脑梗，右胳膊右腿不听使唤，走路离不得拐杖。

"为什么？"

"骗局，都是骗局。"

"谁设下的？"

"我们自己。"

须臾，我俩都沉默着。他安静地看着马路上穿梭不停的车辆。

"那也成了古董了？"我指着靠货柜的木质轮子说。

"当然，你瞅瞅那铆钉，那可都是老物件。"

"是从老式马车上卸下来的？"

"的确是。"

"我没见过，我只是听我祖母提起过。"

"没人见过，都是传言。说是有过，就连咱沙窝地的老木匠也是听老古人讲的。"

"哦。"

"前几天她还来过我这儿。"

"呃。"

我俩的视线不约而同地撞到一起。

"她还是老样子？"

"你是指模样吗？"

芒海停顿了些许，然后说："她现在就在布拉格敖包那边，每年夏天她都会在那里待上三四个月，算是走夏营地。"

芒海仰起脸，眼睛从老花镜上空直直地盯着我。

"哦，我有十五年没见到她了。"

"你可以去看看。我的意思是，你或许相信一些美好的事情一直在延续。毕竟，我们活一回所能留下的只有思念。"芒海平静地说着，脸上没有多余的表情。他额上的褶子比往年深了许多，好比是用刀子划出来的。

"假如那些都是幻影呢？"

"所以我才说一切很可能是骗局。"

离开芒海的店，我驾着一辆黑色四驱车前往布拉格敖包，从小镇出发，直直地向北。我没有走国道，也没有向途中的牧人家问路。我想我能找到。

这是一种毫无间隙的距离，就像此刻，我在雨中，在幽暗的公园里漫步，但我竟然嗅到她身上的体香。这的确是一种毫无隔阂的拥有。

灰白的单车道穿过沙丘地，继续沿着平展的滩地前行。滩地南北距离足足有三十里地，一条柏油路横过中间，将滩地分为南北区。很久以前，这里住着一户郝尼楚特氏台吉家，据说家里的畜群上万头，后来被圆帽土匪活埋了。中华人民共和国成立前，这里还曾是一个后来嫁给王爷成为福晋的女人的娘家。只是现在什么都没有了，据说这位福晋的娘家人被一场突如其来的鼠疫夺走了性命。屋子也被烧毁。这里也有过狼群，关于猎狼的传说一直是很多老人口中的谈资。

太阳从午后的灿白色变成娇红色了，路旁灌木丛都被染上一层橘色。东边的天空上涌起大片的白云，云脚却是黑乎乎的湖蓝色。过了滩地，望见布拉格敖包。敖包两侧有左右肩膀似的坡，东侧膀下有一户人家，南侧还有一户。这一户有院子，屋前一里地距离高压线铁架依次排列。路从那震慑人心的铁架下延伸。前方，小小的土屋，看样子是二十世纪七八十年代造的，墙脸贴着青砖。墙脸当中有门，左右各有窗户。原先的木质格子窗换成铝合金的，怎么看都与整个屋子不搭调。屋前玛尼宏祭台上的风马旗很旧了，成了灰白的布片，上面印着的飞马图早已不见。羊圈在屋子东侧，除了暖棚是用土砖垒砌的，其余则是用铁丝、树干、护板等组成的方形院子。那里黑乎乎地铺着羊粪。

屋门挂着锁。

暮色渐暗，娇红的夕阳终归是下去了。先前满眼的橘黄色褪尽，大地回到原先的铁锈色。东边，长着大片车前子、青茨子的地方，有人赶着羊群往这边走来。我从走路姿势认出那是阿敏达。她大概没有认出我，向这边看了看，保持着原先的步履，跟着羊群，直到她把羊群赶回圈。那一刻我什么都不想。我只是看着她越来越近。

四周终于被朦胧的夜色覆盖了。走近了，阿敏达把遮阳的帽子取下来。遮阳帽子是那种自制的，整个面孔上只露出一双眼。我没说话，依旧站在屋前。我脚下扔着五六个烟蒂。

"来了？"她说。

"嗯。"

第三天中午，我回到青城。令我自己都惊讶的是，没过几天，我竟然与一个比我大七岁的女人谈起了轰轰烈烈的恋爱。女人原先是某个歌舞团的舞蹈演员，与我认识的时候是个还没有成功作品的编导。认识的第八天，我俩租了套公寓住在一起。她离过婚，但一直没有生育。用她的话来讲，她来人间不是为了生儿育女的。我好像也是。很长一段时间——其实到最后——我俩谁都没提起结婚的事。在一起的第三个年头，有天早晨，她搬走了，临走，冲着我很平静而礼貌性地笑笑，说："你给我讲的传说故事都挺有趣的。"

"那些不是传说故事。"

"还有关于那什么毒草的，嗯，什么来着？对了，是叫'醉马草'的，还有三个'道尔吉'的，不过，最关键的是关于一个女人的，我都记住了。"

"你没必要记住。"

"算了，就这样得了，还有，你真够不真实的。"

"哦。"

女人走了，留给我的是她送的一套茶具，还有她买的窗帘、台灯。

我没有难过。或者说，我没有特别的难过。我只是把自己关在屋里睡了几天，然后写了些歌。不过，没有一首是完成的。后来我帮着几个年轻人策划着出唱片，联系演出地点。同时，我也用大把大把的时间睡觉、胡思乱想。

八

安葬完父亲后的几年里，我多数时候在大漠镇。一方面是为方便照顾母亲，另一方面是随时可以与阿敏达见面。父亲死在监狱那边送他去治病的医院里。他六十八岁，患了前列腺癌，在监狱里待了整整四十年。他本可以早点出来，但据说他在里面时把狱友的下巴敲碎了。

为了打发时间，我经常到芒海的古董店。他的店比原先大了两倍，门匾也换成"杭林人银饰店"，除了销售旧物，还出售各种新款的头饰、手镯和项链。

"帮我请个老喇嘛。"有天我跟芒海说。

"怎么，想要在老家造宅子？"

"不,老梦见父亲。"

"哪种梦?"

"乱七八糟的,梦里他老是在我身后出现。"

"只是个梦。"

"我看到他的眼睛了。"

"他也看着你?"

"好像是,和我的一样,他的眼珠也是灰绿色的。"

"嗬,血脉里的东西啊,没法割舍。太阳的土地哟,咔嗒咔嗒,疾驰的马车,驭车的人哦,马车消失在黛色地平线上喽。"

"你唱得越来越不好听了。"我盯着芒海那双从灰绿色变为暗灰色的眼珠说。

"那又怎样?唱歌的人都死了,歌还在。就这么简单,你说呢?"

父亲的骨灰埋在歪脖子树下。起初母亲觉得不妥,因为歪脖子树挨着滩地,同时从那里又能望见我家房子。在沙窝地,人们忌讳坟地选在能望见家的位置。不过在我的坚持下,我们还是将父亲的骨灰安葬在歪脖子树下,具体位置选为树东侧,腰一样粗的树或多或少能挡住我家房子。

请老喇嘛到沙窝地的那天,天气很热,干燥。母亲要我待在屋里,听老喇嘛念经。可是我一刻也待不住。我到处走走,有五六只羔羊,其中一只嘴唇起了脓包,嘴唇难堪地裂开。我从这只羔羊的脖子下捉去三只胖胖的狗豆子。然后把狗豆子塞进母羊嘴里,母羊嚼着吞掉了。也许是春季以来下过几场小雨,这一年滩地上没有长起醉马草。面对父亲,我始终找不出任何一句话来表示该有的怀念,即便是在心下,我也没有念叨什么。我本想把那封信拿到他坟前撕掉,可是它被我严严实实地夹在书页内。

到了秋天，我去见阿敏达。她还在布拉格敖包那边。这次，我没有在她家留宿。临别，她跟我讲，秋末她儿子要结婚了，邀请我参加婚礼。

"你会来的，是吧？"她说。

"是哪天？"

"阳历的十月三日，你们城里人习惯说阳历。"

"我什么时候成了城里人？"

"好多年前。"

"那是什么时候？"

"在你家清除毒草那年。"

"哦。"

"不是吗？"

"我不知道。"

"马车呢？"我说。

"哦，不用了吧。没人会造那种马车了。"

婚礼那天，与二十多年前一样，堂哥在屋前搭了帐包，款式上却比当年漂亮得多。里面的空间也很大，足足摆了三十桌。堂哥对于我的到来表示很欢迎——不知为何，我对堂哥没有丝毫的亏欠之感，从未有过。他用三杯酒邀我当婚礼主持人。也许，了解内幕的人会觉得很滑稽，但我自己是没有这种感觉的。我甚至觉得，那个将要为人夫的年轻人，是我的孩子。等到上午十一点半，客人们已经坐满了帐包。我穿了身佩有鼻烟壶的长袍，戴上新买的礼帽。帐包外飞起了八个硕大的红气球，每个气球上都印着大大的喜字。天气很好，万里无云。一声爆竹声，有人喊："来了，来了。"帐包里传出众人的歌声。这之前，已经有三十多人牵着十匹马在一里地之外的路口等候——按照规矩，送亲来的女方家客人先是驱车抵达那里，然后让新娘和娘家嫂子等换乘准备的马。先来的一拨人驾车绕着帐包转三圈。车窗都敞开，能听到从里面传出的歌声。这些车辆可不是什么两轮或者四轮的马车，而是金龟子壳似的泛着光的轿车、越野车以及能装四十多人的客车。有无数条胳膊从车窗里伸出来，挥着，有的还握着颜色鲜亮的纱巾。尘土飞扬，热浪扑面。车尾着车，像是浩浩荡荡的巨型蚂蚁阵。蚁阵头尾相接，将我们围拢。很多人情不自禁地发出尖叫，还有女人泪流满面。几个穿着长袍的男人——虽然闷热的天气已经使他们不停淌汗——站到屋正南玛尼宏祭台一旁铺着的毛毡上。毛毡上摆着小桌，桌上有两瓶酒，一盘盛着羊头的油饼，羊头的额部放着一块圆形道格（其实就是奶酪）。我走到祭台东南侧，那里铺着两张为新娘下马准备的毛毡。很快，四匹马停在两张毛毡上。我一手端着银碗，一手拿着话筒；一边用酸乳点着马额头，一边绕着新人吟诵赞词。

毫无疑问，那一刻我心如止水。

完成仪式后，我跟新郎说："你得抱着新娘下马，与马鞍子一起抱下来。"

"叔叔，一定得把鞍子也一同抱下来？"

"是的，抱着鞍子下来。"

这件事传到网络上后，惹得网友们骂声一片，说什么的都有。但我根本不在乎。对于陌生人的各种猜疑与责问，甚至谩骂，我也没做任何解释。其实这不是我随意为传统婚礼添加内容。在沙窝地人心里，灶神为女性。新娘嫁到婆家的第一件事就是从婆婆手里接过掌勺，也就是造饭的厨具。那意味着新媳妇就是这个家庭接管灶膛的人。所以，沙窝地牧人屋前风马旗飞马脊上有一轮火轮。也就是说,将新娘与鞍子一同抱下来,代表着迎接了自家火神,而在沙窝地人心中,这个火神是不能随意丢下掌勺的。

我突然觉得,阿敏达所选择的刚好是这个代表着火热生活的掌勺,而不是我心心念念的幻影、所谓的爱情。她也不是我曾看见或者飞舞于我念想中的花斑蝴蝶,而是在雪山高原熬过零下十几摄氏度后等来阳光的蝶蛹。她拥抱了活着的飞舞本身。

"嗬呀,都在谈论你。"芒海说。

"我差点成网红了。"我说。

"嗨,那些都是传承了多少代的风俗。他们倒好,嚷嚷个不休。"

"不管他们。但是,我发现了一件事。"

"什么?"芒海问。

"她儿子的眼珠颜色可与咱的不一样。"

"那又怎样?"芒海停顿了许久,"你堂哥人不错。"

"闭嘴,你这个老头子。"

我们再也没有提起这事。日子一天天地过去,过了那么风平浪静的两年。我虽与阿敏达不再频繁地见面,但总会隔个三五个月见一次。直到九个月前,母亲来电话说:"你堂哥出车祸了。"

我以为我能在医院见到堂哥。但是,我见到的是躺在停尸房内的尸体,蒙着面。我陪着阿敏达以及她儿子儿媳守了一整夜。

我们都缄默着。停尸房一角放着小型播放器,不断传来录好的诵经声。我们几个所做的就是不停地换去燃到底盘的酥油灯。我们点了一千盏油灯。阿敏达看起来很憔悴,但她没有在我面前落泪。她的儿子也是。倒是儿媳妇不停抽抽噎噎地擦眼泪。

第二天,我们将堂哥的骨灰送回老家。天气依旧是熟悉的干热,我们每个人都蹙着眉头。送葬人中还有羊脸道尔吉,他胖了,显得比年轻时还要精神。芒海拄着拐杖，费了好大劲儿才往墓穴里放了三枚银圆。晚上，我没有参加答谢宴，直接回到沙窝地。

这一年又是大旱。醉马草依旧张牙舞爪地覆遮着滩地。我跟母亲说："明天我去砍醉马草吧。"

母亲说："你堂哥刚走，咱就不要动土了，等过了头七再说。"

醉马草一天一个样，遥遥地望去，红簇簇的。

"哦，嚯勒嘿，苍天保佑，云在造塔，要下暴雨了。"有天早晨，母亲望着正南天际凸起的云层说道。

于是，我在一种焦躁不安中开始等雨。到了午后，云层却不见了。傍晚，云又从西北方向涌出来。夜里，一阵阵雷声在四野上空炸开，空中不断轰响。第二天，醉马草叶子都变黑了。母亲说，醉马草最怕打雷。

没几天，我回到青城，住进工作室。原先的三个灯泡，坏掉两个，屋里显得很暗。我开始收拾。我想，我得挪个地方，不是大漠镇，不是沙窝地，也不会是阿敏达的夏营地。事实上，九个月以来，我没与阿敏达联系。

今后也不会了。

雨停了，或者是没有。也许是帽檐挡去了雨脚。走出花园，我沿着一条黑漆漆的小巷走去。路灯从裸露的树枝间洒下病恹恹的光，几乎照不亮路面。路牙子直直地向前延伸，在距我百米远处插进一团黑里，不见了。一会儿，一豆光从那团黑里慢慢地越变越大，越变越长，很近了，嗡嗡响着从我身旁发出，闪过。紧接着又出现一豆光。不过这次的很快，转眼间从我身旁闪过，同时，拖来长长的轰响。等过去好久了，小巷里仍回荡着刺耳的回音。小巷仿佛在摇晃，仿佛一辆超大的巨型马车正拖着整座城市疾驰。

鹰舞

一

    它用它的盘旋占领着那片天空。从春季伊始,它一直都在,仿佛整个苍穹是巨大、无形的胸腔,而它被囚禁其内无法挣脱。可是,现在呢,它突然消失不见。仲夏白日的天空,蓝莹莹的,泛着刺眼的光芒。午阳炙烤,一阵赛一阵的热浪裹挟着马粪、驼粪、烤肉、机油、炭烟、汗渍、污水混合而成的气味扑面而来。人们一会儿拥到角力场外围,一会儿又拥到撑着遮阳伞的货摊前。很多人头上覆着宽檐帽,帽檐将脸一分为二,黑的更黑,红的更红。他们走来走去,脚底踩着缩成小团的影子。扩音器里不断传来咚咚响。孩子们不知疲乏地追逐、尖叫。

    "嗷嗨,嗷嗨,公牛顶角、公驼咬架,是个搏克手就当如此!"

    "勾住啦,肩头压过去——哟呵,差那么一点点。"

    "右腿劈过去啦,嘿嘿,胳膊插过去啦,嗷嗨,捞起,掀掉啊,来个口袋摔啊!唉,可惜喽。"

口袋摔——哦哒,哪能那么容易? 不可能的,不是谁都能把耍得起口袋摔的。这点毫无疑问。

它是被突然涌动的人群惊着了,还是躲避这突然的嘈杂? 在寥廓的原野,那达慕是一座临时的城市。瞧瞧,那一张张充溢着年轻人欢快神情的面孔以及那些饱经风霜而又心神安宁的老牧人的脸,早已与喧腾融为一体,正在心底积攒短暂相聚带来的激荡。所以,相比平常,一只秃鹫的盘旋不会引起他们的注意。它的缓慢飞翔,只属于它自己,也属于雅布赖山。

此刻,它一定滑过雅布赖山众多耸立的峭壁,落到额头峰上,正俯瞰山沟,或者猛地抖开翅膀——将死亡的气息弥漫山谷。不过,那不是它的全部。

从我眼皮下,一大片沙碛地向北延伸,直到褐色山崖陡地凸起,在蜃楼的陪衬下,像是成群的红狐狸从半空扑向大地。哦,的的确确是那番景象。我活了七十五年,七十五年间每当踱出我那小小的房屋就会望见雅布赖山。它那裸露的褐色山脊,就是红狐狸瘦骨嶙峋的脊背。还有几次,我醉意昏沉地站到屋前,又觉得整个山崖正小心翼翼地匍匐着,像是要猛地一跃,毫无痕迹地将我吞没。假如真要那样,终归不是一种悲凉的结局。因为,除了被掩埋,我好像也没什么可躲避的了。

我躲避不了我这越来越笨拙的躯体。

"哦,绷住,悬空啦,来个抄背摔啊,嗨! 唉! "

在我斜右侧,在撒白粉成圈的角力场外,人们或坐或站着圈出人墙,人墙内八九对搏克手在摔跤。对于这般呼喊,我一点都不陌生。毫不夸张地讲,我的一生就在这般呼喊中度过的。他们背对着我,我却看到他们充满期待、敛声屏气的面孔。黑脸央登、铁臂查木哈、大胡子胡庆、风腿革命、耙子六十三,这帮早已退出角力场的老搏克手们,正用嘶哑而粗糙的嗓门制造出令人振奋的助威声。哦,那是谁?挨着黑脸央登一侧,眼睛直勾勾盯着前方的人。是他,果真是——倔老头,还是老样子。

"嘿呀,我们的姚鲁丁巴这是要飞起来呀?"查木哈走过来,边说边低头从帽肚内找烟,他习惯把烟盖在帽子下。

"飞了倒更好,天堂又不远。"

在雅布赖山附近生活的牧人把秃鹫称为姚鲁。对于乡亲们取的绰号我从来都认为是一种赞赏。

"哦哒,别忘了抬起脚后跟。"查木哈撩起眼皮说,一张干燥而结实的铁锈色面颊上一对昏黄的眼珠露出笑意。

"咦,人呢?"

"谁呀?"查木哈扭过脸看了看,神秘兮兮地说,"我们的老姚鲁这是要叼走色苏尔玛吗?"

我站起身,将双臂向后曲弓起,等腿的麻劲儿过去,我的站姿,在他眼里显然像极了准备起飞的鸟。

"把你铁臂给了我。"

"不顶啦,你瞅瞅——"查木哈抬起胳膊给我看打弯的肘部。

"明明在那儿啊。"

"那不是嘛。"查木哈仍以为我在盯着色苏尔玛看。有人疾走而过,鞋底刺啦刺啦地扯出烟似浮尘。

"咱的雅布赖淖日布,他来了,刚刚还在呢。"

查木哈吧吧地吸,吧吧地吐,好一会儿不吭声。

"是呢,刚才他还在呢,这种时候他怎么能不来。"

末了,查木哈见我迟迟不肯言语,丢下这么一句转身走去了。

有人拖来成捆的地毯，当地铺开。几个身袭枣色长袍的女人站到上面唱歌。我拎起马扎坐到一辆皮卡车后槽下。查木哈满眼的惊疑与愕然久久萦绕在我脑海里，使我陷入一种浓雾似的孤寂中。

　　"嚯咦，姚鲁丁巴，来碗酸奶吧。"

　　有人喊我，我不予理会，将脸避过去，半合起眼。现在，我所能看见的只是小小的一线天。小小的青白天空——它或许猛地插进来。不过，不到傍晚它是不会出现了。等到傍晚，它会捉去一只向着夕阳跪拜的旱獭。旱獭朝夕总要对着太阳跪拜，这是我发现的秘密。其实说是秘密，实则是它们的习性。这与岩羊群夜里留岗哨，秃鹫把窝安在悬崖石缝间一样，都是它们一成不变的生存技能。从它们觅食的山坳、掩体的洞穴，或从迁徙途中遗留的踪迹，我不止一次惊叹它们随时随地与野地、荒山、戈壁融为一体的本领。很多年前，当我还是别人口中的"山里的孩子"时，我便知道，它们借着一峰裸岩、一沟深壑、一湾清水，就能从我的眼皮下逃去。

　　哦，逃去，从未停止。那些遥远的岁月，那些充填我青年岁月的往事，都一溜烟逃去了。世间没有什么能阻挡它们的脚步。不过，并非毫无痕迹。在我十七岁那年夏季，我在山里所遇的、令人惊心动魄的情景，从未彻底逃匿。为此我深深感激记忆本身微妙的筛选。

　　那天，天气燥热。我站在山腰处，我牧的驼群从山口缓慢向山里前行。就在我跟随驼群准备离去时，望见向山口走来的人影。阳光晃眼，蜃楼粼粼，将人影截成几截。我没带望远镜，但还是认出人影是比我年长四岁的、老驼夫的闺女色苏尔玛。丢开驼群，我巧妙地绕过山沟，攀上秃崖。人影越来越近，很快到了先前驼群饮水的一湾子水流边。我先是半蹲着，遂而趴下。我想，等色苏尔玛蹲身掬水喝（这纯属我的猜测），怪叫几声，全当吓唬着玩。然而色苏尔玛并没有停下,径自跨过水流,将身子半弯,肩头扛着布包左左右右地绕开裸石上山。我屏气噤声,脸贴石面,石面生了疮疖似的,大团疤痕硌得我腮帮子发痛。但我被一种莫名其妙的、难以言说的激动所鼓荡。我甚至觉得,我的身体也要变成石头了。

咔嚓咔嚓,脚步声越来越近,紧接着一团黑蓝在我眼角处一晃,咔嚓咔嚓地越来越远了。我从石缝里抽脚,抽胳膊,抽身子,猫腰跟了过去。我已经猜出色苏尔玛不是来掐沙葱、拾柴火的,她是……嗯,她是来洗身子的。我想立刻下山,可腿脚擅自撒欢,不听使唤。骄阳当头,山影倾泻,山色苍茫,褐色淡然。一树乌鸦扑突突地飞走,落到更远的榆树上。色苏尔玛走远了。我站到山崖处,远远地望,远远地喘气。终于,对面山腰处的一团黑蓝愈来愈小,不见了。四下出奇的静谧,耸立的石峰,一茬茬麻黄、沙拐枣仿佛都陷入深沉的酣睡。很长时间,我站岗似的一动不动。

我的一侧是十丈深的山崖,另一侧是百丈深的山崖,我却没有感到惊恐。虽然我的心跳加疾,脚底时不时打滑,我仍顺着山腰岩羊似的跳跃着。

她去了落水洞。呃,落水洞——我暗自念叨。

到了正对落水洞的山腰,我爬上一株歪脖子榆树。老榆树枝繁叶茂的,把我吞了个一干二净。好久好久,我的目光始终没有从半遮的洞口挪开。山影从山头向山谷延伸,一直在延伸。等到我这边的山影扯出大片青紫色身子,遮覆半山腰,一团红黄出现在对面明晃晃的山腰上时,色苏尔玛才慢腾腾地走出洞口。她换了衣裳,还将头发垂落散开。她没有发现我,即使有几次她向我这边看了看。等到色苏尔玛的背影消失在山口,我到了落水洞。刚踏进,迎面一阵凉爽,同时幽森森的,什么都看不清。移过几步,黑里渐渐地透白,一池水如一面银镜挡住了去路。

哦,稠腻腻的一池水,我身上顿时激灵灵的。

山洞高约五尺,深约十丈,底宽顶窄,石壁光滑,深处鼓囊的是横卧的裸石,像极了某种无毛动物的脊背。我跨步过去,蹲身看池水。水面无波无纹,像是睡着了。我走到洞外,下去几步,晃动一截马桩似的石柱,等石柱略微松动后,抱紧,龇牙,挪步,拖到洞口,放下。等到山谷里满是黑漆漆的山影,我终于把穴口用石头堵去了。

"嘿嗨,我们的姚鲁丁巴怎么睡着了?快醒醒,雅布赖山的新搏克手诞生啦。"

觉得有人当肩猛地一戳,辣辣地痛,我睁开眼,才发现自己竟然睡过去了。查木哈嘴上叼着烟,身子左右摇晃着,手掌扣住我的膝盖,席地而坐。

"好,我的老兄,瞅了半天也没瞅见个硬实的。唉,现在的年轻人啊,都黏歪歪的,没个会口袋摔的。"

"哦哒,苍天保佑。"

我抬手遮眉看了看天空,大大的胸膛,空空的,它还没回来。

"咱的雅布赖淖日布把那绝招带走喽。"查木哈发着牢骚,脱去硬邦邦的长靴。

"哦。"

"哈日扎干的儿子和淖日布的儿子足足僵持了三个小时,真是公驼咬脖子啦。"

胡庆和另一个我想不起是谁的男人走了过来,从查木哈手里接过烟。三张茶黑色脸吧吧地吞云吐雾。

"轰地,哈呀,到底是年轻人的胳膊腿,结实。"

"光有莽劲儿行不通,得有巧劲儿。"

"得啦,大胡子,不要唉声叹气的。孩子们很不错啦。"

"估摸哈日扎干带着儿子到山里扛石头传绝招啦。"

"嘿嘿,真正扛石头的还在这儿呢。"胡庆冲着我说,眼里尽是戏谑的笑意。我没有接他的话,将眼睑缝着向人群那边看去。刚好看见淖日布的儿子那钦从人堆里走了出来,脸上阴沉沉的。

"嚯咦,姚鲁丁巴,吭声啊,公驼咬你脖子了?"查木哈笑着,额上一小撮眉毛从两侧向里聚拢,散开。那两个也跟着笑。我想我是笑了,只是我的笑没声音。我的眼神一直追随着那钦,他丝毫没有留意到我。扩音器里不断传来震耳欲聋的音乐,告知人们马赛开始了。

"走,走,快去瞅瞅。"

人群拥向赛马道那边。那边,几匹被主人照料得毛发发亮的马不停地晃动着脖子。

我慢慢地踱着步,从人群里找那钦。我想我得与那钦单独说说话。然而,直到午后,都没有找见那钦。到了傍晚,我不得不独自向家里走去。从"临时的城市"到我家不远,只有八里地,但是我竟然从黄昏走到天完全黑下来。途中,暮霭空蒙间,我向天空搜寻,我以为它会回来。可是天空中除了薄薄的云,什么都没有。

我想,它也许抛弃它的领地了。也许,它以为这片空旷的野地再也恢复不了往日的宁静。

二

"喂,嗨,嗨——"

山顶,一个黑点,缓缓地升空,离去。

淖日布站在山谷,仰脸,嘴张开,大声地喊着。四周褐色风蚀岩,一垄垄的,犹如死了多日的巨型鳄鱼干皮囊。

　　"丁巴,看到了吗？"

　　"看到了。"

　　"几只？"

　　"七八只。"

　　我站在七八杆高的岩壁上,将望远镜对准山口。山口,一条土路拐进来。更远,白晃晃的沙碛地,不见人影。淖日布不知道我根本没有仔细看远处裸岩上的盘羊群。

　　"丁巴,你下来,快下来。"

　　谷间,泉水成溪,池旁小片梧桐成林。一只盘羊,卧在小林子那边一动不动, 与周围的青灰色岩石混为一体。盘羊的腿大概受了伤,不然它不会留在那里。几只小灰兔,窝在乱石间。山不高,上半截乱石嶙峋,下半截裹着沙丘裙。

　　"额头峰那边,老团羊,那边还有石羊。"到了淖日布跟前我随口说道。

　　石羊就是岩羊,盘羊则是团羊。当地人习惯这么称呼。我心情有些沮丧。因为已经过去一个多月了,且下过两场小雨,可色苏尔玛始终没有再到落水洞。我已经有三回将堵去穴口的石头挪去又堵回去。我不想让别人到那里。淖日布摇摇晃晃地举过一块石头,随即轰地掷过去。他在拆去人们用来打盘羊、岩羊的掩体墙。他显得有些得意扬扬,仿佛这些举动能拯救所有野生羊。迎合着他,我含含糊糊地说些无关紧要的。其实,淖日布一脸兴高采烈的样子令我恼火,我只想独自待着。

　　"这个你来,还是我来？"淖日布胸脯一起一落,指着一块牛似的巨石说。

"你来啊,你不是想当个搏克手吗? 就当摔跤好喽。"

我懒懒地仰面躺下。

"怎么了? "

我不吭声,盯着无云的高空。

"来吧。"

淖日布的手刚触到我胳膊肘,我嗖地翻身,扑过去。淖日布的前胸猛地被我一撞,整个人趔趄着向后撤出几步。不过,他条件反射似的摆开摔跤姿势。

"过肩摔才算赢。"淖日布说,双眸闪着光芒,脸上尽是欢愉之情。

他不知道,恰恰是他这般无处不在的兴高采烈劲儿最令我恼火。因为,我俩在一起五六年了,两人玩过多少回摔跤,但是我赢他的次数不超过十回。

"小公驼。"我说。

"对喽,摔跤就得学着公驼咬架的绝招。"淖日布满是认真地说。

"唉,倔强的老公驼——"

哦,它终于回来了。

高空里,一只秃鹫斜斜地滑下来,一直向下,向下,挣脱云层缝隙泄下的晚霞,挨近额头峰。额头峰变得金黄金黄的,那是夕阳的渲染。

我执着地凝望山那边。它滑过金山,与黛色山体混为一体。它将要完成仅属于它的捕猎:一只旱獭,或者一只摔下山崖的团羊,将被它撕裂、吞噬。我的身后,在我那间翻新过三次的小屋南墙下,一只老羊脸倚着墙躺卧着。老羊很老了，嚼不动草屑，只是吧吧地嚼出一嘴的绿汁。

"嚼吧，可怜的老家伙，慢慢地嚼吧，嚼没了再给你薅草去。"

"咩——"老羊像是听懂了我的话。

晚云沉沉地覆在山顶。风吹起箫来，四处嗡嗡的一片，虫鸣、马嘶、羊叫，将死寂的黄昏填得满满的。喝喝地，一窝子斑鸠飞过。空中黑灵灵地散开一片麻点。老羊摇晃着站起，摇晃着移出几步，到了我脚跟前，又摇晃着卧伏。我顺手抓起它的羊须，慢慢地捋，像是捋我自己的胡须。

"要不，叫它带走你吧？"

有那么一次，秃鹫叼去了我家的春羔。秃鹫越飞越高，羔羊的叫声愈来愈远。我没有追，只是木木地站着，似在目送它们。我妻子嚯嚯叫着追了一会儿，折回来，向高空抛洒驼奶。那一刻，我觉得秃鹫会带着羔羊升天堂。那是什么时候的事情来着？让我想想，哦，好久远的日子。我是怎么不小心将它们丢在身后的？

渐渐地，晚云越发地黑沉，山顶早已褪尽金黄。烟霭迷蒙，远近一派幽暗。

它一定完成了一顿饕餮，正傲慢地飞过山谷。是的，它傲慢地飞过山谷。对于谷底的那堆白骨，它不屑一顾，的的确确懒得多看一眼。它可是天鸟。哦，天鸟，苍天的孩子。那堆白骨是只摔死山崖的盘羊残骸。白烈烈的肋骨、胫骨、脊背骨，在幽冥山沟间，像座微型岛屿。很多年前，这只可怜的盘羊还未摔下山谷时，一溪山水打着弧线绕过山脚，独辟蹊径向山口延伸。一个男孩，蹲在水边扑籁籁地洗脸。一声声急促而猛烈的钝响在山沟间回荡。男孩离开溪边，向山崖深处逃去。男孩急急地跑，可根本跑不快，因为肩头扛着一包沉甸甸的书籍。男孩弓着身，越来越疲乏，身上的玄色袍子与褐色山体浑然一体，月光都没法将二者分别。男孩攀至山腰，怯怯地回头望，刚把头抬起，一株缀满五色经幡的老榆树挡住了路。有风，榆树的枝丫却毫无动静。一个黑乎乎的东西顺着树身滑下来，男孩把眼睁大，惶惶地向后撤，黑影却把他拽过去。

"丁巴，你怎么在这儿？"

"嘘，快把袍子脱了。"

男孩脱去长袍，露出赤精精的身躯、赤精精的头皮，两条胳膊一个护住头皮，一个遮住胯裆。

"你要做什么？丁巴——"

我不吭声，将袍子揉成一团塞入石缝。

"快，淖日布，把那个也丢了，咱得下山，天就要亮了。"

"不能丢的，他们烧了好多。"淖日布扛起鼓囊囊的包。

"丁巴，咱得往山里走。"

"山里也有野匪。"

"不怕，走。"

"查木哈呢？"

"向西山那边逃去了，他们把大耳佛塑砸死了。"

"佛塑又不是活的。"

"是活的。"

"嘘，我爸说野匪会掳走男娃当马夫。"

月色清幽幽地浸得满山谷透亮，我俩抄近道到了额头峰，钻入山洞。起初我以为山洞里就我俩，没一会儿却听见嗞嗞啦啦的呼吸声。靠近了才发现淖日布的师傅也在。老人家悄无声息地跌坐在裸石上。

"咩——"老羊的叫声长长的。

"它或许就在附近,也许早已闻出你身上的气味啦。"

"咩——"这次的叫声短促而虚弱。提起手杖戳了戳老羊的脊背,见老羊一动不动,我竟然解脱似的舒口气。天色终于完全黑了,山影幢幢,星辰仿佛从邈远的皓空慢慢地聚拢而来。

"睡吧,睡吧——明早,我得去找那钦。"

翌日大清早,我向那钦家里出发。他家不远,不过我得徒步走十多里地的沙碛地,足足走了多半天才到他家。对于我的到来,他没有表现出丝毫的热忱。这点不怪他。他是一个少言寡语的男人。这点可与淖日布不一样。

"那钦,跟二爹走一趟山里。"我说。

"做什么?"

"到了就知道啦。"

"大热天的,您老——哦,二爹。"

"我又不会被太阳烤焦了。"

听我这么说,他瘦长的脸上吊起一双惊诧的眼,仿佛一个日薄西山的老人的固执令他不解。他迟疑着,我又说:"就这么一趟。"

没一会儿,我俩乘坐他那辆白色皮卡车向山里出发了。很快,我俩来到毫无荫翳的山谷地。途中,我俩几乎没有交谈。

"哦,山窝窝有盘羊。"

那钦举着望远镜说。我听了,没有应声,我向更远的额头峰望去。在银灰色山顶下,有当年我和淖日布躲藏的山洞。从山洞偏北方向,便是那个落水洞了。

"得到那边。"我看着山峰说。

"哪边?额头峰?"

"差不多。"

那钦蹙紧眉头，眼神里充满疑惑，仿佛在猜疑我是否神思恍惚。秋风有一搭没一搭地扫过干涸的河道。河道一侧椭圆的、滚圆的、大大小小的乱石排阵似的扯出石头群来。

"这些，还有那些，都是当年我和你父亲丢掉的，原来是打团羊的掩体墙。"

"哦。"他吭了一声，眼睛从这边扫到那边。

"早年，搏克手夏力兵背着他母亲到过这里。我想你父亲一定跟你讲过这些。"

"嗯，不过，都是传说。"

他说着，拿眼兜览四周，像是头一回认真观察周围。四周秃山环绕，裸沙裙摆似的罩着山脚。

"不，那钦，不是传说。"我顿了顿，提高嗓门，"你父亲把所有秘密都带走了。"

那钦缄默着，很显然他不想提起他的父亲。或者，不想与我谈论这番令他感到沉闷的话题。

"他想要成为夏力兵一样的搏克手，呃，一直都是。"

"哦。"

"有一次，正下暴雨，你知道的，咱戈壁地很少有大暴雨。"我停顿了片刻，"那年我俩十八九岁，那天，云层乌泱泱地上来，我俩来不及回到你父亲和老喇嘛藏身的洞内。我俩躲在石檐下，等着雨过去。"

那钦坐到一旁石礅上，低头，有些感伤地叹了口气。

"那次，你父亲跟我讲，夏力兵就是举着石头学会摔跤的。他还说不是他的师傅告诉他的。他说是梦见的。"

那钦安静地听着,嘴角浮出一丝笑意,仿佛心下已决意始终以沉默来敷衍一个耄耋老人的唠叨。

"他的眼神很亮,从来都是,那种罕见的光芒——你知道的。那天,雨越下越大,风溂着雨帘,不停地倒灌,我俩浑身湿透了。突然,你父亲猛地一拽,我俩便在雨中了。他抽出腰带搭到后颈处,又从前胸腋下套过,再从当腰缠一下,扎个活口,向后撤出几步,将身子半蹲,两臂举过胸前。这样——"我笨拙地比画着,"最后,你父亲说,来吧。"

那钦仰起脸,向着远处凝望。

"他的胸肌鼓鼓囊囊的,看上去像是皮囊下掩着一面古时甲胄。"

"什么?"

"甲胄。"

见那钦回应我的话,我不由得带着一种赞叹的语调说:"好家伙,才十九岁啊——"

"二爹,咱回去吧,太阳就要下去了。"

那钦不言不语地走过去几步,回过头来平静地说。

前几日下过雨,大大小小的石窝儿内都盈着水。那棵当年我在半夜里接应淖日布的老榆树还在,枝干弯曲,鞠躬似的贴近地面,一旁还有了小树。我攀至小树下。那钦见我不肯回去,也只好跟了过来。他弓着腰,双臂左扯右拽地上来。听不见他喘气,脸上却红彤彤的。

皓空中出现一个黑点,又一个。一个是秃鹫,另一个是陡然浮起的小小的云。

"秃鹫。"

那钦举起望远镜,跑出一小段距离停下,继续向高空探视。

噢,耳旁,不,在我心底陡然传来一声呼喊。

噢,另一个声音在回响。

我抬手,一揉一擦,我想这种时候不要有任何令人悲伤的泪。

噢噢——我回应着我自己的呼声,跳跃着冲下山。等快要追到色苏尔玛时,停住,捡来碎石掷过去。吭吭地,碎石滚到她脚旁。

"丁巴,是你啊。"

"色苏尔玛,你干吗去了?"

"你管得着嘛,姚鲁丁巴。"色苏尔玛将湿湿的辫子一甩,转身走去。

"色苏尔玛,你嫁给我吧。"

"臭嘴姚鲁丁巴,谁稀罕你。"色苏尔玛近乎惊骇地跳跃着,随手捡来石头,掷过来。

"给我当老婆不好吗?"

"不害臊。"

"色苏尔玛,你是不是——是不是想给他当老婆?"

色苏尔玛加快了步伐。距我头一次看见色苏尔玛到山洞里洗澡,已经过去两年多了。那些令我焦躁的日子里,我可是在别人毫无察觉的情况下,将落水洞保护得很好。

"二爹,您知道的,一切都过去了。"

"什么?"我茫然地反问。

那钦欲言又止,有些慵懒地绕着大树和小树踱步。

"搏克手夏力兵把章嘎奠在雅布赖山,不过我们都没见过。"我打起精神说道。

"哦。"

"你父亲的章嘎也在山里。"

那钦站住,背对着我,仿佛拒绝聆听我想告诉他的一切。

"那次,我俩在雨中相持了好久,等到雨停了都没有结果。你父亲说,只要我赢了,我就是新一代夏力兵。我知道我赢不了,但是,是我的心魔——"我卡住了,低头瞅着自己一双瘦皮手背。

"二爹,您老别那么想,那次只是个意外。不过,我想,也许是他老人家最好的归宿。"

"不,孩子,我想说的是,你父亲把一切留给了雅布赖山,你应该经常到山里来。"

"经常到山里——举石头练习摔跤?"那钦的语调间明显多了几分愠怒。

"那钦,你也是搏克手,你知道我指的不是这个。"

"我猜出来了,二爹,您指的是所谓的心劲儿,对不对?藏在人们心灵深处的,裸岩一样的,呃,哪怕是近在眼前,旁人也无法触摸到的狠劲儿。"

"不,不是,我和你父亲,从未将彼此置于敌对位置。"

"角力场可不是舞台。"

我想,那钦脸上愠色越发地凝重了。

夕阳隐到山那边,像是一轮火红的生命体从山巅上纵身一跃,洇开半空余晖。

"二爹,我从来没有怪罪您,这点您应该清楚。"

"我也没有什么可忏悔的,尤其是对着你。那钦,你父亲从未被打败过,从来都没有。"

"没有谁是永远的王者。"

"那钦,你若亲眼看见过你父亲与九个章嘎搏克手较量的场面,你或许就不会这么讲了。"

那钦有些疲倦地叹口气，继而意味深长地向四周看看，仿佛无数个人站在不远的黝黯间，正等着他如何作答。

　　"那次，我们九个一个接着一个扑向你父亲，嗯，是的，扑过去。你父亲呢，没有退缩。不，不，我找不到准确的词语，他怎么可能退缩？那天人好多，简直是乌泱泱的，瞅着叫人晕眩。他们的喊叫声，至今仍在我耳旁回响。"

　　"二爹，咱下去吧。"

　　"你不想听吗？"

　　"您可以一边讲一边下山。"

　　"第一个搏克手上去了，你父亲捉住他的臂膀，一拉一拖，上身前倾，身子向左一闪，不等对方反应，一钩脚，哟呵，抖布袋一样抖去了。紧接着第二个上去，抓牢你父亲的腰裙。他呢，一闪身，扯住对方的一条胳膊，拎起，兜圈，一脚向后一钩，对方胸着地啦。"

　　那钦扶起我的胳膊，好几次打断我的话，要我注意脚下。

　　"孩子，我又不怕摔下去。第三个搏克手用双臂箍紧他腋下，好家伙，他想来个拦腰掀，不过你父亲猛地拗肩，来了个过胸摔。你在听吗？"

　　"嗯。"

　　"第四个个头很高，我们都觉得你父亲遇到了对手。岂料，你父亲先发制人，快速扑过去，捞起对方的手，来个压山式摔。轮到第五个时，他只是站着不动。很快两人的四条胳膊缠到一起，他先是向后撤了几步，快速松手，一推，对方直接四仰八叉了。嘿嘿，人们嗷嗷地叫，好多个老人激动得哭了。"

　　我俩已经到了车旁。那钦启动了车，见我倚着车身歇口气，他走过来，问我是不是很累了。

"不，一点儿都不累。那钦，还有三个没讲呢。轮到第六个，你父亲出乎人们意料地来了个速战速决，未等对手靠近，他便握紧对方的手腕，一脚来个横劈，胳膊一拧，把人家斜斜地摔到一旁啦。"

当车灯在前方照出两道光柱，那钦横插在光柱间，半张脸惨白，半张脸隐在阴影里。

"第七个不急着交手，绕着你父亲转圈，脸上凶凶的。第八个也是，有张小孩见了也要吓得哭泣的脸。两人相持许久后，你父亲将右肩插在对方腋下，拱臀、绷腿，手捋紧对方右臂向下拉，来了个翻背摔。"

夜色岑寂，月亮青青白白的，像是患了疾的眼珠。

"第九个是我。那钦，我想跟你讲的是——呃，你在听吗？"

车子发出轰鸣，两道灰白的光柱在前方忽上忽下。

"我的意思是，我们所谓的敌人正是我们自己，我们从未真正摒弃——心魔。"

我猜，我的这句话那钦根本没有听到，因为他全神贯注地盯着前方，仿佛特别担心如果我们不匆匆离去，夜之黑会凝固，会变成冰一样坚硬的物体将我们吞噬。

三

"喂，小伙子，冲下来啊，出弓的箭一样来吧，瞧瞧他的肩膀，多么结实，你应该蹲到那上面。你看他，腰杆挺拔，双臂叉腰，分明是在等你啊。你俩才是最好的安达。"

我旁若无人地大声说着，绕着雕塑走了好几圈。

"来吧，小伙子，冲破乌嘎拉扎风，来吧。"

空旷的野地，悄寂，仿佛前几日的乌嘎拉扎风将一切生灵驱逐。雅布赖山的牧人将盘羊称为乌嘎拉扎，因而将遮天蔽日地翻滚着、像是巨型盘羊成群地涌来的沙尘暴命名为乌嘎拉扎风。

两个外来工人用水泥、钢筋、碎石砌出半腰高的碑柱。当我一遍遍向天空喊话时，两人停下手里的活儿迟疑地看我。有几次，矮个子的还警惕地踅来踅去。

雕塑有张黝黑而光滑的面庞，一双窄小的三角眼嵌在鼓起的眉骨下，凝视前方，仿佛正陷入某种亘古的沉思。

"你是不是感到很惊讶？我也一样，我也从未想过会有一尊雕塑突然出现在路口。"

我向后撤出几步，仰着脸。雕塑足足高出我半截身，袒胸裸腹，镶着泡钉的蝴蝶坎肩裹紧黑亮上躯，下身多褶摔跤裤犹如灯笼。

"越看越像，宽额头、大腮帮、方下巴，还有抬头纹，哟呵，你瞅瞅，马掌大的拳头分毫不差。"

雕塑师应该是遵照淖日布四十多岁的模样塑型的，瞅着很神似。这让我感到惊喜，同时使我陷入一种幻觉，感觉某一刻雕塑突然缓慢地动起来。

"你看啊，他后背上的银镜，还有高筒毡靴，靴捆还拴着铜环，哦，多么尊贵。再瞅瞅那儿，那不就是你嘛。"

雕塑套裤上印有鹰的图案。我不停地嘟哝着，仿佛天空里出现的任何一只秃鹫都会与我有心灵感应。

一条柏油路横切南北向的土路，自东向西延伸，这么一来，从高空俯瞰，两条路交叉出黑白分明的十字。雕塑就在十字的东北角，面向东南，遥望百里地之外的曼德拉山，背对十多里地外的雅布赖山。晴朗高空下，两山遥遥相望，雕塑仿佛是它俩之间的使者。

两个工人开始收拾工具,偶尔相互低声说着什么,一会儿离去了,走出一段距离,回头看看。

　　天色暗了下来。高空里仍旧空空的,它始终没有出现。我不由得感到沮丧,一种空前的落寞感瞬间聚集心头。

　　"老兄,让乌嘎拉扎风快快带走我吧。我痛恨遭人怨恨的晚年。"我用巴掌拍了拍雕塑,空心雕塑发出嗡嗡响。夜幕泛着晨雾似的光芒。

　　"那天,你来了,对吧?老兄,现在,除了那么几件事,我的脑子里什么都装不下。我真该用鞭子抽自己,刺啦刺啦地抽,皮开肉绽。"

　　分不清这几句是被我很平静地讲出来了,还是在心底默念了。这算忏悔吗?当一个人的记忆里只回荡令自己"窒息"的往事,是不是会将鄙夷的眼神投向自己?归根到底,我们用一生建筑的心灵巢穴,总会遭遇来自我们自己的拆除。

　　我说过,在我十七岁那年夏天,跟踪过进落水洞洗身子的色苏尔玛。那之后我藏起落水洞不让别人发现。这个我也讲过。但是,我没有讲过我曾把她囚在里面。有一天午后,我偷偷地跟着她,等她进去了,我把洞口堵死,然后下了山。我本想等天黑了再去。哦,好吧,我坦白,当初我可不是单纯地开玩笑。不过,等到傍晚去时,她早已不在。我猜出是淖日布帮她挪去了石头。后来,她嫁给了他。事情就这么简单。至今我们三人都没提过这事。后来,淖日布成了方圆百里无人能敌的搏克手。人们称他为"雅布赖淖日布"。再后来,有人说他手里有祖传的羊皮书,羊皮书记载着搏克手夏力兵的口谕。然而,关于这一切,我从不问他。虽然,我也感觉出他那双炯炯有神的眼睛里藏着秘密。可是,人活一回,谁的心里没有一个外人不可触碰的角隅呢?这么讲,有人以为我在指十年前的那件事。

为了说清楚，我还是先将事情经过讲出来吧。

十年前的一个春季午后，我和淖日布一同从小镇回来。我俩心情高昂，因为我俩把所有的奖杯、摔跤袍、章嘎等捐给小镇博物馆。途中他问我，你的手不痒痒吗？我当然明白他指什么。于是我俩就在荒无人烟的野地——呃，那是一场决斗。天气爽朗，四周寂然，野地间的一切，包括雅布赖山，仿佛不约而同地敛声屏气——它们在等候一场决斗。

我抢先扑去，捉住他的肩。不过那么一瞬间，我感到掌心下空空的，像是捏着一具就要散架的骨骼。我意识到，我所熟悉的、结实的甲胄终是卸去了。就在我犹豫是不是停止这荒唐的"决斗"时，他的一条胳膊横过来，戳在我左肩处，我顺势向一侧一拧，撤出被勾住的腿，站稳。他腿上倒是硬邦邦的。我将双腿叉开，踩马步，我打算来个耙子勾。然而，他的一条胳膊直直地戳着我的前胸，几根手指像是刨沙子似的在我胸口抓挠。我抬起头，只见他的脖颈奇怪地后仰，抽搐，整个人变得硬撅撅的。短短几分钟内，他那张布满斑点的面孔，被蒙上死亡之影。

"老兄，几个月前，我带着那钦到了山里。他以为我始终沉浸在懊悔之中。其实没有，他没有发现他使我看到了我自己，一个糟糕的我。"

夜风轻柔，我走到雕像正面，解开腰带，绕过雕像腰部，抓牢两端。

"来吧，老兄，跳起鹰舞吧。"

我弓起背，将脸贴紧雕像，塑像还留有阳光的温热，一股柔润的气息不断向我躯体内蔓延。

"嘎嘎——"空中传来一阵鸣叫。

月亮一样透亮的穴口,光从那里泻进来,照得洞内一池水油亮油亮的。女人的半截身子露出水面,像是从池里长出来的。随着女人的胳膊抬起,又落下,清凌凌的水声忽高忽低。穿过穴口能望见对面的峻岩,我的目光游荡,一会儿在岩壁上,一会儿又执着地落在女人身上。我斜躺着,半个身子早已被我插进石缝间。胳膊发麻,膝盖酸疼,几块鱼鳍似的石片硌得我脊背发痛。但是,我保持姿势,一动不动。

许久后,女人的身影在洞口处闪一下,不见了。

等穴口对面的山变得模糊时,我走到洞外。青雾灌满山谷,黝森森的。山鸡霍霍地飞去,猫头鹰喁喁地鸣叫。我一路疾走,大片的阴影却不断延伸,仿佛整个山沟变成洞穴,将我囚禁于腹内。

不知过了多久,我竟然看到了天空,蓝幽幽的,同时也看到了它。它回来了,依然以它的盘旋占领它的领地。我要高呼,我要挥手召唤它。可是,我找不见我的手。我的视线被淖日布小山似的身躯遮挡。

我想,再有一会儿,人们掀去他小山似的身躯,然后发现半张着嘴的我。他们会惊骇地大呼,太糟糕啦,我们的雅布赖淖日布和我们的姚鲁丁巴,两个倔老头——决斗啦。

不,不,我俩之间从未有过决斗。

我只是挣脱了与我自己的搏斗,对,搏斗。犹如,它用它的盘旋,挣脱它的领地。

沙窝地

清明一早,巴布见风从南边吹来,对着妻子塔娃说:"扎哒,马从南边来,今年可要吃紧了。"塔娃没吭声,与巴布过了五六十年,早已不稀罕丈夫"听风"测天气的能耐。反而经年累月,耳闻目睹的,她偶尔也能测出一二来,比如,月亮突然蒙上灰尘似的光晕,第二天准会起风;天际升起乌黑的驼峰云,不出三个小时准会有雨。在沙窝地,牧人总将"风"用"马、虎、龙"等比拟,比如西北风在他们眼里是"猛虎扑食",东南风是"蛟龙舞身",不熟悉的人听了还以为他们在对暗语。

"把察嘎莱牵到桩上吧,老叼人家的羔子。"塔娃说。

入春以来,驼群里除了母驼察嘎莱,其余的十几峰母驼都下了羔。察嘎莱九岁,按驼龄它早该下羔了,然而它却一直掉怀。到了春季,眼瞅着其他母驼都拽扯自己的孩子,它大概心生悲凉,不是跟着塔娃哀号落泪,便是咬某个驼羔的脖子,要那驼羔跟随自己。此刻塔娃正将驼羔一一拴到埋入土里的驼桩上,用驼民的话这叫"调教驼羔",好褪其野劲儿。

"嚯勒嘿，我们的察嘎莱也想当母亲了。"巴布说着牵起察嘎莱拴到驼桩。察嘎莱不依，可又挣脱不了笼头，便呜呜地受尽委屈似的发出低沉的哀鸣。察嘎莱浑身灿白，三年前它的母亲患疾死掉，单留下它一峰白驼，因此在整个褐毛驼群里显得格外金贵。巴布夫妇也稀罕它一身白，眼巴巴地盼它能诞下如它一样的小驼。盼了几年，总不见它有动静，也便不再念叨，编根尺长五彩绳缀到它脖颈上，算是奉为神驼。

晨阳已弹出老高，先前的橘色已淡去，变成一轮米色圆球，在半空里吊着。

"清明刮马风，三个月不得消停。"巴布丢开察嘎莱，从驼桩那儿边走边说，顺手抓下公驼腋下藏匿的草爬子（狗虱）。巴布今年七十六岁，瞅着精神矍铄，腿脚、脊背却已弯曲，无论近看还是远瞅，都是一个地地道道的黑脸驼背老翁。塔娃也是，快要爬过七十岁的人了，依然有着沙窝地女人独有的雕塑感的结实，只是近几年，挨不住冬春寒冷，身子骨越来越怕冷。十多年前，大儿子、大闺女、三闺女都提出过要接他俩到城里过活。塔娃倒是没怎么拒绝，巴布硬是没点头。他丢不开驼群，丢不开这片宁静而寥廓的野地，丢不开每天早晨从西南或者西北拂面而来的野风。为此，他有时候也暗自嘲笑自己，人活一世，有什么丢得开与丢不开的。与漫长日子相比，他还活不过一棵老槐树、一院土打墙。感觉里，就在前不久他还是个肩头能扛起牛犊的男人，眼下却是见了风鼻涕眼泪就要流下来的老头儿。如果真要说丢得开，他倒在心下盼着能悄无声息地丢开自己——悄无声息地死掉——如一缕风。在沙窝地过活一辈子，他对风、雨、雪、云很熟悉，他给他们起名，暴雨在他眼里好似一匹脱缰的公马，细雨如绵羊，那种在这里下过一阵又移到不远处下的雨是狐狸雨。还有云,天际乌泱泱地叠摞的云是佛塔云,唆唆啦啦地扯下云帷的是马鬃云,一朵一朵地飘浮在空中的是拳头云。他的一辈子就是在这些变换着名称的风、雨、雪、云里磨没的。如果不是那几个孩子,他会怀疑自己是否真的度过那些岁月。看来,这种疑虑不单单是人类有,即便是牲口也为此凄然,不然察嘎莱不会如此哀鸣。看它瞅着驼羔眼角滚下的泪水,它内心是多么凄然无助。

"大早起便是满嘴胡话,叫苍天听见了当心真给你来个九十天黄尘。"

"来就来吧,又不会掀掉人间。"

塔娃不再接话,老东西是越来越糊涂了,顺着他的话继续下去,指不定讲出什么骇人的话来。

拴好驼羔,夫妇俩将驼群向野地赶去。察嘎莱走走停停,回头冲着驼桩上的驼羔群哀呼,好似真的是把自己的羔子留在那里不忍离去。塔娃从兜里找来冰糖塞进察嘎莱嘴里,将脸贴在它脸上,说:"唉,苦命的孩子。"察嘎莱仿佛听懂了塔娃的话,眼角滑下泪蛋。塔娃眼角也有了泪,她挠挠驼脖子,低声嘟囔几句。驼群上了坡,领头的已经隐到坡那边不见了身影。老夫妇收住脚,等着驼群下坡。察嘎莱仍是一步三回头,虽压低了叫声,但很绵长,像是某个人正忍着剧痛发出低沉的呻吟。

"嚯勒嘿,我的察嘎莱,怎么就这么个命?"

"明早我得去趟庙上。"巴布说着也不等塔娃回答什么,当即拣来空药瓶,将手里捏了半晌的七八只草爬子塞进瓶里,拧好瓶盖装进裤兜里。塔娃听出丈夫要做什么了,听老人们讲,母驼老掉怀,那是鬼魅占了母驼子宫,须请喇嘛念经驱逐。没一会儿两人往回走,谁都不讲话,一前一后,四条老腿哧哧地拖着鞋跟,远远望去,仿佛不是两个活人在走,而是两个苍老的魂灵在那里踱步。

到了夜里,察嘎莱仍时不时发出哀号声,没有一峰母骆驼大方地将自己的孩子与它分享,有几个脾气焦躁的还咬它,喷唾沫。有几次,它趁机嗅了嗅离群的驼羔,又急匆匆地离开,到不远处动怒了似的将脖颈压低,摇摆着身骨,大有直接撞过去抢驼羔的架势。

"你顺路给二闺女捎个话,叫她回来一趟。"塔娃说道。

"要不——你自己到城里瞅瞅?"

老两口的二闺女在城里,三十七八岁了还单着。逢年过节回来,老夫妇刚催问几句,二闺女便将脸拉下来,丢一句:"别老催我,我可不结婚,城里不结婚的人多了去了。"

"不去。这孩子脾性倔,越大越像你了。"塔娃唠叨着,上炕扯开被褥,躺下。老伴儿上午问的话,她这会儿才回答,对于他俩来讲,这早已成为习惯。

"你是当母亲的,好说话。一个女人一辈子不结婚,到老了可要吃膝下荒凉的苦。"

塔娃闭上眼,类似的话她曾无数次与二闺女讲过,可二闺女根本不往心里记。与其对她讲,还不如对着山谷喊,山谷还能有回音呢。

巴布的话没落空,翌日早晨天还没亮,风声便从四周响起。眼瞅着天际暗红,沙尘暴从那里出窝,塔娃叫巴布过几天去,巴布却不依,他不忍听察嘎莱一天天地哀号下去。吃过早茶,披件旧棉袄便出门了。走了五六里地,刚望见哈屯湖时,风劲儿越来越强,天地间变成黄澄澄的,好似天空里掉沙子。巴布想起那对守着哈屯湖过冬的喇嘛鸟。喇嘛鸟学名叫黄鸭,沙窝地人却习惯称其为"喇嘛鸟"。这源于它们有着一身棕色羽毛,像是披了喇嘛袍。大约三四年前的仲夏傍晚,巴布到湖边寻驼群,在一处狐窝口瞅见三只黄狐狸崽和七八只喇嘛鸟幼崽一同追打着玩闹。巴布猜出准是有一对老了的喇嘛鸟将幼崽下在狐狸窝里。传说喇嘛鸟是黄狐狸的亲舅舅,因而狐狸从来都不捉幼鸟来填肚子。巴布不信传说,但是相信动物与动物之间会有跨越物种的情愫。哈屯湖北侧横卧着一大片月牙沙丘,当中有一人高的土坷垃,狐狸窝就在那下面。土坷垃很显眼,如果不是四周布满沙鞭草、黄蒿、骆驼刺等,想必狐狸也不会在那里安窝。沙窝地人都知道土坷垃下有一对黄狐狸,偶尔从羊群里叼走羔羊,也不去找狐狸算账。用他们的话来讲,没有黄狐狸的野地,还算什么野地。

此刻,巴布眼里的"虎风"正从西北方向呜呜地压过来,掀飞沉寂了一冬的枯草,扬得半空净是草屑。眯眼向湖那边望去,沿着湖边镶了一道绿色,沙窝地的春天总是先到那里。风扫过湖面,扫出一浪浪的褶子,如果风劲儿再猛烈些,那褶子一定会碎布似的被撕扯掉。听老人们讲,哈屯湖当中有泉眼,怀不上娃的女人喝了湖水,能怀上娃。人能怀上娃,察嘎莱隔三岔五到湖边饮水,怎么就不见怀胎? 看来造物主对人类还是偏爱的。湖西侧有座几十丈高的沙峰,峰脚插进湖水,站在沙峰向北远眺,便能望见柴楞庙。巴布八九岁时在那里住过。他原先的名字叫"巴特尔",后来由庙里老喇嘛改为"巴布",意思与巴特尔一样,指英雄,只是巴布为藏语。塔娃的名字原本叫萨仁,巴布娶回她的那天也给改了名字,也是藏语,两者都是指月亮。巴布很少回忆过去,这倒不是他丧失了对自身老去的察觉。那时很简单,两人住进一间小土屋,没有耳房,将伙食填进水瓮,瓮口扣个木板,立到墙角,算是存了粮食。那时的想法也简单,男人和女人在一起过活,为的就是生养后代,生活的枝权就在沙窝地悄然发芽、结果。那会儿没想到,过个四五十年,生活会有大的变化。其他的不讲,很多女人不喜欢生孩子了,这点令巴布很不解。有时候他也想训二围女一两句,可见了二围女又不知道说些什么。

巴布在哈屯湖边歇了半晌,他没有下驼背,望着黄风下变得暗黄的湖面,叫了几声。他觉着那对喇嘛鸟应该在湖中那一丛芦苇荡间。可是,等了许久也不见鸟。风一阵阵地在湖面上旋转,旋出凌乱的皱褶。离开哈屯湖前行三里地,到了沙碛地,这里没有任何植物,风舌低低地贴着地面左右摇摆,万千颗碎石随着风舌翻滚,不远处黄风摆出一堵暗黄色的墙,巴布觉着宇宙已经缩成一个小小的、黄色的球体。这种天气草爬子还有蜘蛛会从天而降,巴布将帽檐压得实实的,可不能让那些东西钻进帽子里,即便是立刻死掉,也不能叫那些东西吸他身上的血。

老喇嘛在,两人聊了几句,老喇嘛便跨坐到巴布牵来的另一峰骆驼上。

"巴格西(对老喇嘛的尊称),您可抓紧喽,您的袍子不会被风卷走吧?"巴布见老喇嘛的长袍随风嚯嗒嗒地响,于是大声说道。

"哦哒,没事,卷走了也是天意。"

接下来的路程中两人几乎没交谈,比起来时,背着风走令巴布犯困,他竟然打了个盹儿。

翌日清早,老喇嘛垫个软垫坐到驼桩前念经。这之前塔娃已将察嘎莱拴到驼桩上,也把所有驼羔混入驼群赶到坡那边。

"哦哒,嚯勒嘿,察嘎莱知道巴格西给它念经呢。你看它,卧在那里一动不动。"

察嘎莱果真安安静静地卧在驼桩旁,偶尔眨巴着眼看看老喇嘛。风还是与前天一样猛烈,飕飕地吹来,撞在它身上,撩开它的毛发,它的毛发便一会儿倒向一侧,一会儿又直直地竖起。察嘎莱却始终都很安静,一动不动地卧着,像是要把整个沙窝地的风沙都挡住。老喇嘛一会儿拨弄铃铛,一会儿吹海螺。过了两个小时,等他那身喇嘛袍上落满尘土时才结束了念经。

到了夏季,沙窝地依旧没有等来一场透雨。驼群泡在哈屯湖里避暑,水面没到驼肚子上,它们悠闲地咀嚼着,宁静地望着野地,仿佛知道在这种惬意时刻,谁也不要发出任何声响打破野地的寂静。察嘎莱也在驼群里,自从老喇嘛给它念过经后,它竟像是觉察出了什么,停止了哀号,神态越来越安然。

到了初秋,有一天午后,天际升起佛塔似的云,巴布高兴地存了几搂柴,他说,一定会有一场"公马雨"。他说的"公马雨"其实就是一场暴雨。果然,很快一场暴雨降临了。过了十多天,塔娃开始挤驼奶。

"你一个人忙不过来的,得让二闺女回来。"巴布说道。

"不用了,沙窝地也没个年轻人,在城里或许能碰上合适的,兴许这个冬天她就能领回来。"

"你总是由着她的性子。"

塔娃的膝盖吃不住久站,只好当腰绑条布片,手举着奶桶,双膝跪地在驼群里艰难地挪动身子。察嘎莱一步不离地跟着女主人,趁机咬去主人的头巾。

"哦,察嘎莱,我的孩子,明年,不,后年,额吉就会给你挤奶。那时你就当母亲了。"塔娃嘟囔着,从察嘎莱嘴里夺过来头巾。整整一个秋天,察嘎莱总是干扰塔娃挤奶,好似在表示满腔的愤怒与嫉妒。因此塔娃每次挤奶都得花去很长时间,往往都是从午后开始,临近傍晚才结束。

"要不我把它拴到桩上？"

"还是别了，万一它又叫起来怎么办？嚯勒嘿，我可听不得那哀号声。"

秋末开始，塔娃的体力突然下滑，到了初冬竟然下不了炕了。大儿子、大闺女回来将她接到城里住了院，然后由四个孩子轮番照料。过了半个月，塔娃见自己能下地了，嚷嚷着要回来。四个孩子劝不住，只好送回来。

"二闺女，你留下跟我俩住些时候吧。"巴布说道。

"阿拜，这个冬天不行，库房里还堆着一堆货，还没有卖出去，明年吧。"

二闺女的话是冲着父亲讲的，眼睛却先是看看姐姐和妹妹，一会儿又扭头看着哥哥，像在暗暗地问他们，你们几个不做生意，应该有空吧？

"你们都回去吧，年轻人忙，我这不是好了吗？回吧。"塔娃说。

"额吉也是，过去额吉还想到城里住，阿拜不答应，现在好了，额吉也不想去了，在医院天天念叨着驼群。"大闺女说道。

"额吉，阿拜，你们早该听我的，跟我到城里住，你们老这样，别人还以为我不孝敬老人呢。"大儿子语气里有明显的烦躁。

"别人的嘴长在别人的脸上，你听那些话做什么？没事的，我俩能照应好。"巴布说道。

"二闺女，要不——"

巴布的话还没收尾，二闺女接住说："阿拜，您怎么老说我。"

巴布缄默了，塔娃也不吭声，那几个也相互看看，最后大家在一种从未有过的沉默中结束了对话。

那之后，巴布每天早晨摸黑起身，将火炉烧得旺旺的，屋子里空前暖和。到了数九天，公驼发情，巴布将驼群赶到野地。驼群一连几日不见影踪。

"察嘎莱不会掉群吧？你看了没有？"塔娃问道。

"放心好喽，跟着群呢。"

入冬以来，巴布偶尔到野地看看驼群，顺便将驼群赶到老井那边饮水。这一年过得很快，到了秋天塔娃依旧当腰缠着布片在驼群里挤奶，察嘎莱依旧叼走她的头巾。到了年底，塔娃再次卧床，这次她谁的话都不听，执意不去医院。

"你得去医院。"

"啥人啥命，你把我放到炉旁，别的我干不了，烧炉子添柴还是行的。"

于是两个老人相互扶着，扯着，费了好大工夫，塔娃终于坐到炉旁。

"这么烤一冬天，到了春天我就能站起来。"

塔娃说话时嘴唇哆嗦着，这让巴布心里很是难过。他突然觉得眼前这个瘦弱、年迈的女人与他离世多年的母亲很相似。

"当心添柴时把衣服烧着了。"巴布说道。

"万一烧着了，我喊你。你不要走远。"

"你吹这个。"巴布说着从佛龛里取下海螺放到灶台上。

"哦哦，那个我可不能动的。"

"你忘了你已经过了六十八岁了？"

塔娃听了笑笑，但仍没有去碰那喇嘛们才会用的海螺。

有一天早晨，巴布匆匆推门进来说："嚯咦，察嘎莱离群了，它要下崽了——这下——可——好了。"

屋里静悄悄的。塔娃一声不吭。她斜靠在柴上，头低垂挨近炕沿,手里抓着一把柴。巴布将炉口掉落在地上还燃着的柴火塞进炉口,从炕头扯来毯子铺在地上,然后让塔娃平躺到上面。

送葬那天晌午,当送葬队绕过哈屯湖时,巴布发现察嘎莱和刚诞下的幼驼在湖北侧的灌木丛间。于是巴布压低嗓门对着裹在毛毡里的塔娃说:"嚯咦,你瞅瞅,咱的察嘎莱。"

巴布本想给察嘎莱的幼驼取个名字,可他实在想不起该取什么名字。驼群里那些个名字都是塔娃给取的,什么"察拉嘎尔""莎格莎黛""布吭",还有"敏杜丝""胡蹦戴"——哦,巴布现在觉得每呼一次这些名字,一缕风便轻轻地扫过他的眼,使他眼里陡然聚来浑浊的泪水。

到了秋天,巴布觉得应该给母驼们挤奶了。可这种活儿使他很吃力。活了一辈子,他可从未沾手这种女人干的活儿。他拎着奶桶走在驼群里,桶底放着往年攒下的奶酪,他掰下一小块含入嘴里。

哦,啧啧——浸到牙髓里——巴布心下嘟囔。

突然,一声低沉而悠长的哀号声从驼群里传来。巴布站住回头看,只见察嘎莱向他走来,到了跟前,停止哀号,伸长脖颈,用嘴唇轻轻地咬了一口巴布的耳朵。它显然是想咬掉巴布的头巾,可巴布并没有戴头巾。

"嗨,察嘎莱,你咬我耳朵做什么?"

察嘎莱并没有停止,先是咬了咬巴布的耳朵,一会儿探出舌头舔着巴布灰白的发丝,喉咙里发出嚯嚯的声响。巴布笑笑,匆匆进屋将挂在墙上的塔娃留下的头巾缠上,然后回到驼群里。

察嘎莱先是嗅了嗅巴布头上的头巾,接着猛地一咬,咬去头巾,发出一连串巴布从未听到过的哀号。

"哦哒,嚯勒嘿,察嘎莱——你这个不会说话的牲口,你原来不但求儿女,还求母亲。"

巴布挠了挠察嘎莱的脖颈,依着察嘎莱腹部站稳,弯下膝盖,将奶桶放到膝盖上,他想,他得学会挤奶。

醉阳

一

　　草玉茭地上，一红，一黑。红的是米都格老人的头巾，黑的是东茹布老人的。他俩是一对老夫妇，生活在库布齐沙漠腹地。那里，春夏季不见一场雨，哪怕一场小小的雨都难得有。湛蓝天空下，尽是羞涩涩地弓着脊背的草茎儿。然而，到了秋季，总会有那么十多天的阴云密布，秋雨萧瑟。那些从春到秋，没长够身子，没一日舒坦过的蒿草、沙竹儿、沙蓬等，就得借着这几日的恩赐，狂乱地长几截。尤其是憋屈了整整一夏天的十亩草玉茭，逢了雨，简直就是嗖嗖地吹着口哨长身子。短短三五天工夫，它们就长得比人高了。

　　东茹布老人和米都格老人结婚有四十八年了。四十八年间，他俩没离开过沙窝子地，也没想过要离开。他们觉得，归根结底，世界的本来模样就该是这样的，灰扑扑的，但又充满了安宁与恬静。

　　老夫妇俩种了十亩地草玉茭，这是他俩四十八年婚姻生活中的一件新鲜事。时光倒至三年前，十亩玉茭地还是长着青芨芨和甘草的斜坡。老夫妇俩是牧羊人,牧羊人是不晓得耕种的。三年前的春季里,沙窝地刮了一场慵懒的沙尘暴,从春刮到秋,刮死了各种嫩草芽,刮活了一丘一丘的沙梁。到了冬天,老夫妇俩的羊死了多半,唯一一头黑骡子也在饥饿难耐下啃噬了羊尸体后死掉了。老夫妇俩本来想把羊和骡子的尸体一同埋掉,可是,大地早已冻得铁硬,无法凿出口子来。羊和骡子的尸体便横竖地摞成堆。夜里,一群狐狸在尸堆上饕餮,也许对狐狸来讲,尸体太新鲜了,或者惊喜来得太突然了,等吃饱了,临走时还嘎嘎地叫嚷一阵。在冬夜漆黑中,那嘎嘎声不像叫声,更像忽近忽远的狂笑。

老夫妇俩坐到炉前,听着忽近忽远的狂笑,一言不发。

开春后,老夫妇俩决定种草玉茭,他们再也不忍心看到羊群饿死了。宁叫牲口撑死,胀死,也不能叫它们饿死。六道轮回里讲,羊是要被杀死才会投胎。饿死了,就等于一个个魂灵四处飘荡了,那是何等的凄凉。

老夫妇俩一锹一锹地踩着开了十亩地,又一锹一锹地埋了种子。然而出乎老夫妇的预料,沙窝地里,春夏两季滴雨未降。那些刚吐嫩叶的草玉茭在酷阳肆虐下,恭恭敬敬地贴着地面,一派的逆来顺受。正当老夫妇俩觉着冬天里又要饿死牲口时,却意外地下了一场雨,刚好是大暑扫尾时。几乎是在一夜之间,先前只有脚踝骨高的草玉茭,雨过后,抖擞抖擞地长到腰高,先前指头宽的叶片也成了巴掌宽。

那年冬天,老夫妇俩的羊没有饿死,而且几个母羊下了孪生胎。这让老夫妇俩眉头舒展,东茹布老人眉头更是大大地舒展。

东茹布老人没啥特别,脸黑黑的、方方的、瘦瘦的,多年的沙窝地牧羊人生活早已将他锤炼成一个缄默而安静的老人。他没有坏脾气,也没有多余的心思,除了爱喝点酒,他没有任何的特殊嗜好。每天夜里,临睡前他得呷几口酒,每天早晨亦如此。他喝酒从不用酒盅,他喜欢用塑料吸管吸着喝。他往酒瓶盖钻个口,将吸管插进去,把酒瓶藏到炕角不易察觉的地方,然后,躺下去,关了灯,在黑暗中将吸管含入嘴里,吱溜吱溜地吸。在米都格老人耳朵里,那吱溜吱溜声早已不是什么新鲜事儿了。她甚至可以从这种声音的快慢与高低、持久与短暂中判断出丈夫的心情。有时候她躺着,听着他贪婪地吸着,便会不由自主地嘟哝一句:"又不是吃奶,嘴馋的——馋鬼。"

对于跟自己睡了四十八年一盘炕的女人的话,东茹布老人从不反驳。他听着,舌头在口腔与吸管间来回捣,最后依依不舍地摩挲一番,将吸管掖回炕毡下。

到了早晨,东茹布老人睁眼后的第一件事便是从炕毡下抽出吸管。那酒度数高,五十八度。空腹呷三口,辣辣的、凉凉的,沁人心脾。随后东茹布老人也不急着起身,而是闭眼躺一会儿。在这短暂的静谧与慵懒中,一种奇幻的感觉令东茹布老人身心熨帖。他能觉察出酒液在他体内四下散去,带着一种隐隐的温度,像万千个细长细长的触角在体内安抚他。他感觉眼前的一切都变得温和起来,那些粗糙的碗碟、漆面斑驳的壁柜、黑身敞口的水瓮、窗外清亮的晨色以及那个陪他度过了四十八年的老女人的脸上也滋生出几分温润。

刚开始的时候——很久以前的事了,超过了三十年——米都格老人厌烦丈夫喝酒,后来老了,见丈夫一辈子也就这点德行,也就顺着丈夫了。

对于东茹布老人来讲,他早已完全沉湎于这种奇幻、美妙,嘴上说不出来、但在心头荡漾不止的别样感觉。这种感觉是完完全全属于他的,是他独有的。如果不是发现了这个,在沙窝地,一切看起来是多么平淡而无奇。那些终生逆来顺受的羊群,那些与生俱来就有超强抗旱能力的野柳,那些在沙碛地默然躺了千万年的石头,它们是多么平淡而无奇。

东茹布老人的每个早晨就在这样的奇幻中开始。他眯眼向东方望去,望天边沙峰以及峰上的曈昽初日。一道道光芒扑面而来,撞到人脸上,柔柔的,暖暖的,带着辽阔的风。东茹布老人很早以前便知道,在风的那头还有许许多多如沙窝地一样,安宁而恬静的地方。这个世界上美妙的事情是很多的,只是太缺少发现它们的眼睛了。

与东茹布老人相比,米都格老人却感觉不到辽阔的风。她只觉得等初阳刚升到驼峰高,地面上就会升起一股股的热浪。那些在夜间开的昂首扩胸的花草,在热浪下瞬间塌秧,认罪似的低下头。

让羊群安然无恙地度过冬天、春天,让母羊多生羔子,让公羊多长肉、生绒,这是米都格老人的心愿,也是她的生活重心。一切得围着这个转。有了羔羊,羊群就会增多,就会有很多羊绒,有了羊绒就可以换来别的。比如,那一瓶瓶五十八度的酒。那一瓶瓶透明的液体,对于她的老伴儿来讲,是他一生不富裕生活中最大的乐趣。因此,家里是不能缺少酒的。对此,老夫妇俩很默契。

二

晨色褪尽前,东茹布老人已经坐到石墩上哧溜哧溜地磨起了镰刀。米都格老人在灶口铁锅里翻着白面饼,那饼足足有三指厚,饼皮焦黄焦黄的，那是米都格老人往锅底撒了两勺酥油。灶肚里火苗扑突突地舔着锅座。

"眼能瞧见不？当心划拉手。"米都格老人眼睛盯着锅里，嘴上对着老伴儿说。

东茹布老人当然听到了老伴儿的话，但他不吱声。在过去的四十八年间，米都格老人每天都要说几句类似的话。比如，"想吃血肠不？我给你灌"，或者"把那褂子套上，别着凉了"等。东茹布老人早已习惯了这些话，但他不厌烦，也不惊喜。他有时候觉得老伴儿就是他的母亲，是他七十余年不惊不乍的岁月所培育出来的额吉。

磨着磨着，东茹布老人觉着早晨的那几口酒有点少了。因为不停地出汗，身体里储存的酒精已经随着汗粒被排挤出去了。他得再吸几嘴。不过，他又有些不好意思当着米都格老人的面。对于眼前这个女人，他又是尊敬又是感激，又是疼爱，又是不可缺少。她是他的母亲，是老伴儿，更是他极力抵制，从而完好地保留自己的人。他总觉得，面对她，他稍不留心就会不见了自己。家里的生活都是这个女人在安排。他除了挑水、和泥、拉粮、杀羊，什么事都掺和不上。在这个家，他是无处不在的小螺丝，而她是那些看得见摸得着的大件。

总之，她叫他干什么他就干什么。唯独，喝酒这点上，他坚持自己的。她曾说："你要喝，就大口大口地喝啊，总要那么吸着，像个吃奶的孩子。"他就笑了，他这一笑不是笑她的比喻，而是笑她不懂他心里的秘密——那种微醉后的微妙感。

微醉后的微妙幻觉，那是他的秘密，活了一世，难得保留一个秘密。

东茹布老人脑子里思考着一个问题：怎样才能把那半瓶酒神

不知鬼不觉地带到玉茭地上？

后来，东茹布老人终于找到机会了。当米都格老人压着菜刀切厚厚的面饼时，他匆匆地将半瓶酒塞进衣兜内。他的黑色外套不是很宽松，但是他那么瘦小，哪里都能藏个半瓶酒。往玉茭地走的时候，他走得极快，这倒不是不想和老伴儿一起慢慢地走，而是随着迈步，那半瓶酒发出咕咚咕咚的声响。他可不希望她能听到这种声响。

到了玉茭地，东茹布老人匆匆穿过玉茭地，从另一个方向往老伴儿来的方向割。见东茹布老人非要多走一截，米都格老人就大声地问他怎么不从这边割，东茹布老人便大声地回答，说这样背阳，不晃眼。

得趁着白露前把草玉茭收割存棚，不然，冷不丁遇个秋寒，玉茭叶冻了，风一吹，尽是哗啦啦地被卷走。那样的话，家里的七十多只羊就要挨饿了。

在开始割草玉茭前，东茹布老人蹲坐下，迅猛而贪婪地呷了满满的一嘴酒。然后，将酒瓶塞进不显眼的杂草堆里。他将酒闷在口腔里，一点一点地往下咽。他享受着酒液从舌上滑过时的清凉，以及清凉过后的辣劲儿。

待口腔里只留得一点点酒味时，东茹布老人低声哼起曲来。对于他来讲，割十亩地玉茭真不是什么苦活儿累营生。日子长着哩，连绵不断着哩，就和那沙丘一样，风从这边吹过来，它就往这边倒，风从那边吹过来，它便往那头倒。风停了，沙丘依然连绵着，还新吞了几块地。可是米都格老人眼里，日子却是极其的短暂。好多时候，还没等她干活儿干得疲惫不堪了，天便黑下来了。所以，她习惯于在最短时间内，干完最多的活儿。

同样是割草,米都格老人那边的镰刀是噌噌地一阵挥动,而东茹布老人这边的镰刀是咔嚓咔嚓的,像是一头老牛在反刍。但是,东茹布老人的巴掌很大,抓一把就顶米都格老人的三把。

远远地,东茹布老人望见米都格老人头上的红头巾了。在米黄色的玉茭地上,那一抹红,像是一苗长脚的火,或者是一只红脸黄羊,慢慢地移动。东茹布老人想起自己在七八岁时,跟着父亲打猎时看到过的黄羊。他记得有一只黄羊长着红红的脸、红红的嘴唇、红红的斑点。他问父亲,为什么这么美丽的动物要被杀戮?他父亲说,杀掉它,它就可以转世了,就可以变成美丽的姑娘。从那之后,东茹布老人便在心下认定,世界上的女人都是红脸黄羊转世过来的。就连眼前的女人,她也是黄羊转世过来的。虽然,她已经很老了,他依然从那张布满皱纹的脸上寻得她年轻时候的模样。

"嚯勒嘿,跟着我老了。"东茹布老人不由嘟哝道。

噌噌噌,镰刀富有节奏地吃着草茎。红头巾很近了,几乎挨着鼻尖了。东茹布老人深深吸口气,埋头憋气。他知道眼前这个女人的鼻子很灵,会闻到他口腔里的那股浓香的。是的,很浓很浓的酒香。在他眼里,酒是浓香的,而不是她说起的刺鼻味道。红头巾从身边安静地过去了,东茹布老人舒口气,回头看看红头巾下那张酱色脸庞。多少年来,这张脸一直是这样均匀的酱色,不变黑,也不变白,好似永久地深藏着众多喜怒哀乐,而又无处可诉。也许,穷苦的日子,原本就是这种颜色的吧。

割了一垄,东茹布老人突然感觉口干舌燥,他从家里提过来的奶壶倒了半碗茶,喝了两口,觉得嘴里甜腻腻的。这下,他提高了速度,不过,速度上来了,质量就差了。刚才,镰刀在离地四寸位置哗啦下去,这会儿却是八九寸了。可是东茹布老人已经无心去关心这些,他只有一个目的:要快。他的巴掌本来很宽,先前是抓三把,这下能抓六把了。这会儿的动作几乎不是割,而是在砍。噼里啪啦的,一阵咔咔。余光里,他看到红头巾。这会儿红头巾高出玉茭梢头一截,在湛蓝天空下漂浮。他定睛一瞧,原来是自己的老伴儿正用一种奇怪的眼神盯着自己。

他不由放慢速度,动作上也规范了些许。

"哦哒,你啊,就不能把那腰往下弯弯,留下这一截给谁呢?"不出东茹布老人所料,红头巾在叨叨。

东茹布老人不搭腔,他知道只要他不搭腔,她也就不叨叨了。他抬头向前看了看,只有十余步了,他加把劲儿,快速砍起来。他汗流浃背,口水直往嘴角淌,鼻涕也出来了,半空里摇摇晃晃地来回荡着。有几次,东茹布老人不得不停下来,哼哼地擤鼻涕,擦汗。

终于到了,他扔掉镰刀,拨开杂草,找出瓶酒,吱溜吱溜地呷了几口,觉着不过瘾,咬去瓶盖,咕咚咕咚地咽了两口,随后,咯咯地打嗝儿,又灌了一口,浑身打战——这一系列动作之后,东茹布老人才深深舒口气,有些动情地盯着眼前的玉茭地。米黄色的玉茭地浸在一片望不尽的幽静里,阳光下,玉茭梢头间染着一层油,亮闪闪的,而脚下的土,又是暗红色的,散发着诱人的泥土香。东茹布老人暗自想,如果没有呷这几口酒,他是发现不了眼前这么多的颜色的。这酒啊,是多么神奇的粮食啊。

扑突突的,一群花鹌鹑逃出玉茭地,惊起三五只乌鸦直直地往高处飞。东茹布老人顺着乌鸦看,没看到乌鸦有几只,却看到天空上飘来乌云。

都这会儿子了,还下什么雨?

东茹布老人嘟哝了几句,他看了看玉茭地,又看看天空的云,觉着就算整片云都下来了，也不会盖住玉茭地。于是他放心地、懒懒地抄起镰刀，慢腾腾地挥动着。咔嚓咔嚓，一头老牛在反刍。咔嚓咔嚓，日子长着哩，急不得。

到了另一端，东茹布老人站着，有些暗淡地望着对岸，这是一段不远但也不近的距离。红头巾已经从那边往这边移动，偶尔立着歇腰。他看不清她那张酱色的脸，但能看到她魂灵中的结实。这个结实的女人，在跟着他过了无数个穷日子后，居然没有把一双结实的臂膀、一颗结实的心操碎了，而硬是把魂灵塑得结实了。

东茹布老人咬咬牙，一鼓作气，甩开臂膀干起来。他必须给自己鼓劲儿，因为他突然觉得脑子里晕晕乎乎，脚底虚虚实实。他看到玉茭秆沁出油来，黄澄澄的。先前好看的、不扎眼的米色玉茭地，变成烧焦般的橘红。他奇怪怎么会有如此糟糕的颜色？他觉着脑子里发蒙。这种感觉与他惯有的、那种微妙的感觉完全不同。那种感觉会令他舒坦，而此刻他却头昏脑涨，胸口发痛恶心。

"刀不快了，你给磨磨。"

红头巾走到跟前。

"你先歇会儿，我这就给你磨。"米都格老人走过去了，迎风吹曲子，许久后大声地说："怕是要下雨了。"

这次，拿起酒瓶后，东茹布老人没有急着大口大口地咽，而是小心地呷了一点点。也很奇妙，只是一点点，东茹布老人便觉着好受多了，头不晕了，脚底也稳妥了。他看了看酒，不多，顶多剩三两。他蹲下身，避开老伴儿的视线，足足地呷了一口。然后他慢腾腾地往老伴儿那边走去。

米都格老人坐在刚割下的草玉茭上，手掰开面饼，一边嚼着，一边说："看你鼻涕哈喇的，给，擦擦。"

东茹布老人接过妻子的手帕,擦了一圈脖子,翻过去擦了鼻子和嘴巴,然后还回。米都格老人接去看也不看地往衣兜里塞,嘴上说:"明年得种十五亩。"

"十亩就够啦,咱是越活越老,越老越省饭。"东茹布说道,他的手指头肚儿在镰刀刀刃上轻轻地刮。

"省下几个钱,给你买几瓶好酒。喝了一辈子的酒,没喝过几瓶好的。"

东茹布老人万万没想到,眼前这个满脸粗粗拉拉的女人会讲出这样的话来。他心尖儿上一拧,觉着一股热流就涌到眼角上了,但是他却皱起了眉头,认真地瞧着镰刀。其实他没看到刀刃儿,也没看到刀刃上的寒光,他只看到了眼球上蒙了一层亮晶晶的水花儿。他硬是把水花吞了回去。

过正午时,老两口总算把活儿赶了三分之一。再赶个一天半天,就能完事了。可是,天气骤变,阴云密布,起了阵阵凉风。

米都格老人得去把羊从河槽地往回赶,马楠河河槽全是石头,不吃水,偶尔下场雨都会发洪。

"嚯咦,你是怎么了?懒一阵勤一阵的,你看看你割的,一会儿镰刀贴着地面扫,一会儿又是留出一拃高,怎么拾掇镰刀会是那样子的?"

"汗水眯住了眼,我是睁只眼闭只眼地干啊。"

米都格老人听了扑哧一笑,她知道老伴儿在糊弄她。

"这天要下雨了,无论如何咱是躲不开这催命雨了,你扎捆着,我把羊儿赶回来。"米都格老人边说边往河槽地方向走。

东茹布老人目送着老伴儿,他只往那红头巾上盯着。他不知道红头巾是从什么时候开始缠到老伴儿头上的。他不关心这个。这么多年了,他对老伴儿身上的任何一种变化都保持着死水一般的静。比起生活本身的变化,一个女人身上的微小变化简直是太不足挂齿了。去关心女人的头巾,远没有留意镰刀、磨石、面饼、酒来得有趣。不过此刻,东茹布老人丢下镰刀,穿过玉荽地,从草丛里找出那瓶酒,喝了一小口之后,仍然痴痴地远眺着越来越模糊的红头巾。

东茹布老人把瓶底的三两酒喝下去,用脚尖刨了个坑埋掉酒瓶。

突然,东茹布老人欢快地哼起歌来,激昂亢奋,异常澎湃,好似用歌声驱逐天空上愈来愈阴沉的乌云。他搂起一把割下的草玉荽,走几步撂到另一把上,再搂回几把,然后蹲在那里扎捆。他早已熟练这种活儿,手脚不慌不忙的。捆了几捆,扛到高处,把它们头对头地立起。当他空着手往坡下走的时候,又大声地哼起歌来。忽然,他眼前闪过一道亮亮的白光,紧接着是几道黑光,不等他缓过神来,地面摇晃着向他的脸撞过来。

三

米都格老人从老远距离便望见了草垛旁的一团黑。起先,她以为自家那个老东西在那里躺着歇息,可是过了很久还是一动不动的,她就慌了,丢下羊群往那边跑。雨已经下过了,沙子地坚硬了许多,草梢头挂着水珠,每跑一步,裤腿处都要甩出一股子的水。

当还有半里地时,米都格老人喊起来:"嗨!嚯咦!老东西!东茹布!"

空旷的原野地出奇地寂静。雨后的太阳明晃晃的,从云缝里射下长长的灰色光柱。喊了几回,她喊不出声了,喉咙剧烈地疼,好似被什么掐住了喉头。米都格老人哭起来,这一哭,喉咙处豁然顺畅了,她边哭边喊:"嚯咦!老东西!东茹布!"

原野地从未这样辽阔而寂静过,哪怕一丝的风都没有。很近了,只有十余步,米都格老人终于看清了东茹布老人的半张脸,另外半张杵进草堆里。她用红头巾缠紧昏迷中的他的脑袋,又用头巾一角擦去了他嘴角吐出的白沫。

"东茹布!东茹布!你这是咋了?你说话啊!"米都格老人晃着东茹布老人,也许晃得过于猛烈了,东茹布老人的眼睛睁开了,但那眼神很远很远的。

米都格老人本想细瞧瞧东茹布老人的眼,可是视线老被泪水填堵,趁她擦泪的当儿,东茹布老人的眼皮就松松垮垮地往下垂,只留出小缝。雨下了多久,他就在雨里躺了多久。他身上湿漉漉的,身下的草却干巴巴,隐隐地散发出尘土香来。

米都格老人斜斜地抱起东茹布老人,走了十余步,他的鞋跟与草屑子搅到一起。米都格老人只好停下想别的办法。谢天谢地,红头巾够长。米都格老人用红头巾将东茹布老人拦腰套住,扛到后腰上。这么一来,她弓着背,眼睛只盯着地面。她是顺着草的模样回到家里的。幸亏,她认得她家四周的每一根草。

到了家,米都格老人将东茹布老人脱了个精光,塞进羊皮被子里。东茹布老人呼噜呼噜地睡,或是喘气,眼睛微闭着,偶尔张张嘴。

米都格老人站到屋前的土墩上,向四下望去。她从未觉得原野地是如此的空旷,那些紫红色的沙峰似乎就是天边。远处的羊群像是几粒米撒在那里,而那些野生的槐树像是惧怕什么似的远远地立着。米都格老人不由抽泣起来,但立刻又停止,到仓房找来一包药末。她想不起这些药末是干啥用的,只是能闻见药香。米都格老人熬了一小锅水,然后将药冲好喂到东茹布老人嘴里。

一眨眼工夫,天就黑下来了。她挤回羊奶来,往东茹布老人嘴里一勺一勺地喂,刚喂了三五勺,东茹布老人的喉咙里咕咚一声,喂进去的羊奶全都顺着嘴角往外淌。米都格老人见状不由啾啾地落下泪来。

也许是捂在羊皮被里捂暖了,血液畅通了,或是药末起作用了,总之,半夜时分东茹布老人居然睁开眼,虚虚地说:"水,水。"

在灯下愣神地坐着的米都格老人,猛地听到这句,先是呆呆地看着,又瞬间扑在灶台上,把碗底的药喂进老伴儿嘴里。

东茹布老人咂巴咂巴嘴,说:"渴,渴,再来点儿。"

米都格老人这才发现自己原来把药当成水给喂了,忙端来半碗开水,不等她吹吹,东茹布老人就晃着脑袋往碗口嚓嘴。

"你这个老不死的,吓得我。"米都格老人一边给东茹布老人喂着水,一边嘴上叨叨着,眼睛里又是一阵稀里哗啦的。东茹布老人睁大眼,痴痴地看了一会儿后,嚯嚯地笑了,不过没笑出声来,只是扯出几道歪歪的笑容。

"你,咋把我,脱了个精光?"

原野地人很少光着身板睡,东茹布老人在被窝里摸见自己光着,很难为情。

"不是在雨里泡成一坨牛粪,我会把你脱个精光?"

米都格老人搓搓因被泪水泡了一次又一次而生疼的脸和眼皮。

"这么晚了啊?太阳落了?我咋就光看见个红头巾、红眼睛?"

"现在呢?还看见红头巾?"

"不，是那会儿。一只红脸黄羊走过来用嘴嗅着我，不停地嗅着。后来，我听到你喊我了，你过来扯我，扯得我身上酸疼，可是我就是没法子说出话来。"

第二天，东茹布老人便下地走路了。那神态，好似没发生过前一日的事。他仍是去割草玉茭，仍是避着米都格老人将酒藏在草丛间。

忙了三天，总算把活儿赶完了，老夫妇俩闲下来了。没几天，沙窝地的各种草，也都开始掉籽的掉籽，掉叶子的掉叶子，悄然进行着植物界从生到死的短暂旅程。羊儿们的肚子比春夏两季圆了一圈，走路都是喘着粗气。长足了膘的公羊更是神气活现的，屙下的粪蛋也是黑亮黑亮的。

这一日，米都格老人给东茹布老人舀了碗稠稠的酸奶，搁了半勺白糖。东茹布老人儿大口吃完，递过碗，示意还来一碗。米都格老人便问："还搁糖不？"

东茹布老人却反问道："刚才搁了？"

"都半勺了，你没尝出来？"

东茹布老人怔了怔，说："我说嘛，有点儿甜。"

又过几日后，米都格老人炖了一锅汤，忘了放盐，却把花椒粉多搁了一勺。她吃在嘴里很是难咽下去，东茹布老人却呼啦呼啦地吃得满头大汗。

"来，搁点儿盐，我忘了放盐了。"

"不了，不了，好吃的很呢，瞧着就好吃。"

东茹布老人的这句话很随意，在米都格老人耳朵里却有了另外的意味。没几日，她把没有放盐的茶水倒给东茹布老人，东茹布老人却一碗又一碗地喝个干净。

这下米都格老人确定了,眼前的这个老头子已经没有了嗅觉、味觉。他口腔里的那个黑乎乎的舌头是死的,还有那窄长的鼻子也是死的。

嚯勒嘿,老东西! 米都格老人心下很悲伤。她觉得这一切都是因为他喝酒造成的。如果不是酒,他的舌头和鼻子怎么会失去了知觉?而在东茹布老人那里,他自己完全不知道这点。每天临睡前,他仍然是要吸几口酒,早晨醒来后也是美滋滋地吸几口。

悄悄地往酒瓶里灌开水的主意是米都格老人在一天夜里躺下去后,听着一旁吱溜吱溜的声响时突然想到的。是的,祸根就是酒。如果不是酒,她身边这个黑瘦黑瘦的老头子会莫名其妙地昏倒?这次多亏了神的保佑,才能缓过来了。不行,得想个法子,得制止他喝酒。米都格老人苦思着,她知道他离不开酒,如果硬要他戒酒,他准会发疯。想着想着,米都格老人眼前突然一亮,想起东茹布老人死掉的鼻子和舌头。对啊,他不是嗅不出气味了吗? 不是尝不出甜酸了吗?

趁着东茹布老人不在屋里,米都格老人倒掉了插着吸管的半瓶酒,灌进凉开水。

夜里,米都格老人早早便躺下去了。她有些担忧,又有些难过。当她听到黑暗中的一连串吱溜吱溜声时,她又是喜又是悲,但又怕叫东茹布老人发现,只好起身到屋外。

冬天的夜晚,极寒极寒的。米都格老人走到羊圈里,毫无目的地左看看右看看。

接下来的好多天里,东茹布老人都没有起丝毫的疑心。他依然每天呷几口“酒”,沉湎于他那独有的美妙“幻觉”,心满意足。

四

可是,第二年开春后,米都格老人担心的事还是发生了。东茹布老人不但不会走路了,就连说话也不利索了。每次想说话,张开嘴,嘴角便抽搐,他得等着那抽搐停止后才能吐出一句半句来。他的右胳膊、右腿无法动弹,右手手腕往内钩回去,像是要从腹腔内刨挖什么。米都格老人请来老蒙医给东茹布老人治,老蒙医扎了几回针,熬了几锅子药,又用土法子将东茹布老人赤身塞到刚杀的马腹腔内,但都无济于事。

"我恐怕要死了。"东茹布老人说道。

"要死,你也得等到卖了羊绒买几瓶好酒后再死。"米都格老人宽心地说。当米都格老人这样说时她脸上丝毫没有担忧与焦虑的神色,但她的心在胸腔里拧成一疙瘩。

好不容易到了六月份,羊毛剪完了,卖掉羊绒后,米都格老人从旗里买来三瓶金骆驼。喝了一辈子酒的东茹布老人从未喝过这么贵的酒,一瓶顶一只羊。

他疼惜这么贵的酒,一天只呷六口。

"你就甭心疼那酒了。"米都格老人往酒瓶盖钉钉子,铁锤落下去,在瓶盖上扎下圆圆的一个小口。她将钉子抽回来,插进长长的塑料管,然后把另一头塞进东茹布老人手里。看他小心地呷了一小口,她又说了一句:"大大地呷一口,酒多着呢。"

如果是在几个月前,无论如何米都格老人都不会买这么贵的酒。她不但不会买,还会倒掉,然后灌进凉白开。她是真的害怕了,害怕某一天在沙窝地就剩她一个人。她怕孤寂,比死亡还要怕。她要他好好地活着,一同老去,老到动弹不得,像一对牙齿磨平、目光混浊的老羊。她想,若要走,两人一起走。没有他的日子,还算日子吗? 可是,他还是这般固执。就在一个很晴朗的早晨,他躺在炕头,眼珠翻白,浑身抽搐,不等她扶起来,他便偏瘫了。

最近以来,米都格老人还觉察出,东茹布老人身骨缩小了,很明显。当她忙碌着给他擦身换衣服时,看出他比原先瘦了一大圈。

看着东茹布老人一日比一日憔悴,米都格老人的泪便吧嗒吧嗒地止不住。

"不哭啊,不哭。"东茹布老人说着想要笑,半张脸却抽搐成像是被什么狠狠地抓了几下。

"你个老不死的,明明是在喝水,怎么就落成这般模样?"她嘟哝道。

她的话他没听明白,左手抓过吸管放进嘴里,吱吱地呷了一点点,说:"这是好酒啊。"

"好酒? 那你就多喝几口。"

"咦,不能,不能贪,一瓶抵一只羊呢。"

"你就放心地喝吧,咱家的羊下了好多羔子。"

一日正午,给东茹布老人拔火罐子时,他突然说道:"你把那红头巾戴上。"

"红头巾?"

"嗯,红头巾。"

米都格老人找来那条已经磨出小眼的红头巾,在东茹布老人眼前晃了晃,问道:"它吗?"

东茹布老人点点头,脸上一阵凌乱的抽搐后,吐出半句:"红脸黄羊——"

米都格老人戴上了,她心下已经猜出眼前这位就要永远丢下她了。他是要她举行最后的仪式，一旦仪式结束了，一切就成永恒了。她强忍着泪，强忍着一把扑过去抱住眼前这个又瘦又黑的老头子，这个陪了她半个世纪，却从未与她红过脸、吵过架的男人。她将红头巾两角用劲儿地挽成大疙瘩。

"是这个样子？"米都格老人笑着问。

东茹布老人久久地盯着，灰色的眼眶内闪着一对灰色的眼珠，最后说："外面的天气一定很暖和。"

"来，我抱你到屋外。"

夏日正午，骄阳当头。这一年夏天，沙窝地破天荒地下了三场雨，万物早已是绿油油的一片。

"今年，你就不要割了。"东茹布老人突然说道。

"不割了，不割了。"米都格老人说着，眼睛往东方向远远的一片黑绿看，今年的草玉荽长势真不错。

"再也不用种了。"

"不种了。"米都格老人说着，将插着吸管的酒瓶往东茹布老人怀里放好，"这是第三瓶，咱还有三瓶。"

"来。"东茹布老人将吸管对着米都格老人。

"我？"

"嗯，你来一口。"

米都格老人笑了，接过吸管，轻轻地吸溜一下，喉咙里立刻被呛得辣辣的。她皱紧眉头，说："哟哟，好辣。"

东茹布老人见米都格老人这般模样，咯咯地笑着，像个婴儿一样眼睛里聚满了泪花。他没说话，但他多么渴望米都格老人能感觉到他那独享了一辈子的秘密——神秘的、富有神性的幻觉。是的，东茹布老人坚信，当自己微醉后看到的世界是神秘的、富有神性的。如果不是因为这些,他怎么会如此迷恋酒呢?他知道,当他微醉后,他看到了万物的贫瘠与丰腴,看到了大千世界的轮回与更替,看到了生活本身的真实与虚幻。它们是美妙的,是无可替代的,是每一个人所需要的。

夜里,东茹布老人安然地离去了。

在一个很温和的傍晚,米都格老人坐到门前。已经是伏末了,再有几天, 她就得开始收割草玉茭了。但是她觉得已经不用买酒了,所以就不急着割了。但她又想起,羊群是需要草玉茭的。于是她思考着,是趁白露前将草玉茭收回来,还是应该等到寒露前再收。

米都格老人心头糟乱糟乱的。

这时,公羊莫七走过来,从米都格老人脚跟前捡着土豆皮吃。米都格老人这才想起,自己要做晚饭吃。但她真不想动弹。这只公羊是东茹布老人最疼爱的公羊,早就到了该杀的年龄了,但东茹布老人已经不在了,现在谁来杀它以完成它的轮回呢?

"来,莫七,我的孩子。"

莫七嚼着土豆皮,看了看主人的脸,咩咩唤了几下。

"来啊。"

莫七犹犹豫豫地走过来。米都格老人往酒盅里倒了满满的一盅金骆驼,让莫七闻。莫七闻了闻,噘起嘴唇。

"来,喝一口。"

米都格老人抓过莫七的脖子,还没等莫七明白过来,一盅酒已经被灌到它嘴里了。莫七急忙而慌乱地挣脱出主人的手,大声叫着,吧啦吧啦地舔舌头。米都格老人看着公羊莫七这般模样笑了。然而,正当米都格老人回屋时,莫七却走过去,往她身上闻。

米都格老人倒了第二盅,这次莫七没有等着主人给它灌,而是很主动地舔起来。舔了六盅后，莫七站在那里咕咕地打嗝。

"嚯勒嘿，我的孩子。太好了，我还寻思着，这瓶酒怎么办呢?它可是一瓶好酒啊。"

莫七安静地站了一会儿，然后，突然地冲着屋门撞过去。门玻璃哐啷地碎了。

"嚯咦，莫七，怎么了? 醉了? "

接着，米都格老人听到一种近乎歌声的绵长的咩咩咩——

只见，公羊莫七叉开四蹄，睁圆双目，迎着风，吐出舌头，咩咩地发出冗长的呼声。米都格老人突然想起，东茹布老人偶尔也会唱出这种歌声来。米都格老人坐下来，听下去。

公羊莫七，分明是醉了。

裸露的山体

　　沙窝地的"酒客"走了。走的那天早晨,沙窝地晴朗,春日暖阳徐徐升起,徐徐漂移,只是没人站到屋前远眺。到了傍晚,无人远眺的夕阳报复似的烧成胭红的火球,可人们依旧没有好好远眺。他们都在忙碌:忙着卸下窗棂将酒客的遗体送出屋;忙着捡柴燃火堆;忙着相互递烟,用语言来描摹他们所熟悉的那个醉醺醺的男人模样;忙着叹气。他们三五个地走到野地,用铁锹掘出深三尺的土穴,然后离开那里,任晚间凝滞的云霞和缥缈的天光勾勒出他们影影绰绰的身影。其中一个说,好空旷。另一个说,是啊,好空旷。另一个脱下帽子,用前臂撩了一下额头,说,是安静。第一个说,嗯,的确是很安静。第二个突然用力吼一声。三人顿住,相互看看,大笑起来。第一个说,你那不像。大声吼的那一个摇摇头,说,我知道。这时另一个绷紧浑身肌肉,重重地吼了一声,嗨,来呀,我在这里,来决斗啊。三人愣怔片刻,继而再次发出爆笑。末了其中一个说,咱的酒客走了,咱的沙窝地就此沉寂。

　　是的。

萨拉站在屋前。目光向夜幕下的野地投去。他听到了吼声，也听到了那句"就此沉寂"。他猛地吸口烟，又将烟闷在口腔内，慢慢地吐出一缕缕白烟。一抹光从临时搭起的帆布篷缝隙落到他鼻梁上，那是一种近乎银白的光。他那卷曲的头发塌下来，遮住眼眶，使一双天生阴郁的眼睛藏在一团阴影下。

酒客走后的第四十九日早晨，萨拉发现供桌上长明灯灯芯结了莲花。这是他所期盼的。在沙窝地的习俗中，长明灯结了莲花，亡者便能摆脱三界六道轮回之苦。现在，酒客遗像前的酥油灯结了莲花。那么，酒客将永久地摆脱寻常日子，彻底归于僻静的沙窝地。

"终于结束了。"萨拉说。

"嗯，莲花成形了，呃——如你所说的终于黯然收场了。"

娜拉说完阿嚏阿嚏地打喷嚏，又咯咯地打嗝。在过去的三个小时内，她身上的响动真多。她不停地来回走动。高跟鞋嗒嗒地踩着地板，像个正在演小丑的蹩脚演员。她的眼里还噙着泪，嘴角一扯一扯的，仿佛随时会号啕恸哭。

"谁都会黯然收场。"

"不一定。"

"他的确很英俊，是不是？"萨拉盯着遗像说。

"别这么冷漠，他可是你的父亲。"娜拉讥讽地咬着牙说。她强忍着打嗝，嘴唇凸起，喉咙一滚一滚的。

萨拉忽地冲着妹妹的后背抡了一巴掌。呃哦，娜拉张嘴发蒙似的嘀嘀吐气，一行泪萧瑟瑟地滑下腮帮。萨拉蹙起眉看了看娜拉，又看了看遗像，诡异地撇撇嘴，扭身歪倒在沙发上。娜拉清了清嗓子，刚要说什么，被一连串的嗡嗡声打断了。一只土蜂从窗户那边扯出烦闷的嗡嗡响，飞过来，萨拉截路扇巴掌，一阵急促的嗡嗡声,土蜂跌至地上,打转,抓挠,飞起,斜斜地扑向窗户,啪地撞在玻璃上。

"让它飞得了,它又没有蜇你。"

它黑黑的、圆鼓鼓的,在娜拉眼里它是一颗逸飞的眼珠——从酒客眼眶漏掉的、黑黑的、正在一分一秒地散尽光芒的眼珠。

"瞬间来临的死亡从来都不会有痛苦。"

萨拉语调满是漫不经心。他将身子敞开,四仰八叉,像是要把自己卸了架。

"父亲生前遭受了太多折磨,这点你比我清楚。"

"我指的是死亡本身。"

萨拉缄默片刻,见娜拉近乎恼怒地盯着自己,说:"我指的是土蜂。"

一条黑影从走廊那边移来,像只丧失藏身之地的野兽般黯然地站着,悄无声息。娜拉咻咻地揉搓红肿的鼻子,对着黑影说:"哥,水果都发霉了,甜点也长毛了。"

乌拉安静地看了看遗像前的供物"哦"了一声,然后说:"萨拉,你到街上捯饬捯饬你那胡子和头发吧。"

"又没有长到你脑袋上。"萨拉说着用女人似的干瘦而白净的手捋起下巴处的胡须,轻轻拃了拃。

"嘀,这就是父亲留给我们的日子。"娜拉嘟哝道。

萨拉没应声,身子一拧,将背甩给他俩。有几分钟,三人谁都没再说话。

酒柜一侧堆满装有酒客什物的编织袋、塑料袋、纸袋。一双咖色皮鞋撑破了纸袋,露出磨破了的鞋尖。几粒止痛片散落在地上,娜拉半蹲着一粒一粒地捡。呃——嗝,她皱起眉,屏住呼吸,好让打嗝声停止。她很胖,圆墩墩的身体裹在花裙里,视觉上像是一筐碎花布。

"呃,这些个谁要?"娜拉摊开两张泛黄的旧年画说。

两幅年画,一幅印有寺庙风景,另一幅印着山冈上怒吼的老虎,虎当背折痕开裂,视觉上老虎正因脊背处的疼痛而回首怒视、咆哮。

"烧掉吧。"乌拉瓮声瓮气地说。

他有一张牛脸似的结实、轮廓鲜明、略显呆板的脸。他身袭黑色长款风衣,袖口露出两片大大的茶色手背。风衣是酒客的,不过最早是萨拉的。酒客患脑梗后有一次送医院路上给他穿了,那之后萨拉便将风衣送了酒客。

"那个呢?"娜拉指了指酒柜上的座钟。

"死了的钟。"萨拉插了一句,舌头在口腔里咔嗒咔嗒作响。

"这点没人会怀疑。"娜拉说。

"柜子里的半瓶金骆驼,那可是我的。"萨拉说。

"一九六八年的,如果我没记错的话。"乌拉说。

"你没记错。"

乌拉抽出插进塑料袋的手杖,把着弯曲的手柄,咔咔地敲着来回踱步。娜拉撤出几步,默然地盯着乌拉,她的眼眶里亮亮的,而后眼睑变得绛红绛红的。

"哥,你越来越像父亲了。"

"我也是这么觉得的。你看我这身,非常像吧。"

乌拉丢开手杖坐到矮凳上,从装有木碗、马钱串、小坛、生锈的马镫和套装蒙古文版《毛主席语录》的纸盒内,找来几枚马钱放到茶几上,一枚一枚地摆开。他全神贯注,像是在与谁摆棋。

娜拉进了卧室，一会儿出来，手里拿着一本红皮日记簿。她翻开日记簿，结结巴巴地说："产妇产褥热会有以下现象：头晕、高烧、脖颈酸疼、口干、耳鸣、胸痛，灌服拉达——呃，拉达热顿汤。孕妇忌口：野味、猪肝、猪血；分娩后——呃，会酸痛，捣碎敷阿尔，呃，什么意思嘛，阿尔哈木泽呼——哎哟，好拗口。"

"给我。"萨拉猛地坐起，脸上凶凶的，话音也狠狠的，一头乱发倒向一边，又弹回去。没等娜拉反应过来，他早已夺去日记簿。他快速翻翻着纸页，须臾后说："还有歌词——呵，阳光爬上了山巅来哦，"他哼着曲，嚓嚓地翻着，突然敛住哼哼，将脸近乎埋入日记簿。

"唉！"娜拉长长地叹口气。

"嘘—— 一九七九年元月一日，今天在四大队开会；十二月二十八日报到，公社的布日瓦、宝音、巴图青克乐、'五三'、杨万代、柴虎等人参加。柴虎说，有一次我揪了'五三'弟弟的耳朵，揪出一小口子，流血了。"

"柴虎——会不会是柴虎舅舅？"娜拉问。

乌拉抬起头看着萨拉，说："应该是。"

"你俩听着，一九七九年元月五日，今日会议上主要了解了逝者的事情。丹巴巴拉吉古尔死前双手端着大碗在路旁站过，还钻过旺齐格的胯裆。他欠大队红薯钱两百元整。六日，色木央能否恢复工作？乌力吉巴雅尔想外出看关节病。林花的儿子是否能分配到工作？巴图吉日嘎拉在生活和别的所有事件上没有意见。由布日瓦做会议总结。会议总共持续了十三日。"

萨拉的语速很快，读完了，沉着脸一言不发。几张浸过水渍的纸张滑落，娜拉把它们捡起。萨拉翻出一页插图，认真地看。插图上有座铁索桥，桥上站着四个人，个个面露喜色仰视对面高架桥上的火车,火车顶端云雾缭绕。插图下端印着四个字:铁索桥畔。

"这种日记簿我也有过。"娜拉说。

"塑料笔记本、北京市陶然亭制本厂印装、七十克二号书写纸、五十开、一〇一页、一九七四年十月制。"翻到最后一页,萨拉提高嗓门读罢,将日记簿揣进衣兜,说:"这个归我。"

乌拉捏起一枚马钱,咔地掉在茶几上,捏起,放开,又一声咔,紧接着一声沉闷的声响,只见萨拉用手掌扣合马钱,说:"见字,算我的。"他嘴角上扬,满眼的与他年龄极不相符的顽皮。

"都归你。"

"我指的不是这个。"萨拉脸上的笑瞬间烟消云散,变成略带愠怒的严肃。

嗡嗡——那只早已被三人遗忘的土蜂离开窗户,贴着屋顶绕圈,撞到灯罩,飞远,绕圈,踅回去,伏在灯罩上,算是偃旗息鼓。娜拉仰起脸看了看土蜂,又看看两个哥哥。见两人摽着劲似的相互凝视,她用食指和大拇指捏起一条白色毛巾,凑近鼻口,又抖开,咻咻地吸气,那样子像只刚出洞的鼹鼠在嗅空气。毛巾是酒客用来擦脸的。空气里隐隐地漫开汗液、唾液、药汁酿出淡淡的气味。那是酒客最后的痕迹。

咯咯——娜拉厌恶地揉搓鼻子,好让打嗝声彻底停止。

"我会吞掉的。"乌拉说。

萨拉听了,压实的手掌快速握紧,将那枚马钱抓在手心里,装进裤兜,同时发出难以抑制的大笑,不过眼神已经从哥哥脸上挪开了。

"苍天大地——我真的是受够了,简直没法说。"

娜拉起身进了卧室。这里有张二十世纪九十年代的单人床,木头做的，没有床头柜。床上的被褥已被她用床单包起来放到椅子上。床板落满灰尘，灰白的木板肋骨似的挤在一起，像是抗议被毫无遮掩的窥视。挨着床脚，壁上有暗红色斑点。那是酒客在某个夜晚醉酒后呕吐所留下的。娜拉撮着胸，像个深感疲倦的老夫人似的站着。她的腰和臀一前一后地顶起，使裙摆完全撑开，空荡荡地罩在两条细腿上。用她丈夫生气后的话来讲，她是个活脱脱的肉陀螺。

隐隐地，类似救护车的汽笛声，抑或是受虐的狗叫声，从外面飘进来。娜拉走到卫生间，打开水龙头，任水声哗哗地响满整个房间。

"娜拉，你把卫生间里的东西也都装袋吧。"

"洗衣机里有双的老人鞋，哦！"娜拉从甩干桶拎起半瓶酒，高高地举着晃动，瓶盖"噗"地飞去，酒液溅到她手背上。她把手凑近鼻子闻了闻，向走廊那边瞭了一眼，匆匆咽了一口。咳咳，她忍不住咳嗽起来。余光里一抹黑影靠近，再靠近，堵到门口，卫生间的光线立刻暗了许多。

"呃——"

"我家酒客终于后继有人了。"

"没人赞赏你的嘲讽。"

娜拉盯着乌拉，下巴稍微仰起，鼻孔一翕一张，仿佛正在酝酿一场前所未有的爆发。乌拉眉头聚拢，拢出一个硬硬的肉包，他那双公羊眼——娜拉曾这么形容过，正疑惑地盯着妹妹。在他眼里，妹妹越来越焦躁、咄咄逼人，与他熟悉的小妹判若两人。她小时候是多么乖巧，比一个温顺的小羊羔还黏人。可是后来呢，在她十七八岁时，他发现她开始变了，变得令人"瞠目结舌"。是的，她的变化太大了。有那么几次他从小镇舞厅找到她。那时,她留着男孩的发型,走路吹着口哨,手腕缠个花手帕,含胸驼背,不认识的人还以为她是个男娃。他要她好好读书,好好在学校待着。她却三番五次逃离学校。过了几年,刚年满二十二岁的她突然宣布要嫁人。在一个天气非常糟糕的午后,她带着一个木匠出身的画家到了沙窝地。那个所谓的画家又是个什么货色呢?在乌拉眼里,他活像一把长出胳膊腿的木刷,整个人精瘦精瘦的,尤其是他那张脸,简直就是个蛋壳,瞅着一干二净,敷着透明的一层肉皮,只有笑起来才会有那么一点意思。

等到举行婚礼时,乌拉得知这个精瘦的家伙为新娘准备的礼物竟然是新娘的裸体画——苍天保佑他的魂灵——他吃惊到怀疑这个人的真实存在。

那是一个怎样的情景呢?哦,他真希望所有脑细胞能铲除、遗忘关于那场婚礼的记忆。

那种情景才是真正的嘲讽。

乌拉烦躁地将视线从娜拉脸上移开,思绪却被那天的情景所占满。

人们先是一愣,所有人都不出声,整个婚礼场所顿时陷入一种凝固的寂静。寂静持续了十秒。有人窃窃私语,有人张嘴嗤嗤地吐气,有人咳嗽,有人离开座位,好多个脑袋拥到一起。扑哧——终于有人忍不住发出爆笑,继而是水喷溅似的噗噗声、风吹过屋檐似的沙沙声、噢嘿嘿、哈哈……乌拉离开座位向门口走去,他看见无数个晃动的胳膊腿,前俯后仰的身躯,桌椅嘎吱战栗、摇摆,酒液顺着桌沿滴答,筷子被弹飞,杯盘碗碟哐啷坠落,碎掉。

一张单人床那么大的画框里,斜斜地躺着一个赤身裸体的女人，一条胳膊勾到后脑勺，另一条胳膊慵懒地放在腹部，眼睛眍着，直直地与每一个看她的人对视。

那个有着蛋壳脑袋——乌拉想捏碎的脑袋——的人，他才不理会人们的哄堂大笑。他持着话筒，用一种激情澎湃的语调向人介绍《裸体新娘》的艺术含量。他说，这是艺术，是只有用最干净的眼睛、最淳朴的心灵才能读懂的艺术。

他滔滔不绝。她呢，站在他一旁，一脸甜蜜的笑容。

她竟然没有丝毫的害臊！整个小镇都找不出第二个像她那么傻的女孩。不，不是傻，是完全置自己于无路可退的"猎物"。

现在，这个"猎物"就在乌拉眼前，早已不是布面上的妙龄女孩，也不是那个脸上洋溢着甜美笑容的新娘。

"回收旧家电，旧电视机、旧电冰箱、旧空调、旧电脑、旧洗衣机、旧手机、旧电动车——"女性黏糊糊的嗓音通过小喇叭从楼下飘进来。娜拉走到卧室阳台轰地关掉了窗户。乌拉走到客厅，找把木椅坐下，有些落寞伤感地低着头，一言不发。木椅是酒客用来泡脚、吸烟、看电视和撒酒疯的。酒客离开沙窝地之后的七八年间，一直住在这间小平层里。七八年里，他患了三次脑梗，前两次治愈，等到第三次一条腿失去知觉，他不得不使用拐杖。这令他懊丧不已，心情坏到极点，常常用手杖捶打自己。在他陷入昏迷前的某一天，他叫来娜拉——那之前，酒客从不期待三个孩子出现在他眼前。他跟她讲："再有几日我就会走，你得让你大哥来接我，我要回到沙窝地。"

"瞧瞧这个——"萨拉嘘地冲着捏在食指和拇指之间的银圆吹了口气，凑近耳朵，听了听，夸张地，用他那惯有的舞台腔调说："哟呵,'袁大头',真正的老物件,差不了。"

"你留着吧。"乌拉抬起胳膊搓了搓脸。他的手掌很阔,像是一对粗糙的脚蹼,几乎裹住了整个脑袋。

"这种东西得传下去,不是吗?"萨拉晃着手里的酒瓶,举高,故意摆出很怜惜的样子,然后咕咚咕咚地灌下了几口。

气氛再次陷入一种令人窒息而又无法消弭的死寂。多少年来,类似突然而降的"死寂"总是梦魇一样混在他们生活中。比如,在一个遥远的某个黄昏,三人在屋里呆坐着,谁都不说话。屋门敞开,能望见暮霭下变得昏暗的草地、老榆树、依拉白河惨白的水流。其实,他们刚刚还吵吵嚷嚷的,只是三人同时听到一声声忽高忽低的呼喊从河那边飘来。那是他们的父亲,那个被沙窝地人唤作酒客的男人独有的咒骂声、呼声、喊声、歌声。暮霭的微光下,树木、水流、草地越来越模糊,粗哑的咒骂声、呼声、喊声却逐渐靠近,愈来愈清晰,汇聚成隐形的怪物扑在门前。没人点灯,没人动弹,甚至没有大声呼吸,安安静静的。虫叫、蛙鸣此起彼伏,像是从草丛间不停地生长,还有牛叫声,圆浑,冗长。偶尔还有羔羊的叫声,尖尖的,怯怯的。等到树木、水流、草地完全隐匿,门框那边变得漆黑时,一个长长的黑影,楚楚地从黑里凸显。

三人嗖地起身,萨拉第一个冲出屋,闪过屋角,不见。娜拉追过去,循着脚步声,消失在更黑的黑里。乌拉则一动不动杵在屋里。

屋里屋外,两个僵硬的黑影。

"厨房阳台上的佛龛怎么办,总不能拆了吧?"娜拉打破了沉默。

"没人想过要拆那玩意儿,请回沙窝地得了。"乌拉说。

佛龛里供着一尊丹真佛帛画像，是很久以前酒客的父亲从塔尔寺请回来的。

"最好送到庙上，别问我理由，没得谈。"萨拉说着，突然展开双臂，身子后仰，一边舞蹈，一边大声地："美丽的杜鹃，哦，它原本是个英俊的王子，嗒嗒——"他用舌头嗒嗒嗒地打拍子，"在月亮高照的夜晚，你们听，它在凄然地咕咕咕，它在哀悼什么？嗒嗒嗒，它飞不出那片森林，它没有迷路，但是它飞不出去。它要为飞禽走兽讲述天堂与地狱的盛宴。哦，盛宴。它没有退路。它变成了一只哀鸣的杜鹃。不，它不哀鸣。它在歌唱，布咕咕咕——"

萨拉用他那舞台上形成的腔调，旁若无人地吟诵着。他曾用一年时间编排了改编自十八世纪蒙古族宫廷舞剧的蒙古剧《银翼杜鹃的传说》。

"哎呀，你又来了。依我说，王子应该去捉那个坏心佞臣的眼珠，而不是咕咕叫。"娜拉说。

"不，你根本不理解，王子可不是你这等斗筲之辈。"萨拉说着大大地喝了口酒。浓浓的酒香，灌满小屋。

"呵，连自己的魂灵都保护不了的王子算什么英雄？真是可怜可悲，唉，简直就是愚蠢。"

"你真的是越来越庸俗了。说真的，你们女人啊，一旦过了三十岁总是变，呃，你们的影子就叫庸俗。"萨拉冷冷地说道。他面颊酡红，一头染过咖色的鬈发软塌塌地伏在颅顶上。见娜拉不吭声，他猛地转身，恰好与酒客的遗像来了个面对面。他立在那里一动不动。长明灯灯苗被他转身扫过去的风掀得左一下，右一下地摇摆。

"噗"，莲花掉落，灯芯撑长身子吱吱地狂叫。

娜拉扭身进了里间，将门虚掩。

萨拉笑笑,躺回沙发。他粗粗地喘气,眼睛直直地盯着屋顶,仿佛在找那只土蜂。

卧室那边传来的抽泣声、擤鼻涕的嘶嘶声。

"撕掉吧,统统撕掉,该死的面具,一个懦弱的人才需要它。这世界上再没有比这更愚蠢,更令人厌恶的。撕掉,统统撕掉,毫无用处的的面具——眼泪。"

萨拉默念着台词,一遍遍地,几乎要喊出声来。他厌恶眼泪。从他十二岁那年春季的那么一天伊始至今,足足有二十六年时间里,他未落过一滴泪。他痛恨那一天、那件事。即便那个遥远午后发生的事,像个潜伏期很久的肿瘤一样慢慢地在他躯体内很隐蔽的角落不断增大,使他在无数个夜里痛苦地睁着眼,他都不肯释放出一滴泪。眼泪是最没用的道具。即便是他母亲的眼泪,也只会在他心中滋生恐惧与鄙夷。同时,这种恐惧与鄙夷,耗掉了他全部的激情。那个陪了他八个月的女孩,那个漂亮的马头琴手,也是因为总是泪眼婆娑地盯着他,使他浑身刺痛——是的,刺痛,他真想冲她大吼。还有那个温柔而多情的女孩,那个被他吻了一遍又一遍的女孩,也是因为莫名其妙地悄然流泪,才叫他绝情地离开的。

他容不得任何一个人在他面前落泪。

谁都不可以。就算是在葬礼上,瞅着那些哭肿的眼睑,他心下都会感到莫大的烦躁。该死的眼泪,是悲伤的外套,悲伤的心脏早已死掉。可他们竟然在太阳底下,毫无遮羞、恬不知耻地晾晒外套。

荒诞至极。

不过,有几回,他也的确感觉到鼻腔酸酸的。一次是在沙窝地,一匹很老了的马竟然毫无畏惧地靠近他,并将硬撅撅的、皮包骨头的脑袋戳进他怀里,在他推开马脑袋的瞬间手指触到了湿漉漉的马眼睛。那一刻,他有种哽咽的感觉。还有一次,是邻居家五十岁出头的宝日呼给他唱了首《桑吉德玛》。那天,他要宝日呼唱首歌。宝日呼是个智障者,肤色黝黑发亮,颧骨高凸,双腮又奇异地干瘪,大概是后槽牙都脱落了。宝日呼唱得很认真,身子斜斜地靠着马桩,垂下的胳膊勾住马桩,低头瞅着脚尖,仿佛陷入某种回忆。唱罢,宝日呼嘿嘿地咧嘴笑,说了句"我唱得可比你好"。也是那天,当宝日呼跨上马,肩头怪异地拧巴着远去时,萨拉明显感到眼角暖烘烘的。不过,他还是忍住了,冲着风吹口哨。

"咱们是继续在这里相互怄气,还是快点出发?"乌拉推开卧室的门,有些拖泥带水地说。

"我知道我很愚蠢。"娜拉有些疲倦地说。

"他只是在演戏,你又不是不知道。"

"他没有。他的所有嘲讽都是真实的。"

"如果鬼魂脾气和他一样暴躁,早给他一巴掌了。"

娜拉听了慵懒地吐口气,说:"我讨厌死亡。"

"没人喜欢。"

"母亲喜欢。"娜拉直直地盯着乌拉说。

"死亡没什么恐怖的,你就当藏在地窖里。"萨拉提高嗓门说。很显然,他一直在听其余二人的对话。萨拉的这句"你就当藏在地窖",使娜拉脑海里闪过早已变得模糊却又在瞬间非常清晰的画面。

潮乎乎的地窖,她和萨拉挨着地窖土壁蹲坐着。两人脚跟前的虚土里,有几只草蛙探出脑袋,眨巴着眼。空气里的气味很复杂,有刺鼻的土腥味、草蛙散发的臊味、刨坑的黑虫散发的腐味,还有风从地窖口吹进来的阳光的味道。那是一个荫蔽的、白天里难遇的幽静的小世界。听见乌拉在喊他俩，娜拉刚要回应，萨拉用巴掌盖住她的嘴，压低嗓门说："母亲要升天了，不要喊。""怎么升天？"娜拉问。"母亲的魂灵会飞走。""我们能看见吗？"萨拉摇摇头。娜拉大概明白了什么，泪汪汪地仰着脸看地窖口的木板。薄薄的、灰色的木板那边不断传来人的低声交谈，女人的低泣、呻吟，还有马的嘶叫、水桶的哐啷、门板的嘎吱。两人在那小世界里待了好久。等到传来海螺狼嗥般的轰鸣，两人才爬出地窖。

太阳已经下去了。空中里蚊虫成团飘浮，像是稀薄的黑云。黑云下一顶帆布篷。篷下的油灯昏暗，像个枯败的黄色花朵在风里摇曳。三个喇嘛在一旁念经。等到天际晚霞消散，两人到了河边。那年有雨，水流扯出很长的身子。他俩站在河边。河水潺潺流去，声响很低。娜拉想哭，萨拉掐着她的手腕说，不要哭，哭了母亲的魂灵就会跌进冰海。娜拉想象不出冰海的模样。她说，她想看看母亲的脸。萨拉说，他也想看。于是两人回到帆布篷外。只见酒客坐在矮凳上，一言不发。整整一夜，他就那样坐着。等到第二天清早，他仍旧坐在矮凳上。只是腮帮变得黑黑的，那是夜里长了新的胡须。

那年，娜拉六岁。

那时，酒客不叫酒客。

"有完没完，到底走不走？"萨拉站起，压抑着满腔怒火。

卧室那边先是一阵短暂的安静，紧接着门"砰"地撞开，娜拉跨步而来，走到萨拉跟前，说："请你不要对着我吼。"

萨拉发怔似的盯着妹妹，仿佛头一回撞见眼前这位眼睑肿胀、嘴唇发抖的女人。

"别老这样子，唉，你会毁掉你自己。"

娜拉咬紧嘴唇，愤愤地说："我愿意。"

"你愿意——呃,你就是整个悲剧的主角。"萨拉摆开双臂,万般无奈地长吁一口气。连日的醉酒使他脸色苍白,浑身无力,他摇晃着走过去,随手抄起编织袋走向门口。

乌拉用黑布包起遗像。

"我们好像忘了什么。"萨拉守在门口说。

"都在这里。"乌拉看了看打包的一堆说。

"一定还有。"

"他是指他那该死的杜鹃。"娜拉讥讽道。

"差不多,不过我指的是人们口中的那个女人。"萨拉诡异地撇撇嘴。

"别瞎说。"乌拉推开门,走下步梯。

"娜拉,你说呢?"

"我想她正忙着找下家。"娜拉面无表情地说着,提起圆鼓鼓的布袋走了出去。

"也是,她又不会老。"

一个小时后,三人已经到了沙窝地。途中三人谁都没有说话。萨拉坐在副驾驶座,一路昏睡。娜拉坐在他后面,眼睛一直在看着窗外。

一小片盐碱地,干裂,踩过去嘎巴脆响。盐碱地北侧一株旱柳,树腿刷过白灰,那是为了防止起虫。乌拉执意要这棵树活着。树北侧,向阳的缓坡下端有两丘黄土。右边的是酒客,左边的是酒客的妻子。三人鱼贯而行地走到那里。酒客坟头印有六字真言的石片斜斜地插进土里。乌拉把那摆正,又用袖口擦去尘土。萨拉看了看乌拉,拧开一瓶橘子罐头,喝了口糖水,放到坟前。娜拉把另一瓶放到母亲那边。北方很远的天空已经聚集了雨飑,乌黑的云头正从隐约望见的高压线上空翻滚而来。娜拉搂来一捆柴点燃,蹲下身,拆开粗麻纸裁剪的冥币往火堆上放。乌拉在一旁用另外一堆火烧掉酒客的衣物。萨拉站着,看他俩。他什么都不做,吧吧地吸着烟。

一会儿三人再次踩着嘎巴脆响的盐碱地往回走。

乌拉抬起胳膊,手掌遮着额头,看看南边的天空,又回头看看北边的天空,说:"今年恐怕又是个大旱年。"

"天黑前一定会下雨的。"娜拉说。

"云都走了。"

娜拉顿足,回过头望。果真是,在寥廓的皓空,云团早已成了像个虫蛀的巨型旧棉絮,凌乱、稀薄。

"驴生的,他们又把云打跑了。"娜拉骂人的话在寂静的原野地显得很突兀。

"受伤的云啊,喷出你凝固血液吧,不要禁锢你那圣洁的灵魂。"萨拉夸张地吟诵着,脑袋使劲儿向后仰,双臂向空中伸着,抖动十指,仿佛就要一命呜呼。

娜拉双手左右地提起裙摆,免得裙摆被骆驼刺、莎蒿等挂住,她匆匆走出不远距离,回头看,才发现乌拉就在她身后。她喘着气,眼睛里闪烁着不安的光芒,仿佛头一回发现乌拉走路是如此的轻。

"怎么了?"乌拉问。

"他会不会变得和父亲一样?"

"不会的。"乌拉回头看了看萨拉说。

萨拉弯腰拾起什么,而后又奋力掷去。

"现在,死亡就在前方,一眼能望见,是吗?"娜拉说。

"什么?"

"没有父母为我们堵在前方。"

乌拉点点头,他也站了片刻,从娜拉一旁走过去。依旧是无声无响,像个直立行步的猎兽。

"醉在阳光下——"萨拉把这句即兴配了曲调大声哼唱着。

娜拉继续极快地迈起步,她没法像乌拉一样从枯草上跨过去,于是不得不在草丛里左左右右地绕行,宽松的裙摆掀起,落下,她恨不得疾跑着离开这里。

傍晚,乌拉给一只母羊做了个开颅手术,用注射器从颅腔内吸出一包裹着米粒大小寄生虫卵的虫窝。染了这种蛲虫病的羊会不停地在原地打转。同时他还给几只羊套上了三角形木枷,那是为了防止钻围栏。

夜里,等到天完全黑了,三人点了九盏长明灯。这是沙窝地一种风俗,在逝者第四十九日为逝者守阳间最后一夜。据说这一夜,逝者亡灵将彻底地离开人间,前往永生净土。

仍旧是熟悉的死寂。

三人的舌头好似被黏在口腔里,谁都不言语。乌拉进进出出,好几次走到酥油灯前,看是不是需要添加酥油。娜拉斜躺在土砖炕头。一排酥油灯在她右侧靠墙的柜上,墙壁上散开金色伞形光,她长长久久地盯着那里。这房子与乌拉同岁。正房里外两间,两侧的耳房,一间用来当灶房,另一间是佛堂。当地人称之为凉房的仓房在屋东南侧,门朝西。凉房门槛很低,檐下吊着酒客给鸽子当窝的簸箕。偶尔,从外面传来混浊的咕咕声。一两只野鸟扑在窗棂、烟囱上,抖动翅膀的声响。好多个蚊子,发出尖细的鸣叫绕来绕去。这让娜拉不由联想到那只逸飞的眼珠——那只土蜂。它应该趁他们装车的时候逃出去了吧?

应该逃去了,那里可什么都没有了。

"你说,她会是什么样的?"娜拉问。

"谁?"

"那个——呃,父亲的情人。"

"女酒鬼一个。"萨拉懒懒地横躺在弹簧已经失效的沙发上,双腿交叉地放在沙发扶手上。

"我从来都不信。"

"我知道。"

"你信吗?"

萨拉不吭声。

酒客年轻时候滴酒不沾,这点沙窝地年长的人都能证明。酒客是从他四十三岁开始酗酒的。对于他突然的变化,有人说是在一次老乡婚礼上,酒客跟另一个酒鬼聊天时,酒鬼的情人——一个谁都看不见的女人,看上了他,然后就是一刻不离地黏着他。对于这种传言,起初谁都当成笑话。然而,随着酒客逐渐不分昼夜地嗜酒,成天醉醺醺时,这句话也甩去了空穴来风的嫌疑。

真没准,不然,好端端的一个人怎么可能突然就变了?

他一个人喝酒时还叨叨个不停,怪不怪?

醉了就喜欢走夜路。

边走边狂笑。

还吼叫。

骂嘴。

手也乱比画。

根本不是谣传。

被女酒鬼缠上喽,没办法。

娜拉从来都不信。父亲成为沙窝地人们口中的酒客时,她刚满十岁。可一个十岁女孩的想象力,使她不由把人们口中女酒鬼的模样与离世的母亲混为一体。一张布着斑点的面颊,一双浅灰色眼睛——每每想起母亲,她脑海里浮荡的只有浅灰色的眼珠,米粒大的斑点。混沌的记忆拼贴不出一个完整的母亲。同时,想象中的幻影里还混入一张僵硬而冰冷的面颊、一双迷离的双眼、一个醉酒后变得极其难看的女人脸。

"你记得吗,父亲骑着额古勒过河的那一次?"

"忘了。"

"你才不会忘了呢。"

"过了今夜,我会忘记一切。"萨拉说。

"包括父亲?"

"包括。"

娜拉走到外面。向那条早已干涸的玛囊图河走去。夏夜的风,凉凉的,视觉上北方天空的星辰比南方的更密更亮。空气清爽,没有草香,没有牲畜粪便的味道。她站着,望着四周黑黢黢的野地。黝黑中,她把这一刻恢复成她十岁时的时空。那次,她和萨拉在河边等着父亲回来。雨已经下了好几天,而且仍在下。云层纠缠在一起,形成浮动的巨影。他俩的衣服湿透了。河道上奶茶色的水流喷涌,水身发出呻吟般的轰鸣。

"哦,哥哥,你看。"

对岸,酒客跨骑着他的额古勒——那匹骒马的名字,从河对面向两个孩子招手。马蹄踩进水里,水花喷溅。渐渐地,水没过马膝盖,额古勒弓起脖颈,甩着尾巴。但它一点都不畏惧混浊的水流。酒客挥起鞭子,鞭梢在他上空旋起圆圈。他还嘚嘚地喊着。马腹部已经浸在水里了，它还不停地甩着脑袋，牙齿咔咔地嚼着铁嚼子。陡地，马身猛地战栗，脑袋怪异地后仰，湿漉漉的后臀在水里闪一下，不见了。同时不见的还有酒客。不过，下一秒酒客的头颅从水面凸起，下去，马的头颅也不见了。一个黑点在水面上摇摆。那是酒客的帽子。帽子不远处，另一个黑点凸起，那是酒客的脑袋。紧接着是额古勒的脑袋。娜拉惊恐地喊着。萨拉也一样。酒客的脑袋和马的脑袋相互有了距离。额古勒不停地扑腾着，前蹄划开水面，露出闪着光的前胸。酒客却哈哈大笑，双臂摇摆着靠近马，在水里跨骑到马背上。马再次扑腾，水面起了无数个皱褶，缓缓地向四面散开。娜拉看了看萨拉的脸，他眼睛湿湿的，面颊也是，但在湿湿的脸庞上，竟然浮出笑容。这笑鼓舞了娜拉。她几乎要踏进水里扑向父亲。马直直地向两个小孩游来，它甩动着脑袋、鬃毛、尾巴，密密麻麻的水珠四溅，像是水里诞生的巨型怪物冲出水。酒客仍在笑。马蹄重重地踩到河岸上，酒客的手伸过来，揪起娜拉的衣领，娜拉嗷嗷叫着，肚皮在空中一晃，人就在父亲怀里了。马用涤荡着水的瘦长脸颊凑近萨拉。萨拉撤了几步，酒客把手伸向萨拉，萨拉却转身逃去。酒客一愣，随即将缰绳一扯，嘚嘚嘚——马载着父女离去。

娜拉回头看，萨拉孤零零地站在草丛里。娜拉挥挥手，仿佛在提醒萨拉追过去。萨拉一动不动。灰白的雨帘中，萨拉的身影越来越模糊，直到完全看不清。那之后，娜拉隐约觉得，萨拉对父亲的疏离越来越明显。后来，萨拉考入小城歌舞团当舞蹈演员。这对于他来讲显然是一种天赐机遇，他终于名正言顺地将自己完全从沙窝地剥离，他再也不用找各种借口避开与父亲的照面。即便是在逢年过节，他也有充足的理由不去见父亲。

"你究竟为什么那么抗拒父亲？"

娜拉有几次想要问起萨拉,可每次话到嘴边她又咽了回去。她觉得萨拉会很厌恶回答这类问题。

沙窝地人口不多,八十余户,近四百人。酒客离世没几日,娜拉和萨拉前往管辖沙窝地的小镇办理注销户口。办事员是个中年男人,等办完了,男人说:"二位的父亲是我父亲的朋友,他老人家很幽默。"娜拉听了,说:"是的。"男人又说:"还很会调教马,如今会调教烈马的人越来越少了。"娜拉沉默了片刻,说:"是的。"

"他老人家还会用银针给牛畜治病。"男人说着,双手叠在一起,歪着脑袋,用力地摁着钢印。

"是的。"

"歌也唱得好。"

"你们办事时舌头必须忙着吗?"萨拉说。

"什么?"男人手里举着钢印,奇怪地盯着萨拉反问。

"没有其他表格需要填写了吧?"娜拉打岔道。

"我说错什么了吗?"男人的眼神仍直勾勾地瞅着萨拉。

"别让我再看到你这张公羊脸。"

男人愣了片刻,眼神从萨拉那边挪到娜拉那里,又看看手里的钢印,低头看看刚戳下的印,再次抬头,脸色比原先变得苍白。

"滚!"男人的嘴唇哆嗦着。

娜拉向东走了一里地左右,又往回走。柔美的蓝色夜光衬得河道鹅卵石仿佛蒙在薄薄的苍色光芒下。这一片滩地,尽是牛畜吃剩的芨芨草草墩,视觉上像是一群受惊的野兽突然停止前行,集体蛰伏于野地。回头望,却望不见小屋轮廓,只有一抹光在黑里吊着。光那边是浓稠的夜,更远则是布着星辰的夜空。在她记忆里,夏季夜晚不该是如此死寂。

该是什么样子？

该有夜虫此起彼伏的聒噪。

该有野风的低吟。

该有酒客的呼声、喊声、歌声、咒骂声、笑声。

没有酒客的沙窝地少了几分沧桑。

看啊，酒客一手挥着生牛皮做的马鞭，一手拽着缰绳，催马疾驰，像个剪影穿梭在幽冥夜色下。

他还唱歌。

野鸟嚯嚯地扑扇着翅膀逃遁。他大笑。奋力地甩着鞭子，造出啪的巨响。有时候，他会从马背上摔下来，摔得找不见帽子，他破口大骂。他那沙哑的嗓门几乎要开裂。偶尔，他的马会丢下他到野地吃草去。于是，他只得走一段很长的路把马牵回来。有时候他也不去找，徒步走回家。那种时候，他的踏步声很重，仿佛他正扛起了整个夜晚，举步维艰。

他不知道，永远也不会知道，当他在醺然一醉的翌日早晨，四肢痉挛着用马勺从水瓮里舀水喝时，萨拉用冷冷的眼光盯着他，对娜拉说："到了十八岁我就要离开这里。"

萨拉的声音很低，犹如一股气流从紧闭的嘴唇缝隙间滑出来。

"你要去哪里？"

"我不知道。"

"你都不知道你要去哪里，你怎么离开？"

"我就是要离开。"

"你要去哪里？"

"我不知道。"

"你都不知道——"

"我知道。"

"亘古之前,有一位年轻的王子,生活在他那富饶美丽的国家。他有一个很好的朋友,是他父皇的忠臣。这位朋友的名字叫拉嘎亚纳。有一天,他俩的尊师,一个婆罗门教会了他俩一个异常神奇的魔法。"

"很神奇的魔法。"娜拉重复道。

她盘腿坐在毛毡上,眼睛里闪着光,仿佛她已经感受到了"神奇魔法"的威力。她对面坐着乌拉,他双臂环抱腿,下巴抵在膝盖上,等着萨拉继续讲下去。

"把自己的灵魂转移出去的魔法。"

萨拉压低嗓门,抬头看着阴暗的夜色,仿佛正在担心有什么突然从那里出现,打断他的讲述。

"谁的灵魂?"娜拉问。

"所有人的。"

"我的吗?"

"你太小了,你的灵魂还在昏睡,人得长到十八岁灵魂才会睁开眼。"萨拉停顿,嚼着不知从哪儿捡来的一截草茎,扭头啐口唾沫,说:"有一次,王子和拉嘎亚纳在河边遇到两只死去的杜鹃。"

"那是什么东西?"

"哎呀,就是布谷鸟。你到底听不听?"

萨拉的视线再次瞟向黝黯的野地。

"王子和朋友把灵魂移至杜鹃尸体。"

"他们要变成布谷鸟了。"娜拉几乎是尖叫道。

"嗯,他们飞到河对面,那里有一大片森林,森林里有各种飞禽走兽。"

"那他们还讲人类的话吗?"

"应该是——哎呀,你连个故事都不会听。萨格萨爷爷跟我讲的时候,我可一句话都不说。"

"啾啾啾,他们应该这么说话。"

"嘘!"乌拉用食指示意娜拉不要插嘴。

"我跟你们讲啊,那个拉嘎亚纳是个大坏蛋。他丢开王子,偷偷地飞回来,把自己的躯体投进河里,然后把自己的灵魂移至王子的躯体。"

"他就是个大坏蛋。"娜拉激动不已。

"可是萨格萨姥爷说,他不是坏蛋。"萨拉若有所思地蹙紧眉头。他的眼睛看着远处,那里亮闪闪的,那些是羊眼球上的反光。

"他选择了当一个坏蛋。"乌拉说。

"萨格萨姥爷说,那是因为他俩有前世恩怨。前世结了恩怨的人,今世一定会相遇。"

"什么叫前世?"娜拉问。

"就是你没来的时候。"

"来哪儿?"娜拉抓挠着胳膊上好几个包,那是蚊子的盛宴所留下的残羹。

"就是母亲诞下你之前。"乌拉说。

"那之前我在哪里?"

"蠢蛋,我怎么知道你在哪里?"萨拉扭头啐了口唾沫。

其实,对于那个遥远的夜晚,那个在仲夏夜坐在屋前听萨拉讲《银翼杜鹃的传说》的夜晚,娜拉脑海里只存留着模糊片段。那夜,很闷热。

蚊虫四起,空气里弥漫着牲畜粪便的气味。月亮是薄薄的一勾弯刀。但有一点很确定,那便是从那之后,很多个夜晚,尤其是隆冬寒夜,兄妹三人都是在萨拉口中很多奇异的传说中度过的。往往那一刻,萨拉那双褐色眼睛里泛着愉悦而骄傲的光芒。为了故事更离奇、更神秘,防止娜拉提前猜出结局,他会拖长语调,神秘兮兮地说"在一个黑漆漆的山洞里,居住着一个十首六臂的妖怪",或者是"下雨天,一个比马桩还要高的黑影,偷偷地来到一户牧人家",抑或是"每一个枯井里都藏着魑魅"等等。娜拉被吓得大气都不敢出,同时还时不时向黑魆魆的窗户那边瞟一眼。那瞬间她会不由自主地联想到,在冬季冰冻的黑里,有个长螺旋角的、拖着尾巴的怪物正飞速地逃遁。或是,在依拉拜河吱吱裂开的冰面上,一个毛茸茸的什么嗖地疾跑。满空星辰,在晃动。

一棵树咔嚓地裂开。

一只狐狸凄然地嚎叫。

一个男人浑厚的嗓门发出低沉的呼声。

一个独臂独眼的、老鼠似的幼兽正慢慢地挪步。一个毡偶活了过来,嘎吱——

娜拉发现自己走在河道上,脚底踩出脆响。她从梦境醒了过来似的站在那里,向四下看了看,匆匆往回走。

一种莫名其妙的恐惧占据着她,她从来都不怕走夜路,可是,此刻她竟如此地迫切地渴望,一步踏进屋内。

门被推开,风幽幽地灌进来。酥油灯灯苗向一边倒去,又缓慢地立起。乌拉进来,拎起暖水瓶出去。就在推门出去的瞬间,他看了看娜拉,见她脸色苍白,又踅回来,低声问:"你刚才去了哪里?"

"哪儿都没去。"

"今晚最好不要再出去。"

娜拉点点头,忍着莫名其妙地要哭出声来的冲动。乌拉走了出去,砰地关掉了门。屋内很快恢复原先的死寂。萨拉躺在沙发上。娜拉觉得过去的几个小时里他都没动一下。娜拉双腿垂下坐在炕沿上,看着萨拉。

这是一张什么样的脸呢?

娜拉觉得自己从未如此仔细、专注地端详过萨拉的脸。这是一张熬过众多惶惶不安的夜晚后,时刻准备着僵化,变成一副面具的、一张试图摆脱自身又未能找到完美"躯壳"的脸。这张脸时刻在等待"若用美酒灌注僵尸,灵魂也能再返躯壳"的机遇。娜拉记起萨拉曾说过的这句话。连续三四日的酒液浸泡,使得这张脸略显苍白、憔悴、病态,眼睑浮肿,面颊泛红。某种程度上,它早已不是娜拉所熟悉的面孔。关于它的最初记忆,是在一个梦幻般的午后。一个赤着上半身、裤子皱皱巴巴、腮帮脏兮兮的光头男孩突然站在家门口,久久不说话,噗噗地吸鼻涕。一双褐色的眼珠——在沙窝地有的野鸟蛋壳是这种颜色,缓慢地移动,移到她这边,又滑过去。视线的起点至终点的痕迹,能划出一个不规则的菱形。娜拉应该是在那瞬间"认出"男孩是她的哥哥。

也许是感觉到娜拉一直在盯着自己,萨拉坐起身,双臂交叉抱着怀,埋首,含胸,然后一动不动,仿佛就要坐着入眠了。

酒客的坐姿也是这样的。

娜拉忽然有种错觉,觉得眼前的人不是别人,而是她的父亲——那个不醉酒的时候一脸冷峻,莫名地怒视四下的男人。他坐在那里,迟迟不动,仿佛在缄默中酝酿新的人生。

"我从野地捡回来的骷髅在哪儿?"萨拉问。

"早捣碎灌了牛了。"

"谁弄的?"

"父亲。"

萨拉抬起头,向门那边望去。

在萨拉七八岁时,有一次他跨骑着木棍——那是他的马,去找萨格萨老人。那次刚好是大年初一,他斜挎着一个绿色帆布包,里面塞着给老人拜年的烟酒。天气很冷,还下过雪。他一路颠跑,身后扯出歪斜的长线。回来时,他腰上别着一把老人送他的木枪,胳膊上挂着一个骷髅头。他用一条胳膊从骷髅头下端插进,从一只眼眶里探出来。他叉腰站着,胳膊上的骷髅头仿佛是悬空的脑袋正欲一口一口地吞噬他。

接下来的几天里,萨拉走路都一拧一拐的。那是他的母亲用柳条抽他腿肚子的结果。不过,那次酒客并没有责怪他,也没有把那骷髅埋掉,而是用一根麻绳吊起挂到仓屋土墙上。

"我有多久没回来了?"

"从你离开后。"

屋里的闷热散去,但她仍感觉热,不断擦去脖颈周围的汗渍。

"那是什么时候?"

"你十八岁那年夏天。"

"那年下过雨吗?"

"没有。"

"后来呢?"

"什么?"

"他提起过我吗？"

萨拉回过头看着妹妹。灯光在她面颊上蒙了一层古铜色。她斜斜地靠在枕头上，绸缎料裙子向一侧垂下，瞅上去她整个人像是奶油在慢慢融化。

"谁都没提。"

"最后几日呢？"

"也没有。"

"那几日你每次都给他喝二两酒？"

"有时候是三两。"萨拉挪了挪胳膊肘，好让自己舒服些。

"他会喝醉吗？"

"会。"

"醉后会从轮椅上摔下来吗？"

"会。"

"头朝下？"

"是的。"

萨拉站起身，来回踱着步，忽而陡地停住，说："我的模样是不是越来越像他了？"

"从侧面看，几乎一模一样。"

"高鼻梁、前突的下巴，还有隆起的眉骨，是不是？"

"是的。"

"胡子呢？"

"他不喜欢留胡须。"

"这我知道。"萨拉揉了揉面庞，坐回沙发，双臂摊开放在靠背上，眼睛看着屋顶。

"到最后那几日，他的轮廓大变，几乎认不出来了。"娜拉说。

许久，谁都没再说话。两人不看彼此，也不特意看什么，只是睁着眼，安安静静地坐着。

"有那么一次，他问过你。"

"呃——"

"问你结婚了没有？"

"他的原话是怎么讲的？"

"'你二哥结婚了没有？'"

"就这么简单？"

"是的。"

"也好。"萨拉长长地吐口气。

娜拉坐直身，左一下右一下地拧着脖子，说："你和曲子姐会不会结婚？"

"会。"

"什么时候？"

"随时。"

四十多天之后的一个大清早，曲子敲开了娜拉家的门。她套着宽松的上衣，头发在颅顶缩成小疙瘩，没有涂眼影的眼睛显得无神。当娜拉推开防盗门的瞬间，首先看到的是曲子十根戴着假指甲的手。它们刚才一直在门板上咔咔地敲着。曲子摁过门铃，只是她不知道门铃坏了好多天。

"就你一个人在家？"

"是的，进来吧。"

曲子迈进屋里，娜拉发现她穿着一双男人的黑皮鞋。鞋底和鞋面都沾了泥。进屋了，曲子从鞋中抽出光脚，然后径直走过去坐在软椅上。娜拉拉开窗帘,看着青幽幽的晨色,打开窗户,任风吹进来。曲子将绾子拆开,头发垂散开来,衬得面颊越发瘦小。

"你着急不?"娜拉问。

"不。"曲子摇摇头。

"那我冲个澡。"娜拉进了卫生间,一会儿又从门缝探出脑袋,"冰箱里有面包酸奶什么的,不用客气。"

曲子没吭声。她将腿勾回压在身下,双臂抱着抱枕,发呆似的坐着。对面墙涂了深绿色硅藻泥,挂着七八个瓷盘,每个瓷盘里都绘着裸体的女人。墙角立着用树根雕刻而成裸体女人,女人的一条胳膊紧贴着腹部,仿佛正在抚摸腹中的胎儿。女人的乳房很大,很光滑,圆鼓鼓的,仿佛戳一下便会溢出乳汁来。

"你还好吧?"

娜拉披着浴巾出来,问过了这句话又进了卧室,一会儿穿着一身黑色低领长裙走出来。

"你哥他完蛋了。"曲子看着娜拉说。

"又是入戏太深了?"

"不是,我指的不是这个,我很清楚不管他在舞台上演什么,那些都不会影响他。"

"哦,那他怎么了?"

"喝酒。"

"喝酒?不稀奇的,他经常喝酒,过去也是。来,喝杯柠檬水。你是一个人从镇里来的?"

"他也在小镇,我们来了都半个多月了。他在这边有活儿。"

两人坐到餐桌前,曲子依旧抱着抱枕。

"这回我全信了,真的,而且我也是不得不信。"

"你在薅羊毛吗？东扯一下西扯一下的。"娜拉坐在曲子对面，抓了抓自己肉嘟嘟的胳膊说。

"她缠上你哥了。"

说完，曲子一动不动地盯着娜拉，等着她的反应。

"谁？"

"你父亲的情人啊，那个看不见的女人。"

两人面面相觑，仿佛曲子的这句话是讲给屋里第三者的。娜拉怔怔地盯着曲子，须臾嘴角怪异地抽动，紧接着呵呵地笑，不过这笑只是延续了几秒。

"娜拉，我可没瞎说，也就是昨夜，你哥竟然独自喝了半瓶酒。白酒啊，不是啤酒，而且还不停地说话，不停地叨叨，好像跟前真的有个人。"曲子瞪圆眼睛，仿佛又看见了夜里的一幕。

"他那是完全醉了。"

"不，不，我见过他大醉，过去不是那样的。过去喝醉了他总会喊我的名字，眼睛也会看着我。但是，昨晚可不是，他好像忘了我是谁，而且还叫我滚出去。"

曲子说着说着泪哗哗地流下来。她用抽纸擦去，泪又下来，她继续擦去，擦得鼻尖发红，面颊湿漉漉的。她上衣的领口很低，娜拉发现她没戴胸罩。扁扁的胸，扁扁的腹部，仿佛整个人在夜里缩了一大圈。

"那今早呢？"

"他还在睡觉。"

曲子开始大口大口地喝水，喝完一杯水，有些疲倦地将下巴磕在抱枕上。

"你俩会不会结婚？"

曲子抬起头，诧异地盯着娜拉，仿佛她心里从未想过这个问题。

"我的意思是，你俩会不会一直在一起？"

"会啊，不过他现在有情人了。"曲子自嘲地说。

"问题是他不信。"

"他信。"

"他不信，这点你不用怀疑。"

"那我怎么办？"

"我不知道。"

"我可再也不想看到他一个人喝酒了，太恐怖了。"

"这些都不是问题。"娜拉说。

"那问题的关键是什么？"

"是我们从来都搞不清他们为何要喝酒。"

"哦。"

"我父亲是从他四十三岁那年开始贪杯的，那之后他度过了浑浑噩噩的二十五年。这点萨拉跟你讲过吧？"

"没有，他从来都不跟我提起你们的父亲。"

"父亲也是，他都不希望我们出现他眼前。"

"天啊，你们可真奇怪。"

"这没什么。"

"你是在劝我离开你哥吗？"曲子问。

"我只是如实相告。"

"那你跟我讲句实话，你信吗？"

"过去我不信，但是，现在我信了。"

"你真的认为会有一个看不见的鬼影缠着活人不放？"

"我们称其为魂灵。"

"哦，苍天，在荒野长大的人是不是都信这种说法？"曲子揉起眉宇，五根尖细的指甲在额头上聚拢到一起。

"也许吧。"娜拉看着曲子的假指甲说。

"那我究竟该怎么办？你知道我不会离开你哥的。"

"我不知道。"

"她会不会怕什么？"

"什么？"

"我的意思是找个什么能辟邪的物件叫你哥戴上。"

娜拉先是一愣，而后用手掌盖着脸大笑，一对圆鼓鼓的手背像一对高凸的腮帮。

曲子也跟着笑起来。

"你哥会打断我的腿。"曲子抹去眼角的泪液。

娜拉抽过抽纸揩了一圈嘴唇。

"那个……呃，那个瘦猴子呢？"须臾，曲子看了看屋内，平静地问。

"什么？"

"你爱人，他呢？"

"瘦猴子……呵。"

"你不会是生气了吧？"

娜拉撇撇嘴，沉默着举起水杯，眼神长久地落在杯中漂浮的柠檬片上。

"在玩失踪。"

"什么？"

"其实吧，不是在玩，而是认真的。"

"我没有冒犯你吧？你可以不讲的。"

娜拉放下水杯，小孩似的嘟了嘟嘴唇，伸出三根指头，说："他失踪过三回，估计还会有第四回、第五回……随他吧，没什么可惋惜的。"

娜拉淡然地说着，不过，声音越来越黯然，她可不想让曲子听出她话音中的哭腔。

"你还爱他吗？"

娜拉点点头，又摇了摇头，眼神掠过曲子的眼睛，说："我不知道。"

曲子再次抬起胳膊，用指甲扫了扫眉毛，欲言又止。

"第二次我从他老家找到了他，回来的路上他把车开得极快。灯光在前面摇晃，我以为我会被摔成肉末。"

"他已经不爱你了，呃，原谅我把话说得太直白。"

"没什么，一切都是注定的，我俩举行婚礼的那天，他被狗咬了。"娜拉淡然一笑，不等曲子问下去，继续说，"一条黑毛土狗，用铁链拴在垃圾桶旁。他往厕所走，那狗扑上来。"

"出血了吗？"

"出了。"

"哦。"

"见他腿上流血了，我还哭了，很愚蠢，对吧？"

曲子没吭声，两人沉默着对视片刻，曲子说："听你哥讲那天他还把你的裸体画拿到婚礼上？"

"是的。"

"他是个疯子。"

"他自己不那么认为。"

曲子提起水杯，等娜拉重新为她添了水，她说："他对你动过粗，是吧？"

"是的。"

曲子放下水杯，站起身，双臂交叉，手掌扣在肩头，弓着背，来回走了几步，顿住，说："他忘了你还有两个哥哥。"

"是，我忘记了。"

曲子放开双臂，摁着腹部，好似那里很痛。

"我还忘了我有个父亲。"

"真叫人无法理解。"

"现在父亲也带走了他的拳头。"

娜拉到了小镇群艺馆一楼大厅，她身后旋转门缓缓地转个不停，她才发现自己推门时用力过猛了。楼梯口一侧墙壁上嵌着一面镜子，她冲镜中的自己瞥了一眼。黑色束腰裙，黑色敞口平底鞋，藏蓝色挎包，她觉得有些砢碜，不过她不在意。

她踏上步梯，大口喘气，又缓慢地舒气，慢慢地抬脚，免得叫人撞见她气喘吁吁的笨拙样。这里，到处是各种器乐弹奏出来的声响，越往上走越明显。两个瘦得蚂蚱似的长腿细胳膊的女孩在楼梯拐角处闪一下不见了，她们身穿紫色圆领舞蹈服的模样却莫名地在娜拉脑海里不断浮现。

娜拉从走廊尽头的小房间里找到了萨拉。他坐在一面宽大的桌前，桌上摆着足足有一米长的弧形显示屏，显示屏后面的墙上有个小窗户，透过那里能看见三个人的脑袋。显示屏上浮动着心电图似的彩线。萨拉戴着耳机，嘴上叼着烟，吞云吐雾。

"自己找个凳子坐吧。"萨拉头也不回地说。

娜拉坐到靠墙的粉色塑料凳子上。屋里尽是烟雾,烟丝浮在半空,静止不动,一会儿又水浪似的滚动,消散。

"感觉不错吧?"萨拉脚尖一拧,转动了椅子,面对着娜拉。

"什么?"

"我的临时工作室。"

"是很不错。"

"好了,下午继续吧。"萨拉对着话筒说。

窗户那边的几个人不见了,娜拉猜不出那边的门在哪里。

"你的墨镜不错。"萨拉说。

娜拉将墨镜推上去,架在额头上。

"周五你有空吗?"娜拉问。

"说不准。"萨拉眨眨发红发肿的眼睛,慵懒地舒口气。

"周五早上八点,我去找你们。"

"我们?"

"你和曲子姐。"

"哦。"

萨拉站起身伸伸腰,又坐下,拧过椅背,斜对着妹妹。

"那我走了。"

"好的。"

"对了,父亲的小屋租出去了。"

"就算没有租出去,我也不会去住那里。"

"就这样?"娜拉说。

"好的。"

娜拉站起,看了看萨拉,萨拉刚好点烟,眉头怪异地皱着。她没等萨拉把刚吸进去的烟吐出来,便推门走了出去。她在一楼大厅照了照镜子,放下墨镜,又转过身看了看自己的后背。

　　周五早上,娜拉依旧穿着那一身黑裙步行到了萨拉住的宾馆门口。她刚冲过澡,头发还没有干透。风舌柔柔地撩开发梢,她觉得后脑勺凉凉的。她等了十分钟,在这十分钟里她一直在观察周围。煎饼摊上男人打鸡蛋的时候,总要咬一下嘴唇。超市透明门帘掀开,一个小男孩冲出来,后面追出来大一点的男孩,两人一前一后绕过几辆电动车,跑回超市。树荫下,五六个老人围成小圈,有节奏地甩臂、击掌。一只花猫左右看着快速穿过马路。两个男人站在车前不停地说着什么。一个空空的白色塑料袋陡地被风卷起,在空中飞一圈,落到路中央。

　　"向左还是向右?"萨拉看着后视镜问。

　　"向右。"

　　车离开国道,下路基,向西北方向驶入一条乡间小道。路两侧无树,无庄稼,赤条条的沙碛地。车开始不断颠晃,座椅间藏匿的尘土被颠出来,转眼填满车内空间。正午的太阳使宽阔的沙砾地泛着刺眼的白光。曲子睡醒了,抓挖着头发,摁下车窗玻璃,皱起眉头望着窗外,说:"好刺眼。"

　　野风灌进车内,娜拉觉得很凉爽。

　　"那是山吗?"

　　邈远,湛蓝天空下横着褐色山脊。

　　"是雅布赖山。"娜拉说。

　　"不远了,对吗?"曲子问。

　　"差不多。"

　　"差不多是什么意思? 娜拉。"

"就是差不多。"

萨拉一手把着方向盘,一手握紧保温杯,插进双腿间,拧开杯盖。在过去的几个小时内他始终一言未发。

"让我来嘛。"曲子有些嗔怪地说。

萨拉执意自己弄。

"我帮你嘛,司机师傅。"

"你看风景吧。"

"哪有什么风景?"

"戈壁啊。"萨拉吹起口哨,他将车速放慢了。

"好荒凉,看到这种满目的荒芜你是不是特别有感触?"曲子问。

萨拉摇晃着脑袋,提高了口哨声。

"你呢?"曲子回过头问娜拉。

"我头一次来这里。"

"以前没来过?"

"是的。"

曲子匆匆向萨拉瞥了一眼,狡黠地冲娜拉龇牙,示意等他知道了真相一定会暴跳如雷。

"那边有条土路。"娜拉将身子前倾,肩膀卡在前排座位的中间说。

"进山的路?"曲子说。

"是的。"

"你怎么知道那边还有人家的?"曲子说。

"我在画册上看到过。"娜拉说。

"但愿你的记忆不要出差错。"

曲子关闭了车窗。娜拉伸手去探后座冷风口,一丝冷风徐徐滑过指尖。

"现在呢?"萨拉问。

车停在交叉的路口。

娜拉下了车。现在她得仰起脖颈才能看到山顶。午阳炙烤,她很快觉得身上热乎乎的。车离山太近了,几乎就在山脚下。山壁垂直,山脚沿着斜坡躺着众多牛犊大小的黑色滚石。更远,裸露的岩石瘦骨嶙峋地突起,在阳光下,背阴处竟然泛着青幽幽的光芒。

"我们得进山。"

"山口在哪里?"曲子从车窗里探出脑袋说。

"就在这附近。"

"刚才我们明明不是朝着山口走的吗?"曲子说。

没人搭腔。

残缺的篱笆杆横七竖八地插在岩缝上,娜拉看了看篱笆杆,又向身后看去。萨拉摁响了喇叭,示意娜拉上车。

"这里会不会有狼?"曲子问。

"有。"萨拉说。

"野性十足的那种?"

"嗯。"

"你怎么知道的?"

"我就是知道。"

车沿着攀附山体的路行驶了五六里地,在一个一面山壁陡峭的地段急拐弯,继而下坡,驶入长有灌木的山沟。三人都能听见带刺的植物划过车身的咔嚓声。

"已经没有路了。"曲子说。

"我知道。"萨拉盯着前方说。

曲子扭头看了看娜拉,娜拉扑在玻璃上,手指在额头与玻璃之间搭了架。车轮子跃过什么,整个车厢猛地摇晃,紧接着重重地落下,娜拉的脸戳到玻璃上。

"你先停下来吧。"

"到了地儿我自然会停。"萨拉绷着脸,左手把方向盘,向曲子伸去右手,摁在她肩头,示意她不要挡右后视镜。车正从窄长的干峡谷间穿过。车底盘时不时触到什么,传出沉闷的撞击声。

"你慢点。"曲子几乎是尖叫道。紧挨着车窗,铁灰色山壁风一样闪过。

"这可不由我。"

娜拉双手摁在胸前,埋着头,一言不发。等她感觉到车身不再摇晃,速度也缓下来后,睁开眼。她看到前方一片山连山的峰巅上,喷涌着白灿灿的云朵。

车沿着碎石地艰难地前行。

"好了,下车吧,没法再往前走了。"

萨拉抽出车钥匙,下车,绕着车走了一圈,然后走到一旁的山丘上,站在那里,点根烟。

"我可什么都没有跟他讲。"曲子低声说。

"我知道。"

"你确定咱没迷路吧?"

"他知道怎么走。"娜拉伸直双腿像滑滑梯似的下了车。

曲子走到萨拉跟前,顺着他的视线望去。萨拉向北望着,那里视野开阔,足足能望见百里之外的灰白色地平线。他们的东侧,约三里地之远有一片连绵的锥形秃山,山体黝黑,那些都是亿万年前的火山喷发而形成的裸岩。向西望去,山势逐渐爬高,乱石巉岩聚集到一起,在午后阳光的斜射下拖出各种奇形怪状的影子。

娜拉没有走到他俩跟前,抄着模糊的小径,向东北方向走去。萨拉扔掉了烟蒂,凝视妹妹的背影。

"我喜欢这种感觉。"曲子依着萨拉的肩膀说。她背对着娜拉。

"什么样的感觉?"

"空旷……寥廓、雄浑,还有沧桑……感觉一切都跟我好遥远。"

"包括你自己?"

"包括。"

两人站了许久。萨拉牵起曲子的手,说:"走吧。"

"等等——"曲子仰起脸双目充满爱恋地看着萨拉。

"怎么了?"

"你不会生气吧?"

"为什么?"

"我和娜拉带你来到这里。"

萨拉扭过头看着别处,说:"一切总得有个了结,是不是?走吧。"

风儿掠过斜坡,从沟底缓缓拂面而来。娜拉的背影在一小片花期早过的扁桃丛中忽隐忽现。两人继续沿着犹如俯卧的巨型石兽的脊背走到耸立的褐色风蚀岩下。娜拉走在沟坎下的平地上,崖壁挡去了阳光,两侧石墙陡立,前行几十米,石墙相互靠拢,石泉将这里形成凉飕飕的峡谷。这里幽静,榆树和山杨树从石缝里跻身而立,有的长在山体裸岩上,怪异地拧着身子,从半空里俯瞰山谷。越往前越逼仄,两侧的峭谷凹壁挂有裹着碎石的蓝色哈达。那些是人们抛上去的,祈求山神的保护。

"这里真的不会有狼吗？"曲子低声问。

"有大头羊。"

"什么？"

"盘羊。"

前方,两侧的石壁会合而形成五六米高的山涧。娜拉正吃力地攀着在雨水的冲刷下变得光滑的岩石。她跪伏着,两臂一高一低地慢慢挪动,很显然,只要稍微放松,整个人便会滑下来。曲子脚底左右踩着光秃的山石,靠近娜拉,从她腰处用力托住。

"哦,你快过来啊。"

萨拉却站住,仿佛在说,任你们自己折腾得了。也许用力过猛,娜拉刚爬上一小段,整个人便向前倾倒在半米深的石坑里。而她前方则是椭圆形的洞穴口。从萨拉站的位置是看不到穴口的。娜拉站起,向曲子伸手。曲子从石壁上找了个小坑用脚蹬着,用肩膀抵住山壁,很轻松地攀上去了。萨拉抬头看了看上方曲折的裂缝,天险般的峭壁悬崖上端有条窄长青灰色的天空。

"哦,老天,这就是母宫洞？"曲子挨近娜拉问。

娜拉点点头,她喘着气,用手臂擦去额上的汗渍。

"我们要钻过去吗？"

"嗯。"

曲子靠近穴口,探身看去,洞深约有五六米,穿过尾端条状穴口能望见远处空旷的荒原。

"不会有蛇吧？"

"也许有。"

娜拉将额头抵在洞口一侧的岩壁上,双手合掌,闭着眼。曲子回头看,萨拉仍旧站在原地,仰头望着某处,嘴里叼着烟。曲子向上空看去,四周怪石嶙峋,阴影下山体呈铁青色,在她头顶垂直处巨型石檐挡去了视线。她觉得她被囚禁于阴森森的石坑内。娜拉放下手,看了看洞穴,弯腰钻了进去。

"等等,他还没上来呢,哦,小心点儿。"

眼前黑乎乎的,曲子几乎什么都看不清,只听见嚓嚓的踩踏声,以及衣物在石壁上的触擦声。

"呃!"

"怎么了?"

曲子焦急地问。娜拉不吭声,也不动弹,像是被卡在那里。

"你说话啊。"曲子回头望,却看不见萨拉。

"呃——"洞穴里传来娜拉焦躁的喘气。

"怎么了?!"

"我的腿卡住了。"

"那你赶紧撤回来啊。"

娜拉屏声息气,一言不发。曲子小心地向前蹭了几步,发现娜拉的躯体塞满了窄小的洞壁。一条赤腿从裙摆下露出一大截,战栗地滑上滑下。曲子看不到娜拉的头部。

"来,把手伸过来。"曲子本想拉一下娜拉的手,可娜拉的胳膊卡在她身前,她只好拽住娜拉的裙摆。

"你向后用力。"曲子说。

"我知道。"

娜拉不停地晃动着肩膀。

"哦!"

曲子咬紧嘴唇,她突然想笑,但又极力忍着。

终于,娜拉发出轻微的哎哟,跌落到曲子看不到的位置。曲子望见洞口那边的野地。那里白晃晃的。娜拉站起身,蹒跚着,从狭长的洞口走出去。曲子只觉身上凉飕飕的,她惊慌地踩踏着看不清的碎石,几乎是跳跃着走出洞口。曲子回头望,狭长的褐色洞口犹如一个天然的巨型外阴。她双手拥在怀前,仿佛难以相信自己刚才就从那里钻出来的。穴口两侧粗糙岩壁上布满圆坑,洞眼,野鸟从那里飞进飞出。娜拉跪坐在一旁,旁若无人地点燃香料。一缕缕青烟,滑过她的面颊,向上空升腾。

"哦,娜拉,疼不疼啊? 你的腿在流血。"

"我知道。"

曲子再次向洞穴那边望去,却迟迟不见萨拉。

"喂,萨拉,你怎么还不过来? "曲子喊。

"我在这儿呢。"

曲子回头看,萨拉竟然站在他俩身后。

"我来过这地方。"萨拉说。但他并不看她俩,而是望着峭壁、断裂的山体。这边,山体呈弧形。三人的位置大约在弧形正中央。

娜拉攥着一小块碎石摁在伤口处。她不吭声,双颊红彤彤的,颈部的汗渍与尘土混在一起,瞅着脏兮兮的。裙子也是,沾满灰尘。她坐在斜下去的缓坡顶端,鞋尖插着碎石,仿佛一不小心就会滚下去。

"这算是完成了一次重生,是吗? "萨拉问。他站在一旁的高处,眼睛斜视着盯着妹妹。

"是的。"

"好糟糕啊,血还在流,得用布条或者别的什么绑起来。"曲子蹲坐在娜拉一旁小声说。

"你别烦她。"萨拉说。

曲子闻声疑惑地看了看萨拉，又看看绷着脸不理会自己的娜拉，有些尴尬地走到一旁。

娜拉始终没有抬头看一眼萨拉，也没有看看四周，像个沉浸在一堆玩具中的孩子一样，一会儿用裙摆擦拭划伤，一会儿又用石头摁着不动。

"哦，我的指甲开裂了。"曲子说。

无人应腔。

"你还记得那只由王子变成的杜鹃说过的话吗？"萨拉走到娜拉跟前，蹲下身，脸几乎凑近妹妹的额头，他的声音很低，低到只有他俩才能听见。

"你从来都没讲过。"娜拉吐口热气，平静地说。

"我讲过。"

"没有。"

"是你忘了。"

娜拉抓了把沙子敷在手背上的伤口上。

"它说，一个高贵的魂灵即便是被囚禁在卑微的躯体内，也不会忘记唱出最动听的歌。"

娜拉猛地扭身，整个人与哥哥扯出一小段距离，以近乎愠怒而冷漠的口吻说："我没有被什么囚禁。"

"我们都是被囚禁者。"萨拉说完站直身，凝视着洞口。

"娜拉，最近你有没有梦见母亲？"须臾，萨拉问。

"没有。"

"父亲呢？"

"没有。"

"母亲离世后,父亲有了其他女人。"萨拉干巴巴地说,他的嘴唇微微颤抖,但他极力装作平静。

"父亲完全可以有女人,他没有背叛任何一个人。"

"那个女人有丈夫。"

娜拉没有立刻回答,用手掌撩开碎石,抓把沙子敷在伤口上。一会儿她自言自语地说:"你说的一切没什么可稀罕的。你就是为了要给我讲这些,才一直站在这里?"

萨拉将双手插进裤兜,坐到一旁的裸石上,看着娜拉。

"剪羊毛的大口剪刀,很锋利的那种,那个男人拿在手上,不停地开阖开阖,嘎吱嘎吱——很刺耳。"

娜拉低头揉搓伤口处的血渍。

"男人让父亲跪着,冲着他跪着,剪刀就在父亲的头顶上,不停地咔嚓,地上尽是父亲的头发。他还把牙齿咬得脆响。"

娜拉停止揉搓,仰起脸看着萨拉。萨拉脸色变得很难看,仿佛整个面孔上的毛囊内瞬间生出无数颗肉粒,蒙着一层死人般的蜡黄。褐色双目变得通红,一波稠乎乎的泪花在那里泛着光。他的嘴唇痉挛般抽搐,喉结滚上,滑下。很快,豆大的泪珠跌出眼眶。

"那你当时在什么地方?"

"门外,门大开着,我去找父亲,我看见黑星在那家人的马桩上。"

"你看见父亲跪着?"

"是的,该死的,他跪在那里,一动不动。"

娜拉听到萨拉喉咙里发出咔咔的怪异声响。虽然那声响很低,但她还是很清晰地听到了。

"他看见你了？"

"没有。"

"我是指父亲。"

"是的，他看见我了。"

萨拉抬头抹去脸上的泪，冲着一旁用力地啐口唾沫。

"那年我几岁？"

"八九岁。"

"你十一岁。"

"不，我十二岁。"

萨拉用巴掌扣住脸，胳膊肘抵住膝盖，像是强忍着某种疼痛。他的肩膀在抖动，他将牙咬得嘎吱响，指缝间溢出透明的泪液。

"你跟大哥讲过没有？"

"你是我的第一个听众。"

娜拉显得格外平静，平静得自己都有些诧异。她纹丝不动，双臂放在腿上，看着一股血水顺着小腿肚很迟缓地滑下去。

"那个女人呢，她也跪着吗？"

"没有。"

娜拉一动不动地坐着，望向贫瘠、荒芜而寥廓的戈壁，仿佛看到了神话传说中的鬼神秘境域。

"后来呢？"

"什么？"萨拉甩开双臂，露出发肿涨红的脸。在甩双臂的瞬间，他整个人差点向一侧倾倒。

"那个女人最后怎么样了？"

"上吊了。"

须臾，萨拉一言不发地向着山那边走去，等他攀上一旁的山岩,曲子才走了过来。她蹲坐在娜拉一旁,手搭在她肩头,又有些不置可否地缩回去。

"你看,那朵云,像不像老太太的发髻?"娜拉看着天空说。

"他怎么哭了?"

"哦,好了,都结束了。"娜拉握紧拳头抵在碎石上,摇晃着站起身,长裙一侧开了口,麻花状的血渍刚好从那口子凸显。

"走吧。"她说。

"娜拉,究竟发生了什么?"

"没什么。"

走出一小段距离,曲子顿住,回过头看着娜拉。娜拉步履慵懒,像是一个刚熬过分娩疼痛的女人。

"我们得绕过吗?"曲子扭头看向山头说。

"是的。"

"整座山?"

"是的,整座山。"

落日余晖下,一座座暗褐色山体疲倦不堪地横卧在荒芜的戈壁野地上。两人沿着窄长的山沟走去。前方,大片薄雾从山沟徐徐升腾。

"我要离开他。"

听娜拉这么说,曲子走到娜拉一侧,沉默地陪着走了一段,随后问:"是那个瘦猴子吧?"

"嗯。"

"太阳下去了,这里阴森森的。"

"是的。"

娜拉身子前倾,在曲子惊叹的目光中快速攀上山腰。

"早该离开了,是不是?"娜拉叉腰喘着气,像座黑塔似的站在裸岩一侧的小径上,俯瞰着曲子说。

"也许。我觉得没必要守住一个已经不爱你了的人。"

"他说,女人的裸体是这世间最美的杰作,是上帝的安排。他要我给他当裸体模特,我答应了。毫不犹豫。那时,我很瘦。他说在我'柔美的'——嗬,很美妙的几个字,对吧?他说在我柔美的肌肤下,掩藏着一颗勇猛而野性的心灵,说我是雌雄同体的尤物。他要把将这一切展示给世人。"

"艺术家的话都很古怪的。"

"他可不是艺术家。"

"怎么可能?"

"我也是刚刚发现的,就在今天。他不是。"

两人沿着小径,穿过稀薄的灌木丛,在拐角处望见远处停泊的车。暮霭深沉,视觉上山崖比白天高出很大一截。

"娜拉,我老感觉身后有什么尾随着我们。"曲子的声调莫名地夹着颤音。

"你的感觉是对的。"

"很可恶的感觉。"

"有那么三四年,他眼里全是我,他给我画了好多幅素描、油彩、蜡笔裸体。"

"最起码他曾经爱过你。"

"不,他爱的是我的身体——一个躯壳,而不是真正的我。"

"哦,你把这一切看得很糟糕。"

"我是说,他没看到我的魂灵。"

"呃——"曲子轻叹着,随后说,"娜拉,这点你和你哥简直一模一样,你们永远活在一种虚无缥缈的概念或者一种虚幻中。"

"不是虚幻。"

"那是什么？"

"生命的尊严。"娜拉说着用额头抵住岩石,微闭起眼。

"我觉得他只想看到一个丰腴的你,或者是一个更真实的你。"

娜拉依旧保持着祈祷的姿势。曾经,光洁、柔美、丰腴、妖娆、妩媚等字眼组合成她丈夫口中的"生命的本质",缓缓渗入她的心灵深处。为了变成丈夫眼中的那个"丰满的生命载体",她怀着一种沮丧、彷徨的心情度过了很多天。那种日子,简直就是一场灾难。从他那双贪婪、冷酷而令人不可捉摸的眼神中,没有谁能读出他真实的想法。在她眼里,他仿佛是一个封闭自我的巨型雕塑,从高处俯视着她。

"咱快点走吧,我有点受不了。天色都变暗了。"

两人一前一后走向山中土路。娜拉走得极快,曲子几乎是小跑着跟在后面。她时不时向四周警惕地看看,同时在嘴里低声默念着什么。到了车跟前,却没发现萨拉。天色完全黑了,山脊高高地耸立在半空,星辰像是青黑色天幕被烫伤的无数个窟眼。

"他怎么不在啊,会不会是迷路了？"

娜拉不吭声,脸上露出镇定而沉着的神色,仿佛在刚才的疾走中完美地完成了一次旁人无法察觉的蜕变。

"他不会是自己一个人离开了吧？"

"会回来的。"

两人倚着车前盖站着。四野悄寂,电流一般若有若无的声响忽而从某个角落持久地扩散。

"好压抑。"

"嗯。"

"感觉全世界就剩你和我了。"曲子压低了嗓门说。

"嗯。"

许久,两人没再说话,都沉默着,向幽深、浓稠的夜色凝视。

"很多人,呃,我是说,很多香客来过这里,是吧?"曲子问。

"是的。"

"来求子?"

"还有祈福、攘灾。"

"很灵的,对吗?"

"也许吧。"

"我觉得很灵。"

曲子扭头看娜拉,但没能看清娜拉的眼睛。

"你害怕不?"

"不。"

"我是说你离开他之后——"

"是的。"

娜拉转过身,双臂勾回来,抵在车盖上,说:"你小时候怕不怕黑,怕不怕一个人在夜里走路?"

"现在也怕。"

"其实没什么可怕的,不是黑夜把我们拖进一个我们看不见的世界,而是我们把自己当成了被囚禁者。"

曲子听了,叹口气走过去,又踅回来,再次走过去,然后站在那里。忽地,山谷那边隐约传来类似冬季雪地上的风声,抑或是羔羊在黄昏里发出的惊惧的叫声。

"你听。"曲子的嗓音近乎震颤。

"刚才我就听到了。"

"是萨拉。"

"嗯。"

"他在唱歌。"

"是的。"

"萨拉——萨拉——你在哪里？"曲子喊着,喊完了又纹丝不动地听着。她以为会有回音,可山谷里静悄悄的,仿佛四周的一切早已陷入绝对静止的幽冥。

"苍天,我快坚持不住了。他为什么会在这种地方唱歌呢？"曲子带着哭腔说。

"他跟你讲过关于王子和杜鹃的故事吗？"

"没有。"

"等你听了那个故事,你就会明白他为什么会唱。"

"娜拉——"曲子顿住,有些感伤地看着前方,"有时候我觉得我从未走进你哥的内心深处。"

"等你走进了,你会得到一种力量。"

曲子缄默着坐到石头上,双腿耷拉着,仰起头望向星空。娜拉来回踱步,一会儿走出一小段距离,大声地说："你来一下。"

娜拉曲身站在几块光滑的山石旁,耳朵贴着石头。曲子见状随即俯身,将半张脸贴近石头。

"干什么？"

"听！"

"什么也听不到啊。"

"嘘！"

"嘀,唧唧的,像是虫子在叫,哦,是萨拉,他在吹口哨。"

"嘘——"

酒客早年时当过两年的马夫。有一匹名叫"野风"的黑马是他从泥沼里救出来的。后来，马主人将这匹马送给了酒客。据说，即便是十里地之外，只要听见酒客的口哨声，它便能循着声音找到小主人。娜拉没见过那匹马，也没从父亲口中听到过任何关于这匹马的故事，只是隐约记得，在酒客葬礼那天，有人好像说过这么一句："咱的沙窝地再也听不到他那种好听的口哨声喽。"

"越来越清晰了。"

曲子向着山坡跑去，随着她脚底的声音越变越弱，娜拉很快看不到她的人影了。四下越发漆黑，除了隐约能辨别横亘的山影以及星辰下的山脊，什么都看不清。然而，从娜拉痴痴地望过去的方向不断传来清冽的口哨声以及女人欢呼的喊声。

娜拉坐进车里，拧开了车灯，两道烟囱似的光柱扑向黑。一会儿，她将车灯关闭。车里立刻变得黝黯，仿佛外面的黑瞬间灌满她周身狭小的空间。她将身子前倾，胳膊肘抵住方向盘，透过车前玻璃凝视着前方。刚才车灯照过的地方，以及更远，是夜里渐渐清晰的山脉。

娜拉突然想起一句民歌歌词："裸露的山体，年迈的父亲。"

一条狭长地带

一

看，多丑陋，它的模样。它准是以为我会像只贪睡的马驹，在晨曦微露时分，扑通躺倒，酣然入睡。我可没有忘记它那锋利的獠牙。虽然，此刻它安静地蹲坐着，不时投来轻蔑的一瞥，但我知道，它的喉咙里早已聚满了毒液。是的，毒液，它那喉咙里的水液可不是单单的唾沫。有那么几次，它带着它的同伙——那些可恶的、每到暮霭沉沉时借着山影跟踪驼群的狼——鬼影似的靠近，然后趁机扑过去，在幼驼后腿留下恐怖的牙痕。幼驼不会立刻死去，但是，过不了几天，幼驼准会在不断地哀号中痛苦地死去，因为它后腿皮囊下的肉早已被刀剃过似的流失掉。

它的牙，蕴藏着一种神秘强大的力量，也是它不可告人的秘密。它那双在夜里泛着绿色光芒的眼睛，充满着野地王者的冰冷——不，它怎么可能是王者？我才是，我才是这片寥廓戈壁的王者。真该让所有牧驼人在脖颈上佩戴它的蹄腕骨。我曾发现有那么几个年轻的牧驼人脖颈上戴着它的牙齿、髀石——虽然,在我眼里不是很好看,但我从未怀疑过,它最该被杀戮、被征服。

它要干什么——它竟然发出冗长的嗥叫。它是想叫我与那可怜的、不小心落入猎人之手的獭兔一样,前臂抱着头,凄凄哀哀地发出哭啼声吗?

太阳好大,好白,好刺眼。昨天,它还被银灰的薄雾罩着,有些昏昏沉沉的。今早却将一张耀眼的、猩红的面孔从东边的山头完整地露出来。如果在那些冬雪乱飞的午后,它也这般照着我,我感激不尽。可是,现在,它一定不会知道,它的光芒给我造成了巨大的威胁。我在这片野地昏睡了很久,足足熬过了一只驼羔从诞下到嚼第一口草那么多日子,或者更久。带刺的铁丝勒紧我的喉咙、脊背和四肢,一侧的胯骨生疼,我想那里的皮毛一定脱落了,血液正从那里不断地溢出。

哦,它嗅到了什么?它为何不停地抽动鼻子?现在,它终于将嘴巴张开,露出它那咬碎过无数块骨头的牙齿,然后将头压低,眼睛直直地盯着我的眼睛靠近我。我要呼救吗?不,我要吞掉它那毛茸茸的头颅,或者,嚼烂它那黑黑的、被牧驼人一棒子下去导致立刻死掉的鼻子。可是,我怎么才能张开我的嘴?一股铁丝勒得我面庞发肿,我的一只眼睛都睁不开了。我也无法冲着它的脑袋狠狠地踏过去,我一直躺着,四肢蜷缩,像只被吓破胆的绵羊。

一阵沙沙声,是风扫过沙碛地?不,别欺骗自己了。是它,毫无疑问。一会儿,它那牙齿就会撕掉我的腹部,从我脊背处扯去一条厚厚的鲜肉,血液的腥味会使它狂喜地嚯嚯叫。它有多久没吮吸到新鲜的血液了?

该死的,太阳好晃眼。只有最可耻的家伙才会在这般烈日下出现。我屏住呼吸，弓起脊背——虽然稍许的动弹都令我疼痛不已——晃动着脑袋，将牙齿咬得嘎吱响——现在，好吧，来吧，我只用我的一颗头颅与你战斗。

又一阵沙沙响，紧接着一阵遥远的嗷嗷叫声，还有，地平线上有什么在蠕动。

二

"哦，驼王——姐姐，铁丝都嵌进它的肉里了，那得多疼啊。"

"托住它的脑袋。"

"这只眼睛还能睁开，它在看我，也在看你。姐姐，这条腿都露出骨头了，是天狗撕过的？"

"不是。"

"咦，好多虫尸……这黑乎乎的是什么？哦，原来是干了的血渣子。"

"把钳子递给我。不是这把，是老虎钳。"

"我腾不开手，姐姐。它口腔里尽是沙子，鼻孔里也是，还有脖子下面的皮也烂掉了。"

"不要抠它嘴里的沙子。"

"姐姐，咱得给它喂水，嘴唇都开裂了，舌头也硬邦邦的。"

"先驮回家再说，把绳子递过来。"

"姐姐，你能把驼王驮到察苏泰的背上？"

"姐姐自有办法。"

"它怎么还不走？"

"什么？"

"天狗。它就在坡上蹲着——死死盯着咱俩呢。"

"怕什么？在过去，老猎人专门逮回来活的天狗给你这么大的男孩骑着玩呢。"

"他们不怕被天狗撕掉吗？"

"天狗的嘴被皮绳缚住了。"

"姐姐，要不你大声地叫几下？阿拜说过天狗怕女人。"

"天狗才不怕女人呢，它什么都不怕。"

三

午夜，风凉凉的。我躺着。太阳下山前，我的主人——那个年轻的女人，她身上有股淡淡的烟草味，还有人类潮乎乎的汗液味——在我身下铺了厚厚的沙竹。我已经吃过几口脆脆的沙蓬，还有酸酸的沙拐枣和嫩嫩的鸡爪草。这些都是我的男主人，那个身后永远吊着一条獾皮的男人从野地捡来的。他们还用马勺给我灌了汤液，稠糊糊的。我的舌头还没有完全活过来，辨不出汤液的味道。我的喉咙深处大概开裂了，当汤液下去时，感到一丝的疼痛。这令我有些烦躁，我早已厌恶疼痛。当初，带刺的铁丝缠住我的腿脚时，我奋力踢腾。我还试着用牙齿咬断铁丝，可铁丝比我的牙齿坚固一万倍，铁丝嵌进我的皮囊下，刺痛着我。我恼怒地嚎叫，冲着我的群咆哮——是的，我的胸腔几乎被我的呼声震破了——然而那些愚蠢的家伙们，我的群，它们竟然四散而去，撤出一段距离后回过头，安安静静地带着几分惊讶凝视着我，好似不明白它们的守护神怎么突然卧倒，不停地扑腾着，扬起一浪赛一浪的尘土。

如果，它们能有足够的耐心等我挣脱掉铁丝，而不是丢弃我，那么，它——我怎么还会想起它——就不会发现我，也不会一动不动地蹲在那里，用冰冷的眼睛窥视我。

当然，它并不是在我刚被铁丝囚禁的那几日发现我的。有那么一个夜里，月亮上来后，我的群终于没有耐心守候我了，它们开始向远山慢慢地移动。在静谧中，它们悄然地丢下它们的征服者——是的，我是它们的征服者，一直以来都是——毫不犹豫地，迎着凉风，向蚊虫很少的山地走去。当它们的影子越来越模糊时，我感到从未有过的悲伤。我确定我挣脱不了铁丝的禁锢——我想，这是来自神的诅咒。

那之后，我独自度过了很多长长久久的日夜。月亮，忽而满盈，忽而削尖尖的。星辰，忽而浓稠，忽而稀疏疏的。还有闷热的风、潮湿的雾，我的头脑在它们的轮番裹挟中，忽而清醒，忽而混沌。不过，我没有被这一切打败。偶尔，我会憋足劲儿，发出一两声呼救。是的，呼救。我期盼有谁能发现我、解救我。这种解救不仅仅是将我身上的铁丝剥开，还要将我扶起，让我重新在我深爱的野地间行走。我不惧怕漫长的等待，但我惧怕在等待的过程中生命擅自从我日渐消瘦的躯壳内如烟似的蒸发掉。

我想，是我的呼救被它听到了。一定是，别看它的耳朵只有那么一丁点，可却能隔着一座山听到一匹马的喷嚏或者一头母牛分娩时的呻吟。

一阵清脆的脚步声，一个越来越清晰的影子。我那女主人走过来给我翻了身，然后坐到一旁，点根烟，吧吧地吸着。我微微仰起头，想发出一些声响，好让主人明白我神志清醒，我没那么脆弱。然而，我的脑袋沉如巨石，喉咙里传出去的也只是一腔热气浪。

四

"阿拜,您看,獾子。我和姐姐去熏獾子窝了。"

"你们在熏獾子窝时,有没有在洞口处横放梭梭木?"

"放了,是姐姐放的。她还跟我讲獾子曾对天发过誓,死的时候一定得枕着梭梭木。"

"哦哒,的确是那样的。"

"为什么? 獾子为什么要发誓?"

"弟弟,我跟你讲过,那只是个传说。你忘了?"

"你没那么讲过。还有,阿拜,獾子窝里根本不见花貂。您不是说,花貂喜欢钻进獾子窝里吗?"

"花貂啊,那得等到冬天,獾子冬眠后花貂才会钻进它的窝。不过,咱这边的戈壁上是没有花貂的。"

"下次我可不带着他出去了,不是怕天狗,就是怕狐狸。"

"我才不怕呢,阿拜是老猎人,我将来也会成为猎人。"

"你还想当猎人?如今没人打猎啦,虽然偶尔有人在湖中撒网,逮了不少的灰雁、沙鸥,可都被抓去蹲监狱了。"

"监狱?他们那可都是能脱身的监狱,你瞅瞅我这两条腿,都伸不直了,这才是真正的监狱。"

"阿拜,您别灰心,打完草咱就到镇里住院治疗。"

"不,不,不用治疗,这是天意。你瞧瞧,用手杖戳都没有任何知觉。就让我活着的时候赎罪吧,千万别到了那边还受惩罚。"

"阿拜,您怎么老拒绝治疗? 万一哪天真的下不了地了呢?"

"我都是半截入土的人了,还会担心那些?好了,不提了。闺女,这段时间你得把驼王照料好。它可是被铁丝捆了整整三个月零三天。换作别的骆驼，根本熬不过来。"

五

终于，地平线重新落到我的脚下，就连山坡也瞬间恢复到原先的高度。还有秋草，再也无法挡去我的视线——与过去一样，我傲慢地仰起脖颈——虽然双目晕眩，四肢战栗，但终归是站起来了，终归没有被打败。我要高呼，我要发出最欢快的嚎叫——可是，它们，那些驼羔，我的孩子——它们为何像见了怪物似的支着尾巴逃去？也许它们从未想过我还可以站起来。还有它们的母亲，瞪圆一双双棕色眼睛，近乎警惕地盯着我。它们难道也忘了我可曾是它们的征服者？哦，我来了，我的雪白——它一点都没变，甚至比过去任何时候都美丽。虽然它身上的毛发被剪去了，但那又如何？它的眼睛依旧那样的透明，那样的温和，正等着我甜蜜的爱抚。

不过，我得慢慢地挪步，我的腰胯处绷着什么，膝盖处也隐隐作痛。我的模样一定很滑稽，因为身上的毛发被主人剪去了。我的雪白投来迟疑的眼神，这让我有些难为情。如果不是遭遇那般不幸，我怎么会落到这般地步？若在过去，甭说绞去我的毛发，就是些许地挨近都得一万分小心。

我那男主人，那个脊背弯曲、走路拖着脚跟的老头子，他了解我的脾性——也只有他不会用鞭子抽打我。这么多年来，他与我有着超越一切的默契。这种默契只属于雄性与雄性之间。这世间那么多人，只有他看我的眼神里充满了期待与敬畏——那眼神真令我陶醉。

很近了，我的群就在前方等着我。一个美丽的秋日早晨，朝阳徐徐升起,我终于可以和过去一样,在草香弥漫的野地上,嚼着湿湿的草茎,带着我的群,走向仅属于我们的领地。

我不由发出低沉的呼声,我要告诉它们——你们的王者回来了,它是不可能轻易被打败的——然而,我刚发出呼声,它们却发怔似的看了看我,然后毫不犹豫地转过身,像一片黄色云向大地深处飘去。

六

"嚯咦,闺女,看啊,夜里驼王走到西坡那边了。"

"阿拜,我早知道。夜里我去给食槽添料,就发现它已经站起来了。"

"哦哒,到底是——比我强多了。闺女,铜勺和香柏呢?"

"早给您备好了。"

"我得把脸洗了。"

"阿拜,它的后腿会不会永远跛着?"

"那又怎样?到了冬天,它照样是驼王。"

"它都那样了,怎么能当驼王?"

"尽讲妇道人家的话。它是跛着脚,可它的骨头还硬朗得很。"

"可它到底是不年轻了。"

"老了又如何?老了更热爱。"

"哦,阿拜,可是,那个——它会不会?"

"天狗?"

"嗯,早晨我在北山口子瞅见它了,阴森森的,根本不怕人。见我向伊伯乐峰西脚走去,它绕过口子不见了。"

"仲夏的天狗只舔水,不寻腥,怕鼻子生蛆。"

"要不咱试着埋夹子?"

"埋夹子?"

"嗯。"

"算了,就算它盯上驼王了,驼王也不会像只旱獭被吓得晕过去。"

七

这个鲁莽的家伙是谁?它要做什么?它为何将脖颈压得低低的,还吐着唾沫?还有,雪后冰凉的空气里隐隐地飘浮着的膻腥味又是什么?

鲁莽的家伙,难道我嘎吱脆响的咬牙声没有使你感到畏惧?难道我胸膛里的嚯嚯声,在你眼里是一种哀求?我可不是一只愚蠢的、刚出蛰的大眼贼(黄鼠),不会像它们那样昼夜鸣叫、追逐、撕咬。我要一口咬碎你的颅骨,是的,一口咬碎。来吧,不要以为我揣着一颗跳兔的心脏,见了老鹰就会躲进洞穴。

哦,脚底怎么就打滑了?我怎么就躺倒了?一丛丛的灌木,毕毕剥剥地断裂,哦,它咬住我的腿脖子了,还将臭烘烘的胯下拱到我脸上。我扑腾着欲站起,可被什么猛地一撞,一头戳到雪里。

现在,我得拼尽全力,用我结实的肩膀顶住它的腹部,给它来个四仰八叉——叫它见识见识真正驼王的威力。别以为我老了,我的牙齿还没有磨平。别以为我没有遭受过如此的挑战。鲁莽的家伙,除了偷袭,你根本不知道野地间的较量从来都是充满着血腥气。

嘎嘣脆响,我的小腿骨应该是断了。口腔里涩涩的,腮下或者额头上一定被划开口子了,不然哪来的血水?

好锋利的牙齿。

我要被打败了吗?

啪嗒,啪嗒,鞭梢的空响、男人粗哑的喊声、女人惊恐的尖叫,紧接着雪地上响起一阵嚯嚯的踩踏声。

八

"阿拜,简直是太让人惊骇了,伊伯乐峰的西脚地面开了个大口子。"

"没发山洪哪来的口子?"

"我也觉得好奇怪,一条长长的口子,足足有十里地,横过整个野地,最宽处超过三丈,深处怕是有五六杆子高。驼群在口子南端,有几处还算窄,它们从那边跨过去了。"

"哦,那有什么大惊小怪的?"

"可是,驼王过不去啊,您知道的,冬天小驼王咬断了它的脚脖子。它被驼群丢在口子这边,一天到晚地哀号。阿拜,您想个法子吧,它不再是驼王了。"

"不行。"

"留着做什么?"

"是的,它斗不过小驼王,我心里很清楚。但是你们得明白,驼王宁愿死在野地,也不愿意被谁怜悯!"

"哦,阿拜,您怎么突然发火呢?"

九

前方是什么？黑黑的——哦，夜里一声沉闷的声响，原来是大地开裂了。一条悬崖似的口子，弯弯曲曲地横亘，将这片平地一分为二。这可是从未发生过的事。从我有记忆起，就没有遇到过这般奇事。嘎嘎地，飞过一群黑鸦，叫声急促。难道它们也觉察到我的惊慌了？是的，惊慌，从未有过的惊慌。

沿着口子向晨阳初升的方向走，那里有山，山麓有裸露的沙丘，我可以从沙丘那边绕过去。可是，沙丘那边……我转身，向太阳落下去的方向走。又是一波嘎嘎声，此起彼伏。那里有铺满碎石的、寸草不长的秃峰。峰脚有条季节河，岸头有树。在大太阳的日子里，我和我的群在树下庇荫。眼下，树那边，影影绰绰的，峰头水波似的舞动。那波浪里还有几个毛茸茸的家伙。哦，它们来了，到底是等不到秋草枯黄的日子。

我的群呢——在口子那边，在白茫茫的平地上，散开，低头嚼草。它们总是这样，总是在危机四伏的野地上安然地觅食。还有愚蠢的羔子，它们竟然顽皮地冲到口子边，支起尾巴，将头压得低低的，大口大口地嗅着口子深处的土腥气。

夕阳斜斜地射过来，把山影长长地拖到我的脚下。这可不是什么好的征兆。它们——那些眼睛发光的家伙，它们总是把山影当成黑夜，一声不响地靠近我们。我昂起头，冲着我的群噪叫几声。这么做，不是我有多么恐惧，我是想告诉我的群，那些满嘴獠牙的家伙来了。距我不远处有几株沙蓬草，还有枯死的梭梭木，它们正缩成一团匍匐在那周围。有一株沙蓬草滚了滚，停住。我猜出，一只胆大的家伙咬断了草茎，用嘴捧着沙蓬，打算等我低头嚼几口沙蓬时，猛地扑到我脖颈上——多么卑劣的战术。我向后撤了一小段距离，现在我那仍旧绷着什么的后蹄踩到口子边沿了。

哦，我无处可逃了吗？

我又大叫了几声。一阵扑突突的踩踏声，驼群被风卷着似的逃出一段距离停住。有几个发出惊慌的哀叫。白雪遥遥地看了看我，眼圈里竟然蒙着一层泪花。哦，糟糕，又有几株沙蓬草在滚动。我死死地盯住不断挨近我的沙蓬草，我想，只要它扑过来，我便叼住它的脑袋，或者什么地方，猛地甩过去，扔进口子。

紧接着，它终于把它那颗毛茸茸的脑袋从沙蓬下面露出来了。原来是它——那只守了我好几个夜晚的家伙——好久不见，它的面颊似乎比过去宽了一截。相比那次，眼下的它可一点耐心都没有。也许是猜出我已经认出它了，它索性丢开沙蓬草，晃了晃身子，就地打滚。它这是在告诉那几个，它要扑向我了。

山头还挂着太阳，它都懒得等太阳下去。好吧，既然这样，来吧。我早已不是那个被铁丝捆着哀呼的倒霉蛋了。我重重地跺了跺脚掌，我的蹄掌赛过夹子砣。

十

"姐姐，驼王死了吗？"

"不知道。"

"姐姐，你要下去吗？"

"你站着别动。"

"它死了，对吗？"

"没有。它还活着。"

"我也要下去。"

"你不要下来。"

"它的眼皮在动。"

"嗯。"

"姐姐，你要绳子吗？"

"不要。"

"这次我们还是用察苏泰驮它回去吗？"

"它的脖子已经断了。"

"这次我们还给它灌獾子油吗？"

"我不知道。"

"姐姐，你抬头看看，天空成了一条窄窄的裂缝。原来从沟底望天空，天空会变得很小。"

"你兜里有糖块吗？"

"没有。姐姐，你在给它擦泪吗？"

"嗯。"

"姐姐——"

"别说话。"

"姐姐——"

"别吭声。"

"姐姐，你看，看驼王脖子下面。"

"看到了。"

"你怕不怕？"

"不怕。"

"它的牙齿真难看。"

"你往后点。"

"我不怕。"

"走吧。"

"天狗也会死掉吗？"

"不会。来，你先踩到我膝盖上，然后踩到我的肩膀上。"

"像爬山那样吗？"

"嗯。"

<h1 style="text-align:center">十一</h1>

我熟悉这片野地，熟悉它的哪座沙峰下藏着狐狸穴、哪条河水湾子里有脾气暴躁的水鼠——它们会趁着驼群饮水时偷偷地从驼身上叼走几撮毛。我也熟悉哪个湖水中央的岩石岛上的芦苇到了秋天会掩过驼背。我还熟悉，在无风无雨的仲夏夜，黄鸭会带着雏鸭从很远的地方潜入湖中的岩石岛。在这里，我已度过了无数个日夜，包括那些被铁丝缠得动弹不了的日日夜夜——那段日子的确很糟糕——如果不是它，我可能熬不过死亡的逼近。我想，也是因为它的出现，我才没有放弃——没有放弃什么？应该是对它的蔑视。是的，我蔑视它那冰冷的眼神。虽然，最终我也没有摔碎它。

在这片到了夏季会变得蒸笼似的野地上，它们和我们，一直在周旋与决斗中辟出各自的活路。有时候，我们会踏碎它们的脊背，有时候它们会在我们身上饕餮一顿。亘古以来，从未改变。野地的风里，总会浮荡着血腥气。这点是不用怀疑的。这种事不但发生在我们和它们身上，还会发生在我们与我们同伴身上。所以，当那个鲁莽的家伙咬断我的脚脖子时，我知道，我不用发出冗长的嚎叫。我甚至都没感到悲伤。

归根结底，被打败的是我。

远远地，怎么升起黑雾了？哦，不是黑雾，是山影。随着夕阳慢慢地下滑，山影便从连绵的沙峰那边一浪浪地延伸而来。再等等，再有一会儿，比山影更浓稠的暮霭会从山脚浮起，梭梭木、沙拐枣、珍珠草、红沙、黄蒿便依次沉入幽暗的暮霭间。还有，那条大地的裂口，也会被掩去。

多么静谧的夜色，群星只在我额上闪烁着。

十二

"弟弟，你还走得动吗？"

"手腕有点疼。"

"歇会儿吧。"

"姐姐，天狗是怎么从驼王身体下面逃掉的？"

"只要不死，天狗能从一座山下逃去。"

"天狗它还会来吗？"

"会。"

"它会不会去找小驼王？"

"会。"

"小驼王会咬断它的脖子。"

"小驼王也会有老去的一天。"

"小驼王死后我们还会把它的脑袋抱到伊伯乐峰顶上吗？"

"会。"

"姐姐，这都为了什么？"

"阿拜曾跟我讲，说等驼群里的驼王死后，它的魂灵会一直守着故乡。当它的魂灵看见主人把它的颅骨送到高处，它会很感激，会再次诞生在故乡。"

"那么小小驼王就是老驼王喽？"

"嗯，走吧。要不要姐姐来抱？"

"不，姐姐，阿拜说了，必须由男人来送驼王。"

"你才九岁。"

"那又怎样，我会长大的。"

"我倒是希望你快快长大。"

"你是指阿拜越来越老了吗？"

"再过几年阿拜或许用不了手杖了。"

"他也会离世的，对吗？"

"嗯。"

"人死后灵魂会和驼王的灵魂一样守着故乡吗？"

"也许吧。"

"那我们怎么才能知道人的灵魂一直守着故乡？"

"死亡就像是那条大地上的裂缝，我们在这边，死去的魂灵在那边。"

"活着的人是没法跨过去的，对吗？"

"嗯。"

"姐姐，它还在哭。"

"不是，那不是眼泪。你别撩起毛巾看。"

"姐姐，你帮我擦一下我的额头。"

"要不还是让我来抱吧？"

"不，姐姐，驼王的魂灵会笑话我的。"

瀑布

一

她，是银白水雾似的蜃楼。或者说，在干燥的地平线上徐徐飘浮的三片羽翼是她。我的望远镜对准着她，仿佛在静候热浪慢慢融化、吞噬她的结局。她穿着长裙，米白色的，在大太阳下一闪一闪的。她沿着西热河北岸走，步速极慢，时不时弯腰捡拾什么，不厌其烦地踅摸来踅摸去。我跨坐在老榆树活着的粗枝上，用一端插着铁片的削子削去死掉的树杈。这活儿很简单，没浪费我半个小时，我有大把时间在树影的荫蔽下，远远地"跟踪"她。过了好久，她才走到我这边。

"巴格巴，这些是花鹊的旧巢，对吗？"她问。树下堆着喜鹊旧窝残骸，是我刚刚丢下去的。

"嗯。"

"这树已经死了一半，活着的一半也会死掉。"

我没有反驳。在戈壁野地，树的死亡一直在延续，与那些晒白的动物尸骨一样,用死亡的残留物来充填生命的摇篮。

"很多地方一个院子能繁衍成一座小村,这里不会那样,对吧?"她向东看看,又向西看看说。她没有戴帽子,头发用花色头巾裹着堆到颅顶上,在我眼里,那模样好似牛粪包。

"你直接叫我羊脸巴格巴,我习惯人们这么称呼我。"

"知道。"

她礼貌性地笑笑,眼睛却看着我胸前的望远镜。我轮番地抓着枝干滑下树,扛起一截断枝,转身走去。我的动作极快。我担心望远镜透露我先前的"心潮翻涌"。是的,心潮翻涌,一个中年男人沉寂多年的、游丝一般的心弦。我要降伏它突然的暗自轰鸣。

"巴格巴,你像一个远离喧嚣的隐居者。"

"呃……我没有隐居。"

"感觉上是。"

斜斜的缓坡,一脚踩高,一脚踩低,人便来回摆动。两条影子,在眼皮下摇摆。有那么几次,两条影子叠到一起,那是爬坡时她踩到我的足印。

"巴格巴,你怎么一直不问我为什么又回来了?"她问道。

"你不是来捡石头的。"我答非所问地回答。

"你有过女人吗?"等我们两人走到屋西侧的柴垛旁后,她问道。

我没有应声,对着她的眼睛看。她避过脸,看看小山似的柴垛,又看看向东延伸至天边的秃山,眼神幽幽怨怨的,仿佛我把山上的树都扛回来了。三天前的中午,她的眼神可不是这样的。那是我们头一回照面。当时,我正在驼桩上抓驼毛。一峰脾性暴躁的母驼,我每抓一下,它便冲我吐口唾沫。不过我耐着性子,没有用鞭子抽它,也没有用绳子箍紧它的嘴。我也没发现有人靠近。当身后传来"您好！哦，糟糕，它唾了你一脸"时我扭头去看，便看见一个瘦高的女人，在晃眼的阳光下，一脸的惊讶与满眼的温和。

"您好，我们是来问路的，请问西热河是在这附近吗？"

"嗯。"

"嗨，老乡，西热河具体位置在哪儿？"沙哑的嗓音。女人身后，一个方脸男人从车窗探出脑袋。

"就在那儿，你们刚走过。"

"哦，原来——那就是西热河呀。"女人把语调拖长，脑袋从左到右地慢慢滑着，将视线内干涸的河床地瞅个到底。我没再理会，从母驼后腰抓下一坨毛，母驼"噗"地一下，星星点点的唾液在空中飘飞。抓完了，我回头看，两人已不见。临近傍晚，东边山下，一个黑点悠悠地挨近，我认出是中午的车。车到水井旁停下，一会儿，女人径直走来。

"您好！晚上我俩在那边搭帐篷露宿，您若有空就过来坐坐吧，聊聊天。我们有烤肉，还有酒。"

我没有拒绝。准确地讲，我想不出拒绝的理由。

"繁星、苍穹、宇宙，还有篝火、烤肉、红酒——多么浪漫的荒野夏夜，是不是，亲爱的？"男人一边在火堆上烤肉，一边脑袋朝天仰着说。

"等天完全黑了，你可以拍星轨。"女人说着眼睛向我一瞟，仿佛在说，请您不要嘲笑我们的一惊一乍。

"我们生来不是为了谴责彼此，而是为了深爱彼此。哦，愚蠢的人类，没有一颗星星会为你滑落。"

女人抿嘴一笑，对着我说："他是我爱人，呃——是个摄影师。"

"嗯。"

"我们还有黄酒和白酒,要不给您换一杯吧?"女人说。

我摇摇头,并举起杯表示感谢。我们用瓷杯喝酒,酒的味道真不错,只是有点甜。

"越来越多了,今晚它们都是我们的。"女人提高嗓门,有些突兀地说。

"只有其中一颗是你的。"男人说着,伸着胳膊递给我一串鸡翅,是抹了酱的。

"老乡,味道还不错吧?"

"嗯。"

男人递给女人一串鸡翅,女人没有接,说了句谢谢,慢慢地呷着酒,向远处凝视。一会儿,她自言自语:"在这里,每一朵花都该有自己的名字。"

"这鬼地方哪有什么花?"

男人呸地吐掉什么,转而递我一串说:"老乡,这是牛筋,车载冰箱里放了几天的,很幸运,没走味。嗬!在荒野烤肉,是我多年的梦想。呃,对了,老乡,怎么称呼您?"

"我叫羊脸巴格巴,巴格巴是我的名字,羊脸是老驼夫给我取的绰号。打小人们都这么叫我。"

"老驼夫一定很幽默。"

女人拦截男人话语似的轻咳一声,眼睛却依旧凝视着远处。

天际,一脉高凸的黑屏障,那是阿拉格山。一声声老人呼唤什么似的声音从那里传来。

"听听,什么在叫?"女人说。

"甭管是什么,你就权当是幽灵在唱歌。"

"猫头鹰。"我说。

"在山那边？"女人看着我问。

"嗯,夜里听起来会很近。"

"来,老乡,走一个。"

男人举着杯,不过不等我举杯他便大口喝下去半杯酒。男人有一头鬈发,比山上的褐色石头暗一些,应该是染过的。当他敞开嗓门大声说话时,发卷会抖动。他还时不时将手指插进头发向后捋一捋。

月亮没出来,星辰炸开似的布满天空。我向我的屋子走去。酒没有上头,口腔里蓄着淡淡的甜味唾液。我没有与他俩道别,也没有邀请他们到家里做客。当我们三人简单摆手道别时,我仿佛成了他们的客人。四野悄寂。秃山呈暗紫色,河床变为淡红色。浅白色沙碛地被夏夜柔风抽走了颜色,浑然成蓝幽幽的一片。哧哧地,我踩出一路的干巴声响。小屋窗棂方方的、黑黑的,几只夜鸟扑突突地飞去。进了屋,我没有开灯。我站到窗户前,看着不远的透明的红和黄。那是他俩在各自的帐篷内挂了灯。

翌日,大太阳下一切照旧。井边,多了一撮烧透的灰堆以及一对弧线似的车辙。车辙向着褐色阿拉格山,向着无云的碧空延伸。等到傍晚,山影依旧,夕阳依旧,温热的风依旧。我也依旧,只是手背多了半截火柴长的划伤。我坐在母亲留下的马扎上歇息。我很疲乏,白天我没有停止一刻的劳作。我本想早早爬上小床,可是我的眼睛却如浮云瞟向水井那边。没一会儿,暮霭深沉,水井台不见了,我的眼睛依旧向那里飘浮。

第三天,与前几日一样,骄阳炙烤,热浪翻滚。我确定我已经忘记女人——呃,还有她的丈夫。然而,等到夕阳落下,山影沉入大地后,我却鬼使神差地坐在马扎上凝望井口那边。其实,我没有回忆什么。我只是在凝望,单纯地凝望,脑海里一片空白。猫头鹰在叫,骆驼也在叫。野风从山坡滑下来,一阵沙沙声响。等到第四天晌午,也就是昨天,我在给驼羔灌祛暑药时,女人却突然站在我跟前。驼羔扑腾,药液洒了我一身。

"嚯咦,巴格巴,忙着呢?"

驼羔眼球上一条白柱,那是她,被我捕捉的身影。她的眼睛藏在墨镜后面,视觉上整张脸都藏在那后面。我随手拎起铜壶,咕咚咕咚喝了几口,胸膛里一阵嚯嚯响。我的手浸过药液,毛糙糙的手长了绿苔似的。我把手蹭到衣服上,黑红的手背露出来。我粗粗地舒口气,面颊上辣辣的,我觉得那是汗粒正暗自狂欢地沁出毛孔,还有心脏,猛烈地撞击胸腔,仿佛也长出了脚。

"你不会这么快就想不起我是谁了吧?"

我再次粗粗地舒口气,龇起牙。

"我和我爱人在山里迷路了,夜间我俩在山脚露宿。"

"哦。"

"我们没能找到。嗯,我想,我们还是过来问问您比较好。他呢——呃,在那边拍图片,一会儿过来。"

"噢。"

"我嘛,随处走走,看见您在这边,我就过来了。"

"嗯——"

"不会打扰到您吧?"

我摇摇头。

"呃,要不您先忙,我到河那边走走。"

"哦。"

等她走向河那边，我竟然逃离什么似的，匆匆灌完最后几勺药，扛起铁锹走向野地。同时我也在一种"揪耳朵吃肉"的自欺中带上了望远镜。我想，这一切源自我在暮色下凝望水井那边时，我的眼睛在遭受焦躁不安的折磨后，擅自向我的大脑发号施令——我要看到她。

二

我的屋子很小，只有里外两间。我的床也很小，只容我一个人翻腾。妹妹接走母亲前，母亲睡里间的床，我睡外间靠窗的床。母亲走后，我在里间睡，靠窗的床我用来堆放衣物。我不想把衣物堆到单人沙发上，因为吃饭时我得坐沙发。

从野地回来进屋后，我邀请她坐到沙发上，不过她并没有马上坐上去。她站在屋中央，两条胳膊交叉着放在胸前，仿佛放开了就会触到墙壁。她说："屋里好凉快。"我说："一直都这样。"屋顶橡木间有一窝黄嘴燕崽，她看见了，仰着脸，忘神地盯着那窝雏鸟。她的裙摆上印着黄色花纹，花纹如蝴蝶羽翼——这是我的联想。我走到外面，阳光晃眼。一只走出幽暗洞穴站到山冈上的猛兽，会不会也觉得阳光比往常晃眼？这也是我的联想。干旱夏季大太阳下袒胸露背的野地，围拢着我。它们冬夜似的宁静，也围拢着我。真该有一场黄风，铺天盖地涌来，打破这死静。

"这里好安静。"

她站到我一旁。

顺着河床地，一辆车左拧右拐地驶近，并且很快到了门口。男人的鬈发、男人的方下巴、男人有些抽搐的面颊——都探出来了。

她迎了过去，说："哦，你终于回来了。"

"那边风景真不赖。我拍到刺猬了。"男人大声说着，眼睛却盯着我。

我向驼群走去。两人说着什么，我没听清。或者说，我根本就没听。半个小时后，我逐一放开埋到地上的驼桩绳索。驼羔和母驼混为一体，发出嘈杂的声响。一会儿，整个驼群向西离去。他俩追着拍照。等驼群进了大片的灌木丛，两人折了回来。这空当，我换了外套，洗净了脸和手臂。

我备了晚餐，一锅风干牛肉、一碟醋泡沙葱，还有一瓶高度白酒。夕阳温和，河对岸的秃山缓坡染了一层金黄。

"老乡，明天就劳驾您了。"男人举起杯，用一双毫无笑意的眼神看着我说。

"明天有雨。"我说。

"会下雨吗？"她问。

"只能是明天了，后天我们还有事。"男人将杯里的酒一饮而尽。男人的鬈发整体向后倒去，我想，那是男人驾车时一直在大开车窗。

"不碍事。"我说。

夜里，屋前两个蘑菇似的帐包。男人的呼噜声、夜鸟的鸣啭、山野的低吟，都飘过敞开的窗户传来。我在我的小床上，侧身躺着。对面墙壁上，嵌入墙壁的母亲用来供绿度母的壁龛蒙着薄纱。我看着那里，感觉绿度母微闭的眼睑满是笑意。一阵扑突突，从烟囱飞进来一只鸟。鸟嗖嗖地飞，飞出凉飕飕的风。月亮上来了，窗外一片银白，闷燥燥的。躺柜上有笛子，我想吹吹笛子。我还想到外面走走，去看看秃山被月色渲染的样子、树木变黑后的样子、栅栏延伸至天边的样子、河床盐碱地泛白的样子、灰兔啃食草茎的样子、黄狐狸到井边饮水的样子、羊蛇扯着布满花斑的身子逃去的样子、刺猬扑在母羊胯下吮吸羊奶的样子、跳鼠一弓一弓地飞奔过沙碛地的样子，还有草地黑鼠爬仓房窗台的诡谲样子。它的尾巴上有鳞片，月下会散发出磷火一样的光。听说它也偷酒喝。嗯，对，应该整一杯。我下了地，赤着腿，赤着臂。嘎吱，里间的门被我拉开。我忘了它会响。我顿住，我的肌肉瞬间绷紧。我瞅见我的胸脯高凸，哦，这就是我的生活赏赐我的奖励。酒在沙发一侧的壁橱内。又一声嘎吱，这次是壁橱的门。呼噜声戛然而止，一会儿继续响起。我拎着酒瓶，空出一条胳膊，抬起门板，我想这回它不会嘎吱一声了。不过，它还是轻微地嘎吱一声。呼噜声依旧。

我大大地喝下一口，陈酒，太辣。

又一口，辣味淡去，齿缝间酸涩涩的。

黛色山冈，浓雾氤氲。山脚有河，棕色水流，湍急。她扑在裸岩上。湿漉漉的好几条胳膊，那都是她的，一条一条地伸缩，犹如蜘蛛的腿。她在吃力地往上爬。风很大，她的裙摆抖动，要被掀去了。她张大嘴，像是在呼喊。一个男人，有张黑黑的脸，树一样站着，看她。

我醒了。发现梦里跑到山上见了她。外面正在下雨，天色已亮，雨脚密密麻麻地攀爬着窗户玻璃。从开着的窗户潲进来的雨水，在地上洇出一小片黑影。河床那边一片朦胧，对面的山坡隐在雨中。檐口扯下亮亮的水绳，这是一场没有雷声的暴雨。头胀得痛，胸腔里油腻腻的。我走了出去。屋前，有了血管似的交叉的水流。她在车里。男人披着雨衣，骂骂咧咧地抖搂帐篷，水珠四溅。男人浅色牛仔裤湿了半截，鞋子也是。头发耷拉下来，显得他的方脸更方了。

我去抖搂另一个，抖净了拖进屋里。

"该死的雨。"男人嘟哝道。他面颊上红彤彤的,那是一半生气,一半宿醉未醒。

一次漫长的早茶。雨脚扑突突地踩着屋顶,屋内屋外此起彼伏地沙沙响。她抬头看看椽木上的雏鸟,男人也跟着看。她坐在沙发上,双腿拢回身下,裹着薄毯。她的头发垂下来,一头马鬃似的长发。

"雨停了,咱就出发。"男人说。

"嗯。"我应道。

我坐在马扎上。马扎很旧了,得用小腿撑着。男人坐在床沿,背对着窗户,黑乎乎的,乍看像一尊铜塑,那种喇嘛庙里常见的。

"巴格巴,那是你吗?"她看着壁上的旧照片问道。

"嗯,中间的是我母亲,个头小的是我妹妹。"

"二十世纪八十年代的老照片了。"男人说。

"嗯。"我顿了顿,觉得男人匆匆瞥向我的眼神充满了冷峻的光芒。于是我接着说:"照的时候我的鼻腔里塞了羊粪蛋,那会儿我经常流鼻涕——塞进去就掏不出来了。"

"鼻涕怎么可能堵得住?"男人干巴巴地说着,脱掉了鞋子,米色袜子脏兮兮的。

"后来我母亲用细棍抠出来的,羊粪蛋都烂掉了。"

她笑了,笑声很轻微,她一手摁着额头,一手端着茶碗,明显是极力忍着大笑。

"我妹妹用羊粪蛋串成项链戴在脖子上,我用驼粪蛋串成佛珠念经,照片上能看到。"我说。

"哦,是吗?我还以为脖子上的是珊瑚之类的。"她说。

男人拎起鞋子砰砰地撞击,声音听起来很刺耳。屋里顿时陷入一种令人难堪的宁静。一会儿,三个人同时向窗外望去。

"抓过毛的骆驼会不会怕雨?"她突然说。

我摇摇头。她把身子后倾,靠起高出肩头的沙发。那里黑亮亮的,那是我的汗液留下的污垢。

"怎么可能?骆驼那么大,甭说一场暴雨,就是三九天的白毛风都奈何不了它们。"

又是一阵突然而至的沉默。三人轮番看着窗外,仿佛都在暗自祈祷雨能快速停止。燕子嚯嚯地飞,雏鸟啾啾地叫。一种潮乎乎的死寂慢慢地灌得叫人很不舒服。

"老乡,你们是不是每年都会祭拜那尊石人,呃,那个名叫'阿布石'的?"男人问道。

"嗯,每年都会。"

"你也是?"

"嗯。"

"巴格巴,祭拜石人算是一种年代久远的乡俗,是吧?"她问。

"嗯。"

"其实吧,草原深处的墓地石人多数是青铜器时代和铁器时代的,有的更久远,石器时代的。"男人扭头看了看老婆——她,"考古的研究过新疆阿勒泰那边的,还有蒙古高原那边的,有的三五个在一起,猜测是古代某个王者或者首领的墓碑。"

"不全是墓碑。"她说。

"书上是那么讲的。"

"我跟你讲过,有的就不是。"她的语调提高了些许。

男人听了,沉默着,一双冷峻的眼神从她脸上滑过。我突然觉得一个没有男人的女人才会偶尔露出那种眼神。

终于,雨停了。

在几乎没有交流的情况下,我们三人挤进车里。车沿着雨后泥泞的河滩地前行。涸死的河床活了过来,混浊的泥河吞吐着泡沫,急促地流淌。她把车窗大开,潮乎乎的风扫进来,弄得身上麻麻的。男人不停地提速,车时不时打滑,不过她没提醒男人要当心点。我也没有。她在看远处。我在回想夜里的梦。路不远,来不及回忆完整个梦境便到了山口。三人徒步向山口走去。山口足足有一里地宽,西热河从那里甩着身子喷涌而来。一小群骆驼被山洪分开,一拨在这边,一拨在那边,隔着山洪相互哀鸣。越走地势越高、越陡,人影越小。我在前面走,她随后,男人跟在后面。男人拍了好些照片。

"该死的,到处是烂泥,好累。"当三人攀至半山腰稍事歇息时,男人说。他双手叉着腰,胸口一起一落,发肿的单眼皮红红的,像是用手背狠狠地揉搓过。

"好壮观,我的天,太美了。"她说。

褐色山冈被雨水冲刷后颜色变得很深,云层近乎贴着山头飘浮。灰色的云变成薄薄的纱,那后面是似拳头般鼓起的、灿白的、被我们当地人称为"老云"的白云。

"哟呵,还有多远,老乡?"

"前面拐过去就是,那边,挨着那棵挂着经幡的神树。"

"就在那儿啊? 前天我还以为是什么,就没靠近,原来是神树啊。"男人懊恼地说。

"假如滑下去,会不会被山洪卷走?"她问。

"那当然,你仔细瞅瞅,牛大的石头,呃,那个,白色的,那可是石头。"男人指着山沟说。

"水不会很深,但是会撞到石头上。"我说。

"真够倒霉的,早知道就在跟前,那天咱俩就该往深处走走。"男人像在故意拦截我的话。

"那天的风景可没有今天这么壮观。"她说着取下披在肩头上的头巾,开始整理头发。

"得有仪式感。"她说。很快,她颅顶上的牛粪包恢复了原样。

"走吧。"男人说。

我没有挪脚。

"你不去吗?"她问。

"我就不去了,我在这儿等你们。"

"也是,你是当地人嘛。"

两人一同向挨近山脚的神树那边走去。走出几步,男人猛地回头看看我,我想我有些痴痴地目送她的眼神被他捕捉到了。

头天夜里,我已经把"阿布石"的传说讲给了他俩。我讲得很粗略,完全没有母亲当初讲给我时那么令人动容。

"鞭子宁达是个魁梧而勇猛的男人,虽然他是个土匪,但他不会掳掠穷人。在阿拉格山最险峻、最隐秘的地方有他容身的山洞。洞里铺了老虎皮,他就在那上面睡觉。他有一匹枣红马,从十里地之外听到主人的口哨便能疾奔而来。人们听到马蹄声就会说,哦,那是我们鞭子宁达的神驹。他还是个神枪手,如果秃鹫想叼走他的猎物,他会一枪打烂秃鹫的脑袋。不过,他可从来没有猎杀过秃鹫,一次都没有。因为他说他的父亲是秃鹫。后来呀,他爱上了黑脸台吉的小夫人。嚯勒嘿,悲剧就是从那一刻开始的。黑脸台吉是阿拉格山最富裕的人。富人家的女人,自然是很美丽。不过,这位美丽的夫人也爱上了鞭子宁达。有一次,在一个黄尘漫天的春日,鞭子宁达到黑脸台吉家掳走了小夫人。但是,黑脸台吉追到山里,很不幸,台吉的护兵抓到了鞭子宁达,把他关进地窖里,还把他的双腿砍断了。黑脸台吉是想活活折磨死他。哦,苍天保佑!最后,我们的鞭子宁达还是逃走了。再后来,他找人用石头雕出自己的模样,立在阿拉格山里,好让小夫人经常到山里看他。"

在那个幼小年纪,我是不会追问小夫人的结局的,不过母亲还是告诉了我。

"其实吧,黑脸台吉也是个了不起的人,他并没有狠狠地惩罚小夫人,只是从她头发上坠起两条长长的木棍,那是一种很古老的惩罚。这种古老的惩罚就是新娘头上戴的西部格(早期鄂尔多斯妇女头戴用布缠绕的木棒)的来源。"

"那得多疼。"

"嚯勒嘿,这个并没有浇灭小夫人心头的念想,她总是蹒跚着走到山里看望心上人。"

"鞭子宁达不是变成石头了吗?"

"那又怎么样?小夫人眼里它就是他。小夫人还生了三个小孩,不过孩子都夭折了。"

我不确定当时我有没有联想那三个孩子是"阿布石"的。

"苦命的女人,最后疯了。"

"疯了?额吉,小夫人疯了?"

"是啊,三个孩子夭折后,小夫人的舅舅让她嫁给了别人。后来她就疯了,因为嫁过去后再没有生小孩。"

夜里,当我循着记忆大致将传说讲完后,她近乎哀伤地说了句:"多么凄美的爱情。"

"那算什么爱情,纯粹的勾当。"男人说。他酡红的脸奇怪地抽搐着,眉头也硬邦邦地鼓起。

她没有应声,只是轻轻地叹口气,仿佛把心头的话化作一缕气吐了出去。也就在那一刻,我觉得我应该把整个传说如母亲一样娓娓道来,好让她沉浸在无尽的遐想中。因为,窗外的夜色是那样的宁静与幽暗。

这是一个应该有传说与炉火的仲夏夜。

三

水汽蒸腾,刀刃似的条状阳光从云缝间直射山腰间。她刚好走在那里。须臾,阳光崩离四散,她走入灰蒙蒙的水雾。男人走在她身后,一手执着随手捡来的木杖。禽鸟飞来飞去,山谷间满是它们的鸣叫。偶尔,风从山谷间旋起,飕飕地摇动稀疏的灌木丛。

"嗨,老乡,与我想象的没多大差别。大理石造的,足足有两米高。左臂垂下,握着鞭子;右臂打弯,持着一石碗。我冲那碗放了枚硬币。这个土匪,腰带还是雕花纹的。"男人喘着粗气说,裤脚、鞋子沾了泥垢,像是刚从泥沼里抽出来的。

"不要这么讲,亲爱的。"

"本来就是嘛。"

"别乱讲,咱俩刚刚给他磕过头的,你真没必要这么讲。"她近乎哀求地说。她站在低处,说话时仰起脸,整个人后倾,如果风再大一些,她会跌落至山沟。

"嗨,老婆,假如他真能给我带来好运,呃,一个胖儿子,或者一个鬈发丫头,那我叫他爹都可以。没什么,认一个土匪当爹不是什么丢脸的事。哈哈,妈的,真不该选个大雨天爬山。"

我转身欲走，她突然说："巴格巴，你说的瀑布呢？"

"哪来的什么瀑布？"男人摆弄着相机，随手拍了几张照片。

"昨晚他讲过的。"

"不远，就在前面，两里地。"我说。

"带我们去吧。"她说。

"哦，老婆，不就是个瀑布嘛，不会很神奇的。"

"我想去看看。"

阳光忽地洒满山谷，身上有了暖意，不过很快又被浮云挡去了。

"你忘了?巴格巴讲过一个名叫阿弩达尔的女人生了二十三个孩子，就是因为祭拜过'阿布石'，而且还——"

"的确是个奇迹。"

"她生那么多孩子，是因为喝过瀑布的水。"

"哦，我的老婆，不要相信那些哄小孩的话。你听听，瀑布在号哭。哈哈，听听就够了，你又不是没见过瀑布，你说呢？"

"你不想去就下山吧。"她犹豫了片刻，"你俩都下去吧，我不怕迷路。"

她转身走去。

"呃，老乡，永远不要小瞧一个满心想当母亲的女人。"男人自嘲着抓抓乱蓬蓬的头发，跟了过去。

周围尽是碎石，犹如这里曾经发生过石头与石头的战争，大石头吞掉小石头，嚼碎，啐吐一地。

"这山里一定有岩羊、盘羊之类的，是吧，老乡?"男人见我远远地尾随在他后面，停住，大声问。

"有，不多。"我也提高了嗓门。

"砰砰——呵,那得多过瘾。"男人挥臂比画着说。

她已经走远了,沿山坡的一簇簇灌木差不多隐去了她的背影。等到太阳完全挣脱所有的浮云,我们也到了瀑布偏北的山腰。再往前便是两山相遇的交界处,混浊的水流从那里造出巨响喷泻,仿佛用轰响向我们宣告它们正从囚禁地逃离。

"老婆,你仔细瞅瞅,真的就是个暴雨带来的山洪。"

男人显然懒得拍照,只是见她出神地凝望,便慢腾腾地咔嚓几下。

水流扯出约十多米的水身,重重地摔进褐色山窝,被羊绒似的泡沫覆盖。在水流的冲击下,泡沫不停地堆积、战栗。

"它不会经常有,对吧?"她问。

她并没有回头看我,不过我还是回了一句:"嗯,下雨后才会有。"

"它的名字叫'阿布的瀑布',是不是?"

"这边的老人们这么称呼。"

"你有多久没见到了?"她扭过头来看我。

"三四年——不过,去年也有过,只是一股子小溪。"

"天旱了它就会断流,这很明显嘛。戈壁荒山嘛,十年九旱。"男人在一旁说。

已经是偏午时分,云层不断地从天际拥来。山沟里,清幽幽的水雾渐渐散尽,稀疏的树木浸染过油似的发亮。鼻腔、胸腔里凉凉的,我大口大口地吸气呼气,仿佛这样才能降伏我体内不断暗涌的激荡。它们的源头是她,这点我毫不怀疑。

她。我在心底默念,毫不避讳。

"巴格巴,你见过她的样子吗?就是阿弩达尔。"

"没有，我也是听我母亲讲的。"

"一个活了七十多岁的女人，一个生下二十三个孩子的女人，没有经历过众目睽睽下的——呃，众目睽睽下的矜持，故作的矜持，那该多好。"

也不知为何，我竟然向前踱了几步，几乎站到她身边了。

"山那边有个名叫'母宫'的山洞，一旁有早年人们用来打猎的石墙，还有被烧毁的阿拉格庙的遗迹。"我说。我确定，有那么几瞬间我已忘记男人的存在。

"真该去看看。"

"老婆，算了，没什么奇特的。"

突然，她用手掌拢着嘴，呜地高喊。不一会儿，山谷传来隐隐的回响。又一下，很漫长的呜——听着那缓缓消散的回响，我莫名地笑了。她放下手，冲着我笑。

"我可以带你们去。"我说。

男人盯着我看，面无表情。那神情与四周满眼毫无生气的、僵硬的裸岩一样，越来越阴沉。

"不会很远，对吗?"她说着扭过头来看我。一双无畏的眼神，是她这个四十多岁女人隐形的触角。此刻，它们正向我慢慢地延伸，我没有躲闪。

猛烈地、急促地、笨拙地撞击，男人的拳头落在我脑袋一侧。我向后趔趄着站稳，没觉得疼，只觉整个脑袋瞬间被泥浆灌满了，灌得死死的、闷闷的。又一下。这次比前一次弱一些。我向后撤出几步。男人的面孔沦为一张铁青色的死人脸。我没有动。我的拳头已握紧，指关节在嘎巴脆响。我听到了。她没有尖叫，也没有阻止，眼神里也没有慌乱与惊讶。她看了看男人，看了看我，扭头看了看瀑布,或者更远的山峦,然后缄默着向来路走去。

男人啐了口唾沫,弯腰,弓背,向我扑来。

我也迎了过去。

云在旋转,山峰在旋转,树木在旋转。铁青的死人脸凑过来,蓬乱的鬈发颤动。耳朵根撞到什么,火辣辣的光闪一下,不见。四条胳膊和四条腿纠缠着,顺着山坡滑下去。咒骂声、粗野的咆哮在四处回响。沁血的牙齿、惨白的石头、厚厚的嘴唇、憋红的面孔——都是男人的。挠心的撕裂声,肩头凉凉的,纽扣在崩裂中飞去。

须臾,我看到鬈发与草屑缠在一起,遮住半张铁青色的死人脸。我跨坐在男人身上,用膝盖顶住他的一条胳膊,另一条被我的一条胳膊扭着。我空出一条胳膊掩住男人的嘴。现在,铁青的死人脸上只有一双烧红的眼。

"你听。"我说。

男人猛力地扭动着硬硬的身躯,我感觉像是骑了一匹马。

"愚蠢的家伙!"

"该死的,听!"

烧红的眼睛瞪圆,变小,变成一条缝。

"瀑布在号叫,呃,该死的牛犊子,女人的呻吟。哪有那么多传说?"

男人停止踢腾。

我松开了手。

"那个女人——"我站起,吐唾沫。

"那个生了二十三个小孩的女人,家里有老母亲,帐篷太小,夜晚又太短暂,你知道的,她和她男人每次都……都在这边——"

男人坐起,揉着拳头,哼哼地吐唾沫。

我转身走开，步出几步，回头看着男人说："我也有过老婆，只是很年轻就死了。还有，那个石人是我的父亲。我母亲这么告诉我的。"

路过石人时，我没有像往常一样驻足看他。他背对着我。原本灰色大理石的身躯被雨水浸泡着，变成浅酱色，微微向一侧倾斜，视觉上，像是要结束长长久久的站立，来场不停歇的远足，或者伸开双臂，向某个匆匆路过的人挥挥手。

一种昏沉而沙哑的、谐谑而鄙夷的男人笑声，从我确定不了的方向隐隐地传来。我猜，是石人在笑。他在我看不见的地方，正俯瞰着我。而他这般神迹似的存在，陪伴我多年。在我七八岁的某个冬夜，我和母亲赶着羊群路过这里。那天下了大雪，山头从雪层探出脑袋，黑乎乎地悬在半空，犹如无数个巨人正一言不发地凝视着我们。天空阴沉，四周灰蒙，他孤零零地、黑黢黢地出现在前方。见他堵住去路，我用羊鞭哗地给了他一下。啪啪——母亲的鞭子落在我身上。我逃去，在疾跑中，我听到一种从未听到过的笑声：沙哑与昏沉，戏谑中带着疼爱。不过，这些都是我后来回忆时感觉到的。等到走出山口，母亲突然对我说："他是你的父亲。"

我说："是所有人的父亲。"

母亲说："不，是你的。"

我说："是死了的人的父亲。"

母亲的鞭子又啪啪落在我身上。

啪啪——鞭子声响越来越清晰。

嘿嘿，笑声模糊。

她的背影出现在山口。

我折身，绕道向山的阴面走去。等我到家时已经是后半夜了。

我躺着,敞身躺着。风从窗户吹进来,掀起壁龛上的蒙纱,一起一落。一种低吟的、类似强忍着哭泣而又有些歇斯底里的、悠长的喊声,遥遥地穿过山野,搅动着云层,扫荡着荒野枯枝败叶,如弥天黄尘,翻滚、席卷、吞噬每一粒沙砾、每一根烟囱,掀翻柴垛、木栅栏、人影、马鬃——哦,她的长发。她张大嘴,微闭着眼,一声声低唱,嗯,她在唱歌。一个蹩脚长调歌手打马穿过草原时,往往会传出那种歌声。

　　哦,她在低吟。

　　一个女人敞着身,在天地间,在瀑布的轰鸣中传出激昂的歌声。那是生命在经历自我的酝酿。

　　我的老婆也曾发出过那样的声音。

　　那个女人一定也发出过。

　　她也应该发出。

　　嗬,结束了,仅属于我的时代结束了。一种无趣、安宁、简单的生活,被一阵锐利的风扫荡殆尽。

石兽

　　屋顶上的风声很大,很暴,像只双目失明的巨兽正恼羞成怒地刨掀瓦片,并时不时发出粗哑的咆哮。乌拉吉跪伏在窗台上,盯着窗外光照下浓烟般翻卷的黄尘。

　　"这下他们可有受的啦,他们一定没见过这种鬼天气。"

　　"乌拉吉,不要盯着黑说这种话。"

　　门那边一声脆响,又一声,什么东西在风里落地,撞在某个铁质的物体上,砼砼砼地响了好一阵。

　　"你说,风会不会掀了他们的帐篷?"

　　"嗬!"

　　乌拉吉的老婆,一个被南戈壁人唤为马勺儿的女人,斜躺在炕沿,用她那男人似的大巴掌掩着后腰,嗬嗬地吐气,吸气。马勺儿这个诨名也是因她那大巴掌而得来的。据说,早在嫁给乌拉吉之前,她曾用巴掌扇晕过三岁的牝牛。

　　"你说,他们会不会被活埋了?"

　　"我不知道。"

"他们一定会觉得很恐怖。"

"他们又不是小孩子。"

"这种沙尘天气,我都怕走野地。"乌拉吉嘟哝道。

马勺儿没有回应。"呃——嘶——"她重重地倒吸一口气。乌拉吉回过头看,看见妻子的眉头蹙得紧紧的,人也缩成一团。

"还疼啊?"乌拉吉说着,拧过身,胳膊拉长,探进妻子衣襟下。

"呃,硬撅撅的,羊粪蛋大小喽。"

"是不是要开口子了?"马勺儿的声音嗦嗦的。

"咦,早晨还只有黄豆那么大的哩,好像不是脓包。"

乌拉吉下地,赤脚到橱柜前,拉抽屉,找来一把匕首、一具磨刀石,蹲身,哧溜哧溜地开刃。

马勺儿坐直,脑袋向后怪异地拧着,试图看一眼骶骨部位囊肿似的肉包。

"要不咱试一试?我琢磨着也许不会很痛。"乌拉吉说着,从马勺儿腮下勾来一绺头发塞到她嘴里。然后乌拉吉撩开她的衣服,俯身,一手操着刀,一手手指虬了虬鼓起的肉包,顿住,闷闷地吁口气。

"我才不怕哩。"马勺儿说,浓浓的嗓音。

"还是算了,天亮了咱就去镇上。"

门外一阵喤喤的声响。屋顶某处传来怪异的近乎尖叫的咿——呀呀——咿。

"风掀掉水桶了。"马勺儿说。

两人已经面对面坐到炕桌两侧。

"这风——呃,准会埋了他们。"

乌拉吉所言的"他们"是指六七日前突然到来的一拨人。他们在羊河西岸低山地扎了帐篷,还沿着山头插铁杆拉起警戒线,且不准任何人靠近。

"就该埋了——嗬,他们在偷山石。"

"不,不,他们不是来采石的。我知道采石的工具有哪些。"

"走着瞧好了。"

乌拉吉仰躺下,手指头在胸前弹着。须臾,两人谁都不说话。忽然,乌拉吉莫名地哈哈大笑起来,瘦长的腮上炸开水波似的皱纹。马勺儿则面无表情地看着丈夫。

"出——来——没?"

乌拉吉因为仰躺着笑的时间过于长了,唾液大概呛到呼吸道了,每吐一个字,都要咔咔地咳嗽几下。

"我不知道。"

"你说——你、你怎么就吞掉了呢?"

又是一阵沉默。

"哦,勺儿,原来是石头,是石头在长,在你身体里!"

乌拉吉像是从梦中惊醒般坐起,挺着胸,一对灯光下泛着褐色光的瞳孔在撑圆的眼圈内空吊着。马勺儿听了,也是将脊背一挺,一双被肿胀的眼睑包围的眼球直直地盯着丈夫。

前几日,马勺儿去过羊河那边。看见三个男人顶着大太阳,正用很小的铲子或者什么工具掘着方形穴口。马勺儿先是在山头站了片刻,然后走了过去。

"嚯咦,你们——快点走。"马勺儿几乎是吼着说。

三张被骄阳炙烤得红彤彤的男人脸从大檐帽下露出来。其中一个抓下帽子,撸了撸腮和脖子,说:"你是谁?"

"我就是我。"

一个扎着马尾辫的女人从帐篷内出来，边走边嚷嚷着对马勺儿说："呀呀，站住，你怎么就擅自闯进来了？"

女人的语调干硬而不容辩解。马勺儿听了，竟没了话。于是，她抬起胳膊，将大巴掌扣在半空，学着女人的语调，说："我抽你一个嘴巴子。"

女人顿住，又几声呀呀的，便撤到一旁去了。不过，马勺儿发现女人虽然脸色都变白了，嘴角却浮出一丝笑意。她缩回手，左左右右地看了看，屈身，捡起一枚碎石，含在嘴里，咔咔地嚼。

其实，马勺儿也没想过要吞了碎石。可是，等她离开那里，走出半里地之后才发现口腔里空空的。

隔日，那个羊粪蛋大小的东西，居然扩成驼粪蛋大小。又挨了几日，马勺儿已经无法直起腰来，甚至都无法抬头看天空了。同时，到了夜里，她也无法仰躺。不是很痛，可后腰处总也沉甸甸的，仿佛拖着一条尾巴。

"嗬！马粪蛋大小了。"

乌拉吉手上黏糊糊的，他在给马勺儿后背敷黄蒿籽。

"到底是什么鬼东西，不行，咱得到城里叫大夫瞧瞧。"

"不痛了。"

"不痛了也得叫大夫瞧瞧啊。"

"不管它了。"

"嗬！你这人什么都不怕。"乌拉吉开始在盆里洗手，他的动作很缓慢，十根指头相互搓着、挠着、抓着，眼神却始终在马勺儿脸上。

"那天就该剜了它。"乌拉吉说。

"得等到他们走了——"

"他们会走的。"

"我知道。"

乌拉吉开始用毛巾擦手,动作依然很慢,眼神依然在马勺儿脸上扫来扫去。他比马勺儿小十一岁。在两人婚后的十年里,面对妻子,乌拉吉时不时有种错觉,觉着眼前这个脾性像野地一样沉默寡言的女人是他的母亲,而不是妻子。当然,刚开始在一起的时候,乌拉吉是没有这种感觉的。只是后来,随着时间的流逝,这种感觉越发真实。尤其是每当在马勺儿一种旁人无法察觉的、近乎凝固般的眼神里,乌拉吉心底才会滋生某种陌生而亲切的安宁感。同时,他也从她眼神里捕捉到一丝的不安。仿佛,他是一缕烟,稍不留意便会消失不见。

"勺儿,我是不会跟着他们走的。"

"很多人都走了,他们都稀罕别的地方。"

"嘀,我不会走的,我不稀罕外面的世界。"

马勺儿不应腔,近乎木讷地盯着乌拉吉。仿佛,他说了句她永远都无法相信的话。

十多年前,也有一拨人来山里扎帐篷采石。那次,马勺儿在山里扇过一个冲她丢石头的男人。那个男人给了她三巴掌。她腮帮子肿了十多日。后来,她的男人,那个娶回她四个月的男人跟着那伙人走了,再没回来过。还有,她的弟弟也跟着那拨人走了。他们走得干脆、利索,几乎是逃离囚禁地似的,一去不复返。

一个午后,乌拉吉从野地回来,神色恓恓惶惶的,像是一路被什么追着逃回来的。进了屋,他先是脱去单衣,赤着半截身,抄瓢,咕咚咕咚地,马驹似的干掉了三瓢水。然后,他站在那里,张着嘴,咯咯地打嗝,胸上有几股子水在淌。马勺儿不吭声。她的身子半弓着,那个什么东西已经有拳头那么大了,卡得她无法直腰。

"他们居然掘出人来了。"乌拉吉说。

"哦!"

"是一个女人——呃,说是千年之前的女人。"

马勺儿听了,眼睛向门那边看了看,然后慢慢地拧身子,犹如一个耄耋老人那般迟疑地将上半身迎向丈夫。

"说是头发都一根一根的,乌黑的发丝——呃,眉毛也是,睫毛也是,都在呢。"

"眼睛呢?"

"嗬!我不知道,他们不叫我瞅。我想——应该有吧。"

马勺儿这才挪了挪脚,走到外面,向羊河那边望去。乌拉吉也走出屋,站在她一旁。他呼呼地吐气,胸脯一起一落的。

"那是死人。"

须臾,马勺儿说。

"嗯。"

"他们要死人做什么?"

"他们说是发现了世界之谜,说是他们的发现会震惊世界。还说今后会有更多的人前来咱的羊河两岸考察。"

"一个死人?"

"他们说那是古墓。"

阳光很温和。天空也很蓝。等雨的野地静悄悄的。

"天不会再刮风了。"

"嗯,不会了。"乌拉吉迎合着嘟哝道。

夜里,马勺儿突然醒来了。她不确定自己是被什么吵醒的,也许是月光,因为睁眼的瞬间,她看见月亮吊在窗帘缝隙间。醒来后,她一动不动地侧躺着，在一种空前的清醒中盯着挨着自己的空被褥。一会儿，她伸出手，摩挲着空被褥，低声嘟囔了几句。不过，连她自己都没听清说了些什么。

晨阳升高后乌拉吉才回来，鞋子湿湿的。马勺儿没问他去了哪里。乌拉吉也没讲。一连几日，乌拉吉总要往野地里走。酷阳高照，使他本是晒焦的脸，越发暗沉。一头稀疏的短发，蔫蔫地覆在他颅上，像是一间衰败草屋的屋顶。

"他们走了。"有天黄昏，乌拉吉回来说，语调困困倦倦的。

"都走了？"

"走了。"

"帐篷也卸了？"

"卸了。"

"你是不是也想跟着去？"

"不。"

"你想走，你就走吧。"

"我为什么要走？"

"人们都在走。"

马勺儿的语调也是困困倦倦的。她坐在木椅上，身子向前倾着，双臂垂下，手抓着椅背，免得自己跌下来。说话的时候，她的眼睛盯着地中央，那里丢着乌拉吉刚脱下的鞋子。鞋子还沾着湿泥。

"羊河有水了？"

"嗯，有了。"乌拉吉说。

"有水就好啊。"

"马勺儿——"

"嗯？"

"我母亲就埋在那里。"

"嗯。"

"你知道的,我母亲因为生我而离世的。"

"呃。"

"我是想,他们既然能找到千年之前的人,兴许也能找到我的母亲。"

"你央求过他们了?"

"嗯。"

屋里静了下来。马勺儿扭过头,盯着橱柜、灶台、墙壁上的细尘,那是狂躁了几十天的沙尘遗留的痕迹。

"你知道的,我只是想看一眼我的母亲。"

"嗬!"

乌拉吉发现马勺儿眼里居然闪着一层水光。

翌日,马勺儿便独自往羊河那边走去。为了不被乌拉吉看见,她先是往东走。那里有梭梭林。她穿过梭梭林,沿着羊河河道往南走。她走得极慢。她还有手杖。因为,她需要时不时停下来,拄着手杖,仰起头看前方的路。她早已无法直起腰走路,后背,衣下,鼓鼓囊囊的。

傍晚,乌拉吉终于在那拨人留下的石穴里找到了马勺儿。穴口窄窄的,乌拉吉趴在穴口,手伸进去,想捞起马勺儿的一条胳膊。

"呃,把手给我。"

当乌拉吉的手刚探到马勺儿的肩头,她便往里缩了缩身子,将两条胳膊窝回压在胸下,像某种穴居的动物似的蹲伏着。

"他们就是从你躺的位置找到那个女人的。"

"我知道。"

乌拉吉趴下，用双臂撑着身子往里钻。"啪"的一声，乌拉吉只觉脑壳被什么重重地一击，一股酸痛感从颅顶传至脚后跟。

"你扇我做什么？"乌拉吉说。

等到暮霭昏沉，乌拉吉走到山头，向下看，穴口像只巨型眼睛，嵌着一个模糊的瞳孔，那是马勺儿。他向东边的河槽地望去，那里密密麻麻地布着采石的浅坑，幽暗的夜色下，像是万千个荒冢土丘。

临近初秋，因为每日都给马勺儿送饭，乌拉吉已经在野地间步出了一条羊肠小道。

有天，骄阳炙晒，烫得人昏昏沉沉的。乌拉吉向穴口下看。穴内黑森森的，漫着冰凉的风，却不见马勺儿，只是多了一块椭圆形石头。

马勺儿就那样消失了。

后来，人们从乌拉吉口中听到了很多关于马勺儿的故事。他跟人们讲，说是自己的妻子变成了一块石头。可人们不信。于是，他带着人们到羊河那边。在那里，他给人们看穴内的石头。可人们依旧不信，甚至很多当地人都说从小吃着百家饭长大的孤儿乌拉吉从未娶过老婆。

乌拉吉老了后，他的故事有了新的版本，他讲的不再是他妻子马勺儿的故事，而是他母亲变成石头的故事。人们更是不信。

再后来，乌拉吉去世后，人们果真在穴内发现了一块像是天然玛瑙的山石。据说，在月光下，能很清晰地看到，石头内裹着一具完整的人骨。

告别

无论谁问起,我都会说,那是一个美妙而不可多得的夜晚。我们八个人围坐圆桌,在琥珀色灯光下,度过了五个小时。我们从夜里十点开始一直到凌晨三点,没有人离去,也没有人疲倦地打哈欠。除了患有腰椎间盘突出的马头琴琴手苏热图偶尔站起身扭动腰部,巴扎莱老人和她的三个儿子还有我们三个都没有挪地方。

白天,我们四个缠着巴扎莱老人拍了很多镜头。老人家高寿八十六,除了走路需要拄着拐杖,身体状况上没有其他令人担忧的。老人家说话幽默,面对镜头没有丝毫的被侵入感,甚至还会说"不要把我额上的瘊子照得太明显喽"。我们在为库布齐沙漠腹地的驼峰石拍宣传视频。驼峰石距巴扎莱老人家正西三十里地,在一片四面环沙的缓坡上。午后,我们用七十分钟,穿过大片茂密的柠条林和连绵的沙丘抵至驼峰石下。

等我们收工时天色已变黑。回来的路上,我们迷失了方向,在柳林间走了很多冤枉路。这不怪巴扎莱老人,因为司机担心车子陷在沙子里,不停地加速冲刺,加上黝黑夜色下的柳林看起来都一个样,老人也判断不出具体位置。我们都饥肠辘辘。四周被柔软的黑幕笼罩着,除了车灯射出的两柱光,什么都看不清。如果不是突然出现前方的土屋,我想我们准会在野地间继续转圈。巴扎莱老人看了一眼土屋,笑着说:"哦,我们竟然绕过了我家。"很快,我们回到巴扎莱老人的家,并且饱餐了一顿。

巴扎莱老人生养了十个儿子,给我们准备晚餐的是老七。老九是苏热图的同学,专门从十里地之外赶过来。老三的家挨着老人的家,见我们回来了,也匆匆过来。白天我们已经从老人口中得知,她十个儿子名字都缀着"巴特尔"。比如,眼前的老三叫芒莱巴特尔,老七叫苏都巴特尔,老九叫敖特更巴特尔。老三年过六十,一头黑而浓密的卷发,颧骨高凸,布着清晰的红血丝,卧蚕眉,耳垂赛过拇指指头肚。老九四十岁,老三称他为"萝卜头"。他的脸上肉墩墩的,瞅着憨厚而稳重,人也爱笑,一笑眼睛眯成一对月牙,发型时髦,他刚从城里回到老家牧牛。老七是个聋哑人,高个子,方下巴,一对眼睛炯炯有神。他听不到我们的话,但嘴角时不时浮现腼腆而拘谨的笑。

"我们在驼峰石那边时,看见摩托车印子,老额吉说是您的。"苏热图冲挨着自己坐的老三说。

"嗯,额吉认得我们几个的车轮印子。"

"您走那么远不会是去看牛群了吧?"对这边生活些许了解的摄影师壶子问道。壶子原名叫根达,喜欢用各种茶壶泡茶叶品茶,单位里大家习惯叫他壶子。他二十六岁,是我们八个人中年龄最小的。

"对啊,开春天暖后,我们这儿就没有牛群这么一说了,牛都是三五个散开,害得我们一天到晚地忙着找。"

"找它们做什么,沙湾子里不尽是水窝窝吗?"壶子问。

"还不是怕那秃尾子布海。"巴扎莱老人插言道。布海是当地方言,指狼,老人这是隐喻盗牛贼。

于是,接下来的十多分钟里,老三一直在讲关于盗牛贼的故事。那盗牛贼家住库布齐沙漠北郊的小镇,家里有十多头牛,为了掩人耳目,把自家牛耳朵连根砍掉,因为漠中牧牛人习惯剪牛耳来做记号。这个盗牛贼偷了牛后,第一时间把牛耳朵连根削掉,等牧牛人追去时,牛头还在,耳朵早已不在。这盗牛贼经验丰富,到了春季,驾着皮卡车进入荒漠,瞅准目标,先用铁锤猛砸牛额,等牛倒地后用特制的铁圈箍住牛后腿,然后用特制的铁架像是摇千斤顶似的摇着,将牛拖入车后槽。

"呃,呃——"老七伸出两个手掌,翻翻着。

"老七说,过去十多年里盗牛贼最起码盗去五六十头牛。"

我扭头看着老七的侧脸,他有些激动,咬紧牙关,眼睛瞪圆,将中指和食指比作剪刀,示意盗牛贼把牛耳朵都剪掉了。

"真够损的,报警啊。"灯光师西澳有些愤愤不平地说。西澳三十岁出头,原名希赫尔,糖块的意思,十几岁时厌烦来自女同学们的嘲弄,读高中时给自己取了这个他自称毫无意义的名字。

"我也好奇怪,为啥不报警呢?都这么多年了。"我说。

"唉,报了也没用。牛早被剥了皮,你又没法说。再说人家比咱有门路。"老三说着,端起碗大口地喝奶茶。桌上摆着一沓奶酪、一小盘黄豆、一个铝制茶壶以及三五个烟灰缸。我们八人都在抽烟。

"为啥不往牛后腿部烫印子呢,和马一样。"我说。

"唉,打了也没用,牛用舌头舔没了呢。"老三的回答着实让我有些为自己的孤陋寡闻感到不好意思。

"我们谁都对付不了盗牛贼,假如丹巴老人还在的话,没准能把盗牛贼逮住。"老九带着他惯有的缓慢语调说。

"哦哒,老猎人在的话谁还敢胡闹。"巴扎莱老人吧吧地吸着烟说。

"丹巴老人是个猎人?"壶子追着问。

"是呢,丹巴老人可了不起,在整个沙窝地都是个神话一样的人物,三哥你跟他们讲讲。"老九脸上露出些许得意而激动的神情。我们齐齐将头扭向老三,近乎屏声息气地盯着老三那张浸着汗粒的脸。屋内很闷热,虽然夜风偶尔掀起塑料门帘吹进来,可我们感受不到丝毫的凉意。加上我们又不停地喝热奶茶,细汗已在我们腋下洇出小小的湿痕。

"丹巴老人在的话应该有一百多岁了,是吧,额吉?"老三说着看了看巴扎莱老人,不等老人回答,接着说,"你们去驼峰石时路过署圭石了吧?"

午后,当我们前往驼峰石的途中,经过平坦的沙滩地时,看见滩地当中有块巨型的牲畜脾脏似的石头。四周没别的石头,它孤零零地立在滩地一端。

"嗯,我还爬到上面站了一会儿。它周身有很多小坑,腹下也有洞穴。"苏热图说。

"对喽,那穴子就是天狗的窝。丹巴老人从里面抓过狼崽。哎呀,我想想啊——那年我几岁来着?嗯,最多九岁,有天丹巴老人牵着骆驼来了,驼背上驮着个天狗,活的,嘴被皮绳捆了,好家伙,那天狗(说着用大拇指和食指对成圆圈)——眼睛这么大,黄黄的,老瘆人了。丹巴老人叫我和我二哥骑到那天狗背上,那家伙,它气得胸腔里嚯嚯响。老人叫我和我二哥用铁锤对住它那黑鼻尖抡下去。

我不敢,二哥他不怕,不过到最后还是老猎人自己抡死的。后来听说,原来那天狗的腿叫铁夹子夹住了,老人的猎狗冲了上去,那天狗假装体力不支蹲着,等狗扑上去,嗖地跃起,甩飞铁砣,砸死了猎狗。老人把它驮回来叫我们几个男娃骑着,算是替猎狗出口气。"老三说着扯过短袖袖口撸去脸上的汗渍,长长地吸口烟,又慢慢地吐去。我们几个全神贯注地盯着他,谁都不插话,好似怕打断了他的思绪。忽地,他的神情从先前的平静变为难掩的欢愉,带着一种轻松的语气,说:"到了冬天,尤其是下雪后,我们这边的女人就得避开到雪地上。"

我大致能判断出,对于老三接下来的内容,老七和巴扎莱老人都很熟悉。因为,老七听了哥哥的话,将脸微微压低,似笑非笑地盯着桌面。巴扎莱老人则保持着先前一脸的慈祥,安安静静地看向门那边。

"雪天来了,我跟着丹巴老人到阿热乐山那边,说是山,其实就是个高坡,背阴地尽是裸露的嶙峋土崖,瞅着像个山。离驼峰石不远,就是那个什么蓄水场向南十五六里地。过去,土崖下有天狗的窝。雪天里,我跟着老人到那里。我们都是摸黑从家里出发。哎哟,冬天的清晨,贼冻,风舌子刮得人额头疼。到了那附近,老人先是追踪,他蹲在雪地上,用指头勾着看,判断脚印的新旧。假如是新的,他就把衣服脱得赤精,一片布条都不留。"说到这儿老三终于发出笑声来,眼睛微闭着,抬起手遮住被烟熏黑的牙,又把手举到额头上,用指头掐了掐,像是赶快停住笑。见他这般样子,我们几个也都受了感染,脸上都有了笑,但没有声音。

"天狗耳朵灵着呢,尤其是下雪天,几里地之外的咳嗽声都能听得清清楚楚的。"巴扎莱老人慢腾腾地说道。她坐在屋子南门正对面,眼睛始终越过我肩头盯着我身后的某个地方。

"是呢,老人担心身上的衣服摩擦发出声响。他把衣服脱了,叮嘱我不要出声。我那会儿最怕天狗,我就骑在驼背上,抱住驼峰一动不动。多数情况下,太阳还没出来时老人就会回来,肩头扛着天狗。回来了,老人背对着我站着,用雪水擦胳膊腿和肚子,叫我把眼睛闭上。我呢,哪听他的话,偷偷摸摸地瞅着。"老三再次忍不住笑起来。

"除了您别人估计也看不到老猎人那样子。"我说道。

"咦,不是,有时候白天也是,就在那裸山上有人见过他赤肚子的样子。还是个女的,见了吓得,伏在土崖下差点把脚冻坏。"老三的脸上依旧残留着笑容。

"老猎人还会用骆驼猎天狗,他把身子紧贴住骆驼,一手持着棍子,一手持着枪,用棍子戳骆驼的脖颈,让骆驼边吃草边慢慢地向着天狗靠近。老猎人有一峰白驼,调教好的骆驼都明白主人的意思。就算天狗在跟前,骆驼都不慌不忙地挪脚。不过那种猎法耗时间,有时候人和骆驼紧挨着走个三五里地,很近了,才打枪。"

"丹巴老人与狼王萨热乐的故事简直就是传奇,叫人听了都不信。"老九在一旁说。

"那也是由不得他,他那是报血仇。"巴扎莱老人说着把碗推给老七,老七提起茶壶添满奶茶。屋子里一时竟安静下来,我们的头顶已经有了肉眼能看得见的烟雾,显得圆形壁灯的光越发昏暗。屋子南北很阔,靠着山墙立着枣红色老式躺柜,那下面垫子上卧着两只虎斑猫,大概是睡眠中,纹丝不动。墙角处放着绘有花雀、河流、树木的橱柜,柜上摆着木质座钟、有摁钮的收音机,上方的壁上挂着镶了框的《百鹤图》。这一切看上去,仿佛配合着我们的话题,无形中让时光倒退了几十年。

"狼王是叼走了他的媳妇,对吧?"老九对着巴扎莱老人比画道。

"什么啊?你是说老猎人的媳妇被叼走了?"壶子提高了嗓门问道。他这突如其来的大嗓门惊得我们都把视线挪到他脸上。他则眼睛一眨不眨地盯着老九,满眼的疑惑。老九冲着母亲巴扎莱老人勾了勾下巴,示意她讲讲。

"哦,嚯勒嘿,不幸的女人,那是他第二个媳妇,他第一个媳妇离世后,他娶回比他小十几岁的寡妇。那年——应该是秋末,那女人到西山乌扎尔庙供香,路上被天狗叼去了。"

巴扎莱老人讲到这里停止了,接过苏热图站起身递过来的一根烟,用指头捏着来回搓了搓,刚要说什么,老三在一旁说:"额吉,老猎人在西山待了几年来着?三年吧,嗯,就是三年,回来时带着萨热乐的皮囊。后来他过世后,按他嘱托把那皮子铺到墓穴里。"

"额吉,听说在西山时丹巴老人一直住在洞穴里,是不是真的?"老九问道。

"哦哒,嚯勒嘿,我们的老猎人在西山那边吃了不少苦头。那天狗王精得很,走山地从不走山麓,也不走山顶,沿着半山腰走。那会儿山里有岩羊,那天狗追岩羊,追到悬崖边,逼着岩羊跳崖。老猎人跟我们说,那天狗也懂倒驿站猎术,三五个追一只岩羊,先是一只追着,跑不动了,另一只再追,再换一个。那天狗一天能走个百十里地,饿了吞掉柴根,猎到牛羊什么的,再把那吐出来。"

"老额吉,那老猎人最后是怎么猎杀了狼王——哦,不,是天狗王的?"壶子有些不好意思地将狼改口成天狗。他明白,很多时候牧人是不会直接说出"狼"字的。

"骗的，就是学着母狼的嚎叫骗过来，然后拿枪打死的。"老三在一旁快速地说道。

"学着母狼——"我迟疑地说。

"嘻，丹巴老人还能唤来狐狸呢，他猎狐狸几乎都是用那种猎术。有那么几次我也在跟前。哦，我想想，那会儿我十三岁，最多十四岁。也是个冬天，应该是腊月前后，我跟着老人去了后沙窝地。老人找了个沼泽附近的坡地，叫我躺在芦苇丛下。然后这样——"他说着将双手相叠遮住嘴唇，发出"吱吱"的声响。壶子和苏热图也学着试了几次，但都没有发出声响。

"憋气，猛地吹——这样——"老三再次示范了一次。吱吱声仿佛比先前高了些。壶子和苏热图也学着，可仍旧没能吹出声响来。这时我身旁突然一阵尖锐而清脆的咕咕声——我扭过头去看，只见老七将腮帮鼓得圆乎乎的，蹙着眉头，吹掌心。

"哦，我的孩子，你那是瞎鸢子叫。"巴扎莱老人瞅着老七说道。老人的这话引得我们一阵爆笑。瞎鸢子是沙窝地方言，他们习惯将猫头鹰说成瞎鸢子。

"唤狐狸可是个绝活儿，得学着兔子叫，不能乱叫。叫个十来分钟，嗨，黄狐狸就噌噌噌地来了，然后"砰"的一声，黄狐狸都来不及甩尾巴。不过，有的老狐狸可不会轻易地被骗。"

"就是，不可能都能唤过来。"壶子有些怀疑地说。

"嘿嘿，老猎人可有办法，他先是不叫，找个避身处伏着，拿出一把老鹰羽毛扇，一会儿举上去扇扇，一会儿又放下，溜空吹出几声吱吱叫，还要我时不时抓把沙子扬去，搞得像是老鹰和兔子在打架。哎呀，那样子，真是像那么一回事。我跟你们讲啊，狐狸再怎么精明，也斗不过老猎人，是不是？"老三说着看一圈我们，脸上油亮油亮的。屋里依旧闷热,但除了他,其余人脸上已经看不到汗渍了。

"现在这附近没有天狗了吧?"西澳问道。也许他几乎没怎么开口,听他这么一问,所有人都冲着他看。

"早没了,狐狸倒是有。咦,额吉,您说那个究竟是狐狸还是什么?"老九先是看了看西澳,又扭过脸看着一旁的母亲问道。

"哪个——唱歌的那个?"

"嗯,就是每天晚上到老猎人屋前唱歌的那个。我一直怀疑是造谣。"

见我们都盯着他看,老九点了点头,仿佛在说,更有意思的还在后面呢。

"老额吉,您若累就先休息吧,已经是零点一刻了。"苏热图拿起手机看了看说。

昏暗的灯光下,老人布满老年斑的脸呈焦糖色,显得比白天憔悴。在这张脸上一对在长年累月的干燥风沙天气下变得光滑而硬邦邦的腮帮早已下垂。同时松弛的下巴、脖颈、胳膊,除了印证一个生命的急速衰老,紧紧裹挟着曾经满腹的激情与勇猛,现在这一切偃旗息鼓,除了回忆,生命的躯壳里仿佛所剩无几。然而,就是这样的一位老人,曾经生育了十个儿子。这使我不由得对老人产生一种难掩的敬佩之情。毫不隐瞒地讲,老人的这张被岁月削去粉饰,独留眉宇间的坚毅、生命之质朴的脸,也是我们一直寻觅的。在驼峰石下,当夕阳将高耸的驼峰石染成通体橘红色时,老人穿上长袍,持着拐杖,面对我们的镜头用一种淡然的语调说:"哦哒,孩子们,其实塔顶塌去一半了,原先比这高很多。驼峰石东西长约有三十米,高约二十米,峰肩上自西向东依次立着三座土峰,整个外观活像卧息的巨型骆驼。"老人口中的"塔顶"实则是最西端锥形土峰,也就是骆驼的"脑袋"。为了用镜头讲述清楚驼峰石与阿拉善那边的公驼峰的传说，这之前我们已经另请驼民将一对母驼与幼驼拴到驼峰石下。同时我们还堆起了柴垛，燃起了火堆。我们让巴扎莱老人坐到火堆旁。

"老额吉，您不要表演，生活中什么样子，就该是什么样子。"听我这么讲，老人说："那我把长袍脱了吧，到了冬天我们才穿袍子。"一旁的壶子听了，扑哧一笑，说："老额吉，穿着袍子更像了。"也不知为何，面对深夜灯光下的老人这张面孔，我突然觉得，当时应该听老人的。不要表演的应该是我。

"不累，没事的。"巴扎莱老人说道。

"我猜是什么鸟，黑老鸦，或者是瞎鸢子，它们叫起来跟婴儿的啼哭也差不多，要不就是——哦，我倒是一次没听到。"老九说着兜揽一圈，一双鼓鼓囊囊的眼皮下，小小的眼珠散发出富有吸引力的光芒，这使我们对他口中的"某种叫声"有了急切的期待。

这时老七果断地摆摆手，示意那根本不是什么鸟。我奇怪地看了看他，心下想，他不是听不到吗，怎么就听到了？

"我家老七从人的口型能大致判断出你们在讲什么。"巴扎莱老人说着向老七点点头，好似在鼓励他继续表达心中所想。

"嗨，那还用猜，肯定是狐妖子嘛。"

"狐妖——您问过老猎人？"壶子带着迟疑的腔调向老三问道。

"我哪敢问老人家，我也是听他跟我讲的。有几次，丹巴老人还循着那歌声走了几里地。他说那歌声听着就在不远处，可等他走过去，靠近了，那歌声又在不远处。他继续追，不管怎么追，始终追不到。可回了屋，歌声又在院子外，很近。"

也不知为何，我抬头看了看壁灯，琥珀色的灯光依旧被浓浓的烟雾罩着。我向门口那边看去,透明的塑料门帘那边是黑黢黢的夜色,从屋内散出的灯光只照出门前一小块地。在那周围,在更宽广的沙窝地腹地,一切都被黑沉沉的夜色遮覆。我们的这间小屋,俨然是一间被灯光照得透明的地窖。而我们八个人,围在一起,随着话题的微妙变化,也慢慢地聚拢,同时仿佛正悄无声息地用肩膀撑起那微弱的灯光,汲取温暖。

"反正是个女人的歌声,凄苦而悲凉,同时还有种不依不饶。反正,哦,丹巴老人跟我这么讲的,反正除了他别人又没听过。"

夜风大概是吹进来了,我感到一丝的凉意。

"咦,不是说那个,那个——哦,名字给忘了,还有,父亲在时有一回不是说他也听到了吗?父亲那会儿经常去老猎人家里。是吧,额吉?"老九说。

巴扎莱老人点了点头,但没说话。

"会不会是老人当初骗了太多的狐狸,是那些狐狸来跟老猎人算账呢?不是说,狐狸有九条命,千年的狐狸成仙——"苏热图站起身,双手叉腰,慢慢地拧着腰说。

"还真有人那么说。"老三语气很肯定。

"我还听人讲,说是有次老猎人冲着那歌声打了一枪,那歌声就沉寂了好长一段时间。后来,又有了。"

"哎呀,好吓人。"我说道。

"不怕,那些东西又不会扑上来,我猜啊,是地表下面的磁场导致的,不过我也不懂那科学。但我也听过那种怪怪的声音,就在枯井沟那边,离我们家不远。有时候我赶牛赶在夜里,从那儿经过,就能听到那种——怎么说呢,就是那种女人把脸闷在被子里的哭声,要不就是小孩儿挨饿啼哭的感觉。那边还有条路,只要是在黄昏后,太阳下去了,星星还没上来的那段时间,不管开什么车,车子准是熄火,百分之百。过去人说,骑马的人过去,到了那里,马就突然不走了,不是不想迈蹄子,而是挪不了四蹄。那种时候,人就得用匕首或者脚绊子,冲着那马腹下画个交叉,马就能走了。"老九快言快语地说着,讲到最后手还在空中画了个交叉。

"对,对,我们小时候也经常听大人们那么讲,用匕首画交叉时还不能用刀刃,必须得用刀背。"苏热图说。

"我也是偶尔听说过这些恐怖的故事,不过我从来没见过。"我说。

"你不信——来,你们跟我出来,我这就叫你们看看真的鬼火。嗨,这又不是什么稀罕事。"老三说着站起身,走向屋外。我们也一哄而散尾随过去。

"那——边,看到没有?光,绿色的,那就是鬼火。"

老三把"那"字拖得很长。我们顺着他指的方向望去。起先,我什么都没看到,眼睛还没有适应突然的黑,只觉阴森森的夜幕硬邦邦地堵到鼻尖下。抬头看繁星,又觉得有什么从那里"嗖"地划过。一会儿,借着屋内的光,我看见屋前不远处的一道树篱,心下才些许放松了。渐渐地,在星光的衬托下,望见距我们四五里地之遥的一道黑黑的缓坡。哦,看见了,就在缓坡的西侧,一豆光忽闪忽闪的,但不是绿色的。

"不是绿色的,是米黄色的,或者是灰白色的。"我说。

"你仔细看,不过,得靠近了才能看到绿色。"老九说道。

"有没有望远镜?"壶子已经走到栅栏那边了,回过头来大声地问。

"你再走个一里地,就看得更清楚了。"老三的话语中明显夹着笑意。

"哦,嚯勒嘿,明天又是大热天。"巴扎莱老人说着,用手杖嘟嘟地敲着向屋后走去。

我们零零散散地站着,眼睛都向那束光望着。苏热图来来回回地踱步,同时又踢腿甩胳膊地活动筋骨。凉凉的夜风有一阵没一阵地拂过脸庞。

"哦,老天,已经是凌晨三点半了。"西澳用低沉的嗓音道。

又是一阵沉默,仿佛我们都各自在静默中回味前几个小时,抑或是面对谜一样的夜晚想着心事。

"老猎人的家在哪个方向,距这里远不远?"我问道。

"不远,就在那鬼火那边,坡南脚。昨天早上你们来的时候就路过那里,你们难道没注意一堵残墙? 那原先就是老人的家。"

"哦。"

在穿过一片稀疏的柠条林时,我们的的确确看见过一堵残墙。

"老猎人去世后,屋子就空了,荒了,再没有人住。老猎人没有儿女。"老三用一种非常平静的语调说。这是整个夜晚中从未有过的。

"我听说,刚开始那几年,屋子还在时,到了晚上就能看见灯光。有人还专门在白天去看了,可连个猫爪印都没有。后来,屋子塌了。"

"哦,还是不要在这里讲了,要讲进屋去讲。"我冲着老三说。

"哦,呵呵,其实也没啥,老猎人过世后,再也没听说有谁听见过歌声。估计是被老猎人带走了,要不就是真的被砰——掉了。"

也不知是从哪个方向,间或传来某种鸟类间隔很长时间的鸣叫。呜——噜噜,呜——噜噜,屋西侧有片小林子,看不见树的具体形状,只是黑乎乎的,仿佛夜晚凝固成巨型的一团。然而,从那上面向天际望去,又能看见隐约的地平线。空气清爽、干冷,我深深地吸口气,又慢慢地吐掉。

"哎呀,孩子们,不早了,睡吧。"巴扎莱老人拄着拐杖从屋后过来,边走边说。

"睡吧,睡吧。"壶子走了回来。

"睡吧,再不睡,路上会犯困的。"苏热图说。

"我也回呀。"老九走过去拍了拍苏热图的肩膀,说,"老同学,要不再住上一晚?"

"哦,不了,回去还有一大堆事。"

"那就这样。走喽。"

老九说着,走出栅栏门,发着了摩托车,一道刺眼的光嗖地向西侧的土路射出,一会儿一阵轰鸣,渐渐地越来越隐匿了。

"你们如果怕挤,就来我家睡吧。"老三说着走出院子向东边走去。

老三家就在几百米之外。在幽暗的夜色下,他背影越来越模糊,同时从他那里传来清脆的口哨声。

我搓了搓手,用搓热的手心搓了搓脸,回头向屋子里看去,只见老七正忙着收拾桌椅。我瞬间感到一种莫名其妙的空虚,同时觉得整个沙窝地就是一个巨大无比的、浑身长满茸茸毛发的野兽,正在我身后匍匐着。亮着灯的小屋是它的一只眼,每眨一下眼,细条状的眼珠就会动一下,而那细条状眼珠就是老七。

"姐,我们几点出发?"苏热图问我。

"五点,准时。"

"好嘞,五点。"苏热图和西澳推开铁栅栏门向屋子西侧走去。

早晨五点,我们离开时,巴扎莱老人和老七还没起床。我们悄无声息地走出院子,悄无声息地关上铁门,离去。

天空没有晨星,一颗都没有。邈远,一条粉红的光晕慢慢地从地平线上攀爬,看上去很是吃力。举目望去,裸露的沙丘仿佛蒙了一层淡淡的紫色,显得没有烈日下那么惨白。土路旁,用围栏圈起来的院子里尽是绿油油的柠条林。陡然,鸟群从那林子里夯起,飞远。有五六头矮个牛悠闲地沿着土路走去,听到车喇叭声后,甩着尾巴让到一旁。

也不知为何,从走出老人的屋子后,直到在路上行驶了五六分钟,我们谁都没说话,但没有一个人在睡,都在看着车外。

"要不要下去看看?"苏热图突然问。

车已经来到那堵墙南面的路上。

"嗯,下去。"我说。

于是我们都下了车。

从残墙上能判断出这是屋子的山墙,当中有凹下去的印子,那大概是曾经的壁龛。墙脚长满了蒿草,还有我猜不出名字的灌木以及杂草。连着墙北脚有膝高的土墩,很显然那是塌下来的背墙。那下面应该有过灶膛,因为有一块地是被熏黑的。杂草堆里扔着碎了的坛子、瓷碗以及没有了鞋面的、泛白的胶鞋。

"哦,请老猎人饶恕我们的打搅。"苏热图自言自语道。

"我忘了跟他们问起老猎人的模样了,或许有照片。"我说。

"我猜个子不会高,猎人一般都是矮个子。"苏热图说。

"满脸的络腮胡子,白的。"

"你们瞧——"壶子突然大声地说着,举起一条胳膊,指尖捏着什么。我们凑过去,原来是一枚生锈的子弹,小小的,像支被截断的蜡笔。

　　"要还是不要?"壶子将子弹放在手心里,手伸到我们中间。我们都摇摇头。

　　壶子缩回手,猛地转身,冲着别处,挥了挥手,掷出子弹。然后,他保持着伸出胳膊的样子,许久许久后,补了一句:"砰!"

地下瓶子

　　这是一颗由高额骨、宽颧弓、方下颌组成的女人头颅。两片栗色直发从脸庞两侧垂下来，像是两扇开启的木门。此刻，这颗头颅深处的两片泪骨正隐隐发痛——这是男人盯着女人看时感觉到的。他是宠物店兽医，对疼痛有种天然的联想。女人正在哭，哭声很低，一吸一顿，是那种很压抑的抽泣。男人坐在女人对面，盯着这张脸说："你的咖啡凉透了。"女人不看男人，也不看瓷杯里的咖啡，侧过脸揉太阳穴，微闭起眼。男人面无表情地盯着女人，他那双帝王般沉静的眼睛，仿佛要用它惯有的犀利使女人立刻停止抽噎。

　　雨后，缓慢凝结的水滴从屋檐涤荡下来，完成最后一次跳跃。女人是那个破败的小屋。男人联想着。

　　风从落地玻璃窗缝隙溜进来，男人开始抖动腿。男人咽下杯中最后一口冰啤。吧台那边，一个喝着啤酒的男人用粗哑的嗓音吹嘘他年轻时如何在雪天驾驶货车攀爬大青山的惊险。另一个耳垂像婴儿舌头似的男人坐在他一旁的高凳上，频频点点头应和着男人。靠门口的座位上，一个满头鬈发的女人独坐着，沉思着看向窗外。

年轻侍者端着榴梿甜点走到男人和女人桌前。男人向侍者点头致意,侍者微微翘起嘴角算是回应。侍者的眼神匆匆扫过女人哭肿的眼。他有张营养不良的灰色面庞,还有布着痘的下巴。男人向侍者投去冷漠的一瞥。

椭圆瓷碟上的甜点像几只褪了毛的幼鼠。男人将视线挪向窗外。

"我说,你的咖啡凉透了。"男人压低嗓门,上身倾向女人。

女人不吭声,扭头望向马路。天桥电梯上的一拨拨人影,像是流水线上的雕塑,在半空里缓缓上升。

"老天,请你不要在这里哭泣。"男人一只手握紧了另一只手的拳头。

"你害怕什么?"

"害怕?嗬,我能怕什么?我只是不想把事情搞得狼狈。"

"那你把它当成仪式就足够了。"

"仪式——荒唐。"

"然后忘了它。"

女人的法令纹很深了,当她扭过脸看男人的时候,从她鼻翼两侧叉开的法令纹深深扎进腮帮子下端。男人注意到了这点,他将脸撇过去看向别处。破败的屋子轰然坍塌。屋子挨着黑色悬崖,一个人影在那里伫立。悬崖最深处是不可思议的红色——女人哭红的眼球。男人咬紧嘴唇,他痛恨这种毫无头绪的幻影的出现。

"那你随意。"

男人站起,拎着外套走了出去。他的眼神飘过吧台那边。粗嗓门的男人发出刺耳的笑声。酒液在他躯体内制造欢愉。男人渴望这种浑身战栗的狂笑。晚春的天气说不清是阴凉还是柔润,街上的人有穿厚毛衣的,有露腿肚的,有披羽绒服的。他们都在急匆匆地相互擦肩而过,没有谁的眼神落在谁在脸上。男人混进人群,又独自折进一条巷子,加快步履,近乎小跑起来,然后在一个拐弯处站住大口吸气呼气。

他回头望了望,乌黑的眼睛里流露出一抹阴影。一会儿,男人向着一条两旁载满旱地杨、沙枣树、塔松的人行道走去。锥形塔松沿着人行道码出长长的屏障。各类树木相互簇拥,近处的树冠遮天蔽日,路尽头树冠挨近地面,那里树身与路会合,造出一个小小的椭圆形口子。从男人的视角望去,他仿佛慢慢步入一个横躺的绿色巨型圆柱体里。风从那椭圆形口子灌进圆柱体内,掀起缓行的潮汐,而那潮汐在空中缓慢地扭动着绿色绒发。男人一路疾走,低声爆粗口,他厌恶这种物体与物体因空间距离而产生的透视——这种厌恶感不是男人与生俱来的,而是在一个令他终生难忘的日子里集聚到他心灵深处,像个隐形毒瘤一样不断滋生的情绪。那年,男人十岁。

一天晚上,男人的父亲一身泥水地回来跟他说,一只什么动物掉进吃水井死了,井水发臭,他抽了一天的水,要男孩下井清理淤泥。第二天清早,男孩跟着父亲向草甸子走去。水井在草甸子深处一片布着碎石的硬地上。路上两人几乎没有交谈。男孩很清楚他将面临的是什么。他想趁机挣脱,溜走。可父亲的大手像把铁钳一样攥着他的小手。乌鸦群从他们前方划出斜线飞去。男孩的视线追着它们,他想起丢在抽屉里的弹弓,想起鸟类扑腾着翅膀从高空跌落时的惨叫。他还想起他的小黑狗。黑狗有灿白的犬牙。他幻想灿白的牙齿咬破父亲粗粝手背的情景。

世界沉重至极——比这更沉重的是死亡。男孩在下沉。在下沉的缓慢速度中,他想变得轻盈,烟似的飞起来。他仰起头,望着井口。

　　井口越来越远,越来越小。他半蹲在铁桶里,手攥着粗绳,极力呼喊,恳求父亲快快把绳子拉上去。然而他的呼声是被雨水浇灭的火苗,在黑黝黝的井壁之间吃力地回荡。他的父亲也在喊话,可是男孩听不清。

　　随着下沉,男孩看到潮乎乎的井壁,那上面尽是被野兽脚趾抓过一样的划痕。向下看,井底浮荡着的阴森光芒。绳子缓缓摇摆,铁桶嘎吱响。男孩浑身战栗、痉挛,他发现父亲的脑袋变得很小,变成燃着的灯笼,正以缓慢的速度,从圆圆的井口向上飘浮,飘向苍穹。突然,无限的黑在男孩四周扩散。井壁不见了,凉飕飕的寒意裹袭着男孩,还有类似动物内脏难闻的水腥气。男孩开始干呕,同时发出牛叫一般的号哭。终于,缓慢的下沉停止。男孩睁大眼看四周,眼睛不能辨别方向,不能测距离,或者更确切地说,眼睛只能转动,却看不见任何东西。浓稠而无形的黑包围着他,渐渐地,这黑被稀释、隐退。男孩发现井壁上端部分是窄长的圆筒,中下端慢慢变宽,变成一个巨型酒瓶,而他在酒瓶瓶底夜色一样的幽暗间。一个鄙视光明的黑暗之子在那里隐隐发笑。男孩觉着自己清晰地听到了这细微的笑声。他怒目而视着四周,站起身,泥浆已经漫过桶口,他从桶里抽出套着水靴的双脚,踩到酥软的烂泥里。井口那边传来父亲蚊虫一样的喊话声。男孩没有立刻回应,他感觉鞋尖触到硬邦邦的什么。他用手胡乱一抓,提起,泥浆顺着他手臂滑入袖口,一条黑乎乎的、笨重的、散发着恶臭的,像是被剥了皮的羊一样的东西,男孩把它丢进铁桶。难闻的气味熏得他不断吐气吸气。他晃了晃绳子,用铁锹敲铁桶。只见铁桶桶口溢着泥浆,"扑哧"一声从烂泥里抽去,慢慢爬高,朝着很远的亮点移动。那是井口,那里一颗拳头大的脑袋闪一下,又一下,像是快速飞去的禽鸟。男孩直挺挺地向井口望去。当铁桶挨近井口,并且近乎堵住井口的瞬间,井底被抛向一种凝固的、结实而密不透风的黑,囚着一个被装在玻璃器皿中不安躁动的灵魂。

男人愤愤地吐口唾沫。

那天,等男孩清理完所有淤泥,蹲在铁桶里被父亲拉上去的时候,天色已临近傍晚。男孩早已变成一个泥人。他父亲带着他到河边,叫他脱光衣服。看着儿子的狼狈模样,当爹的显得有些拘谨,或者因担忧而导致的惊慌还未消散,时不时掐掐儿子的胳膊、肩头,脸上尽是少有的滑稽而难堪的笑。而男孩只是一言不发地望向天边的夕阳,夕阳正被一道横卧的云层遮去半张脸,它上空的光像是被风吹起的发丝一样炸开。

现在,穿过过道的窗户,男人望见的天空是死灰色的,太阳大概躲在雾霾或者是抹布一样的云层后边。楼道的门发出沉闷的撞击声,一只梨花猫蹿到男人胯下,男人顺脚欲勾住猫,猫狰狞地怪叫着逃脱了。男人目送着猫吹起口哨。一楼走廊拐角,站着一个老头,老头直勾勾地看着男人。男人向老头摆摆手,上了楼梯。男人住二楼。他们在这里住了八年,每次在楼道里相遇,老头总要停下来盯着男人,然而男人很少看老头的脸。

老头是男人的父亲。

二楼的一间房门打开,一个矮胖女人探出半截身,说:"不要在走廊里吹口哨。"男人没理会,沿着走廊大步走去。走廊尽头的屋里堆满散发着霉味的被罩、床单、枕头之类的,还有鼠类四代家族的粪便。它们所遗留的气味一直在走廊里飘浮。有那么一次,在仓库门口男人发现一只年迈的老鼠,它蹒跚着,拖着毛茸茸的尾巴,当他的脚步声惊起它时,它疾跑起来。可迅猛的动作使它四肢抽筋,团作一颗毛球在那里哆嗦。男人蹙紧眉头,盯着走廊尽头。走廊有三十米长,男人的屋门在二十米位置上,这些男人都丈量过。走廊长度形成的透视感令他不舒服,但他尽力忍着。

夜里,男人睁眼躺在床上,一动不动,像是从屋顶不小心摔下来的。透过薄纱窗帘,夜色如反光的铝合金。几分钟前,一颗巨型脑袋扑在窗户外,挤得窗框几乎要变形。在它铅灰色面孔上,嵌着一双灰色无瞳仁的眼睛,却泛着奇异的光芒。男人在一种窒息般的慌张中惊醒。许久后,男人下地,赤脚走到窗前,向半里地之外的巨型雕塑望去。雕塑驻守在小镇西郊高坡上,白天,无论从小镇哪个位置,都能望见它。它佩戴蒙古族贵族夫人的头饰,身袭长袍,站姿微微前倾,双臂围拢在腹前,手心里擎着几茎针茅草。此刻,雕塑四周簇拥着在夜色下如乌云般的树冠。雕塑的半截身从那云层间矗立,孤零零地伫守在半空,仿佛一个游历四方的僧侣在青灰色夜空下兀自祈祷。缓坡东边,也就是男人住的这栋二层楼的斜对面,有一汪浅水湖。小镇人把这由一汪水和一座荒山改造的公园唤作母亲湖公园,而那个巨型雕塑的名字叫"母亲"。这个名字来源于一则传说。据说很早以前,一对亲兄弟可汗在魔鬼的诅咒下反目成仇,相约来此地决一雌雄。兄弟二人的母亲得知后请占卜者破解诅咒,而这个占卜者是由魔鬼化身。魔鬼让母亲变成一茎针茅草,长在兄弟二人决斗场地的中央,兄弟二人的箭同时射中了针茅草。后来,针茅草枯死的地方长出一座山,兄弟二人一山为界,各守阵地。

男人回忆着梦境,他认出在梦里扑到窗户外的面孔就是雕塑的那张脸。他不安地来回踱步,低声讥讽梦里的巨型头颅,仿佛那不是梦,而是一颗真实的脑袋仍旧在窗外,只是巧妙地藏匿起来。男人憎恨这类的梦隔三岔五地惊扰他。比如,有一次,他感觉自己慢慢滑入白色圆筒——像医院里做脑 CT 的仪器,他无端地挣扎,可愈挣扎,圆筒愈无限延伸,他也愈跌入无尽的灿白间。最终,他放弃控制自己的意志,任由自己沉溺,跌入白色海洋,潜入深海寻觅恐惧。然而,也就在那一刹那,他发现自己居然醒着。

到了下午,男人才下楼。天空出奇地蓝。他的父亲坐在楼前旧沙发上,一旁还有三四个老头。他们在谈论战争。其中一个比画着说:"得用胳膊垫着,保护胸脯,不然炸弹就算没砸到脑袋上,落地时的震动也能把人震死。很多人都是那么死掉的。"当男人走过跟前时,几人却又变得沉默,看向男人,像是在看荧幕。男人面无表情,推开他的宠物店店门。店面很小,不足四十平方米,在他楼下。见他进来,他姑妈带着一种得意的口吻跟他讲,那只令她不舒服的折耳猫已经被她廉价卖掉了。

"它很老了,你知道的。"

"嗯,我知道。"

"亏了那么一点点,不多,一点点——"

男人缄默着,看了看姑妈,见她微微仰起下巴,双目间投来不容置疑的严肃神情。他习惯于她这般模样,十多年来,她身上的一切都在变,唯独不变的便是这种令人无法放松的神情。店内弥漫着由消毒液、清洗剂、动物粪便、毛发等散发的刺鼻气味。一只黑毛土狗从铁笼内冲着男人摇尾巴,还有一只成年金毛犬近乎哀求地向男人晃动身子。

"公子呢?"他边说边敞开了店门。

"租走了,租金和合同在抽屉里。"

"公子"是只配种布偶猫,浑身乳白,脑门布着稀疏的巧克力色毛发,脾性温和,是他姑妈最用心照料的一只。

"租金可不少,我说过亏了一点点的东西总能从别处补回来。"

男人不吭声地坐到堆满猫粮、狗粮、猫砂、罐头、玩具等杂物的办公桌后面。他没有立刻翻看合同。见他乱翻翻一堆,姑妈撇撇嘴走到货架另一侧,隔着货架大声地说:"看到了吧,你身后,你那稀罕的黑珍珠,看到了吧?那个女人送回来了,她说她要离开小镇了,呃,她说她不得不离开小镇。"

男人停止翻翻,倏地转过身。

"黑东西,脾气暴躁的很呢。"

黑珍珠身子蜷缩成一团,瞳孔变成圆圆的,用一双警惕而冰冷的动物眼盯着男人。

"不要喂它,叫它饿着,饿几天就会乖乖的。"姑妈走过来说。

男人提起猫笼,走出店。

三个月前,她,那个在咖啡屋伤心哭泣的女人第一次亲吻黑珍珠——浑身充盈着母性的温柔。男人想着。那是男人头一回见女人。女人抱着幼猫,用夹着哭腔的声音说:"哦,瞧瞧它的眼睛,比水晶还美,瞧瞧它的舌头,粉嫩粉嫩的,还有这毛发,一根杂毛都没有。"

"它的名字叫'黑珍珠'。"

"它就是毛茸茸的黑珍珠。"

"喜欢吗?"

"我会把它当成我的孩子。"

那天男人的姑妈也在,见女人这般说,她冲着男人挑起眉毛,嘴角浮出近乎鄙夷的表情。然而男人却露出一丝温和的笑,脑海里闪烁出某种炽热的幻想。女人轻轻抚摸幼猫的动作,使男人莫名地感到某种无形的液体正慢慢流经他的全身,从头顶直至脚趾。他开始夸赞幼猫,甚至谈起一部关于黑猫具有神力的影片。女人认真地听着,时不时用爱怜的嗓音对着幼猫喃喃轻语。

没几日,男人约见了女人。两人并肩坐在公园的木质椅子上,一抹蓝色阴影笼罩着二人。两人身前有一池盥洗过胭脂似的浓稠碧水,有人坐在岸边钓鱼。四周寂静,唯有女人低声的笑从蓝色阴影下浮起。

再后来,有那么一刻,女人站在镜前,安静地凝视着自己,眼神里充塞着迟疑与焦虑,仿佛她所熟悉的一切在她毫无防备的情况下,从她身边溶解消散。男人不再约她,不再与她谈起神秘故事——他跟她讲过公园巨型雕塑的传说。两人也从巨型雕塑前的小径走过,手牵着手。

男人也不再用深情的语调跟她讲他儿时的无助——他跟她提起被父亲揍着走向草甸子的往事。男人像是逃离束缚自己的躯壳一样,从她身边抽走了自己。而她怀上了男人的孩子。

荒唐的仪式。

赤裸裸的逃匿。女人的不辞而别,对男人来讲是一种煎熬,一种威胁,他在小镇找了三天三夜,都没能打听到女人的消息。幼猫发出祈求般的叫声。男人冲着幼猫吼。被遗弃的畜生,不明白真相的愚蠢家伙。幼猫再次发出凄然的呼叫。男人索性将幼猫丢在一旁。他望着街对面的三层楼。那里有张床。床上,男人制造过虚幻而癫狂的瞬间,经历过深刻且神秘的激情澎湃时刻。他在潜入,他在匍匐,他在下沉。

女性体内的洞穴,一个温暖的巢穴,那是大海,也是陆地。他是小小的方舟、畸形的孤儿。他前行,不断前行,走完从黑暗到光明的路程。躯体里灌满充满着恼人的紧张感,而滚滚的欲望令他燃烧在当中。

风平浪静。

海水凝固,陆地干裂。摇曳的扁舟散架,一具结实的枷锁压在扁舟上。我不要什么枷锁。我不要它来禁锢我的一切。男人暗自重复,带着芒刺的字句在空气里虚虚实实地飘散。

男人回到住处,刚好碰见姑妈在他房间里。

"你不该把它带到这里。"

"它在叫。"

"我说过没人会真正喜欢黑炭一样的猫,尤其是在夜里。"

"它只是在叫。"

"要不给你父亲吧?"

"他不需要一个巫婆。"

"呃,的确是,它是巫婆转世的。看它的眼球,充满了惊恐、胆怯,呃,还有冷漠,没有什么能帮它驱散,这就是它的宿命。"

"我没看出来。"男人有些厌倦地说。

"你撒谎。"

"随便你怎么说。"

等到屋里只剩下男人自己的时候,他打开了铁笼。黑珍珠却没有钻出来。它安静地待着。男人唤它的名字,它也无动于衷。男人伸过手,想要摸一下它的脑袋,它却沙哑着嗓门低吼。这让男人心头涌来一股莫名的怒火,顺手将幼猫颈毛攥紧,丢到铁笼外。幼猫再次发出惊骇的低吼,缩身,脊背上的毛发奓起。男人不禁一笑,又陡地收敛笑,痴痴地盯着幼猫。

等到夜深，男人喝得醉醺醺的，下楼，发现父亲站在楼道口。他冲着父亲摆摆手，见父亲面无表情地盯着自己，他说："您也知道我喝醉了？"

　　"那只猫再也没有回来，他怕你。"老人说。

　　"父亲，没有一只猫不怕我。它们怕我手中的匕首。"男人嘴角浮出轻蔑而厌烦的笑意，仿佛父亲的话勾起了他心中极不愉快的事。

　　"还有一只黑猫，早晨在楼道里，它也逃走了。"

　　"嗬，父亲，没有一只猫会饿死的，除非它是个大笨蛋。"男人说着，突然冲着父亲夸张地"喵——"。老人双目睁大，近乎惊恐地盯着男人。男人大笑起来。老人却直勾勾地盯着他。男人见状又立刻守住笑，以同样严肃神情看着父亲。

　　"我说，父亲，您的这张脸和那个石头女人的脸，简直就是一个模子里刻出来的。"

　　老人的神色恢复到平静，而后变成呆滞、麻木，他左右地看了看，发现周围并没有别人，于是再次将视线对准了儿子的面孔。

　　"您瞅瞅您的样子，硬邦邦的，就算在梦里，我也没有见过您笑。我慈悲的父亲，您倒是怒斥我几句啊。"

　　一阵急促的脚步声，紧接着二楼楼梯口出现穿着睡衣的女人。

　　"喂，你在这里嚷嚷什么？咦，你喝酒了？你怎么喝酒了？"

　　男人仰起头看着姑妈，身子紧靠墙壁，脸上堆起中年男人惯有的餍足而慵懒的表情。

　　"你又吵醒你父亲了，呃，你可真叫人操心。"

　　"我没有，我下来时父亲——呃，他老人家就站在那里，我怀疑他变成了雕像，跟那公园的石头女人一样。"

"老天，你还知道你是谁吧？"

"我是谁无关紧要，我跟你讲啊——"不等男人把话讲完，女人匆匆走到老人跟前，说："哥，哎，您怎么在哆嗦？来，转身，您的手怎么这么冰凉啊？"

女人扶着老人，送回了屋，又在里面叮嘱一番，嘟嘟囔囔地走了出来，见男人还在楼梯口，低声说："赶紧上楼，回屋。"

"我不回屋，那个可恶的石头女人——"

"哪有什么女人？你真该找找女人了。"

"姑妈，我跟你讲啊，那个石头女人每天晚上都会扑在我窗户外。可恶的女人，她的脸盘太大了，可恶的——没有血色的石头脸。"

"谁都会做稀奇古怪的梦。"

"姑妈，你知道不，小时候我被一只硕大的马蛙吞入腹内。"

"什么乱七八糟的，把手松开，咱回屋。"

"我才九岁，不，十岁，该死的獭兔，跳进水井，害得我下去，恶臭！世界上再没有比那更臭的了。"

"小心台阶，哎呀，我可扶不动你。"

"獭兔掉进水井了。"

"掉就掉吧。"

"死了，一具光滑的尸体，我在黑洞里待了一整天。"

"一整天就一整天——呃，松手，你攥住我的头发了。"

"黑洞，你知道吧？一个巨大的瓶子，我就在瓶子底，要我死掉，你知道吧？我就要死掉了。"

"呸呸，真不吉利。"

"嘀，不是瓶子，是水井，后来枯了，父亲说是水井死了。呵呵，很愚蠢的话,只有心智瘫痪的人才会讲出那种愚蠢的话。对不对?"

"世界上没有比我更愚蠢的人了,守寡后还得伺候你们爷俩。"女人喘着粗气断断续续地说。

"你们都很愚蠢。"

"是,我们很愚蠢。"

"我也愚蠢。"

"得了,大半夜的,你真该找个老婆,生几个娃,她们才能把你拴住。一个男人到底是需要家的。"

男人听到"家"字,推开姑妈,咬紧牙关,用挑衅的语气说:"你这个愚蠢十足的女人,永远都别幻想给我套上可恶的枷锁。"

"哦,我这过的是什么日子啊,我怎么就不能丢下你们啊,上辈子我一定欠你们的太多了。"女人眼眶内沁出泪花,双手交叉放在胸前,仿佛要轻轻地扼住自己的喉咙。

"你想走你就走呗,都走吧,都逃得远远的。"

混浊、黏稠、昏暗的液体,小小的海洋。一粒被绒毛圈着的肉芽在这小小的海洋内浮荡。令人不安的沉寂裹挟着它。它慢慢地旋转,慢慢地变大,从一个小小的圆体,变成椭圆体。它不停地吮吸着。雷电似血丝在它四周不断滋生。小小的海洋泛着苍白闪烁的光芒,却没有发出声响。陡地,一次猛烈的痉挛。它发现自己竟变成一颗心脏,开始微弱地搏动,鼓起来,瘪下去。在惊喜与狂乱中,它发现滑腻的、柔软的,粉色海洋仿佛是囚禁它的迷宫,一个令它窒息的狭小空间。它要逃离那里。它开始寻找出口。液体的昏暗削弱了它冲破阻碍时的暴力,掩盖了未来可能到来的灾难。虚实间,透过薄薄的液体它看到了一张巨型面孔。它扑向那里。它听到了骨头的碎裂声。它看到一个狭长的、幽暗的筒状通道,一道光从通道尽头闪过。它奋力向前扑。

阳光罩在它颅顶上,像是戴上了皇冠。它发出尖锐号哭声。巨型面孔露出一丝笑。

男人在燥热中,汗水粼粼地惊醒。

"我得结婚了。"

早晨,餐桌上,男人撕开面包,大口大口地嚼着,冲着他对面的父亲和姑妈说。男人发现他的父亲毫无表情地盯着他手中的面包,嘴唇却微微地翕动。他姑妈则迟疑地凝视着男人的脸,一言不发。

"我说,我要结婚了。"

"和谁?"

"女人。"

"当然是女人。"

"哦,女人。"

男人的姑妈想笑,可面部肌肉怪异地抽搐着,使得笑容变成了一种类似痛苦的痉挛。

"女人——我见过吗?"

"一个头骨很结实的女人。"

男人说完,撕开大片面包,推进口腔里,站起,呷巴呷巴地嚼着,离开了桌。

戈壁

　　他望向鱼脊状的一座座小山。他还吹起呼哨，一手晃着手锯，一手撸去额上的汗渍。他七岁的女儿闼布德·玛站在他一侧，小手蒙住眼。半空里，树冠缓缓地，像是持着物种本有的倔强向一侧慢慢倾斜。斑驳的光滑过闼布德·玛的面颊，她从指缝间偷看，身子也微微倾斜。呼哧——树发出沉闷的轰响，倒地，枝丫咔嘣断裂，索索发颤。闼布德·玛一溜烟钻到树冠下，一会儿，捏来几根黑白相间的鸟羽。

　　"你看，羽毛，呵，你把鸟巢都摔坏了。"闼布德·玛一手捏着几根羽毛，在头顶上空晃动着，一手探到后颈处撩去扎进领口的发梢，冲着他近乎喊着说。

　　他向女儿的胳膊处瞥了一眼，嘘嘘地吐热气，用舌尖濡湿嘴唇，嘴角挂出一丝浅笑。天幕仿佛被烫出一个洞眼，大太阳把所有热量穿过那洞眼泄下来，使他不得不紧蹙眉头。

　　"我说，你把鸟巢都摔坏啦。"

　　他嘿嘿一笑，伸手抽走一根，丢向空中。

"是花鹊的羽毛。"闵布德·玛说,小脑袋随着羽毛飞落的弧线扭动。

"哦。"

"还有呢,下面可能还会有鸟蛋。"闵布德·玛蛮有把握地说着,再次钻进树冠,一会儿抓来一团鸟羽与动物毛发、碎草、麻丝等混合的、茸茸的、脏兮兮的东西。

他从树上剥来条状树皮,扇着风,说:"它们都飞走了,去找能避荫,能躲避大鸟的树了。"

"噢,你看——蛋壳儿!"闵布德·玛尖着嗓门喊。

"别嚷嚷了,去,从橱柜抽屉找盒火柴来。"

"你应该先让我爬上去瞅瞅。"

他不应声,跨坐到树上,手锯靠着树墩放下,手摩挲着树身,仿佛很难相信单单用手锯便把一棵几十年的旱柳给"拆了架"。

"我说,你不该把树锯下来。"

"嗯。"

"我早该爬上去看看的。"

"你不能。"

"我和黛秦爬过树。"

"以后不准了。"

"为什么?"闵布德·玛说着丢掉毛茸茸的一团,掌心放着布满斑点的淡青色蛋壳,皱起鼻子,满目的不依不饶。

"没有为什么。"

"嗬!你就是不想说。"

"舌头不是用来讲废话的。"

闵布德·玛听了,闷闷地坐到树墩上。

"去啊。"

"黑塔——黑塔!"阒布德·玛嗖地站起,扭身,边走边低声嘟哝。他听到了,嘴角竟浮出一丝近乎陶醉的笑容。他本名叫阒布德·胡德尔,"黑塔"是他的绰号,"黑"寓意他肤色晒得深,"塔"是他家族姓氏阒布德的首字母演变,指他的个头如塔一般高,因而认识他的人都如此唤他。

他安静地坐着,凝视几里地之外的低山。山脚,有条当地人唤作羊河的季节河。河道很窄,很浅,断流的时候就是一道弯曲的、细长的大地褶皱。不过向南,约四十里地外,河道进入崇山高地之后,会变成有模有样的河谷。在那边,人们将这条河称之为狼王河。狼王河一直向南延伸,穿过狼山山脉,流入乌加河。

三个月前,他还在乌加河那边给人运河沙,那时他可做梦都没想到,仅仅过了三个月,他便决定结束二十四年的卡车司机生涯,回到戈壁深处,当个牧驼人。不,不是"当个"牧驼人,而是回归牧人生活。嗬!他早已习惯了驾驶着他那辆"油老虎"穿戈壁行山路的无任何羁绊的生活。他喜欢透过车挡风玻璃眺望天际,喜欢风从车窗轻拂面颊时的凉爽,喜欢在空无一人的荒野深处、高山丛林间烤着火吃美食,喜欢在星辰布满的夜空下微醉。那可是,如古时骑士般的、令他无限心潮澎湃的生活。然而,从今往后,他则要永远守在这里。是她——这个生气起来就要喊他黑塔的小女孩的到来,改变了这一切。但他也知道自己已经完全接纳了她。这倒并不因为她毕竟是他的女儿。而是一种超乎血缘的"似曾相识"之感,他喜欢她脾性中的与他相似的某种气息。

午后,阒布德·胡德尔让女儿坐到木凳上,叫她双手托住桌角,不要乱动。他一手持着剪刀、推子,一手拨开她的发丝,捽来几绺,犹豫着,他不确定是剃光了,还是绞成齐耳短。

"你为什么一定要锯掉它?"

"什么?"

"树。"

"它不长绿叶了。"

"可是有鸟巢。"闳布德·玛用额头抵住桌面,用门牙轻嗑着桌沿。

"别动。"

"我没动,你把鸟巢都摔坏了。"

"嗬!它就是被花鹊遗弃了,它们飞走了,听明白了吧?"闳布德·胡德尔瓮声瓮气地说着,从女儿这一侧绕到那一侧,抓把头发,放开,无从下手而又不肯轻易罢休。

"可你为什么还要把它烧掉?"

"一棵圆头树嘛,烧了好。"

闳布德·胡德尔决定给女儿剃个光头。那么等到九月份,等她到镇里读书时就会长出一截,到时她就不用为扎辫子发愁了。

她不喜欢扎辫子,总要披散着一头暗褐色的过肩发,像匹顽劣的马驹时不时要甩鬃毛一样晃脑袋。闳布德·胡德尔先是胡乱一抓,大开剪口,可又磨磨蹭蹭地比画再三。

"什么叫圆头树?"

闳布德·胡德尔不应声。终于,剪口发出微弱的刺刺声。他的嘴角随着剪口的开阖,绷紧,抽搐。一绺绺发丝软塌塌地垂落至他脚边。他叉开腿,半蹲着,免得踩到上面。

"我说,什么叫圆头树?!"闳布德·玛歪着脸,撩开覆在脸庞上的发丝看着父亲。

"呃,不要动。"

"我在问你话呢。"

"圆头树,呃,就是圆头树,圆头树里都有魂灵。好了,别说话,别动。"

囡布德·玛左耳上方有了被剜掉似的凹痕,囡布德·胡德尔盯着那里,皱紧眉头。

"谁的?"囡布德·玛噗噗地吹去发丝,试图看清父亲的脸。

"我不知道。"

"那你怎么知道有魂灵?"囡布德·玛不依不饶,将脑袋一偏,仰起脸。

"呃,给你绞个头发,简直比修马鬃还棘手。"

"我说,你怎么知道那里有魂灵,谁告诉你的?"囡布德·玛猛地扭过脑袋,双目盈满她这样的小孩少有的近乎恼怒的神色。

"什么?"囡布德·胡德尔大口吸气,憋了片刻,从牙缝间吁出去,操着剪刀的手停顿在半空。

"呃,是你祖父,他告诉我的。"

"是他吗?"

囡布德·玛指向屋壁。壁上的相框内,一个身袭棉袍的男人略微含胸地面向镜头站着,一顶双耳帽斜斜地掩着颅顶,看样子只需一缕风便能掀去。一张消瘦的脸上嵌着一双万缘俱净般安恬的眼睛。它们后侧,另一双眼受惊似的睁圆,悬在男人肩头。无论从哪个角度看,这张淡黄色图片给人一种整个屋舍都是为它遮风避雨而存在的感觉。

"嗯。"

"她为什么要趴在他背上?"

"她是你祖母。"

"噢，你扎到我耳朵了。"

"呃——"

"我说，祖母为什么要爬在祖父背上？"

"不是趴着，是你祖母蹲坐在阿如戈（用来装牲畜干粪的编筐）里，你祖父背着你祖母。"

"阿如戈——"她刚要说什么，他的大巴掌盖在她变秃的颅顶上。瞬间，她明白发生了什么，用力将身子一拧，踢走木凳，站到壁镜前。他一手高一手低地站在原地，眼神紧随她后脑勺下端几绺还没来得及剃掉的发丝。

闳布德·玛久久不吭声。小小的身子僵在那里，鼻孔一张一翕，双唇紧闭，充满仇恨地盯着镜中的自己。

"嗬，很快就会——"

话还没讲完，闳布德·玛已转身，重重地踩踏着地，两条胳膊夹着身子，身板硬撅撅地向门口走去。

一个小时后，闳布德·胡德尔终于在畜棚棚顶窄小的旯旮间找到了女儿。她蜷伏着，光脑袋抵住土墙，一动不动。他站在墙外侧，踮起脚尖，伸手捞起她的脚脖，轻轻一拉。她醒了，睡眼蒙眬地看一眼父亲，而后抽回腿，双臂兜住脑袋，满目怨怼地看向别处。

"哦，乌戈，我给你烙了红糖饼。"

"不要叫我乌戈。"

"呃！"

"闳布德·玛——"

"我不喜欢这个名字。"

闳布德·玛愤愤地斜睨着父亲。然而，见她这般模样，闳布德·

胡德尔却极力忍着笑,随之以讨好的语气说:"还有冰糖。"

"不稀罕。"

"回屋洗洗脸吧,不然人家看见了会说,哦,黑塔的女儿果真是小黑塔。"

她不看他,也不回应,嘴巴抿成一条歪斜的线。

"走,我带你去看看我的'油老虎'。"

"我才不看什么老虎。"

闵布德·胡德尔抬臂,抓了抓头皮,有那么几十秒,两人都缄默着。他望向远处的山峦,她也望向另一边,仿佛两人在不同的两个空间。

"我有你祖母的阿如戈,我背你到野地看驼群去。"

"我不去。"

"这么大——"闵布德·胡德尔伸开双臂比画着,继续说:"跟鸟窝一样。"

一片窄长的干沟,沟两缘山丘多是石灰岩和红砂岩,两者之间的山峁上尽是黑褐色发亮的玄武岩条带。好多年前,闵布德·胡德尔总会远远地跟在父母身后到这里。那时,他也想让父亲把他背在阿如戈里。有那么一两次,他还在阿如戈里装睡,以为父亲见他熟睡了就不会丢下他。可他父亲会把他抱到屋里,而且就算他哭着央求都不肯答应。那时,他猜不出为什么母亲的腿脚好好的,可偏要像孩子似的挤在阿如戈里。好多次,他站到山丘上,目送父母的背影愈来愈模糊,隐入白色蜃气,变成忽上忽下的黑点。

他还记得,那时,等到黄昏,当夕阳染得山地浸在绮丽的光晕中时,山沟里便传来他母亲的歌声。

我们是一条条流向祖国的河流美丽的克鲁伦河希拉木仑河

艾不盖河我向你们挥手——苍茫故乡蓝色国度

　　闳布德·胡德尔站在山上,心下哼着这首他听了无数遍的歌。

　　"黛秦和他弟弟在他家房子前,哦,他们在挖沙子。"

　　闳布德·玛惊喜般地说着,蹭出几步,脚底趔趄着,再踱出几步准会滚下山头。闳布德·胡德尔看了看女儿,但没提醒她。他向北望去,望见他那间小屋,依着一脉低山,像是山丘本身所有的一个喘息或者用来吞噬什么的器官。他想起,当年他的父母早晨出门时,身上干干净净的,晚上回来时浑身尽是泥巴。尤其他父亲,那个被人尊称为"河神"的男人,犹如是在某个烂泥塘里躺了整日。后来,他才得知当初他们是到狼王河那边挖水渠。他还记得,每晚,他母亲总要坐在月色下,将父亲的泥衣洗濯干净。屋内屋外黑黢黢的,没人点灯,没人说话,唯有哗哗的水声以及夜鸟忽近忽远的喟喟叫声打破深沉的宁静。

　　"他们的黑狗也在。"

　　闳布德·胡德尔"嗯"地应了一声,向东望去,羊河在梭梭柴与柠条林中蜿蜒而去。前几日的小雨,使得它恢复了原貌。河这边,有一大片泛白的碱荒地。有那么一回,闳布德·胡德尔还在那里迷过路,车陷在泥沼里,害得他徒步走了十多里地才到了邻居家。那次他还嘲笑自己竟然会在自家门口迷路。

　　闳布德·玛又说了几句什么,闳布德·胡德尔都未搭腔。他满目怅然,仿佛记忆深处掩藏的泥沼正软软地吞噬着他,使他无法抽身。

"我说,他们在挖沙子。"闳布德·玛冲着父亲低吼。

"噢,乌戈,你看——河那边有黄羊。"

"哪里啊?"

"河那边。"

"哦,好几只呢。"

"河那边的锥形小山,看到了吗?好多年前,有匹狼披着长袍蹲坐在那里。有个牧驼人从那里路过,以为遇到化斋的僧人了,前去问安,却被狼群围拢了。"

"姥爷说过了,不能说狼,要说天狗。"

"嗯,是天狗。"

"天狗吃掉他了吗?"

"嗯。"

"我见过天狗。"

"哦。"

闳布德·玛扭过身,将望远镜对着邻居家的方向。闳布德·胡德尔踱出几步,点根烟,吧吧地吸着,背对着她。

"他们还在玩。"

闳布德·胡德尔不吱声,狠狠地吸一嘴烟,含着,喷去。

"他们会笑话我的。"

"什么?"

"我说,他们会笑话我的,是你给我剃了光头,我又不是男孩。"

闳布德·胡德尔转过身,看向女儿。倏忽间,他发现闳布德·玛眼眶内亮亮的,但那不是泪,而是单纯的冷冷的光,是某种小兽走投无路后赴汤蹈火般的怒视。他不确定究竟是像狐狸、石羊、黄羊还是灰鹤的幼崽,不过,最后他联想到了狼崽。他曾从狼窝里逮过狼崽,狼崽小小的黄眼珠所散发的光就是如此。闪布德·胡德尔蹙紧眉头,像是为心头怪异的联想感到自责。

"不怕,明早就会长出来的。"

"你胡说。"

闪布德·胡德尔板起脸,从衣兜抓来一坨驼毛,说:"怕笑话就把这个粘上。"

驼毛原先是垫在阿如戈里的。路上闪布德·玛把那塞进他衣兜里。闪布德·玛一把抓过驼毛,愤愤地丢到他脚跟前。

"嗬——"

接着她将望远镜猛地一掼,拧身,向山下疾跑而去。闪布德·胡德尔安静地站着,看着她在布满碎石的斜坡上,想跑快又跑不了,咋咋呼呼的,像只刚诞下的小黄羊。他本想喊她回来,可又觉得没那必要。她终究是要长大的,终究是要离开他的。这么一想,他胸口闷闷的,如鲠在喉。

嗬!闪布德·胡德尔长长地吐烟,坐到石块上,眼神滑过她的背影,向更远的荒野望去。

三个月前,他就是从那边带着闪布德·玛回到戈壁的。那天,她见了眼前低矮、老旧的小屋时说:"今后这里就是我的家吗?"他依稀记得,当她说这句话时脸上露出近乎失落的神色。也是在那瞬间,他暗自决定一定要给她造一间漂亮的小屋。

"将来我们还会有漂亮的房子的。"他的语气是坚定的,同时也夹杂着几分不易察觉的讨好。这倒不是因为他曾抛弃她的母亲而导致的愧疚。事实上,他从未感到自己罪孽深重。他和她母亲的相遇,对他来讲只是一场偶然事件。

事情发生在七年前的夏季某日,闪布德·胡德尔驱车前往穆尼山与贺兰山之间的大风口。荒原上的路坑坑洼洼的,时至日跌,车陷在山洪过后的烂泥滩,他去找人帮忙,然后便遇见了闵布德·玛的母亲。之后,他在女人家"耽搁"了几日。是的,对他来讲,那次在女人家不得不耽搁几日是因为需要等车友送来车配件。事实上,那之后两人相处的很多细节他都忘记了,隐约能回想起的是,当他和他的"油老虎"离开女人家时,透过后视镜,他以为他能看见她向他挥手的身影。可是,他什么都没看到,只是看见用来垫车轮的毛毡依次搭在土院墙头上。再后来,嗬,也就是三个月前,一个干瘪的一双瞳仁镶着白边的老人,牵着一个小女孩突然出现在他眼前。老人跟他讲,小女孩的母亲离世有三年了,小女孩得回到父亲身边。

闵布德·胡德尔当下便答应了,这倒不是他可怜小女孩,也不是因为天然的责任感,而是小女孩的眼神。是的,是闵布德·玛那双暗褐色的、跳跃着野兽般光芒的、在他看来极其罕见的富有挑衅味道的双目。闵布德·胡德尔瞬间被她这奇异的双目吸引。

"她叫乌戈。"老头说。

"嗯,我叫乌戈,我姥爷跟我说过你就是我的父亲。"

闵布德·胡德尔很清楚地记得,当她说这句话的时候,眼睛直直地"掘"着他,神色间居然丝毫不显露小女孩惯有的腼腆、羞怯。

嗬!她就是一座小小的火山,掩藏着炽烈的、滚烫的生命之岩浆。而这种感觉又是他多年以来所渴望拥有的。

到了晚间,闵布德·胡德尔觉得还是得由他来打破两人之间僵持了几个小时的沉默。

"乌戈,我给你讲个故事,你祖母的故事——"

他顿住,有所期待地看着她。她伏在桌前,下巴枕着一条胳膊,用一根指头在桌上画着什么,不应腔,也不看他。

"很早以前,呃,你祖母还很小的时候,七八岁吧,哦,反正跟你差不多大的时候……你在听吗?"

她抬起眼皮,勾了他一眼。他忍不住笑笑,说:"那时,每到秋季,这边的牧驼人都得倒场。他们赶着驼群,驭着牛车,前往呼勒么戈山那边,呃,呼勒么戈就是后戈壁北端的山脉,我去过那边,好多次,很远的。那边的盘山路很糟糕,尤其是冬天,简直就是冰天雪地,白茫茫的一片,嗬,山里还有好多个洞穴,有的隐蔽的洞穴内还住过人。呃,倒场嘛,就得到水草好的地方,他们得走三天三夜。"

说着说着阏布德·胡德尔再次停顿,显然是觉得自己的陈述很乏味,简直就是老牛在嚼枯草,因为她始终保持着先前的姿态。

见阏布德·胡德尔迟迟不肯讲下去,阏布德·玛抬头瞟了一眼父亲,面无表情地说:"我在听呢。"

"嗬,是啊,你在听呢,我只忘了好多。嗯,有一天黄昏,好几只天狗趁着暮霭深沉,悄悄尾随倒场的队伍。你知道的,它们又凶猛又狡猾,就连老鹰都得吃它们丢下的残羹。"

"你又在跟我讲天狗。"

"哦——"

"姥爷也跟我讲过天狗的故事。"

阏布德·胡德尔迟疑地盯着女儿,缄默良久,说:"乌戈,这是咱阏布德人都得知道的故事。"

"那好吧,你继续讲吧。"说着,她坐直身,露出一种令他几乎难以招架的、超然而极为平静的神色。

"那次,天狗袭击了驼群,死了好多驼羔,幸亏你祖母和她弟弟在驼背上的阿如戈里。"

"天狗会把孩子也吃掉的。"

"嗯,从那之后,你祖母便再也不敢走野地了。所以,后来只要是走野地,你祖父就用阿如戈背着你祖母。"

阆布德·胡德尔的语调很缓慢,仿佛正努力营造一种凝重而温馨的氛围。片刻,屋内静悄悄的。

"这里根本没有'河神'。"阆布德·玛说。

"什么?"

阆布德·胡德尔一脸错愕,像是完全没预料到阆布德·玛竟然对他向来以为很精彩的故事核心毫无兴趣。他绕来绕去,只不过是想告诉她,她的祖父是个多么了不起的人,足足有二十二年像照顾幼儿一样呵护着妻子。这不仅仅在整个阆布德家族人的口中,就是在整个戈壁都是人尽皆知的美丽传说。烛光衬托下,他的脸色瞬间变得黯然无光,眼神也从她脸上移过去。

"姥爷说,这里是'河神'的家。"

"对啊,你祖父就是'河神',人们都很尊敬他。"阆布德·胡德尔不由提高了嗓门。

"可是这里什么都没有。"阆布德·玛发牢骚嘟哝道。

"那你说,这里应该有什么?"

"麒麟、骑着麒麟的老人。"

阆布德·胡德尔听了,伸出手臂,又匆匆缩回来,他本想摩挲一下她那水瓢似的光脑袋,不过忍住了。

"这里为什么没有猎犬?"

"什么?"

"你看,那条狗是他们的吧?"她指着壁上的图片说。

"嗯。"

"我的邦哈尔去年走丢了,姥爷说是打井队的人偷走了。"

"哦。"

"我不喜欢这里。"闳布德·玛避过脸,双臂伸直,趴在桌上,闷闷地加了一句,"你得送我回家。"

"这里就是你的家。"

"是你的家。"

闳布德·玛嗖地直起身,身后的影子爬至壁上,仿佛一个巨人悄然而然地蹲在她身后。

"明天我就自己走回去。"

"你找不到路。"

"我能。"

"你不能。"

"我也不要你用阿如戈背着我。"她用眼神在他身上掘、刨。

他缄默着,以同样的眼神回敬她。嗬,是回敬,他是故意的。

"随你。"

闳布德·胡德尔离开桌子,站到窗前,透过玻璃望向窈然幽静的夜色。

二

闳布德·囊钦在他十三岁时,被戈壁牧人唤作"河神小子"。河是那条羊河。那年,羊河发山洪,泥色水流在野地轰响了整夜。隔几日,水清了,闳布德·囊钦到河边守了几日。他在等大角羊来饮水。没能等来,他便向山地走去。他要捕猎,要给那个扇他巴掌的"猫头鹰"瞧瞧他的厉害。猫头鹰是他父亲的三弟,一个蓄着羊须的矮个男人。他怕他,又有些恨他。猫头鹰的个头很矮,巴掌却很大,扇在脑瓜子上，如铁锤一般硬。还有，他的脾性也很怪，前一秒还风平浪静的，后一秒却突然来个龇牙咧嘴，总是叫人捉摸不透。比如，心情好时他会说："哟呵，我家的鼻涕囵布德什么时候才能长成小伙子？"嗬！戏谑的口吻，嘲弄的眼神。然而，自从囵布德·囊钦跨骑着大角羊跨过羊河后，猫头鹰改口了，唤他为河神小子。神色间还露出些许的怯懦，仿佛囵布德·囊钦真的从一个鼻涕糊脸的男孩摇身一变成了下凡的河神。

其实，囵布德·囊钦内心里很排斥这一切。

在阴山山北廓落的野地上，关于河神的传说延续了几个世纪。每到阴历六月十三日，囵布德姓家族最年长的囵布德·玛老人还要到洋河祭奠河神。说来也巧，那天当囵布德·囊钦跨骑着大角羊蹚河而过时，老人刚好结束了祭奠。她拄着手杖往回走，身后一阵橐橐响，她转过身，只见一个四蹄怪物飞溅着水疾奔而去。怪物脊背上跨坐着一个什么，冲她喔喔叫。老人立刻跪地磕头，大喊"河神——河神降临啦"。

自那之后，老人逢人便说，她真的亲身遇见河神了。再后来，虽然河神的秘密揭开了，人们仍固执地认为，老人看到的是真河神，不然自那之后囵布德·囊钦的个头怎么会一天天地疯长，从最初只有一头公牛高的他，竟然长到比一峰公驼还高出半截？

"嘿呀，河神小子，你总该跟我们讲讲你是怎么骑到'大角王'身上的啊。"

"是啊，你不会是趁着'大角王'睡觉偷偷跨上去的吧？"

"我活了这么久，只知道风才能跨着'大角王'，臭小子，你究竟是怎么做到啊？"

人们缠着囵布德·囊钦问。他们把大角羊唤作大角王。然而，囵布德·囊钦始终不肯吐露一言半句。对他而言，那是一场不可告人的羞辱、一场劫难。他是猎人的后代，却没能降伏一只大角羊。他清楚地记得，那天它驮着他疾驰了足足有七八十里地，等天色完全暗下来，山壑幽冥，星辰满空时，它才猛地停住，岔开四蹄，像是在冰面上滑倒一样，趴下。囡布德·囊钦从它脑袋上空扑跌，脑子里晕晕乎乎的。有几分钟里，一羊一人都在吁吁喘气，在幽冥的山谷里显得格外清晰。

暗蓝色皓空，布着一层浅色云纱，薄薄的，仿佛是刚刚从山谷间浮上去的。两侧崖壁耸立，山脊起起落落，在半空里"咬出"齿状轮廓。

囡布德·囊钦起身，见它身子索索地战栗，捡来一块石头掷过去，"咔"的一声，石头落到它的角上，飞走了。他愤愤地甩甩发麻的胳膊，转身，径直向山口走去。山口亮着大片灰色光芒，那是戈壁滩。他头也不回地走着，一种从未有过的沮丧感盘踞在他心头。走着走着，腮上润润的，他知道自己在哭，于是再次愤愤地咬牙，噤住抽噎。

七年之后，在一九六八年的春季某日，囡布德·囊钦牵着一峰骆驼，再次从山口西端的丘陵地走去。驼背上跨坐着一个女人，肩头垂着两条粗辫，缠藏青色头巾。女人是他的新娘。

燠热的、干燥的气息扑面而来。远处，赤色地平线，青灰色山脉，在晃眼的蜃气间飘浮。囡布德·囊钦眯起眼，巴巴地望，巴望从气浪间辨别出黄羊、大角羊、狐狸或者罕见的野马。野地，静谧、寂寥、炽曝，仿佛用千万年来熔铸的空旷浇灭他的巴望。

陡地，一峰尖尖的山头，从气浪间凸起——熟悉的景色，熟悉的感觉，将囡布德·囊钦推回七年前的午后。

那天,闶布德·囊钦扛着一柄半自动猎枪向尖尖的山巅疾步走去。那是他头一回独自手持武器涉足荒野。刚刚,他从望远镜里发现一只休憩的大角羊。午阳发威,他却双目炯炯发光,脸上挂着老猎人才会有的浅笑。但那笑不是诡异的、傲慢的,而是迎接一场殊死搏斗的序曲。嘀!一只羊王怎么可能傻傻地等候鳖脚猎人的到来。

　　山顶,褐色裸岩后,另一只成年大角羊在远眺四方。闶布德·囊钦知道这只是猎人口中的放哨羊。他俯身,弓背,将猎枪斜着贴紧身子,像只饥肠辘辘的野兽慢慢前行。

　　在那之前好多天的一个冬夜里,闶布德·囊钦的父亲、母亲,还有两个姐姐在鼠疫中离世。那夜,他站在彻骨寒风里,看着猫头鹰用火镰点燃了毡包。他还暗暗祈祷,祈祷父亲、母亲或者两个姐姐中任意一个人能从毡包门内出现。然而,等到火苗从一粒豆那么大变成硕大的火球,又从火球败为小小的火星子,他都没能等来谁。之后,一柄半自动步枪、一把火镰和一双笨重的牛皮靴,成了他的所有。枪是他祖父的遗物,是他祖父从东部草原,从那个闶布德人口中的"苍茫故乡蓝色国度"迁徙至这片茫茫戈壁野地时带过来的。

　　"拿着,我们闶布德男人是不能没有猎枪的。"

　　闶布德·囊钦记得,有一次他还在熟睡中,只觉脑子里闷闷的轰响,他醒来,黑黢黢的屋内静悄悄的,他刚要喊一句,一个大巴掌下来,他整个人便从什么上面滚下去。

　　"记住,是个猎人就得在睁眼的瞬间抓牢你的武器。"

　　粗哑的嗓门,凉飕飕的风,闶布德·囊钦这才发现,自己竟然在马槽里熟睡着。他猜出,一定是趁他熟睡,猫头鹰将他扛到马厩里的。

"嗬,一只冬眠的黑熊都没你睡得死。"

闵布德·囊钦推开正笑得发颤的巨大身躯,逃出马厩。

"臭小子,记住喽,你祖父闵布德·乌真,他可是赶走长靴土匪的英雄,他的子孙里不会有哭哭啼啼的笨蛋。嗬!我们后山的男人没有谁会把眼泪落在鞋尖上,哪怕是一滴,都不会!"

呵,我倒要你好好瞧瞧——

闵布德·囊钦曲身,让身子低于灌木丛。山腰,岩壁下那只健硕的大角羊死了似的睡着。它的毛发与周围融为一体,如果不是它那打弯的犄角出卖了它,他是很难发现它的。目测,约有半里地距离,他还不确定目标是否在射程之内。

无风,四野阒寂。一种隐匿的、虫鸣般的低吟在周遭起落。那是荒野本身固有的声响。闵布德·囊钦想起,他父亲曾说过那句话:"每一块石头,每隔四百年都要呼吸一次。"他父亲还跟他讲,亘古年代,这里曾是大海,后来大地晃动,开裂,碰撞,海水枯竭,海底慢慢上升,演变成一座座秃山。有一次,他父亲从野地捡来一块巨型羊头似的化石,说那是很早以前的海洋动物的下颌骨。后来,他在一个山巅发现了那块下颌骨,缠着褪了色的哈达,显然是他父亲放过去的。

呃!脚底一趔趄,闵布德·囊钦顺势趴下,用脚尖钩住靴子,褪去,把另一只也褪去。然后他赤着脚,四肢趴地,以稀疏的灌木作掩体,一点一点地前行。很近了,岩壁阴影下,大角羊依旧一动不动。然而,山巅,那只放哨羊这会儿却猎犬似的抬起头,警惕地向四野凝望。

闵布德·囊钦匆匆躲在一块锥形石头后面,小心翼翼地望着放哨羊。它的鼻尖不停地抽动,那是在嗅空气。距它偏西北方向,在斜下去的浅沟里还有七八只大角羊。他欣喜若狂,几乎要大声喊出来,他从未如此近距离地观察过它们。但他也明白,越是这种时候,越得小心。一旦发现异常,它们会像一阵旋风似的逃掉。可是偏巧枪托"咔"的一声撞到石块上,放哨羊扭过头来,警觉地拿眼搜寻。他只好僵在那里,屏声敛息。

阳光炙烤,贴着地面望去,地面浮着水纹似的油亮光芒。闵布德·囊钦只觉脑袋发昏,口干舌燥,抓来一小块石头含在嘴里。他父亲跟他讲过,出猎时要含着一块什么东西,免得无意中发出什么声响。

终于,放哨羊将头扭过去。忽而,它又快速地扭过来,保持着先前的样子,一动不动。

又是一次长久的等待。

火镰呢?没有。老花镜呢?也没有。闵布德·囊钦想学着父亲燃驼粪蛋,以此来计算时间。对一个猎人来讲,学会耐心地等待比什么都重要。

时至日跌,闵布德·囊钦断断续续地爬行了五十米左右,大角羊已经在射程之内了。不过,他仍旧不敢轻举妄动。他将枪眼对准了它的额头,可它的半截脑袋刚好掩在石块后面,这让他犯难。同时,每当他欲扣动扳机,手却莫名地发抖。这让他很是恼火。他决定,等大角羊睡醒,抬起头时他来个漂亮的"咔"。还有,那只放哨羊是个老羊,角不是很大,但从它警惕的目光里能判断出,它早已知悉看似安静的野地其实危机四伏。

渐渐地,骄阳的暴晒弱去了,岩壁上众多的几何形阴影像是黑色血液似的沿着山腰泻下来。

忽而，大角羊的耳尖轻微地抖动了几下，紧接着它慵懒伸前蹄，弓背，伸后蹄，站起。囵布德·囊钦"咔"地咬紧口腔里的石块。

扑突突的，他听到自己急促的心跳声。憋气，砰——火药的后坐力使他险些丢掉枪。他看过去，只见放哨羊在山顶闪了一下，不见了。山的西坡，七八只像巨大野耗子的大角羊炸开似的四散，又迅速拥到一起，越过山脊，逃得无影无踪。他提着枪，赤脚跑过去。

他还没看到大角羊，他以为顺着枪声它一定会滚下山腰，可是山腰上什么都没有。

在囵布德·囊钦毕生记忆里，当他攀至山腰，看见大角羊卡在一块裸岩缝隙时心头掠过的惊慌，比任何时候都强烈、真实。从大角羊起伏的腹部，他知道枪没打中要害。但他没有再补一枪。他跨坐到它脊背上，掏出匕首。他要学着父亲找到它后颈处的致命穴口。当他刚掏出匕首，它猛地一跃，又一下。他只觉身子在腾空，落下，随之山体斜斜地迎面撞过来。继而一阵令他头晕目眩的俯冲，他觉得他要飞起来了。有几次他想脱身，却发现双腿卡在它的大角下，动弹不了。

"那边是羊河。"囵布德·囊钦说。

"嗯。"

"每年春季，囵布德·玛老人都会到河边祭奠。"

"哦，你——"囵布德·囊钦顿住，回过头凝视眼前这个即将成为他妻子的女人。

"你就叫我囊钦，不要叫我河神，记住了？我不是河神。"

"呃——嗯。"

女人轻声嘟哝着，眼神从他脸上逃避似的移开。二人虽在野地间行经了五六个小时，可闼布德·囊钦这还是头一回跟她讲话。早晨，天还没亮，她舅母便唤醒她，为她梳头，换衣，又压着嗓门，跟她讲："人家可是戈壁人心中的河神，你嫁过去了，要处处多加留意，手脚记着守分寸，性子上来也要不得耍疯。"她嗯嗯地应着。末了，临走，舅母再次拽着她的袖子，嗓门压得更低，几乎是一缕风在耳郭里吹着，说："夜里更不要抓人家的头。"她记住了，此刻心里吊着这句话，心下不由惶惶然，双手一会儿乱乱地抓一下发梢，揉一下袖口，仿佛手是铁耙，不小心伸过便会耙他一下。

早春的戈壁，灰蒙蒙的，四周尽是土薄的低山，山体上兀立的山石犹如石兽，上面的风穴，乍看像是一个个睁着无瞳仁的眼睛。只是这些石兽缺了四肢、脑首。

"那座峰土山，看到了吧？河西南，孤山，我在那山下的洞里住过。"

闼布德·囊钦在他被唤为"河神"的第三年秋季某天夜里，被一声声马嘶惊醒。他抄起枪爬出毡包，只见黑里，几个人影在马身上烟囱似的矗立。他刚要举枪，一张喷吐着白沫的马脸撞过来，随之肩头被什么揪起，身子悬空，横在马脊上。他手里空空的，枪不知丢到哪里去了。脸戳在湿湿的马毛上，手触到坚硬无比的靴底，臭烘烘的棉袍下端拢住他的脑袋，只觉喘不上气来。马疾跑起来，颠得他腹内火辣辣地痛。陡地，额头重重地撞到什么上，人也四仰八叉地摔下去。

等到天亮了，闼布德·囊钦才从昏迷中苏醒。野风飕飕，晨色间，他发现他被丢在距羊河不远的山沟里。胳膊腿没有伤，靴面却沾着血。顺着那血看过去，十余步距离，一团羊毛似的东西。

走近了，毛团下伸出一条胳膊，紫黑色的，掀去毛团，便看见了猫头鹰肿胀的脸庞，眼睑青紫，抵在沙子上的嘴唇张着，从那里溢出的血水浸得沙土呈酱黑色。闶布德·囊钦盯着那血站了许久，找来几粒野果籽搁进猫头鹰呈呼唤状的口腔里，然后刨出一丈深的坑，埋了尸体。猫头鹰身上除了像是被疯狗撕碎的羊皮长袍，什么都没有，戴过戒指的三根手指留着白印子。

第二天，闶布德·囊钦从猫头鹰柴垛下的地窖里找到了一柄猎枪。然后，他追着那几人留下的脚印走了几日。不过，最终他连个影子都没追到。他孤身一人回到了戈壁，住进土山附近的山洞里。与他一同住进去的还有一个自称三班迪的小喇嘛。三班迪跟他讲，野匪杀了他师傅，还烧毁了他们的庙。

"我藏在皮鼓里，他们不知道皮鼓的一侧是空的。"三班迪说着，咻咻笑，仿佛那些面目狰狞的野匪是一群愚蠢至极的笨蛋。

闶布德·囊钦没跟他讲猫头鹰的事，他暗自下决心，有朝一日他一定要亲手崩了那几个家伙的脑袋。

白天，两人窝在洞里，到了晚上才出去。这倒不是闶布德·囊钦害怕遭到野匪的再次掳掠。而是，三班迪再三告诫他，外面的世道早已乱套了，处处兵荒马乱，像他们这样十几岁的孩子硬要跑出去，等待他们的只是像野兔一样死掉。为了打发时间，他还教闶布德·囊钦识字。他找来光滑的石块，用指头沾着口水，在那上面写个字母，叫闶布德·囊钦记住。然而，闶布德·囊钦对识字没有丝毫的兴趣。有一次，两人在夜里走散了。过了四十多天，三班迪在一个大风天骑着一匹瘦骨嶙峋的马回来了。他身上的喇嘛袍虽然在，可头皮上居然覆着羊羔毛似的浅黄色卷发。

"河神小子，你知道不，咱扎萨格王爷的老父亲，也就是老盟长逝世了，全旗人都得守孝，不得剃须剃发。"三班迪说着，仰起下巴，给闵布德·囊钦看下巴处几乎能数得见的须毛。他有一双褐色眼珠，眼缝窄窄的，仿佛在极力掩藏天生的犀利目光。三班迪还告诉闵布德·囊钦，他俩得离开这里，而且是越快越好。

"我哪儿都不去。"

"哦，河神小子，我已经跟人说了我和一个高个小伙子在一起，还说了你会耍枪，他们听了说他们正需要这样的人。你不跟我走，那就等着来人招你去当兵吧。反正他们缺会耍枪的人。"

"他们是谁？"

"我不认识，说是来帮咱干掉野匪的。"闵布德·囊钦不吭声，也不知为何那一刻他想一拳击碎三班迪的脑袋。

"不过，他们未必真的招你去当兵，很有可能把你当成雪人。"

"什么——人？"

"雪人就是雪人嘛，你不会是真的不知道雪人是怎么回事吧？"

见闵布德·囊钦一脸的疑惑，三班迪继续说："他们其实就是野人，在呼勒么戈山北，后杭盖地那边的山里，他们个头都很高，呃，年龄小的跟你差不多高，人们称他为雪人。"

"我又不是野人。"

"他们浑身长着浅红色毳毛，长头发，年幼的发色偏绛红色，稍大了的跟你的差不多。呃，他们的眼珠是暗褐色的，也是跟你的眼睛相似。到了夜里，他们相互野鸟似的叫着传声。"

闵布德·囊钦满脸不悦地听着，不过"雪人"本身的传奇性令他分散了注意。

"嗝，我跟你讲啊，听我师傅说，早年雪人真的来过戈壁，还掳走过这边的女人和孩子。那些女人后来生的孩子个头也很高的。"

"哎哟！"三班迪叫着，逃出山洞。闵布德·囊钦没有追出去，刚刚伸出去,击在三班迪胸脯上的胳膊还在半空里举着。洞口处先是传来三班迪嗷嗷叫,而后换为持续的笑声。

"哎哟,我的河神,我只是想叫你跟我一起离开这儿,咱俩到后杭盖地吧。这荒野里我可一天都不想待下去了。"

闳布德·囊钦这才反应过来,三班迪只是跟他开了个玩笑。

"咱往北走吧,咱去找那些野山好汉,要不咱自己当野地英雄,游走四野,不是都说,男人生在毡包里,死在野地。咱走吧,走到哪儿算哪儿,你说呢?"

伴着山风的萧萧,三班迪的话音忽高忽低,像是站在垂直的洞口在向里面呼喊着。

三班迪离开后的第二年,闳布德·囊钦到一户牧驼人家当起了驼倌。那时,他的个头已经高过方圆百里的所有人。闳布德·玛老人每年还要带他到羊河边祭奠河神,甚至有一次老人还带他到过狼王河那边。那次,老人身披缀着铜铃的怪异的长袍,双臂高举,疯了般扭身子,仿佛要从天上把什么摘下来。然而,对于闳布德·囊钦来讲,这一切不过是一种仪式,他只是木桩似的站着,双目却望向山谷。

"马上就到了。"闳布德·囊钦说。

两人已到距闳布德·囊钦家不远的位置。闳布德·囊钦捡来柴火,燃了两堆火,然后牵着骆驼从两堆火中间穿过。他没有跟女人说,这是一种风俗。女人也没问,仿佛早已明白等二人简陋的婚礼之后,迎接她的将是眼前这位瘦高夫君安排的、谜一样的生活。她所能做的就是永远安静地守在他身边。

五个月后,当女人看见吊在木桩上的死狼后,尖叫着昏厥过去。后来,闳布德·囊钦才从疯疯癫癫的话语中听出了缘由。从那之后，他便用柳条编了一个阿如戈，走哪儿都会用它背着妻子。

翌年，女人诞下一个男婴。闼布德·囊钦给男婴取了名字，叫闼布德·胡德尔。

三

她抿着嘴，双目间闪着笑意盯着他的眼睛。她显然晓得他欲言又止的缘由是什么。不过，她不会主动戳破这点，不会天真地说："哦，父亲，这没什么的，只是个文身而已。"而他的眼神却匆匆地躲避移开，随即又不偏不倚地落到她的一条花臂上。那上面匍匐着一只花里胡哨的飞禽，羽翼丰满，钩状的喙夸张地高凸。

风习习而来，掀去覆在鸟首上的发丝，一双瞪圆的火光色鸟目便趁机冲闼布德·胡德尔一瞪。嘀，他认出那花里胡哨的东西原来是只老鹰，一对死眼，闪着犀利的光芒。多么的荒谬，竟然会有人把如此凶猛的野禽文在身上。

一股温热的、黏稠的、浓烟似的气浪扑面而来。闼布德·胡德尔屏住呼吸。自从来到这条她口中的"美食一条街"，随人潮中缓慢前行时，他总暗暗地憋气，仿佛不断钻入鼻孔的驼毛烧焦般的刺鼻味会使他的五脏六腑糜烂掉。可她全然不顾这一切，丢开他冲进簇拥的人群。他看过去，人群当中，一个年轻男人，戴着一顶白色圆筒帽，从亮着灯的玻璃箱内给她递了什么。她接了，高举手臂，炫耀似的冲他摆手，笑吟吟地东张西望，一头蒙着淡紫色的秀发向两侧散开。在他眼里，它们与其说为了掩饰她颈部下端的怪异图案，还不如说是她脸上的最美帘幕。

"给，爸，尝尝，虾丸子串儿，味道蛮香的。"

闵布德·胡德尔接过来细瞧,小小的团子,吱吱地冒着油花。见他空举着,并没有吃掉的样子,她粲然一笑,提高嗓门说:"尝一口嘛,撒了胡椒粉、辣椒粉,还有芝麻粒,一点儿都不腻的。"

他吞去一颗,辨不出什么味道,口腔里辣辣的。闵布德·胡德尔看着她,噗噗地吹热气。

"嗷耶——嘿!"忽地,男人粗粗的吼声从某一处传来,紧接着嘈杂的音乐爆竹般炸起。黑压压的人影,犹如黑色波浪,在灯光下一滚一滚的。闵布德·玛掐着节奏摆动手臂,手上的烤串扦成了指挥棒,一张随时可以粲然一笑的年轻面孔露出陶醉般的神情。而这张面孔的后面,是一条荒野干沟似的宽敞街道。此刻,它俨然是个巨型、昏暗的隐形几何体。风撩开她的发丝,呈伞形的发丝在她脑勺处乱飞。

闵布德·胡德尔刚要说什么,闵布德·玛踮起脚尖向他身后摆手。他回过头看,并没有看到谁在回应她。人们熙熙攘攘,眼神就算是在某个地方停留片刻,却也淡然而然地一瞥,轻轻地滑过,像是滑过一间间破败不堪的屋舍。然而,他的眼神几乎是极力要在每张脸上驻留三个世纪——这倒不是他对城里人感到好奇,他也不可能感到好奇,毕竟他曾到过比这更大的城市。他之所以处处流露一种近乎渴望的眼神,只不过是想在这座他曾熟悉的小镇捕捉到他熟悉的神态。曾经,他和他的"油老虎"穿过尘土飞扬的街道时,路旁的人总会停下来静静地望着。有那么几次,他和几个朋友从小酒馆醉醺醺地走到街上,肆无忌惮地大笑,还和几个地痞混混干得头破血流。那时,他相信,他是小镇人们口中的"王者",是一场突然而降的旋风。然而,眼下的他只不过是一个年逾六十岁的老头,一粒即将从"岁月天幕"滑落的尘土。看啊,整条街没有一个人是认识他的。

"你瞅瞅,人们都在看您,在这里您就是巨人。您难道没注意到吗?"闵布德·玛戏谑般地冲着父亲眨眼。

"乌戈,咱回去吧。"闵布德·胡德尔神色愀然地说,手里握着铁扦,铁扦上还有三个烤丸子。

"不,黑塔先生。"闵布德·玛嚼着烤丸子,腮上鼓鼓的,双眸间闪烁着与周围完全相融的、匹配的、不可驯服的光芒。

"这里太吵了。"

"夜市嘛,你又不是不知道。"

又是一阵震耳欲聋的音乐,同时一道道竖光向高空射去,随之交叠,旋转。夜幕仿佛被这突然而至的光柱捅破了皮囊,忽明忽暗的光晕中,幽幽地沉下来,又被掀去。

"你这样子可一点儿都不像开了二十多年卡车的老师傅。"

"什么?"

"你一点儿都不像戈壁骑士。"

陡然间,闵布德·胡德尔豁然开朗,他犹豫片刻,径直跨步扎进人群,坐到小桌前。

"来杯冰啤——"闵布德·胡德尔冲吧台那边摆了摆手。

"两杯——"闵布德·玛补了一句。

闵布德·胡德尔有些迟疑地看了看女儿。

"嗬,好酷,黑塔先生。"闵布德·玛笑着说,双臂做了个类似拳击手出拳前的动作。

"你是不常来这儿?"

"嗯哼!"

"以后甭来了,乱糟糟的。"

"爸,这不叫乱糟糟,这叫寂寞的人在组团取暖。"

"嗬!什么乱七八糟的,过去这块儿是果树园,记得护园的是个聋哑老头。"

"那会儿有夜市吗?"

"有酒馆,就一家,很小,就一张木桌。"

"来,干杯!父亲大人,敬您一杯。"闷布德·玛说着,端起装满啤酒的大玻璃杯。

闷布德·胡德尔端杯,脸色不由黯淡下去,说:"你真要喝啊?"

"是啊,不过我只喝这一杯。其实吧,我能喝三杯的。"闷布德·玛说着,将眼睛一眯,顽皮地咧嘴一笑。

"你们年轻时候蹦过迪吗?"

"有啊,二十世纪八十年代初,我有几个好哥们儿,我们几个只要碰到一起就会闹一场。"

"本质上跟现在的年轻人差不多,对不对?"

"嗯。"

"那他们现在在哪儿?"

"我回戈壁后就没再跟他们联系了,有一个九几年走了。"

说完了,闷布德·胡德尔意识到,他随口说的这么一句,在她那里却是另一番意味。她沉默地看了看别处,许久后一脸认真地看着他说:"有没有后悔过?"

"傻犊子!"闷布德·胡德尔说完,向吧台那边摆了摆手,示意再要两瓶。

"爸,说句正经的,你想不想买辆摩托车?"

"不。"

"为什么?"

"没有为什么。"

"干杯！父亲大人，明天我带您到我工作的地方看看。"闿布德·玛说着，将玻璃杯举到很高，刚好挡住了两人的视线。

"这么说，你又换工作了？"

"只能说我找到了更适合我的。"

翌日早晨，闿布德·胡德尔以为自己起得过早了，却发现闿布德·玛早已备好了早餐。桌上摆着一盘冷肉、一盘油炸果条、切好块的奶皮、面包烤片、小碟奶酪和还冒着热气的铜锅奶茶。

"你怎么又弄了这么多？"

闿布德·胡德尔坐过去后说，他知道这都是给他准备的。至于她自己的则是一颗煮鸡蛋、半截蒸熟的红薯、一杯脱脂牛奶、十几粒坚果，所有的东西装在一个碟子里。

"你的又是那么少？"闿布德·胡德尔嘟哝道。

"营养餐嘛，刚刚好。"

半个小时后，两人已在小城环城路上了。对于闿布德·胡德尔来讲，闿布德·玛这辆被她唤作"战友"的巡航太子摩托车简直就是他那辆"油老虎"的直系亲属。它高耸的车把、舒适的脚踏板、复古的仪表盘、低沉的轰鸣，在他眼里都是那么的亲切。尤其是，随着挡位的提格，前方的路面缓缓竖起来的错觉，使他不由心潮澎湃。他想，如果年轻二十岁，他一定会搞一辆。

闿布德·玛喊了句什么，他没听清。他这才觉得头盔很多余。

"嗬！黑塔先生，你是要开出小城吗？"

"不。"

"那在前面路口右拐，从辅道上天桥，然后掉头。"

"好嘞。"

"我的'战友'怎么样？"

"不错。"

"下次回戈壁我就骑它。"

"不行的，它的底盘不高。"

"你要相信一个骑士的实力。"闳布德·玛说着，手就在他后背轮番拍着。哦，当年，她也是这么拍着他。当时她跪坐在阿如戈里，总要拍他的肩膀，说些无关紧要的。

"就是那栋铁灰色的楼，楼下有雕塑的那栋。"

没一会儿，两人穿过一尘不染的走廊，来到一间很宽敞的健身房。一个中年妇女迎过来，闳布德·玛说了几句，然后示意闳布德·胡德尔坐在靠窗户的圆桌旁。中年妇女端来一杯漂着茶叶的水放在他跟前的小桌上。他看见闳布德·玛推开墙角的一扇门不见了。

闳布德·胡德尔环视四周，觉得一个个造型怪异的器械简直就是各种巨型野禽的骨架。临窗的跑步机上，有人穿着紧身衣在跑步。输送带不断旋转，这使他联想到粉碎饲料的机器。屋中央，一个男人，戴着耳机，正在汗津津地举着杠铃。

墙角的门开了，闳布德·玛和一个男人走出来，然后站在那里说着什么。闳布德·胡德尔将视线穿过一具具巨型"骨殖"，向门那边看去。承重墙挡住了视线，于是闳布德·胡德尔将身子前倾，几乎要离开椅子，这下他完全看清了女儿。她笑着，脑袋向一侧歪着。男人的手臂环着她的颈子，头俯在她耳畔说着什么。闳布德·胡德尔匆匆坐直身，同时也将视线挪过去。

少顷，闳布德·玛和男人走了过来。

闳布德·胡德尔觉着男人好面熟，继而他想起来了，在闳布德·玛屋内的酒柜上有她和男人的合影。男人依着摩托车尾箱，她站在一旁，一只手搭在男人肩头，另一只手像是挥手似的高高举起。

两人的眼睛望向不同方向，背景里的山脉横亘在天边。合影里，男人扎着无数个蛇状发辫，不过眼下，男人扎着马尾辫。

"您好！"一个清亮的嗓门。

囵布德·胡德尔看过去，眼睛在男人双目间停留片刻，滑过他的腮帮。嗬，又是一条花臂，上端是青色与黑色相杂的海螺，海螺下端缠着绳子，绳子又缠着一只欲做挣脱的某种飞禽。

"您好！我是'七哥'，哦，大伙都这么叫我。其实，我有一个很俗气的名字。"

一条血管凸起的胳膊伸过来，囵布德·胡德尔注意到这条胳膊上倒是干干净净的。他抬头看男人，只见男人脸上洋溢着风轻云淡般轻松的笑容。他没吭声，反而脸上露出近乎迟钝的神色。

"呃，爸！"

囵布德·胡德尔这才缓过来似的，与男人握了握手，同时说："你好！我是囵布德·胡德尔，你可以叫我黑塔。"

"好的，黑塔先生。这么称呼您不会冒犯您吧？"

"不会。"

"怎么样，看上去还像那么一回事，是不是？"囵布德·玛说着，以一种在囵布德·胡德尔看来特别期待的眼神看着他。

"呃，是那么一回事。"

"听乌戈说，您曾经是位了不起的卡车师傅，您手里还有辆老一代解放牌卡车，真难得。"

囵布德·胡德尔不吭声，有些迟疑地看看囵布德·玛，转而看向男人。

男人将眉毛一挑，极其温和地微笑着，仿佛囵布德·胡德尔是个患有阿尔茨海默病的固执老头。然而，在闵布德·胡德尔眼里，男人有双炯炯闪烁、善于诱导任何人并且时刻准备向目标投去猎人般坚定目光的双眸。

"中午咱们一起吃顿便餐。您会来的，对吗？"男人说。

闵布德·胡德尔始终保持着缄默。男人见状夸张地摆摆手，对闵布德·玛说："那我过去了，你得多陪陪老人家。"说完眼睛瞟向闵布德·胡德尔，保持着先前轻松的笑容，转身走了。

"七哥是位健身教练，我俩合作快有两年了。"闵布德·玛说。

"哦。"

闵布德·胡德尔起身，向门口走去。

"嘀，您这是要干吗？"

"回去啊。"

两人一前一后走到走廊，闵布德·胡德尔说："给我钥匙。"

"什么？"

"你'战友'的。"

闵布德·玛会意地一笑，转身进去，一会儿出来，递给父亲摩托车钥匙，说："我就知道您会喜欢的。"

临近傍晚，闵布德·胡德尔端杯红酒，坐到临窗的地板上。这是一间向西的房间。空空荡荡、光秃秃的木地板上，放着一张监狱里才可能有的铁质床。除了床，屋内连把椅子都没有。床对面墙壁上钉着一截枯木枝，吊着一盏沾满油污的马灯，还有缀着红绳的黄羊角，原先都是闵布德·襄钦的。

垂至地板的薄纱帘子挡去了阳光，闵布德·胡德尔撩开帘子，举起酒杯一仰而尽，像是与驼色夕阳推杯换盏。随之，他仰躺下去，痴痴地盯着圆形顶灯。暗灰色灯罩，笼着棉絮似的一团什么。他不理解,闵布德·玛为何将屋子装扮得如此简陋。就连她的卧室也都没有床,只有一床厚厚的弹簧垫。客厅里亦是,除了一杆杠铃、一个圆形垫子,再没有别的。还有,她的衣服也很少,几件暗色骑士服有些阴魂未散似的挂在铁质衣架上。如果不是厨房内颇像那么一回事,谁进来都会以为屋里根本没有人住。

山道逶狭,巉岩耸立,他把着方向盘,踩死油门,可车轮空转,愈来愈快,车身向一侧倾斜,引擎盖开始散架似的战栗。山影窈然,继而一颗又一颗山石滚下来,他猛地一躲——闵布德·胡德尔醒来,发现天色早已暗下来了。门口一个模糊的人影,定睛一看,原来是衣架上的衣服。他起身,走到餐厅,想要喝口水,可又懒得动,就那么呆呆地坐着。

约过了一个小时,闵布德·玛才回来。她先是对自己晚回来表示歉意,而后以一种惊诧而赞叹的口吻说父亲懂得浪漫,不过不应该忘记放音乐。

"我应该教会您放唱片,是我粗心了。呃,有时候一个人喝酒真的是很惬意的,对吧?"

"你不怕疼吗?"闵布德·胡德尔答非所问地,用一双昏聩的眼,盯住女儿的胳膊说。

"什么?"

"你的胳膊。"

"嘀!父亲大人,咱不说这个,好吧。怎么样?我是指兜风的感觉。"

闵布德·玛冲了杯蜂蜜水,放到桌上。她脸上洋溢着欢愉之情,仿佛人虽然在这里,心神却在十万八千里之外。

"兜风嘛!就是兜风,没什么,只是个兜风。嘀!明天我得回去了。"

阆布德·玛沉默片刻,坐到父亲对面,说:"您说过您会待到八月份。"

"我改变主意了。"

"呃,您在生我的气。"

"嗯。"阆布德·胡德尔瓮声瓮气地应道。

"嗬,看这个,您还记得吗?您让我带着的。"阆布德·玛从身后抽屉找来小药瓶,放到桌上,继续说:"我还真吃过,真的,不过很少。"

瓶子里装着沙粒,那是当年她读书走时,阆布德·胡德尔从驼桩跟前抓了把沙子装进去的。

见父亲仍是不语,布德·玛用力地舒口气,说:"一定要回去?"

"嗯。"阆布德·胡德尔阴郁地扫了一眼她身后的照片。她发现了,手臂勾到身后,抓过照片,搁进抽屉。

"你和他要结婚吗?"

"不。"

阆布德·胡德尔没想到阆布德·玛会如此斩钉截铁般地回答。他本来还准备了几个问题,可她的一句便把他所有的话堵在了胸腔里。

"我一个人挺好的。"

"嗬!你是一个人吗?"阆布德·胡德尔陡然提高嗓门,目光中竟然含着挑衅的光芒。

"不是吗?"阆布德·玛也用一种不容反驳的语调说,不过语调很平缓。

"你们在一起多久了?"

"什么？"

"你知道我在说什么。"

"我已经回答过了。"

闳布德·玛说着，拆开桌上的包装盒，捏起一块比萨饼，大口大口地嚼着，眼睛不看父亲。比萨是她带过来。

"再有几年，我和他，我们会一同游走世界。这就是我俩的约定，没有别的。"

"只是个约定。"

"到时我们会去看克鲁伦河、西拉木伦河、艾不盖河，还有贝加尔湖、黑海、尼罗河，呃——我们还会去看羊河。您不是说过，我们闳布德人祖祖辈辈都习惯追着河流迁徙。"

"不是习惯，而是为了生存。"

"父亲大人，我只能说，我和您不一样，或者说，我们这代人与您们不一样。"

闳布德·玛说着，离开餐桌，屋里立刻回响她赤脚踩地的哧哧声。从餐厅到卧室，又从卧室到客厅，再从客厅到卧室，停顿，继续哧哧响，越来越弱，隐匿。

闳布德·胡德尔闷闷地看了看撕开一半的比萨，捏起，放进嘴里，快速嚼着，又抓过一片，两片连在一起，他一同塞入口腔，腮帮子鼓鼓的。见纸碟里还剩两片，他一把抓过来，囫囵吞掉，起身，走到洗碗池，接杯水，咕咚咕咚地喝掉。末了，握着空杯，神色近乎悒悒地站着，他想把餐厅灯关掉，可不确定三个按钮哪一个是调控顶灯的。有一个按钮是用来调控壁灯的，壁灯有暗褐色的灯罩，开了后会射出云雾似的光。

他可一点都不喜欢。

四

清凉的早上,闳布德·胡德尔走进牲口圈。他戴着他那顶浸透
汗渍的鸭舌帽。近几日,这顶帽子一直扣在他头上,即便是夜里也
是。因而,他那张终日阴郁的面孔仿佛是被这顶旧帽子所囚禁的领
地。他先将袖子卷起,又将帽檐偏至一侧,抄着耙子嗯嗯地命令十
几峰母驼腾地方。是的,他是在命令。他板着脸,高举铁耙,额头几
根垂至眼睑处的发丝,在风中颤颤抖抖,犹如几条脱落的蜘蛛细
腿。驼群嚯嚯叫着挤到一角,惊恐地瞪着主人。无数个驼掌踩出细
细的尘。春季晨风萧萧索索的,那烟似的尘也是萧萧索索的。但闳
布德·胡德尔浑然不肯住手,固执地扎进尘中。一个由草屑、牲畜毛
发、粪尘组成的混沌的小宇宙在他周身浮荡。

须臾,焦糖色的晨阳从山头徐徐攀升。闳布德·胡德尔停下来,
望向天际,长长久久地,仿佛与晨阳有着某种天然的约定。好多个
坟包似的土堆、粪堆、碎草堆围拢着他,使原本充满生命气息的牲
口圈竟然逼近一种破败景象。

待到晨阳呈淡黄色,闳布德·胡德尔持着大扫帚清理牲口食
槽,又是一浪浪的细尘四散。末了,他开始拆开装有青贮饲料的塑
料袋,空气里立刻弥漫起呛鼻的发酵味。有几峰驼凑来匆匆叼一嘴
饲料,闳布德·胡德尔捡来一截木棍,嗯嗯地驱赶。他在等,等风吹
淡饲料的酸涩气味。其实,这纯属多余。闳布德·胡德尔也知道多
余。可他偏要执拗地立在骆驼与食槽之间,像个钉立的马桩。

"嗬!马桩——"

"你把我送到路口,我可以在那里上大巴车。"九岁的闳布德·

玛说。语气斩钉截铁,眼神却躲躲闪闪。一旁的闵布德·胡德尔一脚踩在"油老虎"驾驶室踏板上,一脚踩在地上。他在等。等她把话讲完。

"我都已经四年级,又不是刚读一年级。再说,到了镇里,我又不会迷路。"

"呃,乌戈,这次咱走山路,到狼王山摘海红果。"

"我不稀罕。"

"那随便你好了。"

"砰——"闵布德·胡德尔关了车门,进了屋。没一会儿他从窗户玻璃后面望见女儿小小的背影在野地间踽踽地愈来愈远。三里地——他觉着她可能停下来。然而并没有。五里地——她在梭梭林间。八里地——她绕过山脚,不见了。闵布德·胡德尔只好驱车去追。他没有走土路,而是直插梭梭林、布满老鼠洞的滩地,几分钟后便堵在了她前方。她停了下来,见他下了车,斜过身,看向别处。

"上车!"

"偏不!"

野地,一高一低的两人,对峙般站着。风柱在不远的沙碛地上螺旋桨似的摇摆着身子。

"我讨厌用鞭子抽小孩。"

"嗬!"

两三只幼驼靠近闵布德·胡德尔,他挠着驼脖子,咬紧牙关,咬得腮帮处不停地抽搐,仿佛暗自懊悔当初不该冲女儿发脾气。

"我说,快上车!"

"不!他们说,你是个马桩,拴牲口的木桩!"

"哐"的一声脆响,一峰母驼摔在了结了薄冰的水槽里。闵布德·

胡德尔走过去,捞起骆驼的后蹄,将它拖出水槽。他早已汗流浃背,棕红色脖颈上沁着汗渍,但从他双目间看不出丝毫的倦意。或者说,从他那双褐色瞳仁里,除了空洞与木讷,捕捉不到别的什么。一会儿,他回屋,蒸了一笼萝卜牛肉包子,沏了一壶酥油茶。不过,等到包子出锅,他已将一壶茶吃到见底,腹内满满的,于是丢开包子,驾着三轮车离开。三里地之外,还圈着十多峰公驼。那边有一眼石井,有用铁丝围起来的简便牲畜圈。

闵布德·胡德尔扛起一捆捆的干草,丢撒在硬地上。驼群围过来,野地间,立刻响起细碎的嚼草声。他坐到捆草上,吸烟,吧吧地吸,吧吧地吐,烟扯着身子滑过他的面颊、帽檐,消失在干冷的空气里。吸够了,他起身,灌水槽、灌水桶,然后踩着三轮车往回赶。土路在罩着黑灰色碎石的山丘间七拧八拐,他和三轮车也循着路,蜿蜒蜒蜒。

风悠悠地吹,吹鼓袖口,吹得闵布德·胡德尔眼角溢出泪水,抬臂,用手背撸,沾着灰尘的手背上立刻有了湿湿的印子。

临近正午,闵布德·胡德尔到了羊河西侧的大片灌木丛间。四个月前,他在这边看到两只土鹰捕杀黄羊。他这是来寻羊角的。

"咱老家那边有羊角吧?我想送朋友,她老做噩梦,听说羊角辟邪,是吧?"她说。

"嗯——"闵布德·胡德尔对着空气"嗯"了一声,随之站在那里,兜揽四野。他已经在野地搜寻了几个小时,始终没能寻得羊角,只寻见没了躯干的四条细腿。他在几簇花棒树旁发现了一窝黄羊粪堆。他知道,如果在那下面埋个铁夹,准能逮只犄角奇异的黄羊。但是,此刻即便手里有铁夹,他也不会埋了。

杀戮——本质上除了无尽的空无,没有别的。空无是它的内壳。他痛恨这种空无以及它所制造的凝滞。是的,犹如漆黑夜色般的凝滞。一道雷光劈开漆黑,顺着裂缝一股股红的血喷涌而出。血水与雨水混为一体,汩汩流淌。她的头发扁扁地覆在头皮上,遮去半张脸。紧贴地面的半张脸浸在汩汩流淌的液体里。一条胳膊呈对号形状伸在身前,臂膀上的那双空洞的鸟禽的眼大大地睁圆,像是受了巨大的惊吓。

这一切便是闳布德·胡德尔从警察给他看的一张图片上看到的。她安静地躺着,面色惨白,双目微闭,一动不动,好似躺了三个世纪。

这就是她留给他的空无本身。

闳布德·胡德尔望向一里地之外的山坡。

"你胡说——"当年,她在那里气势汹汹地丢开望远镜。

闳布德·胡德尔匆匆将视线移开,望向公路那边。三日前,他在那里下了大巴车,然后径直穿过野地回到家。自那之后,公路那边的一切,他都会屏蔽。向南,山这边,高地上矗立着三五个风车,无风,三个条状翅膀向三个方向戳去。他转身,沿着羊河向北走,踩着又重又缓的步伐,一条长影子在身前引着。

嗬!马桩似的细长影子在前面一戳一戳的。抬头,邈远,青灰色胡勒么戈山紧贴地平线,那之后是后杭盖地。

"等你长大了我带你去后杭盖地,去看马鹿。"

"我现在已经长大了。"

"你才九岁。"

"那你说,我长到几岁才能算是长大了?"

"呃!"

"你也不知道,是吧?"

太阳还老高。闳布德·胡德尔惶惶然地杵在那里,仿佛寻思不出该往哪里去。他索性坐下来,又躺下去。瞬间,那个以公路为边界的世界缩回来。现在,闳布德·胡德尔所能看见的只有几簇花棒树以及灰白的天空。就连风也在看不见的地方,嗡嗡低吟。

蓦然,天空里一个黑点,缓缓地滑着弧线,半圈,一圈,又一圈,忽而黑点顿住,悬在昊空,紧接着直直地,像个子弹一样射来。

嗬,闳布德·胡德尔坐直身,睁圆布满血丝的双目。须臾,他离开那里,往回走。

日头终于跨出一大步。

紧挨着山顶,夕阳映着涨红的大肚子。周身没有暖色晚霞,暗紫色天空里,它仿佛随时都有可能会炸裂,血溅苍穹。

呃,她耳郭里还有血迹,豆子那么大的、干掉的血。他盯住那豆子大的血迹,一动不动地站着。她仰面躺着,头发垂下来,很平滑。他将手伸过去,触到她的面颊。凉凉的。他注意到她的下巴处有一小块瘀青。

闳布德·胡德尔抵达小城时,已经是闳布德·玛出事的第二天下午。夜里,下过雨,她是骑着摩托车被甩出路牙子撞到树上的。

有那么几个小时,闳布德·胡德尔没有与任何人讲话。在殡仪馆停尸房,他突然开口问一直陪他的黛秦,说:"她的'战友'呢?"

"在交警队。"

"坏掉了?"

"嗯。"

他扭头看黛秦,黛秦向后撤出半步。他觉得眼前这位年轻人的眼神在微微颤动。

暮霭昏沉,咔咔—— 一阵响。闳布德·胡德尔持着铁锤在石板上矫正铁钩。铁钩是用来吊挂一块巴掌大的亮片,夜光的。吊在驼羔脖子上,用来吓唬狼的。再有多半个月,便是立夏,驼群就得野牧。到时,驼群就得在野地过夜。其实,他知道这个玩意根本不起作用,每年,总有三五只驼羔会遭殃。它们的脑首四蹄都在,唯有腹部空空的,白猫猫的肋骨如同天然的阿如戈。

嗬,闶布德·胡德尔重重地喘口气,他痛恨这种联想。

灰青色天幕罩着静谧的野地。什么声响都没有,除了铁锤砸在石板上的咔咔声。早已看不清手头的活儿,可闶布德·胡德尔不肯停下来。月亮还没上来,山峦轮廓黑黪黪地兀立在天际。一个普通的白天死亡似的结束。

闶布德·胡德尔回屋,敞着门,没有点灯。靠壁的桌上燃着三盏酥油灯。油灯可怜巴巴的光将闶布德·玛的面孔浸染成蜡黄。这张遗像是他从她餐厅壁橱的抽屉里找到的,他给它装了木框。他看了看她。她亦然。他什么都没想。她仿佛也没想什么,只是满目窅然地看着他。

夜风幽幽地灌进来,灯苗幽幽地摆动。她似乎抿嘴一笑,而后又敛住笑。

“你说的是真的?”

“当然。”

“好神奇哦,总有一天我会去那里的,我一定能找得到。”

“我都找不到的地方,你怎么能找得到呢?”

“不就是在狼山山坳里吗?”

“是啊。”

“那还用担心找不到?”

好早之前的一个初夏,闶布德·胡德尔单独出车,车上装满送往边检站的食物。九十里地，单趟就得六个小时。他本想一大早出发的，可装车浪费了半天，直到午后他才从乌加河粮站出发。风不大，扬尘却很大，车尾扯出黄澄澄的大尾巴。在荒野间摇晃了几个小时，终于进入山地。然而，没多久他发现山洪冲毁了路，只好跟着一条很浅的车辙下路。一开始，他还以为绕过几座小山便能重新回到路上。然而，沿着山谷走了几里地，也没能回到路上，而且前方的两山合拢，山脚留出一道很窄的山门。他思索片刻后驶进去。继续沿着山谷走了十余里地，他发现自己来到了一个完全陌生的地方。山谷两侧是茂密的树林，更高的地方，怪石嶙峋，仿佛是从浓稠的树木间探出的怪兽巨型头颅。他知道自己完全迷路了。天色早已暗了，山道愈来愈逼狭，他不得不停下来。下车，脚底竟然软软的，走出几步，俯身，贴着地面看，原来是大一片草地，同时看到一抹亮光。他走过去，看见一个简陋的毡包，里面亮着灯，进去了，并没有发现人。他等了好久，也不见有人回来。毡包里除了铜壶、毛毡、小桌几乎没有什么。桌上放着一把猎枪，还是上了膛的，像是刚刚有人放在那里。他想离开，可不断传来此起彼伏的狼嗥声。他在毡包里熬了整夜，清晨走到毡包外，发现是一片山间草地，景色美得无法言说。后来，闼布德·胡德尔也进过山，可再也没能找到那条山谷，更没有找到那片草地。

"我有预感。"

"嗬！"

"山里多危险啊，你不要一个人去。"

"那你为什么明知已经迷路了，还要往前？"

"呃！我那是没办法了。"

油灯陡然缩小，又猛地弹上来，她似乎眨了一下眼。

"啵啵——"夜鸟在叫。"扑突突——"夜鸟抖着翅膀从檐下飞去。闼布德·胡德尔痴痴地望着门洞以及门外幽暗的夜色。仿佛坚信一定会有什么从黑夜里走过来。

"啵啵——"

闼布德·胡德尔抓下帽子,丢在一旁,这是他近三日以来头一回想起要摘掉帽子。他躺到小床上,但眼睛依旧盯着门洞看。

"她没有喝酒,警察跟我说的,只是速度太快了,加上下过雨,不,是雨夹雪。"闼布德·胡德尔和黛秦离开停尸房,走在两边有很多门的长廊时黛秦说。

长廊地板是灰色瓷砖,人踩过去,发出硬硬的吭吭脆响。走廊中央堆着揉皱的花圈,一旁筐里装满黑黄相间的花,辨不出是塑料质的还是真花。

"他在哪里?"

"谁?"

"七哥——"

"哦,我知道他在哪里。不过,咱得先到交警队,咱还得走几个程序,需要您签字。"

两人到了交警队,一个中年男人从铁柜里翻出一沓资料,放到棕色办公桌上。

"这张可以给我吗?"

"不能,我们得存档。"

当两人重新回到殡仪馆时,已经是午夜了。在一间不足二十平方米的小房间,闼布德·胡德尔见到了七哥。他坐在一把椅子上,距他三米距离,玻璃柜里躺着覆着粉色薄毯的闼布德·玛。见闼布德·胡德尔走到他跟前,他站起,双手合掌做了个类似鞠躬的动作,走了出去。

"嚯嚯——"风在烟囱口吹出低沉的声响。摸炕头,抓来帽子,扣上,闵布德·胡德尔走到屋外。夜色岑寂,风掀翻了什么,嚯嗒嗒的,什么在吹打着什么。他推开仓房的门,木质门发出沉闷的嘎吱声。摸黑,他掀去一团毛茸茸的什么,丢开,指尖触到硬硬的木头,抽走,丢开,木头撞到什么铁具上,一阵哐啷声。他继续摸,抓牢,拖出一个圆鼓鼓的什么,一手拎起,走出仓房,丢在硬地上,又从那圆鼓鼓的东西里面丢去一个又一个什么。

敞开的仓房门,在朦胧夜色下,像是通往神秘秘境的穴口。

"嗬!这就是阿如戈,瞅见了吧,你这个该死的蠢狗!"

那天,当七哥走出灵堂,闵布德·胡德尔跟在后面。两人到了屋角台阶上。一开始,两人谁都没说话。闵布德·胡德尔掏出递给七哥一根,自己也点了一根。

"黑塔先生,很遗憾,我们会在这种地方再次见面。"

"嗯。"

"我跟她说过,我想送她回去,她却坚决要一个人走。"

"嗯。"

"她离开 KTV 后,我和几个朋友在酒吧待到很晚。我没注意到下雨了,黑塔先生,是我疏忽了,请原谅。"

"嗯,文身时会不会很疼?"

"什么?"

"我说,文身时会不会有痛感?"

"哦,不会有痛感的,因为大面积文身都得打麻药,不打麻药谁都受不了。"

"她后背上文了阿如戈,你知道的,对吧?我也是在警察那里留存的图片上看到的。"

"呃,什么?阿如戈是什么东西?"

"哦。"

"我好像没听明白您说的。"

"没什么,小伙子,回去吧,我的女儿才二十一岁,我却比她多活了半个世纪,多活了好多天。"

闵布德·胡德尔向库房走去,库房在牲畜圈北侧,幽暗里,不断传来驼群细碎的反刍声。库房的门向北,是两扇长方形、漆了暗黄色的铁片。向里推,铁门竟然没发出金属碰撞的叮当声。进去了,视觉上库房里比外面还亮。他先是看见"油老虎"笨重的"鼻梁",圆圆的前大灯、转向灯以及一对方形的"车眼",那是挡风玻璃。

"哦,用力啊,你得用力把着方向盘,对喽,来回摇啊,调整方向啊,嘘,听——听到了吧,齿轮间摩擦的声音。"

"嗬,听到了,像是用手在撕扯布匹。"她喊着说,双手把着方向,整个人半蹲着。

"提挡啊,踩下离合器,收油——听到咔嚓声了吧,好样的。"他在一旁说。

车沿着平展的沙碛地前行。

"哟,太快了!"

"不怕,来个九十度的'掏舵',双手交叉用力,转动方向啊。"

"嗬!别拽我。"

"你差点被甩出去了——减挡啊。"

她穿着印花的衬衫,当她斜着身几乎撞到一侧的门上,他一把拽住她的后背,叼回座位上。

"怎么减啊?"她在尖叫。

"松开离合器,对了,快点,加一脚空油,踩离合挂入低挡,嗬嗬——这叫两脚离合。"

车发出沉闷的轰鸣停了下来。

"好吓人。"

"不怕。"

"我什么时候才能学会啊？"

"你已经学会了。"

"没有。"

"不过,你还得学会'盘车'。"

"难吗？"

"那得学会用摇把子。"

"哦。"

"摇把子容易反弹伤人,最容易受伤的部位是下巴和手腕。你还是不要学了。"

"我不学怎么开车？"

"这样,夏天你来开,冬天我来开。冷车关火空摇十几圈再启动,那样能保护发动机,这个就叫'盘车',记住了？"

"嗯。"

"再试一下。"

"那现在我们去哪里？"她望向夏日酷阳下的野地,问道。

"你想去哪儿咱就去哪儿。"

"你去过哪些地方？"

"我啊,喀喇昆仑山、后杭盖地,还到过南方沿海地。我们有车队,经常翻越雪山送木料,要不就是送钢筋之类的。"

"还有呢？"

"太多了，一时半会儿说不过来，有时候轮胎会爆，有时候车坏在路上或者陷在泥沙地，我们叫趴窝。我们经常在车上过夜。"

"那你夜里睡哪儿？"

"哪儿都可以啊，夏天好办，如果是车队，大家会燃个篝火喝酒，吃烤肉。"

闵布德·胡德尔坐进驾驶室，一旁座位上放着从仓房拿过来的阿如戈。车钥匙已经插进钥匙眼。透过挡风玻璃，映入眼帘的是灰蒙蒙的野地以及更远的黑魆魆的夜色。

"干杯，爸，其实我很羡慕您，真的，从来都是。"

"嗬，这是什么话？"

"我的意思是，我羡慕您年轻时候的生活方式。那种自由自在的、充满冒险的生活。"

"你也可以拥有。"

"嗯呢，我也会有的。"

两人面对面坐在夜市小桌前，闵布德·胡德尔已经喝掉两大杯啤酒。这之前，两人的对话围绕着闵布德·玛的工作持续了好几分钟。

"那您为什么要走那么多地方？"

"什么？"

"您听到了，父亲大人！"

"你再说一遍。"

"您为什么要以四海为家？"

忽地，一大片白光从野地间散开，浓稠的夜色淡去了。浅灰色地面上，静静地憩着一座座孤山。

"我们活一回,其实终究是在寻找一个可以把你装在阿如戈里到处走的人,或者说,在寻找一个你想装在阿如戈里的人。"
　　"嗬!"
　　"来,干杯,孩子!"